岳家军

风起

君天 著

中华书局

图书在版编目（CIP）数据

岳家军.风起/君天著. —北京:中华书局,2016.7
ISBN 978-7-101-11783-7

Ⅰ.岳…　Ⅱ.君…　Ⅲ.长篇历史小说-中国-当代　Ⅳ.I247.5

中国版本图书馆 CIP 数据核字（2016）第 090623 号

上海市作家协会签约作品

书　　名　岳家军·风起
著　　者　君　天
责任编辑　傅　可
出版发行　中华书局
　　　　　（北京市丰台区太平桥西里 38 号　100073）
　　　　　http://www.zhbc.com.cn
　　　　　E-mail:zhbc@zhbc.com.cn
印　　刷　北京市白帆印务有限公司
版　　次　2016 年 7 月北京第 1 版
　　　　　2016 年 7 月北京第 1 次印刷
规　　格　开本/920×1250 毫米　1/32
　　　　　印张 14⅝　字数 240 千字
印　　数　1-15000 册
国际书号　ISBN 978-7-101-11783-7
定　　价　28.00 元

目录

楔子

大鹏飞兮振八裔，中天摧兮力不济。余风激兮万世，游扶桑兮挂左袂。后人得之传此，仲尼亡兮谁为出涕？

——李白《临路歌》

落日，大旗，原木搭就的擂台披红挂彩。

汤阴县比武大会的会场聚集着近千人，叫卖声，说话声，争吵声，孩子的笑声、哭喊声此起彼伏。接下来要进行的是县大会的"长兵对决"，只有一路过关斩将连胜五场的人，才有资格站到这最终决胜的地方。

擂台公证大声叫着对决者的名字，喝彩声中一个身形高大的青年提枪上台。他身着青色武士服，绢帕罩头，双目含威，到得台上向四周行礼抱拳。

"今年又是萧炎，这两年一次的演武大会，他再赢就是三连擂了。"

"如果能三连擂，是说明他太厉害，还是我们汤阴无人呢？他十八岁夺冠，今年也有二十二了。"

"你说他怎么还在县里耗着，也不出去闯闯？"

"去哪里闯？去西边当兵？他在家可是吃喝不愁。老婆儿子热炕头，谁愿意去当兵喝西北风？"

"那也可以去汴梁看看啊！好男儿志在四方！"

"汴梁那么远，谁知道那边怎么样？听说如果他今年再赢，就会被聘去昼锦堂当教头啦。那可就出人头地了。"

"你们说得好像他赢定了似的。"

"怎么不赢？等下跟他打的是个十二岁的孩子，他能输？咱们赌个什么？比武这东西，比的是力气，比的是筋骨，他大人家十岁，输了哪还有脸待在汤阴？"

"哈，瞧你激动的。那个叫岳飞的娃娃一路打到这里，赢的可都是大人啊。"

众人议论纷纷，只有擂台西侧看台和正中的贵宾席较为安静。贵宾席上坐着的是昼锦堂的当家人韩肖胄，两年一度的演武大会主要出资人就是韩家。安阳昼锦堂是三朝名相韩琦回乡任知州时所建。世人道："富贵不归故乡，如衣锦夜行。"老大人反其意取名"昼锦堂"。韩琦死后被当今圣上赵佶追封为魏郡王，韩家世代在朝为官，在相州是首屈一指的名门。在这个时代，门第贵贱是绝大多数人都无法逾越的。

西侧看台这边，二十来个青年人簇拥着一个六十来岁的老武师。老武师姓陈名广，是汤阴本地有名的刀枪手，周围的青年后生全是他的弟子。岳飞的父亲岳和与外公姚大翁在过道里有些紧张地来回走动，仿佛要去比武的不是岳飞，而是他们。陈广老爷子看着那两个坐立不安的大男人，觉得有些好笑。

他手边温着一壶酒，手指轻轻摩挲着扁平的酒壶，抬头望了望天。

碧空万里，真是个斗枪比武的好天。

擂台公证等萧炎在台上转了一圈，才高声道："今年长兵对决的挑战者，孝悌乡岳家村的岳飞！"

"岳飞！岳飞！"看台西侧的人群顿时沸腾，全力为十二岁的小师弟助威。要知道岳飞今年第一次出战，就如猛虎出柙连战连胜！

在众人的呐喊声中，并不高大但身材精干的少年一步步登上擂台。少年面目方正，眉毛短而粗，虎头虎脑。那杆长枪远远超过他的身高，若是舞动起来，真不知是人舞枪，还是枪耍人。

咚！擂台边桌面大小的战鼓响起第一声。公证人开始检查双方武器。两把长枪的枪尖都用厚厚的棉布包裹，枪头盖上白粉，一旦碰触到身体，就会有清楚的白印。

陈广不由想起第一次见到岳飞的情景。那小子由外公姚大翁带着，到武场拜师。按老规矩，陈广让岳飞去兵器架挑选一件看中的兵器。在三个兵器架，数十件不同的兵器中，小岳飞越过两个架子，直接找到了陈广的铁枪。更叫人吃惊的是，他居然还提起那三十斤重的铁枪舞了两下。

"我这身本事不会带到土里去了。"当时陈广的眼睛就亮了起来，这是个异才啊。

但是陈广如今再看看台上的岳飞，又在心里叹了口气：这娃若再跟着我练怕就要被耽误了，我已经没什么好教他的了。

咚！响起第二下鼓声，比武就要开始。陈广扫了眼身边的弟子，皱眉道："徐庆呢？老三，你弟弟呢？"

三弟子徐天小声道："前头说是去给岳飞买得胜酒，但一直没回来。之前他一直嚷嚷着要看岳飞教训萧炎，照理儿，天大的事也拦不住他。"

陈广看了眼观众席外围，那臭小子估计又跟人打架了。徐庆比岳飞小一岁，也是块练武的好材料，可惜脾气太暴，经常惹是生非。

咚！最后一声鼓，比武开始！鼓声于耳边缓缓回响，岳飞端端正正地摆出起手式，长枪上扬，枪尖遥指远空。

萧炎抬手示意岳飞尽管出手。岳飞也不客气，一推枪杆气势骤起，扫向对方面门。萧炎微笑抬手，将对方的长枪压落。岳飞感觉到一股大力涌来，他沉着地斜跨一步，卸去对方的力量，借机扫向萧炎肋部。萧炎皱起眉头，方才那招举重若轻，按他的想法本该把对方武器打脱手的，怎么那个孩子根本没受影响？他大枪一横，挡开岳飞的进攻，转而一枪刺向岳飞面门。长枪如风舞动，闪出三个枪头，正是"金鸡三点头"。

岳飞不退反进，勇猛地冲入枪影，枪作矫龙击破三道枪影。萧炎猝不及防，居然被他逼退一步。看台下发出一阵潮水般的叫声，也不知是赞叹岳飞的表现，还是讥讽萧炎的失误。

"这小子身手不错，比很多大人都好。"萧炎脸上微红，收起轻敌之心，立起枪式重新望定面前的少年，岳飞则一副跃跃欲试的样子。"初生牛犊吗？"萧炎眼睛斜瞄了一眼贵宾席上的韩家，虽然已说好了去韩家当差，但若是输了怎有脸去？就在这时，岳飞跨前两步，提枪抢攻！

"来得好！"萧炎冷笑，大枪舞起，猛地将岳飞连人带枪都笼罩住。

台下徐天怒道："萧炎这家伙居然对一个孩子耍心机。"

陈广笑而不语，抿了口酒，而台上已打的火星四射！

"萧炎的枪法很好，臂长体型也天生是用枪的料。不过他的脑子不好，出枪太死板。一套枪法一定要一招招用出来，有一招不到位，他就用不连贯。你要利用好他的这个毛病。"大战前夜，陈广提点道。

"可这有什么错？师父你不一直说，用枪要用到位。每一招都不能有半点马虎吗？平日我稍有疏忽还要被罚。"岳飞皱眉反问。

"练枪和对敌不同。实战必须活学活用。"陈广笑道："萧炎用的是三十六路北派长枪，你看好了，这些都是他最爱的套招。"老头子提起铁枪，有板有眼地将三十六路枪式慢慢使出。

两杆长枪矫夭若龙，转眼交手四十余招。看上去萧炎压制住了岳飞，但鉴于二人年龄体型的差异，台下的观众纷纷转而支持少年。岳飞脑海里印刻着师父的教诲，他看上去被对手压制，实际是在积蓄力量。并且每每当萧炎连贯用出几个套招，他就突然出击打断一下对方，这让萧炎的枪使得很不舒服。

对面小子这算用的什么枪法？五十招后，周围嘘声越来越响，萧炎不由烦躁起来。这时，岳飞提枪刺他的面门，萧炎大吼一声，举枪猛砸向对方枪杆。岳飞力气不如对方，左手脱把，右手单手提枪。萧炎大喜，趁势枪做棍用，猛砸岳飞脑袋。岳飞身子却灵动一转，仿佛早有预谋地转到萧炎身侧，尽管单手提枪，却正是他趁手的位置，长枪朝着对手举起胳膊的空当直刺进去。萧炎只觉肋部一闷，人歪斜着跌出两步，但他转身拉枪横扫岳飞的后背。

"胜负已分！"公证人一旁大叫。

岳飞回身退开两步，萧炎的枪眼看要扫到他的后背，但终于是停在半空。

"我输了。"萧炎看着衣服上的大白点，苦笑道。

公证人松了口气，大声道："胜者为岳飞！少年威武！"

看台下爆发出此起彼伏的喝彩声！少年！威武！

岳飞的爹和外公更是大声欢呼，六十多岁的姚大翁蹦得像个孩子。与之形成鲜明对照的，萧炎那边的支持者们一个个面色铁青。

贵宾席上韩肖胄微笑起身上台，同时陈广作为岳飞的师父也走上擂台，帮他应付各种复杂的礼仪。

"你才十二岁啊！真是我汤阴之光。"韩肖胄微笑道。

岳飞有些拘谨地点了点头。

"点什么头。快给韩大人磕头。"陈广一把将少年按倒在地。岳飞只得磕头，他看了眼擂台下热泪盈眶的爹和嘴里正喃喃自语不知在唠叨些什么的外公。为了今天，那俩大男人特意做了身新衣服，他们却没资格上台来和自己一起领奖。

韩肖胄笑道："此子将来不可限量，陈师父以后要多辛苦。"

陈广接过奖金，给岳飞披上花红后，躬身道："是的，韩大人。"

这是岳飞第一次看到，平日对谁都不在乎的师父对人如此恭敬，不禁想仔细看看韩肖胄究竟是什么人物。可惜他刚抬起头，就又被师父按了下去。

台下一个黑小子满身尘土，鼻青脸肿地来到擂台边。"干你娘的，王贵。什么时候找茬不好，偏选我飞哥打擂台的时候。这他娘的就算打完了？"

"徐庆！"徐天狠狠给了他一巴掌，"你死哪里去了？"

"我……"徐庆不敢还手，懊恼道，"都满头包了，还打！我买酒到半路，遇到王贵和张显找茬儿。说飞哥打擂台一定输，不但输还会被打残。老子不服气，就和他们干上了！"

"你是谁的老子？"徐天又是一巴掌。

"哎哟。别打了！已经很疼了，我的亲哥呀。"徐庆抱头道。

"打赢了吗？"徐天问。

徐庆点点头，骄傲地说："咱家打架从不输人！别看我满头包，张显鼻子都被我打歪了。飞哥这是赢了？我就说他一定赢萧炎那个娘娘腔！小孩打大人！他娘的真牛气！"他看着台上的岳飞两眼放光，满是崇拜的眼神。"王贵那狗崽子，这次必须得服气！"他欢天喜地地冲向擂台，也不管一路上撞翻了多少看热闹的人。

萧炎失落地看着擂台，平日里的酒肉朋友没一个人来安慰他，而他的师父凌奎只是拍了拍他的肩膀并未多言。这时小师弟王贵和张显靠了过来，张显的鼻子也不知被谁揍了，肿得老高。

"竟然输了啊。"张显含含糊糊地叹了口气。

王贵盯着远处得意的徐庆和岳飞，恶狠狠道："总有办法找回这个场子。"

萧炎怒道："这是光明正大的比武，你别给我搞事。"

北宋政和五年的汤阴县演武擂台，少年岳飞赢得了"长兵决胜"，给那些看热闹的贵宾磕了无数个头。这是岳飞第一次出人头地，那一年他十二岁，徐庆十一岁，都在刀枪手陈广门下当学徒。站在县大会擂台上，所有的目光都集中在他们身上，少年们以为天下就只有那么大。

第一章　振翅

一、白马

　　岳飞出身于普通农家，家境并不好。自古穷文富武，十一岁时外公姚大翁东拼西凑地凑足礼金，使他拜入陈家武馆。小岳飞生性不喜多言，因练武极有天赋，很得馆主陈广欢心。

　　相州民风尚武，武馆林立，每两年一次的县长兵擂台能存在，自然有其土壤。每家武馆都有"死敌"，西城陈家武馆的"死敌"，就是县城东面的凌氏武馆。当家人凌奎曾经在开封府做武师，交友广博，达官贵人认识不少，而他的弟子萧炎更是汤阴武林的"金字招牌"。县里的富户王家、张家，以及州里的一些豪门都有子弟投在他的门下。

　　木秀于林，风必摧之。有钱人就是比穷人有办法，岳飞赢了"长兵对决"就像是捅了马蜂窝，几乎每天都能遇到富家子弟的挑衅。

　　凌氏武馆的王贵年岁和岳飞差不多，变着法子派人给岳飞找事，而岳飞和徐庆从不怕事。尽管两边成年的弟子出来做了调停，但小弟子们仍然时不时发生摩擦，甚至把其他武馆的人也卷了进来。而另一边，雪片般的邀请函摆到了岳飞家，有演武邀约，有比武邀请，甚至有搞不清楚岳飞的年龄，就来邀请他做老师的。在疲于奔命了几个月后，由于各种事情实在太多，岳家决定让老师陈广代为处理一切。而陈广的解决办法很简单，除了州县里个别大人物递来的邀请，其他一律谢绝。他更叫岳飞住在练武场，练功加量，只许在农忙的时候回家帮忙。

"萧炎不算什么"，陈广摩挲着酒壶，慢悠悠道，"若你以为打败了他，自己就很了不起。那就趁早滚蛋。"

"徒儿不敢，徒儿没觉得自己了不起。"岳飞诚恳地说道。

陈广打量了一下岳飞的身板，"我不管你平日吃多少，饭量要加。饭钱是算在学费里的，多吃点不吃亏。你那么客气做什么？"

"师父……"岳飞一皱眉。

"练武嘛，内练一口气，外练筋骨皮。你没一个壮实的身板，日后成就有限。"陈广见岳飞脸上有些不服气，不禁笑道，"哟呵，小伙子是不是觉得自己力气已经不小了？"

"不敢和师父比，可和徐庆那种蛮牛比，我也不吃亏的。"岳飞点头回答。

"没出息，那小蛮牛算的什么？"陈广起身慢慢道，"我知道，最近有许多纨绔在招惹你。你小心应付。当然如果连这些人你都应付不了，就不用提更进一步了。一县无敌的名头，你现在这么小就得到了，真不知以后如何得了啊。"

岳飞不懂这名头到底有什么用，能换几斤牛肉么？但自从在练武场住下，他和徐庆做伴的时间就增多了。徐庆是三师兄徐天的亲弟弟，陈广这辈子收了不少徒弟，老大老二早已自立门户，老三徐天帮着管理武馆。徐天为人勤恳努力，唯一的缺点就是护短。

徐庆七岁就拜在陈广门下，而岳飞是十一岁才正式入门的。两人虽然性格迥异，却是一见投缘。徐庆放弃"师兄"的身份，甘愿叫岳飞"大哥"。讲义气的岳飞，少不得经常为其出头。徐庆有了两个"哥哥"的支持，自然是放心大胆地折腾。他长得黑不溜秋、五大三粗，还是十二岁年纪的孩子，健壮得像十五六的少年，在汤阴得了个"蛮牛"的诨名。

好不容易等到陈广唠叨完，岳飞疾步走出武馆，徐庆正兴奋焦急地等在外面。

岳飞好笑道："你不好好给我代班？跑这儿来做什么？又惹了什么事了？"

"快来快来，给你看样好东西。"徐庆拉着岳飞快步去往隔着两条街的"广福楼"。

广福楼是陈家名下的酒楼，岳飞和徐庆为了筹措习武的学费，每天在这边做一个时辰的杂役。主要工作就是准备好第二天要用的干柴，打满水缸的水，以及给客人们的牲口备好草料。

酒楼里面高朋满座人声鼎沸，众人隔着酒桌纵论时事，说得最多的都与"花石纲"有关。

有人说，近来安徽灵璧县给皇帝进献了一块巨石，高阔皆过两丈，到得汴京后，无法从城门通过，竟然为了这块石头改动了城门。当今圣上亲笔御书"卿云万态奇峰"。

有人说，因为"花石纲"，江南江北冒起多股盗贼，有的规模已过万人！世道眼看就不太平了。

还有人议论着，大宋西军最近冒出了个叫韩世忠的豪杰，单枪匹马俘虏了西夏国的驸马监军。

徐庆乐滋滋地带岳飞来到后院的马厩，说是马厩其实只有几匹老迈的牲口圈在里头。

"神神秘秘的，让我来看什么？不就原来那点货吗？"岳飞没好气道。

"这……马……马呢？"徐庆张大嘴巴，里里外外转了一圈。

岳飞道："就那么大的地方，你再转也没别的啊。"

徐庆急道："我明明把那匹大白马拴在这里，费了不小的劲儿，那白马凶悍得很，寻常人都靠近不得。是一匹比普通马高出一头的大白马，全身上下一根杂毛没有！老人们说的白龙驹就是这种了！这……难道客人走了？"他急匆匆奔到前院，又愁眉苦脸的地回来道，"掌柜的说客人还在喝酒，根本没离开过。老子要死了，要死了！"

"等等，别急。"岳飞拉住他道，"你离开了多久？"

"我估摸着你这个时辰该出来了，才提前一会儿去找你。也就刻把钟。"徐庆脸色涨得通红，指着后院的门道，"对了，我走的时候是锁了门的。"

岳飞瞥了眼地上断开的锁链，低声道："那就是偷儿上门了。"他走出后院，看看两边的街道，这个时间酒楼正是最热闹的时候，而路上行人不少。他跑到街角问了几个摆摊的老人，回来道："他们说是有人牵着马去东面了。这事先不张扬，我们去找找看。"

两人急匆匆地沿街寻去，岳飞在心里琢磨着这件事，今天本该他当班。如果对方偷马不是为了钱，而是为了整他呢？要知道最近那些纨绔时不时地针对他，简直无所不用其极。

过了三个街口还是没有白马的消息。这边好像是王家产业，岳飞转身查看四周不由皱起眉头，王家的王贵正是凌氏武馆的弟子，这算什么情况？

徐庆急道："大哥，你说怎么办？"

"大白马那么显眼。他们不可能逃过路人的眼睛。"岳飞打量四周，"可咱们又不能挨家挨户敲门，敲了也没用。"

"他娘的，老子放把火！"徐庆瞪着眼看着四周，那匹白马的价值他虽不清楚，但随便想想也知道，就算把自己卖了也赔不起。

岳飞知道这蛮牛真干得出，立即拉住他道："少安勿躁。我有办法。"岳飞从树上摘了片叶子，放在嘴边吹起哨子。他试了几下，吹出比普通音色响许多的尖锐高音。

"这有用？"徐庆问。

"从马贩那里学来的，可能有用。"岳飞爬到树上，用力吹起哨子。

忽然，右手边的院子里响起骚动。

"有反应了！"徐庆兴奋道。

岳飞紧走两步翻上墙去，就见几个青袍家丁，正围着一匹大

白马转着。那匹白马的确高出普通马一头，它的缰绳被拴在一截木桩上，如今木桩已被它拖起。白马在院子里快速转着，试图找路冲出去。

"蛮牛！去拍门！"岳飞喊道。

徐庆扯了根粗大的树枝，哐叽哐叽地一顿砸门。那白马听到了这边的动静，翻起蹄子踹开了院门，一头冲了出来。

"马儿马儿，可找到你了！"徐庆大乐，翻身就想上马，却被白马一头撞翻。"好畜生，你不知老子是来救你的？"徐庆怒骂。

"你是它老子，那你是什么东西？"岳飞好笑道。

"干！"徐庆二次上马，那白马颇通人性，这次让他平安骑在背上。

这时院内的家丁蜂拥而出，骂骂咧咧不许两少年二人将马带走。

"偷来的马，反而成了你们家的了？"徐庆怒问。

"这不是我家的，难道是你家的？"一个身材高挑的少年从人群中走出，"若是你家的，你能说出这马什么来历，产自何处？"

"张显，狗日的，我就知道是你们！王贵呢？"徐庆拍着马的鬃毛，"这是我家酒楼客人的马匹，名叫大白。产地我哪里知道？"

"那么名贵的马，叫大白？"张显边上走出一个红脸膛的少年，"此马来自西域，你们什么客人那么尊贵。"

徐庆高声道："你说是你的？那你知道它叫什么名吗？我们各叫一声看看。你先！"

岳飞注意到周围有百姓围着圈远远看着，但没人敢靠近。红脸膛的少年叫王贵，他和张显都是本地的富家子。王家十多个家丁操持棍棒奔出来，寻常人如何敢管这个闲事？

"白龙驹！"张显犹豫了一下，声音都没喊大。那白马自然没理睬他。

徐庆笑嘻嘻道："大白，大白。"他暗地里还用脚尖踢了马肚子一下。那大白马顿时仰头叫了一声。徐庆就更得意了，"怎么样！它就是叫大白。"

岳飞看着面色不对的王贵和张显，慢慢道："你们如果是与我和徐庆有仇，划下道来便是，不用偷我们客人的马匹。将外乡人牵涉进来，可是丢了我们汤阴县的人。"

"划下道来？我们里里外外也打了不少架了，也不在乎多这一场。岳飞，你敢这样强出头。是以为自己很能打吗？来人，给我上，我看他能打多少人！"王贵笑着拍了拍手，学足了大人的气势，两边街道上又出现了十来个地痞。这些人手里拿着短棍，将道路两端堵住。

岳飞道："这是陷阱，他们偷了马，然后故意等着我们的。你骑马去武馆叫人。我一个人没事。"

"可是他们那么多人。"徐庆很不情愿地嘟囔着。

"走！快走！别逼我骂人。"岳飞用力拍了一掌马屁股。

大白马如离弦之箭一样窜了出去。徐庆惊得连缰绳也抓不稳，只得紧抱住马脖子任其飞奔。大白马冲向街口，猛地腾空而起，从那群地痞的头上飞跃过去。

街上的人哪里见过这种场面，发了一会儿愣才回过神。

王贵转过脸，冷笑道："不用追，他无非去搬救兵，还能跑到哪里去？不管走到哪里都得还我马。"

"真是你的马？"岳飞皱眉道，"你的马怎么会被人带到广福楼？又怎么会莫名其妙不打招呼就被牵走。又怎么会回到你的院子？"

"你问题真多。"王贵慢条斯理地笑了笑，明明是稚气未脱的脸，却摆出一副成年人的样子，"这是我家商队新买入的大宛马，别的我不知道，我只知道徐庆骑了它跑了。他跑了不要紧，你还在这里。来人！把岳飞拿下了，敢还手就给我打。"

岳飞捡起先前徐庆用的树枝，高声道："你既然不说实话，我也不会束手就擒。不怕挨揍的就上来吧！"

王贵板着脸，这半年来他等着的就是这个时候，打这家伙一顿。为大师兄出气！为师父出气！为自己出气！相州习武的少年那么多，人人都知道岳飞，那我王贵往哪儿摆？

大半年前，岳飞夺得了县擂台的长兵对决，在县城也算小有名气，那些地痞平时自然不会来招惹他。然而拿人钱财替人消灾。王贵这次出了大价钱，纠集了那么多人，大家无论如何都不能临阵退缩。他再能打也不过是半大小子，于是有三个地痞迅速围拢过来。

岳飞不紧不慢地踏前一步，一树枝捅在最前头那人的胸口，那个五尺多高的汉子被顶开两三步，一屁股坐在地上。另外两人一惊，同时挥棍砸向岳飞。岳飞身子一转，树枝挑开敌人的棍子，左腿旋开将二人同时扫倒。

这一开打，局面顿时混乱起来，不论是地痞还是家丁一同蜂拥上前。岳飞在街道的屋檐下左躲右闪，树枝用了几次，就被敌人的铁棍敲断。他赤手空拳，被人围住顿时挨了好几棍。岳飞眼神瞄到王贵所在的位置猛地朝前冲，面前那两三个家丁一下被他撞倒。王贵刚想说那小子好大的蛮力，却见岳飞踏着家丁的身子腾身而起，几步就冲到了近前。

王贵大骇后退，平日里他连徐庆都打不过，哪里敢和岳飞交手。张显上前一步，拦在岳飞身前。岳飞硬挨了一下拳头，一记窝心脚踹在张显肚子上，翻身紧追王贵。王贵背上挨了两拳，他一边逃一边喊："晁田！晁田！你还在等什么？我请你来白吃白喝的吗？"

一个身高七尺的大汉从屋檐下起身而出，他是磁州的武师，人称"朝天脚"。他来了之后才知道目标是个半大孩子，原本不想出手。但随后他发现那个叫岳飞的少年，绝不是普通的小孩。总不能眼看着雇主挨打，晁田一个飞腿抢在了岳飞身前。岳飞不管对方是谁，同样一脚迎了上去。完全不同级别的两条腿碰在一起，岳飞被撞出五六步。

"投降吧！我不欺负小孩。"晁田沉声道。

岳飞感觉到小腿的疼痛，他眯着眼睛扫向四周，方才被甩开的地痞和家丁又围拢上来。而街面上围观的百姓只是指指点点，可是没人出来说一句话。那么多人……如果有条枪在手里……他迅速打消这个念头，因为谈"如果"是没用的。

他将外衣浸入临街的一口水缸，水滴成线，沾湿的布条一束成棍，岳飞慢慢道："我先前还留着力气，你们不怕被打死就上来。"

晁田哈哈大笑，探手上前抓向岳飞。岳飞灵活地一转，将布棍当枪甩起，扫向对方眉角。晁田侧身让过，但布棍却一转弯又回来了，直接把他的帽子扫掉。晁田大怒，猛扑上前右腿高高踏下。岳飞布条一转，缠住了晁田的脚踝奋力一拉。晁田也不是浪得虚名，沉住身子反将岳飞扯了过来。岳飞突然窜起，切入敌人近身，一手肘打在晁田的下巴上。晁田抓住他的手腕狠狠一摔，把岳飞摔倒在地。

嘭！岳飞布棍斜打，正抽在对方脖子上，晁田一下窒息，面色铁青跪倒在地。而周围的地痞见岳飞倒地立即扑了过来，雨点般拳头纷纷落下。岳飞护住脑袋就地一滚，却被人抓住腿拖了起来。岳飞手中布棍猛挥出去，扫翻三四人，好不容易才稳住身子，鲜血已从额头淌下。

晁田又站了起来，笑道："那么厉害，长大了还了得？"

岳飞深吸口气，抹去额头的鲜血，抬手示意不要废话快点动手。晁田冷哼一声，偌大的身躯猛冲上前，用难以想象的速度旋出十多腿。岳飞突然一矮身，从对方身侧滑过，将对方那十多记腿招完全避过，他身子展开后仰击出两拳。打在对方腰眼，晁田那巨大的身躯再次倒地。岳飞也不看对方的情况，而是转身冲向以为稳操胜券的王贵。

王贵身后都是人，想逃却被人墙挡住，无奈拔出腰间的短刀劈向岳飞。

"住手！"远处有人远远喊道。

岳飞一抓扣住刀背，生生将短刀夺下，半转身一手扣住王贵脖子。"还对老子用刀。"岳飞怒道。他调转刀头就要砍王贵，几乎同时，晁田和张显扑向岳飞身后。

这时，一条人影从人群中飞掠而至。他立于晁田、张显、岳飞之间，将三人分开五步。岳飞没看清到底发生了什么，王贵就落到了对方手中。他皱眉望去，夺刀救王贵的是个面目和蔼的白袍老者。

二、名师

"你！你，快放开我！"王贵拼命挣扎，但根本无法挣脱老者的手掌。

白袍老者道："你是谁家的孩子？小小年纪如此仗势欺人，倒也少见。"他又对晁田道，"那么大的个子，恃强凌弱就不说了。你还背后偷袭？"

"要你管闲事？快放开王家公子。"晁田怒道。

"我若不放呢？"白袍老者笑道。

"老爷子息怒，小子知错了。"王贵哀求道，"只因对方夺我宝马，小子一时冲动，才闯下大祸。"

老者见他语气诚恳，就将王贵放开。

晁田和几个地痞同时冲上前去，两个抱腿，一个抱腰，晁田则抬脚猛踢老者的脑袋。岳飞至少挨了十几棍，二三十拳。打的时候当时不觉得，这一停下来，全身骨头像散架了似的，想要帮老者已来不及。然而他眼睛一花，也没看清老者的动作，那几个地痞就各自飞出一丈多远，而晁田的脚踝被老者攥住。

"按我从前的脾气，就废了你这条腿。但现在……罢了。"

老者单手一送，将晁田抛出一丈多远。"娃娃你别逃，把这事了了才走。还未成人，居然如此奸猾。"他重新抓住想逃的王贵。

"周兄手下留情。"人群中一个声音道。

"竟然是你的孩子？"白袍老者微微扬眉，揪着王贵的脖领道，"你信里叫我来看的，是他？"

"正是犬子……"汤阴首富王明苦笑道。

白袍老者眯起眼睛，看了眼岳飞，又打量了下王贵，忽然对着远处人群道："那么陈老弟，你又是叫我来看谁的？"

陈广和徐庆牵着大白马挤出人群，身后还跟着十来个陈家武馆的弟子。陈广笑道："那自然是你边上那个能打的。"

白袍老者笑了笑道："这里的事王老弟你要给我个说法。但不管怎样在街口不是说话之处，我们换个地方如何？"

王明抱拳道："如此就到寒舍一叙。"

白袍老者征询了一下陈广的意见，陈广微微点头，于是一干人往王宅而去。

徐庆小声道："师父，到了人家地头，他们耍花样怎么办？"

"有周老师在，天塌下来都不怕，我们担心什么？"陈广拍了徐庆一下脑袋，疼得黑小子一龇牙。

"周老师是？"岳飞问。

陈广笑道："那自然是当今天下数得着的高手，铁臂金刀周侗，周大侠。"

岳飞和徐庆交换了一下眼神，是周侗？这可是传说到了神奇的人物啊！远处的晁田愤怒地看着一切，带着一干地痞悄悄离开了。

来到王家，王贵在他爹王明的追问下，实在无法抵赖，只好把事情经过交代了一遍。他始终记着同岳飞、徐庆的过节，一直想找机会报复。今天他发现是徐庆给岳飞代班，于是叫人带着父亲新买的大宛马去广福楼，然后再伺机盗马。试图给两人扣上一个丢马的罪名。一旦罪名坐实，不仅让对方赔钱，还要命人打岳飞一顿。为此他不仅调动了王家和张家的家丁，又请了一批外来的地痞。然而没想到的是，岳飞发现马丢了之后，迅速找到了他们的宅院。不仅如此，还想办法在他眼皮底下把马带走了。这样就逼得王贵必须当街动手，而且之前想好的种种计划，都无法如期进行了。

啪！王明甩给儿子一个耳刮子。"拖下去，按家法给我打二十棍！"王明吩咐仆从。

仆从面面相觑，赶紧将王贵拉了下去。

"晁霸天这种人你儿子也敢请，他是真不怕事儿大啊。初生牛犊，初生牛犊！"陈广啧啧叹息。

王明面色阴沉道："这里是相州，任那晁田在磁州有多大势力，也不敢在这乱来。"

"他让你看的人，是铁定没戏了。我给你写了那么多信，介绍的孩子你可还中意？"陈广笑嘻嘻地问周侗。

周侗看着王明慢慢道："你怎么看岳飞？"

陈广皱眉道："你问他做什么？他儿子和我徒弟是对头。"

"一个十三岁的娃娃，当街面对数十个成年人的围攻，不但全身而退，还能反戈一击。"王明苦笑道，"他如果是我的儿子，那我祖坟都冒青烟了。"

陈广慢慢道："准确说是，十三个地痞，二十一个壮年家丁，其中还有个武艺相当可以的朝天脚。"

王明道："岳飞是我汤阴的人才，若能拜入周大哥门下，不仅是他，也是汤阴的福分。"

周侗看着二人，缓缓道："我久不收徒，而且早就立下誓愿，不再只看天赋收徒。"

"所以你还要看人品是吧？这又不是招女婿！"陈广笑了笑，"你出去随便打听，听到岳飞半句坏话，我就再也不提这茬！"

周侗沉默不语，当夜就在王家住下了。

王明狠狠惩罚了王贵，并将被打得皮开肉绽的儿子，送到陈家武馆给陈广看。陈广询问之后才知道，原来王明和周侗是老相识，王明为了让周侗给王贵做师父，不仅多次写信介绍儿子的情况，更重金购买了一匹大宛马作为聘金。但经过今晚"盗马"的事，恐怕拜师之事已无可能。

"他写信，我也写了信。"陈广将岳飞叫到跟前，说道："师父我为了不耽误你，从你打赢了擂台开始，就不断给周老爷子写信，让他来汤阴看你一眼。"

"这个……师父，我只想跟你学。他本事再大，徒弟不感兴趣。"岳飞皱起眉头。

"放屁！什么叫不感兴趣？"陈广道，"人家是天下第一名师，教出过无数好徒弟。天下想跟他学功夫的人不知凡几！你跟着我，撑死给大户人家做个看家护院的。跟了他以后，就不是只盯着我们汤阴这点小地方了！何况，这事儿也轮不到你做主。你真以为人家一定看得上你？"

岳飞想了想，慢慢道："那他这次来汤阴，到底是为了我还是为了王贵？"

"这我哪里知道，我和他又不熟。"陈广捻着胡须。

岳飞顿时瞪大了眼睛。

陈广笑道："十多年前，我和他打过交道。周侗有真才实学，绝非浪得虚名。而且我们这种乡下人，要拜个好师父，那当然得皮厚一点。方才在王家，我是不是看上去和他很熟？"

岳飞猛点头。

"所以说做人不能太死板。"陈广得意道："要的就是这个效果，否则王家不得以为我们好欺负？"

真是拿这老头子没办法啊。岳飞笑问："那现在呢？"

"你这场架打得很是时候。只要周侗不是瞎子，一定会对你感兴趣。接下来就看你的造化了。"陈广转动着酒壶，慢慢道，"不过岳飞啊，做人别太好面子，该逃的时候要逃，知道吗？爹娘养大你不容易。"

岳飞扬眉道："这和面子没关系。我又没做错事，干吗要逃？"

榆木脑袋啊，陈广心里叹了口气，天才都会有点毛病吧。

接下来的几天，岳飞并没有等到周侗的消息。反而听说，王家正在筹备拜师礼，原本对拜师并不积极的岳飞，感到有些莫名失落。可是又过了几天，所谓的吉时吉日都过去了，王家并未行拜师礼，再后又听说周侗离开了县城。

拜师这种事，果然不是那么容易的。岳飞的心重新平静下来，依旧是白天练武，晚上做杂役。有时他的外公会到城里看他，问起了周侗的事，岳飞只说并没那么回事。就这么一个月很快过去，村里人送信来说岳飞的母亲病了。

母亲姚氏自从生了弟弟岳翻后，身体就一直不太好，作为长子的岳飞一直记挂着。从县城到永和乡约是大半日的路程，岳飞一大清早，只带了杆枪就匆匆上路。之前有传言，那个晁田放出话来，一定会回来找岳飞算账。岳飞对此并不上心，当他出县城后，隐约觉得有人跟在后头，回头看看又没发现什么。

靠近永和乡的三岔路口，有个酒肆给过往行人休息。岳飞并不准备歇脚，不过他在酒肆外看到了一张熟悉面孔，正是前几天交过手的"朝天脚"晁田。对方共有三人，同样气势汹汹，一看都是硬手。

眼看家门就在近前，岳飞不想惹事，低头加快步伐。但晁田当然不是无缘无故在此逗留，他大大咧咧地到路中间将岳飞拦住。

"回家？"晁田问。

岳飞抬头看着对方，慢慢点了点头。

"老三，你说得不错，这小子傲得很。跟咱们懒得说话的架势啊？"路边一个独眼人笑道。

晁田道："那天和你交手时，小看了你。所以没打好。今天我们重新过过招。”

“赢了如何？输了又如何？”岳飞见对方三人，将三岔路口的道路都封住了，板着脸将背上的丈二长枪解开。

对面几人有点好笑地看着他的举动，晁田道：“你还真想赢？我告诉你，老子们是磁州三霸天。这是我大哥破天拳雷豹、二哥青天剑胡青。现在我给你一条路走，只要你跪下来叫三声晁爷爷，赔个不是。老子就饶了你。不然你以后别想练武了。”

这时，酒肆的掌柜皱眉出来道：“哥儿几个，那么大的人欺负一个孩子，不太好吧？”

“滚！”独眼的胡青斜眼瞪了对方一眼。

掌柜的倒吸一口冷气，立即躲回酒肆里。酒肆里的客人指指点点，无人敢为岳飞出头。

岳飞望了眼回家的路，心里怒气上窜，昂首道：“我要动兵器的，你们谁先上？”

晁田舒展了一下身子，依旧是招牌的朝天一脚，人掠向半空，腿做大斧摆动狠狠劈下。岳飞冷笑一枪刺出，枪若蛟龙扫过晁田两腿之间，点向小腹。晁田若继续向前就等于往枪尖上送，在空中猛一个拧身斜落下来，半转身一腿踢向岳飞枪杆。岳飞长枪如风转动，枪杆甩出一道弧线抽向晁田的脖子。晁田沉身后仰一个铁板桥才躲过攻击。岳飞大喝一声，枪杆扫过晁田的脚踝，顺势将其打倒。

晁田的脸顿时成了猪肝色，在县城时他和岳飞交过手，只能算是小输半招。怎么这小子有枪在手，就完全不同了？

岳飞单手提枪，冷冷看着三人道："再来？"

一脸络腮胡的雷豹上前一步，他比晁田矮了半头，面容清瘦，眼中精芒闪烁，显然炼气有成。岳飞深吸口气，长枪大开大阖刺向对方。一个半大孩子居然爆发出如此惊人的力量，雷豹紧锁眉头身形转动，在枪影中来回穿梭。每到关键时刻，他都能将枪头拨开。二十余招后，雷豹一跃切入岳飞近身。一旦进入他拳头的施展范围，长枪就不够灵活了。

岳飞招法有些凌乱，面露难色虚晃一枪转身就走。雷豹冷笑，箭步追上，拳头带起劲风擂向少年后心。岳飞突然脚步一挫，身子灵动旋起，长枪如毒蛇吐信回身刺出！眼看枪头逼近，雷豹双臂一绞抓住枪杆。岳飞闷哼一声，枪杆螺旋转动，突破开对方手掌，刺向雷豹面门。

雷豹慌忙闪身，一个趔趄躲过枪尖，但帽子被岳飞挑落，发髻顿时披散下来狼狈不堪。

岳飞额头已渗出汗水，却仍旧表情淡定地望向青天剑胡青。

独眼的胡青有些好笑地看着两个弟兄，轻声道："常年打雁被雁啄了眼，说的就是你们。这事情传出去，我们兄弟真就没得混了。"随后他从背后抽出一柄明晃晃的长剑，对少年道："本来不该以大欺小，不过谁让你本事大呢？"

"虚伪。"岳飞笑了笑。他常听师父陈广说江湖人常常嘴上一套，私底下一套，原来果真如此。

胡青眯起独眼，淡然道："说的也是。那就来吧！"

岳飞紧握长枪，愤然上前！寒风中赤色枪缨仿佛一团烈火，枪若矫龙般昂扬舞起。

胡青舌尖舔过嘴唇，忽然从不可思议的角度刺出一剑，立即将岳飞的枪式完全打乱。岳飞从没见过如此迅疾的剑光，愣神间，胡青的长剑已展动开来！刹那间将岳飞笼罩在暴雨疾风般的剑影里。岳飞长枪左右搁挡伺机反击，而胡青根本不给他喘息的机会，不仅一剑快过一剑，分量也越来越重。

而同时，岳飞发现雷豹和晁田的位置不对了，那两人一副跃跃欲试的样子。他这么一走神，胡青长啸着一剑斩落！岳飞奋力举枪迎击，喀拉一声！长枪的蜡杆被一剑斩断！胡青飞起一脚，正中其肩头，岳飞被踢出六七步远，灰头土脸肩头剧痛几乎昏厥过去。

"能在我青天剑下走二十多招，让你大个五岁如何了得？"胡青冷冷盯着地上的少年，眼中杀机涌现。剑芒再起，刺向岳飞的心口。

岳飞回过神时，如风而至的剑锋已到面前，他决然地将断枪同时刺向对方！

当！枪头被胡青击落。岳飞面无表情地看着剑锋上的寒芒，前方的天空就是家的方向……

眼看要将少年击杀，忽然一点寒芒奔向胡青的面门，他下意识地一抬手，那支羽箭正中他的左臂。雷豹和晁田一前一后，冲向箭羽射来的方向。两发白羽箭破空而至急若流星！雷豹和晁田的小腿各中一箭！

射箭人纵马向前，磁州三霸天这才看清是白袍周侗，从官道旁的土坡上握弓而来。胡青扭头再次剑刺岳飞，忽然眼前一花，然后自己凭空退出五步之外。而周侗已将岳飞护住，那匹半根杂毛都没有的白色骏马停在远处三十步外。

胡青听过晁田描述先前的事，这就是传说中的周侗吗？人怎么可能有那么快的速度？

"姓晁的，王家已付清了你该得的报酬。为何仍在汤阴滋事？你那么大个男人，有必要和一个孩子较劲吗？姓雷的，你三兄弟行走江湖，你是做头的，就是这么带他们的？"周侗瞪着眼，明显动了真怒。

雷豹和晁田默不作声，他们的确理亏，原本只是为了给晁田出口气，也没想一定要杀岳飞。两人的腿上血流如注，却又不敢包扎，也不敢呼痛。

胡青咬牙道："周前辈，刚才的单挑是这小子答应的。我按江湖规矩行事，并无理亏之处。而你这一箭，是否说得过去？"

"他有的选吗？"周侗反问。

"我们兄弟和这小子既然有过节，总要找到解决的办法。"胡青低声道，"但既然周老前辈为他出头，这件事就到此为止。"

周侗冷笑道："恃强凌弱，还说自己按江湖规矩行事。你们三个人年纪加一起，都快九十岁了。欺负一个后辈，还想说走就走？"

"那你的意思是？"胡青问。

"把剑留下。抽自己十个嘴巴，然后滚出相州。"周侗傲然道。

"老匹夫！我敬你是前辈，你却得寸进尺？你箭射得好，但那么近的距离，能奈我何？"胡青长剑一横大怒言道。

周侗忽然跨出一步，两人十步的距离瞬间拉近，胡青仍旧没看清对方的动作，手里的宝剑就被夺去。

"若非老夫戒杀已有十载，岂容尔等小人？"周侗说话时白眉耸动，仿佛天下都在他的掌中。老头子手腕一甩，夺来的长剑应手而折！

磁州三霸天皆为这一手震慑，胡青面色惨白，还想说些什么，被雷豹喝止。

"我们弟兄认栽，今生不再来相州。"雷豹噼里啪啦甩了自己十个耳刮子，又果断地打了另两人十下，躬身施礼后快步离开了。

"就这么放他们走了？"岳飞不甘心地问。

"不然怎么样？杀了他们三个，然后亡命江湖？"周侗一面回答，一面查看他的伤势。

岳飞只能沉默，方才那一脚踢得他肩膀都脱臼了。周侗替他接上关节，岳飞沉声道："感谢周师父一个月里救我两次。只是为何……"

"只是为何那么巧是吗？"周侗笑道，"岳飞，我是专程来找你的。因为我想收你为徒。"

"什么？！"岳飞惊道，原本以为毫无希望的事，竟然又落到了自己头上？

周侗道："我早年收徒只看资质，门下弟子虽各个武道成才，但人品却良莠不齐。此次，我认真观察了你一个月。岳飞，我不得不说，你很好！老夫年齿已高，愿意收你为关门弟子。不知你意下如何？"

"小子家境贫寒。自古穷文富武，怕是……"岳飞略有犹豫。

周侗和颜悦色道："只要你愿意，别的都不是问题。"

岳飞恭敬拜倒在地，诚恳道："小子愿意！"

岳飞回到家中，向家人说了拜师周侗的事。听到如此大好消息，母亲姚氏的病顿时好了。岳家只是普通人家，并不知周侗有多厉害。但既然连岳飞的师父陈广都很推崇这位老先生，他们自然明白这是可遇而不可求的好事。只是有一点，姚大翁虽然家境并不殷实，但自尊心却很强。天地君亲师，即便对方愿意免费教，他又怎么容许自家儿郎去白学？姚大翁绝不接受不出学费就拜人为师这种事。老爷子的想法，就是全家的想法，于是岳飞的爹娘也为此头疼起来。当年岳家为了陈广那一两银子的礼金就掏空了积蓄，如今给周侗老先生，决不能比给陈广少吧。他们只是普通的农家，去哪找那么大一笔钱呢？

周侗得知此事后，选了个日子，专程来到岳家向姚大翁解释。他告知岳家，因为自己年事已高，所以准备在汤阴常住养老。老爷子愿意收岳飞为"义子"，他传授岳飞毕生所学，岳飞则替他养老送终，这样就不用交学费了。

"但是礼金总是要的。"姚大翁仍旧坚持。

"礼金，陈广已经给了。"周侗微笑道。

"陈师父给了？"岳和吃了一惊。

"给了多少？"姚大翁追问。

周侗捻着胡须，笑道："就是把你当年给他的那一两银子转给了我，已够老夫买几壶好酒。能收到岳飞这样的好徒弟，自然是要喝酒庆祝的。"

岳和与姚大翁眼圈发红，拉着岳飞给周侗磕了三个头。

于是，十三岁的岳飞投入周侗的门下，尽管岳飞在陈广手里打了不错的基础，但周侗仍旧是从头教起。

拳是什么？掌是什么？何为擒拿？何为踢腿？

剑是什么？枪是什么？何为弓箭？何为暗器？

射术、骑术、技击，这一切是否万法归一？

选择了习武是否还要学文？文以载道，武以定国，文武全才何其难也？

岳飞浸淫在武学的天地里，和义父周侗形影不离，每一天都过得无比精彩。周侗很爱喝酒，半年左右的时间，他由岳飞和徐庆带着，把县城里的酒肆挨家喝了个遍。这一日，他们就要走进凤凰居时，忽然一个黑大汉拦在他们身前。

"陕西周侗？"黑大汉高声问道，此人身高七尺，络腮胡黑脸膛。

周侗笑了笑："正是老朽，阁下是？"

黑大汉也不答话，上前就是一记冲拳，打向周侗面门。岳飞斜跨一步，手掌挡在对方和义父之间，与黑大汉连拆数招。

黑大汉人看着粗豪，拳法却极为精细，十来拳后居然压制住了岳飞的鹰爪手。

"臭炭头，你大人欺负小孩，好不要脸！"徐庆在一旁大声叫骂。

周侗却乐滋滋地要了碗酒就在旗晃边，看岳飞和人比武。二人掌对拳，很快交手三十多招。

"疯牛翻身！"黑大汉忽然大吼一声，身子怪异地一转，岳飞被对方一个大摔碑手震了出去，但他斜着一个空翻稳住身形。

"好了。"周侗制止了还要动手的岳飞，"此人自学成才。飞儿，你对敌经验不足，目前还不是此人对手。"

岳飞扬了扬眉，很不服气地退了两步。

黑大汉挽着袖子，挑起大拇指道："这位小兄弟，小小年纪就有如此武艺，不愧是名师出高徒。"

周侗笑道："阁下是谁？老夫一把年纪，你不会是来跟我比试的吧？"

"不敢，在下汝州牛皋。"黑大汉抱拳施礼道，"来汤阴为求周老先生一件事。我并非来找先生比武，只是这世上欺世盗名者极多，怕老先生是假冒的，才出此下策。"

"何事？"周侗问。

牛皋道："在下约了明教的石宝比武，缺一个公证人。石宝最近人在相州，说来相州武林除了周老先生，还有谁有资格做这场比武的公证人呢？因此恳请老先生，答应晚辈的不情之请。"说着他拿出一个包裹，"礼金奉上。"

周侗上下打量了牛皋几眼，微笑道："牛壮士是豪爽之人。"

"当然！"牛皋也不谦虚。

"那周某也直言相告。"周侗拱手道。

"前辈请讲。"牛皋大眼睛忽闪忽闪，连鼻孔都动了动。

周侗笑道："你武艺不错，不过仅仅是不错而已。石宝天下奇才，你不是他的对手。不比也罢。"

"我知道。"牛皋咧嘴笑道。

"你知道？"周侗一怔。

"谁说比武，要必胜才去比的？"牛皋正色道，"牛皋草莽出身无门无派。为提升武艺，到处找人比武历练，比武有输赢是平常事。石宝是东南武林的顶尖人物，他能接受和我比武，已是天大的面子。旁人一生都无此机会，我又怎么能临阵退缩？我宁愿站着输，也不能退而不战。因此想要周老前辈去做个公证，让我输得轰轰烈烈，风风光光。请周老前辈成全。"

周侗捻着胡子，慢慢道："这种想法倒也少有。汝州牛皋是吧？你是个有趣的人，收起你的银子，这个公证人我做了。"他微笑对岳飞和徐庆道，"你二人也跟着去开开眼界吧。明教的石宝，可是南方武林不得了的人物啊。"

"这黑炭头输定了的比武有什么好看的？"徐庆嘟囔道。

牛皋瞪着一双牛眼道："你叫我黑炭头，你很白吗？"

牛皋和石宝的比武选在安阳城。比武当日，相州武林的名人齐聚一堂。也正因为这样，岳飞终于了解到义父在天下武者心中的地位，即便连狷狂不羁，不将任何人看在眼里的石宝，也对周侗礼敬有加。

"义父，明教到底是什么？大家似乎都对他们敬而远之，还称他们为魔教。"岳飞小声问道。

周侗笑道："明教又称摩尼教，大约是唐朝时候传入中土。摩尼教教规森严，自身颇为神秘，和中原武林格格不入。而世人常把自己不理解的事，不明白的举动定为妖异邪魔。一来一去，他们就成了魔教。"

徐庆皱眉道："这么说来，乡下有不少婆娘都信了这个教，说是不拜佛，但必须吃素的。"

"那他们到底是好人还是坏人？"岳飞问。

周侗道："世上人哪有那么容易定好坏，人是非常复杂的。所谓好人会做坏事，坏人有时也会做好事。江湖人尤其难用一两句话定论啊。"

聚集到此的江湖人在背后对明教指指点点，当面则不敢有丝毫不敬。远近的武林人来了不少，甚至还有辽国的武者来看热闹。宋国和辽国久不征战，两边百姓已几乎没有敌对情绪。不过岳飞能感觉到，周侗对那些异族武者毕竟还是有些芥蒂的。

岳飞作为少年弟子出场演武，垫场赛三战全胜，让人刮目相看。围观的众人不由对名不见经传的牛皋多了一分期待。

然而……牛皋终究是毫无悬念地输了比武。而石宝那妙到颠毫的武功，让牛皋连衣袂都沾不上，给岳飞展示了一个全新的境界，原来武功是可以练到这个样子的，小岳飞在心里惊叹不已。

"牛皋！"周侗发现嘴上说不在乎的牛皋，眼中还是流露出落寞的神色。

牛皋僵硬地转过身，周侗捡了两根树枝，在牛皋面前慢慢演了几式。

"这是？"牛皋惊喜地擦了擦微红的眼睛。

"回去好好练，领悟多少看你造化了。"周侗笑道。

"多谢前辈！多谢！"牛皋跪倒在地，重重磕了几个响头。

打那以后，周侗时常带岳飞外出游历，纵览河北河南的山川名胜，拜访那些归隐于市井，栖身于山野的武林高人。少年岳飞在相州声名鹊起，而周侗是个非常和善的长者，遇到优秀的后辈，他并不吝啬传授一招半式。

岳飞在和各种对手交手后，对自身的武艺有了更深的了解，也记住了许多人物。汝州的牛皋，滑州的楼越，武陵的钟相，以及属于明教、惊才绝艳的福州人石宝，都是很厉害很特殊的人。江湖人难用一两句话定论。那个牛皋，完全不像好人的样子，怎么就被义父那么看重呢？岳飞心里嘀咕着。

一日，他们来到河北三关的瓦桥关，三关再向前就是宋辽边境了。

"岳飞，你知道宋军为何总打不过北方的国家？"夜色中周侗忽然问。

"义父说过，因为我们没有马场。盛产良马的燕云十六州，早在一百多年前就被汉奸送给辽国啦。"岳飞回答。

周侗笑道："你有没有想过，有一天，我们大宋出一个大英雄，把燕云十六州夺回来？"

岳飞点头道："盼着有这么一天能出这样的大英雄！"

周侗看着远处关隘的轮廓，发了一会儿呆，才道："你想不想成为这样的英雄？"

岳飞脸红了一下，抬头道："想！但是……我不知道怎么去做！"

老爷子看着天上的星辰，微笑道："你是我最后的弟子，我把平生所学都传授给你。此刻的你或许无法完全领悟，不过我相信十年、二十年后，你会是我最出色的弟子。我希望你能成为我所期待的那样的人。"

"为什么要十年、二十年后？我每天都会很努力地练武！"岳飞同样望着漫天星辰。

周侗道："因为习武不是那么简单，在你身手娴熟之后，更多看悟性。悟性分很多种，人的悟性也有高低，但最为依靠的仍是岁月和机遇。"

"岁月和机遇？"小岳飞不明白。

"其实就是用时间拼运气了。"周侗拍着他的肩膀又道，"世间事越是难做的越值得去做，而成为英雄，更不是只要武艺高强就可以的。"

岳飞似懂非懂地点点头。

很多年后，岳飞回忆起这段岁月，觉得这是人生中最简单美好的一段日子。如果可以选择，他希望永远活在那个时候。

三、昼锦堂

光阴似箭，周侗将一身绝学倾囊相授，岳飞不仅在拳法和枪术上更进一步，还学得一身惊世骇俗的骑射功夫。一晃几年过去，岳飞娶妻生子，前往安阳昼锦堂做了护院，而时间到了宣和二年的秋天。

数年来，朝廷的"花石纲"终于酿出大祸，尤其大贪官朱勔管理的苏州应奉局，将整个江南弄得民不聊生，在这一年爆发出前所未有的民变。魔教教主方腊打起"诛杀贼臣朱勔"的旗号，登高一呼，四方响应，短短几天就发动了十万流民，很快就攻陷了杭州。

当然这一切都发生在帝国东南，岳飞所在的相州表面看来仍旧太平无事。

梆！梆！梆！

"岳飞！岳飞！"护院队长高龙猛拍屋门。

岳飞挣扎着从床榻上爬起，头痛欲裂的他已不记得昨夜喝了多少酒。这种状态下些许声音都会让他两耳轰鸣，更别说这么响的敲门声。

"少爷叫你去见他。"高龙沉声道。

"说好今天不当班。"岳飞皱起眉头。

高龙冷笑道："那你自己去跟他说，搞不清谁是主子了吗？"

岳飞揉着脑袋，披上衣服去往二公子韩斌的院子。高龙并不喜欢他，岳飞是知道的，这些护院家丁都把他看成升迁的竞争对手，但其实他对在韩家常驻并无兴趣。用义父周侗的话说，即便做到了护院头领，又算什么成就？他到昼锦堂是为了开阔眼界，做人必须志存高远。

岳飞十六岁时来到昼锦堂韩府，韩家知他武艺出众，而且识字，就让他给二公子韩斌做护卫。豪门少爷的生活和农家子弟是完全不同的，一个从未想过的、繁花锦簇的世界就此出现在岳飞眼前。

那个年代，赵宋的皇帝赵佶，是个贪图享乐的风流皇帝。他在做皇子时就被人说是天性轻佻，不适合为人君。而世事就是如此难测，很多不该在一些重要位置上的人，都会鬼使神差地坐上那些位置。宋徽宗赵佶当朝的日子，是中国历史上奸臣数量最多的一个时代，那一长串的名字有蔡京、童贯、朱勔、王黼、梁师成、李彦等等。这六个被点到的名字，后世称之为"六贼"。因为轻佻的赵佶，以及这一干他信重的"六贼"，大宋朝廷过着空前奢华的腐败生活。

所谓上行下效，当时不仅仅京城充斥着奢靡之风，大宋各地都极尽奢华享乐之事。

韩肖胄的二儿子韩斌和岳飞同龄，相貌堂堂，年少风流。身边结交的不是豪门大户的纨绔，就是州县里的名士。岳飞每日随其参与各种集会，有时候还要连赶数场酒宴，他耳濡目染着贵公子的生活，增长了见识，也增长了酒量。而最重要的一点是，岳飞武功好且话不多，所以韩斌不管去哪里，都喜欢让他跟着。

"这就是今天的安排，我们先在雨墨斋吃早饭，然后去芬芳阁赴一个重要的约。"韩斌飞快地说了一遍日程，他喜欢有计划的玩乐，有时候也会随心所欲地想去哪里去哪里，"芬芳阁的饭局很大，普通人可见识不了。我和黄磊做东，请的是西军的少将军刘二公子，一起的还有平定军①冯家的傻小子。"

黄磊是相州知府的儿子，而冯家小子叫冯坤，是平定军广锐营指挥的儿子。至于刘二公子，岳飞不知是谁。

岳飞强打精神，笑道："少爷，咱们就是赴饭局，不打架惹事对不？"

"绝对不惹事！而且有好酒喝！醒酒，就得靠喝酒嘛。"韩斌指着一旁人高马大的徐庆道，"说起来，蛮牛的精神头比你足多了。这是为什么？"

"蛮牛不傻，知道不能傻喝。"徐庆微笑道。

是啊，这小子，喝到一半就装晕开溜，自然有精神。岳飞苦笑着整理出门所需，韩家少爷出门可是要带许多东西的。

一年前，韩斌在安阳城的赌坊遇到暴徒，岳飞和徐庆两人放倒了对方三十多人。那一战让韩斌对二人佩服得五体投地，立即将徐庆也招入昼锦堂，让他和岳飞一起做跟班，私下和岳飞的

---

① 这里说的平定军是宋时的地名，而不是军队编制。

关系也拉近了不少。也因为那一役，岳飞有了个独立的小院做宿舍，引得其他护院非常嫉妒。不被人嫉是庸才，岳飞对此并不在意。

这又是例行公事的一天。岳飞晕晕乎乎地跟着韩斌出行，大小事情徐庆都替他做了。对徐庆来说，照顾岳飞比照顾少爷更重要。有趣的是韩斌并不介意，他只需要这两个保镖在身边，就能放心玩闹了。

芬芳阁的饭局的确排场很大，雅间"蓬莱"里那十来个青年人，不是附近州府各衙门的衙内，就是大户家的纨绔。这次的主宾，名叫刘光世，是大宋西军都指挥使刘延庆的二公子。

"这次酒席我做东，"刘光世居中而坐侃侃而谈，"一共八个菜，一个一万贯。你们手里现钱不多的可以合买，有实力的也可以多买几个。我要求不高，八个菜卖完为止。"

黄磊笑道："一共才八万贯，少将军叫我们那么多人来。这明显不够分。"

"当然不是来分的，我是让你们来抢。"刘光世笑道，"一个菜一万贯，是底价。你们可以加价来买。价高者得。"

"价高者得"引得在座众人议论纷纷，刘光世笑道："不着急，各位等上菜的时候再报价。我刘某就是来相州交朋友的。"

他背后有一个美髯及胸的中年人，和黄磊、韩斌商量了两句，吩咐外面的人开始上菜。中年人走出雅间时，看到坐在外头的岳飞，微微扬眉，眼中闪过一丝异色。不多久，他打点好雅间的一切，出来在岳飞身边找了个位置。

雅间里各位少爷高谈阔论意气飞扬，外头他们的跟班则另外坐了两桌。

虽然好奇里面在聊些什么，但岳飞也知道不能随便打听。由于常随韩斌来此，莺莺燕燕经过此地时，纷纷捉弄般地来献殷勤。脂粉香中，岳飞一一回礼引得女人们一阵哄笑。在院子里玩了两脚"蹴鞠"回来的徐庆趁机上前揩油，又惹到女人们一通笑骂。

"嫂子不在身边，哥哥你不用那么拘谨啊。"徐庆回身落座。

岳飞淡淡一笑道："这种事不能有开头。"

"你不是喝醉了吗？"徐庆诧异道。

岳飞道："醉着醉着就习惯了，现在只是还有点头疼，别的没事。"

"最近师父心情不好，有点担心的样子。"徐庆忽然道。

"他为何会心情不好？可是身体出了岔子？"岳飞皱眉道。自从他们两个都到韩家做事，陈家武馆就兴旺起来，众多农家子弟不惜一切地把孩子送到陈广处，希望也能出人头地。老爷子武馆的生意红火了很多，照理应该很开心才对。

"东南方腊造反的事，大哥知道了吧？"徐庆道，"据说起事的多为魔教，也就是摩尼教的教众，你说石宝那家伙会不会也造反了？"

岳飞道："石宝本来就是魔教的大头领，他不参与才是怪事。只是尽管摩尼教在南方颇有根基，但朝廷已调动西夏边境的精锐南下，想来方腊是讨不得便宜的。"

"是！师父也是这么说的！"徐庆苦笑道，"但他认为不久前山东宋江造反刚被平息，现今东南又出了方腊造反。总觉得太平日子快到头了。你不知道，师父可怕打仗哩！"

"呃……原来是生意好了之后，怕好日子不长久。"岳飞莞尔失笑。

徐庆摆手道："可是大哥啊，你说魔教教主方腊，一贯是南方武林第一高手。魔教又素来高手如云，即便是大宋西军出战，应该也没那么容易平定吧。我是不知道西军有多厉害，但看看平定军出来的那些小子，我还真看不起大宋军队的战力。"

岳飞道："你要知道我们大宋军队尽管数量很多，但只有西军是常年处于战备状态的。我听说不论是陈广师父，还是我义父都在西军待过，那边应该和别的部队不一样。"

"那两个老爷子都在西军待过？我怎么不知道……"徐庆奇道，"亏我还自称包打听，原来陈老头当过兵。这下我相信西军和广锐营的狗崽子不是一个水平的了。"

"嘘……"岳飞踩了他一脚，扫了眼另一桌平定军的人，哪有当人面打脸的道理。

徐庆瞪眼道："干吗？我说的也是实话嘛。"

"这位兄弟话粗理不粗，也算是实话实说。"跟随刘光世来此的美髯文士，微笑道，"说到大宋军队的战力，自然是西军第一。刚才这位兄弟说，你的师父和义父都曾在西军服役，不知令师名讳？"

岳飞抱拳道："在下岳飞，师父是汤阴陈广，义父为陕西周侗！"

"原来是周前辈的义子！"美髯文士抱拳道，"失敬！鄙人朱全，如今在刘延庆大人麾下听用。对周前辈心存敬仰，可惜一直无缘得见。"

岳飞并不知朱全是何许人，只是简单还礼。"先生是刘将军的人，在下能否冒昧问一句，里头这是在做什么呢？"

"你可听过花石纲？"朱全问。

"听说是江南向朝廷进贡的奇石异草，江南各县这几年都在忙这事。"岳飞回答。

"不错，这已是整个东南的大事。我们少将军忙的正是此事。"朱全见岳飞表情茫然，遂笑道，"古怪的石头和特殊的花草，并非江南独有。只不过是江南比较富庶，所以那边的民间收藏较多罢了。河南河北河东河西，何尝没有好东西呢？所以我们少将军就准备给朝廷筹备一拨来自这边的花石纲。"

"这……我听说为了花石纲，江南才会有人造反。"岳飞皱眉道。

朱全道："负责江南花石纲的叫朱勔，他盘剥百姓，自然会把事情闹大。但若我们贡献了好东西，又未曾闹出大动静呢？那是不是大功一件？"

岳飞默然点了点头，他总觉得其中有些不妥，却又说不清。

"反正等你家少爷回去，也会跟你说。我就给你稍作解释。"朱全微笑道，"我西军要南下打仗了，粮草军饷，战士装备，都需朝廷调拨。若上头的老爷们不开心，我们这仗就打不好。为了讨得他们的欢心，我们必须要未战立功。河东河西的大户虽然不及江南富庶，不过绝不可小视。我们发动各地没有功名的纨绔，一同集资来奉献这拨花石纲。只要朝廷开心，不仅给养和军饷不是问题，那些出钱出力的人也会得到封赏。现在里头做的就是集资奉献这件事。"

徐庆扭头看了眼雅间，好奇道："那得多少钱？"

"这些纨绔，一不念书，二不练武。要想拿功名，自然要花些血本。"朱全自斟自酌道，"十多万贯总要给的。"

"俺的娘！"徐庆惊道。

岳飞则思索道："那牵头的刘将军岂不是要出更多？"

"钱并不重要，寻常人有钱也未必能通天。我们刘将军可以通天啊。"朱全拍了拍岳飞的肩膀，"老弟，你的见识还是浅了。"

这是说刘光世自己不用出钱的意思吗？岳飞深吸口气，脱口而出道："那有没有可能出了钱事情没办成？"

"世上事，有谁能说打包票的？但即便不成，出点钱交了我们少将军这个朋友，也是值得的。"朱全指着上菜的艺妓，笑道，"你看，这不知不觉已是第八道菜了。一切不是很顺利吗？"

但他话音未落，雅间里居然传出了争吵声。岳飞一听就知是韩斌在骂人，一个箭步冲入雅间。朱全目光收缩，这年轻人的速度怎么那么快？！

宴席上争吵的是韩斌和冯坤，他们为了最后一道菜的价格发生争执。原因是韩斌原本出了两万五千贯买最后一道菜，价格已是当天最高，这本是商量好的作为东道主给刘光世捧场。但平定军的冯坤却不买账，将价格抬到了四万贯。韩斌和冯坤素来不睦，为此破口骂人。

岳飞进入雅间时，冯坤正将那最后一盘菜举起砸向韩斌，那汤水热油同时落向刘光世和韩斌两人。岳飞纵身跃上桌子，用背将那盘菜挡下。那冯坤红着眼，准备掀桌子，结果被跟进来的朱全一把推出了雅间。

刘光世依旧面不改色，颇为欣赏地看了岳飞一眼，才对韩斌道："你的伴当很能干，但这最后一道菜究竟怎么算？"

"四万贯，我买下了。"韩斌抱拳道。

刘光世刚要点头，外头冯坤又大叫道："你出四万，我也出四万，凭什么你买得，我买不得？"

朱全见刘光世眼中闪过一丝不快，轻声道："听闻冯家公子到相州后，一直说手下有许多广锐营的硬手。不如让他派人和韩家的人比试一场，赢的人买这最后一道菜。"

"有理！"刘光世转而对韩斌道，"韩公子，没问题吧？"

"绝无问题。"韩斌沉声道。

外面有广锐营的人将激动的冯坤拦住，他们很快表示接受比武。

大宋朝一贯重文轻武，军人的地位向来不高，刘光世这边是他父亲刘延庆官居高位，所以韩斌才对其颇为礼敬，但他对广锐营的冯坤则是完全不放在眼里。他韩家是相州第一世家，有外人来相州踢馆，不给他们个下马威怎么行？

芬芳阁让在院子里玩"蹴鞠"的小厮们清出了场子。这里是韩斌经常光顾的地方，熟客们自然个个捧场，院子里很快就坐满了看比武的人。

岳飞小声将之前朱仝的话，对韩斌转述了一遍，提醒少爷小心被人骗了钱资。

"见识短浅。"韩斌没好气道，"即便花石纲的事情不成，咱们至少交了少将军这个朋友啊。又何况，银子事小面子事大。咱们能在家门口被打脸吗？"

岳飞摸摸鼻子，躬身道："那小人一定替公子赢下比武。"

"你多加小心，据说对面派出的人叫王德，小名叫王夜叉。是个狠角色。"韩斌叮嘱道。

王夜叉吗？岳飞站到场中上下打量对方，此人虽然身材高大，但长相平平透着股草莽之气，一双三角眼间微微耸起的眉头，远望过去仿佛诡异的第三只眼。

朱仝作为裁判站在二人之间，问："是否需要使用兵器？"

王德扬起双手表示不用，岳飞也摊开手掌。

朱仝笑道："那好，除了兵器，什么方法都可以用。不过不可杀人。现在开始！"

然而岳飞和王德却都不急着动手，而是都气定神闲地注视着对方。周围看热闹的衙内纨绔们顿时鼓噪起来，冯坤更是骂骂咧咧。王德面色微沉，双手摆开架势转起身形。岳飞依旧不丁不八地站在那里，细细打量对方的步伐。一旁观战的徐庆和韩斌都极有耐心地不发一言。

突然，王德以迅如鬼魅的速度一脚扫向岳飞的左太阳穴。岳飞左手一抬简单封住，对方又变化步伐，斜踢他的右肋。岳飞右手一拦，再次格挡住。王德身体却借着两招舒展开，凌空飞腿掠起从四面八方踢出二十多脚。

岳飞目光收缩，忽然摆出一个怪异的姿势，双肩一耸，若大鹏展翅向前冲起，砰砰砰！他胳膊连续挡开对方数腿，直接将王德撞得一个趔趄。王德一个空翻斜掠三步，岳飞却如影随形地贴了上来，手做鹰爪状扣住了王德的右臂，如风车般将对方甩出。

啪！王德跌了个仰面朝天。

朱全诧异地看着这一幕，连胜负已分这句话都忘了喊出。

王德按着右臂痛苦爬起，只刚才那一手，他的胳膊就被拽脱臼了。他左臂一拧，肩膀一甩将脱臼的关节归位。岳飞笑了笑，举手示意对方可以再来。而王德只是眉毛挑了挑，低声道："我输了。"

观战的刘光世赞赏地看着场中的岳飞，然后转身对韩斌道："昼锦堂人才济济名不虚传。韩少，你这个朋友我交定了。最后那个菜还是照原价好了。"

韩斌兴奋地抱拳回礼，也不理会狂怒中的冯坤，快步地去安排那两万五千贯的交接。岳飞平和地应付着周围众人的称赞，从小到大比武胜利对他来说已成习惯。忽然有芬芳阁艳丽的女子上前献上香吻，顿时叫岳飞的面孔涨得通红。

韩斌微笑道："岳飞，这温柔乡的事你也得多见识啊。"那些女子都是拿了他赏银的。

刘光世和朱全离开芬芳阁，登上马车。

"真好笑，平定军冯家的势力和韩家天差地远，竟然敢公然叫板。"刘光世眯着眼睛道，"难道这几年韩家家道中落了？"

朱全道："韩家虽不如前些年的势头，但在朝里的门生旧部根深蒂固，底蕴一定是有的。而冯家据说和童大人有些关系。韩家不愿惹他们，也算是投鼠忌器吧。这冯家的傻子，平日被人叫做傻子是有道理的。其实，给京师童大人送礼的人那么多，他冯家算得了什么？"

"这种人军营里却也不少。"刘光世问："老朱，那个王夜叉没有传说的厉害。你说我们还要不要收他到麾下。"

朱全道："不是王德不厉害，是岳飞太厉害了。他是周侗的义子啊。"

"周侗？"刘光世吃惊道，"那老爷子还在收徒？"

"听说最近几年是在相州。"朱全道。

刘光世笑了笑道："这个岳飞蛮有趣的，我们留意一下。你既然说王德实力不虚，那就按原计划安排他来西军吧。随便他挑个地方去。"

刘家的马车走出没多远。一个黑衣人走出芬芳阁，小声和外面的同伴说了几句。

其中一人咂舌道："吃一桌饭，吃出那么大的生意来？特别是那个韩家居然轻易就能拿出四万贯？"

黑衣人笑道："所以我们下一家，就选他们如何？"

"可是老大你说那家的保镖很厉害。"其他人道。

"我们多带人去，几百人还干不掉他一个？"黑衣人反问。

众人纷纷点头，四万贯够花几辈子了！

四、山贼

　　韩斌回到昼锦堂，大方地赏给岳飞一百钱。岳飞领赏出来，被告知老婆孩子来看他了。他乐呵呵地奔到小院，就见妻子刘氏和三岁的娃娃岳云正在院里捡树枝，小娃娃拿根树枝就挥几下，然后又去选更长的。

　　"当家的！"女人听到人声，喜滋滋转身招呼。貌美可人的脸庞上，有着一双水灵灵的大眼睛，更显顾盼生姿，二十来岁初为人母，衣着朴素，身形丰满有致。

　　岳飞的妻子刘氏，是汤阴有名的美人，比他大了三岁。如今已育有一子一女，大儿子岳云，女儿名叫安娘。她常独自带着孩子，奔波于老家和昼锦堂之间，一为了让孩子记得爹的样子，二为解决相思之苦。

　　"爹爹！抱！"岳云奶声奶气地叫着。

　　岳飞张手将妻儿拥入怀中，他何尝不思念家人，但既然做了韩家的庄客，自然就身不由己。

　　"小安呢？"岳飞问。

　　"在里屋睡呢。"刘氏笑道，"有我在，相公不用担心。"

"是是！"岳飞笑道，"今天你来得巧，公子又打赏了。"

刘氏微微皱眉道："我看是你又替他打架去了吧。当家的要小心，别招太多仇家。人家不敢惹韩家少爷，可把账都记在你头上呢。"

"知道，知道。"岳飞把岳云高高举起，笑道："不过咱啥都不怕！是不是，岳云！"

"嗯！不怕！"岳云人在半空，笑嘻嘻地高举起拳头。

这时，刘氏望着院外道："蛮牛，你听说咱家岳飞得了赏钱，就又来蹭喝了？"

徐庆笑道："嫂子，看你说的。我这是来看你和小云嘛。咱大哥拿了赏钱，会不给我酒吃？那你就太小看他了。"

"这倒也是。"刘氏笑道，"我张罗一下，去给你们弄点酒菜。"

徐庆立即道："拿了赏钱，咱们就不喝这儿的酒了。我去北面弄点好酒来！"

刘氏瞪眼道："你还真不把自己当外人。"

岳飞笑道："我和他同去，顺便弄点野味。你也好不做无米之炊。"

"嗯。"刘氏点头答应，她最喜欢丈夫时不时说两句文绉绉的话，和那些乡下泥腿子完全不同。

岳飞和徐庆一路出了昼锦堂，去五里外的小镇买酒。走在镇上，他们发现家家关门闭户，身边不时有带着家伙的路人向南去。这是怎么了？岳飞和徐庆同时感到有问题。往南的大路直通昼锦堂，除此没有第二家宅子，这些人是要做什么？

二人小心隐蔽入道旁的屋檐，发现陆续有提着刀枪的人成群聚集，但那些人彼此间似乎并不熟悉。

"你去和他们打交道，看看能不能套出话。"岳飞吩咐徐庆。

"好，大哥，你这么看重我啊……"徐庆话还没说完。

岳飞没好气道："当然是因为你长得比较匪气。"

徐庆吐吐舌头，弄把土将脸弄脏了，然后大大咧咧追着贼人的队伍叫道："弟兄们，这是去昼锦堂啊。着急什么，太阳还高高的呢！"

队伍里有人道："怎么不急？张超老大吩咐了，日落前在昼锦堂三里坡集合。"

"昼锦堂金山银山，如果去晚了可就没了。"另一人笑道。

"眼生得很啊。"徐庆信口胡说，皱眉道："你们不是张超老大的弟兄，前几次我没见过你们啊？"

"那是，张超老大说，方圆三百里的弟兄们，只要来都有肉分。张超老大平日见谁灭谁，我们这不是屁颠屁颠地过来吗！"搭话人哈哈大笑。

"三百里！那他娘的得多少人！让我们这些老弟兄怎么活？"徐庆骂道。

"得有千把人吧。"说着这些人一起大笑。

徐庆也跟着哈哈大笑，然后找了个机会离开人群。

"张超能发动千把人？"岳飞思索道，这个名字他是听说过的，是相州新冒出来的大山贼。确切说，此人的名字近来在大户中口口相传，已然到了谈虎色变的地步。

"看这架势，没有千把人，五六百总会有。我看咱们昼锦堂够呛。咱们那一共多少护院？加上青壮家丁不到一百来呐。"徐庆抓头道，"这下麻烦大了。大哥，咱们得立即回去通知公子！"

"光通知还不够。他就算能叫城里的军队来援救，只怕来的时候昼锦堂已经不行了。"岳飞道，"咱们得想办法解决这个麻烦。"

"就我们两个怎么解决？一个打五百个？"徐庆皱眉道，"真要带着百来个弟兄还好说，可是昼锦堂也不是我们兄弟说了算啊。不如我去安阳城叫县太爷调兵！"

"调兵手续繁杂，不是你以为通报一声就能调动军队的？"岳飞嘱咐道："你现在依旧回到那些山贼堆里去，想办法找个能接近张超的位置。就算不能靠近一把手，也得靠近二三号人物。而我从小路回昼锦堂，告诉大家这个消息。"

"我靠近了能做啥？"徐庆问。

"打架时候靠近了对面老大，我们该做啥？"岳飞反问。

徐庆一拍拳头道："懂了，找机会撂倒他！"

"撂倒张超之后，你就大叫张超死了，扰乱那些山贼的士气。"岳飞拍了拍徐庆肩膀，二人立即分头行动。奇怪的是这两人一点怕的意思也没有，反而非常兴奋。

昼锦堂外有贼人的身影闪动，而韩家的庄客们还依旧照常进出，完全没意识到危险的存在。岳飞一路快跑去找韩斌，简单说了下情况。韩斌顿时冒出冷汗，紧急招呼总管秦庸和护院队长高龙商议情况。

"你确定是张超？"高龙眉头紧锁道。

"打听清楚了。"岳飞点头。

"你确定是张超带了近千人？"高龙依旧没头没脑地问着。

"应该是七八百人，目前人还没到齐，所以我们有时间商议对策。"岳飞见高龙的额头和鬓角都是汗水，不由纳闷干吗那么紧张。他是内鬼？岳飞忽然生出怀疑。

"高龙你淡定点，每次有事都那么紧张。"秦管家对韩斌道："我们派人去和对方交涉，他们不就是为了银子吗？给他个几百两打发他们走。"

韩斌道："他发动那么多人过来，怕没那么容易。"

秦管家道："那也得交涉一下。高龙，你先去把庄园的大门关了，不许任何人进出。你带庄客守住栅栏，但别和外头的山贼接触，我马上就来。"

高龙答应一声，急匆匆跑了出去。

韩斌看了眼一脸狐疑的岳飞，笑道："老高不是内鬼，他只是没用。"

岳飞微微皱眉，不明白公子为何还笑得出。"公子觉得该怎么办？"他问。

秦管家道："先看一下，对方还没行动，我们要有人去县里求救。"

"去求救怕是来不及。"岳飞道，若是求救来得及，他早就让徐庆去了。

秦管家还想说些什么，这时外头有人快步跑进来说，有山贼在外叫嚣，让昼锦堂的人准备好女人和银子。

韩斌道："我去找贼首谈谈！"

"我的少爷！你还真是不知死字怎么写。"秦管家铁青着脸道。

"不如我去！"岳飞道。

"你什么身份，能代表昼锦堂？这里只有我去。"管家老头揪着胡子，大步走出大厅，可是没走几步就晕倒在路上。

韩斌招呼人照料管家，自己带着岳飞来到昼锦堂外围的瞭望塔上。

这几年各地盗贼四起，相州也不是一方净土，所以昼锦堂是特意增强过守备的。去年修了瞭望塔，今年储备了一些弓箭。但他们之前未遇到过大规模的攻击，也从未想过光天化日下会有那么多山贼。

远远望去，西北面的栅栏外人头攒动，全是山贼，他们尽管队形散乱，但的确个个都手持武器。

高龙低头过来道："少爷，我方才询问了外面山贼的来意，他们不知从何得知我们有十万贯以上的钱，不肯接受我开出的五百两银子的过路费。"

"管家不是不让你和山贼打交道吗？"韩斌瞪了他一眼。

高龙道："可是我带着弟兄守在门口，弟兄们都很紧张，催着我想点办法。而管家一直没出来。"

"蠢材，你着急开出价码，他们更加料定我们怕了，当然不会接受。"韩斌怒道，"真是一点脑子也没有！再说了，你有什么权力开出五百两的条件？"

"那现在该怎么办？"高龙苦着脸问。

"你怎么看？"韩斌问岳飞。

岳飞道："妥协是没用的，之前张超抢的几个大户，那些自愿给银子，山贼仍旧没放过他们。眼下我们能做的就是守。我们集合所有年轻力壮的庄客大约有一百人。尽管外面在人数上占压倒优势，不过我们有栅栏、围墙，有弓箭，一时半会儿他们攻不进来。这群山贼本身不是一伙的，一旦遇到挫折就会乱。他们乱了，我们就有机会。"

高龙道："守得一时又如何？我说我们还是要派人去县城求救。"

"远水解不了近渴。但死守并不是办法，岳飞，你有没有具体的想法？"韩斌问。

岳飞道："徐庆已经混到山贼里头，只要弄明白张超的位置，我就有办法！"

韩斌眉头紧锁道："你让他混到山贼里头了？你应该让他直接去安阳城搬兵才对！"他有些懊恼地敲了敲拳头，"现在只能指望衙门收到山贼来袭的消息，主动派兵来救援我们了。岳飞，你这事办得不够稳妥！"

岳飞咬牙低头并不作声，韩斌看着外头的山贼，吩咐道："高龙，你去后院征集人手，把拿得动家伙的人，不论男女都调到前面来。"

高龙躬身领命，快步离去。韩斌轻声道："岳飞，你的办法最好有效，否则我们韩家就危险了。"

岳飞来到昼锦堂正门时心情并不好，原以为二公子即便不对他言听计从，至少也会很信任。但对方却很怀疑自己的办法，这让他很受打击。

有个三十来岁的护院凑到近前道："岳飞，我听见你们商议了。我觉得你说的是对的，等援军是最危险的事。守昼锦堂要靠我们自己。而且我认为外面只是乌合之众，凭借这里的高大围墙，我们一定可以守住。"

说话的人是护院小队长胡越，老家是滑州人，曾在好几个豪门做过护院。

岳飞皱眉道："可是公子和高龙都对坚守有所怀疑。"

"不论能不能守都要守，一旦被攻破外墙，就全完了。"胡越眼中闪过痛苦之色，"我在滑州见过一次山贼屠村，这种事决不能出现在昼锦堂。岳飞，大家都知道你武艺高，但一个好汉三个帮，一个篱笆三个桩。有我能做的尽管说。"

岳飞立即将自己的计划说给对方，最后道："一旦山贼失去首领，我们就要做出进击的架势。你既然负责正门的守卫，能不能做到这点？"

"虽然有点冒险，但也只能如此。"胡越沉声道，"岳飞，到时候我听你招呼。"

岳飞抓住对方肩膀晃了晃，这种时候他除了感激，再没其他想法。

这时，刘氏出现大门口，拉住岳飞询问情况。她说里面护院家丁都出来了，一些奴婢都心急慌忙地躲去了内院，但没人招呼她，也没人告诉她怎么回事。

"外头有山贼。你快带孩子找个地方躲起来。"岳飞停顿了一下，又道："我们那个院子有个地窖，你们就躲在里头。"

"那当家的你怎么办？多少山贼啊！"刘氏那张俏脸顿时有些发白。

"我没事。"岳飞按住女人肩头，看着对方眼睛道，"你知道我有多大本事。不用怕，昼锦堂有我，担保无事。"

刘氏用力点点头，看看四下无人，小心在丈夫身上靠了靠。"本事再大，也要小心。"

"放心！说到做到！"岳飞沉声道，他发现刘氏抓住自己就不愿松手了，只能轻轻拉开对方的手，又加了一句，"我一定不会让你和孩子有事。"

岳飞沿着昼锦堂外围的高墙向外查看，单纯等待安阳的救兵，至少要四个时辰以上，而山贼在天黑时分就会开始进攻。平日里根本不做操练的昼锦堂，能不能守过头一个时辰，谁都不知道。所以等待援军看似稳妥，其实也可能是坐以待毙。以他岳飞的性格，绝不会坐以待毙。

岳飞当然知道自己的计划是在冒险，这一切的成败就在他能否找到张超，年少气盛的他觉得一定可以。可是他带着弓箭，在围墙上绕着昼锦堂转了一圈，只看到四面都有稀稀拉拉的山贼陆续聚集，却看不到贼首的影子。不仅看不到贼人的头目，也看不到徐庆给出的信号。岳飞转回了正门，忽然听到院里有人在找他。他仔细听了听，似乎是秦总管醒了，要求韩斌马上把他召回，而院里准备再次派人出去交涉。

交涉是没用的，对方知道我们昼锦堂有那么多钱，这一定事先做过调查。你出多少银子能打发他们走呢？岳飞不愿意去见总管，所以猫下腰躲在围墙上。如果对方不冒头，这场狙击就可能无疾而终，但岳飞仍旧有一个机会，就是待到天黑对方发起攻击的时候，张超一定会在队伍前方发动进攻。

果然没有多久，由几个管事组成的交涉组灰溜溜地从外头回来。他们连张超的面都没见到，山贼拒绝接受银两，并宣布将在日落时分进攻韩家。

"有钱给山贼，不如重赏护院和家丁，那样大家才能坚定守家啊。"胡越嘀咕着，不过他说了也不算。

栅栏外，昼锦堂正门前越来越多的山贼聚集，有一批灰衣戴着斗笠的山贼，每一个都提着朴刀配有弓箭。但岳飞并没在这些人里看出谁是张超，他耐心地靠在墙边，继续等待机会。他心底仿佛有一根琴弦被拉起，似乎等待这个时刻已经很久，就仿佛是久旱等雨，又仿佛是坐于山巅等待日出。但这一刻的他并不紧张，必须用弓箭解决问题，很多大英雄都是如此。比如飞将军李广，又或者三国时的黄忠！

时间分分秒秒过去，唯一的好消息是，昼锦堂在交涉失败后并未崩溃，反而派了更多的人填充到大门附近，准备誓死抵抗。胡越和高龙都在正门守着，这让岳飞松了口气，以他对二公子的了解，韩斌不会再听总管的了。

天色渐暗，外头亮起了火把。忽然，栅栏外传来一阵哄笑声。岳飞抬眼望去，见到正门外的高坡上有几匹战马出现。而哄笑声来自于山坡下的山贼，人群中依稀出现了徐庆的身影。这是说张超出现了？岳飞冲上正门的瞭望塔，聚拢目光望向山坡。

贼人们纪律松散，只是一堆堆地坐于空地上，武器也是随手一丢。那么多贼人只有三五个骑着战马，正中一人衣着讲究，手提一把长矛，明显是贼人的首领。这个人就是张超了吧。岳飞来回看了两遍，周围没有比这家伙更像头领的了。而贼人在头领到来后，纷纷起身舒展身体，似乎是准备开始列队。

这时，岳飞注意到山坡下徐庆的目光。两人隔着极远，只这么一刹那的眼神交汇，就明了对方的意思，徐庆小心地靠向山坡。岳飞则握紧长弓，将身体隐藏于阴影下。他天生神力，年纪不大就能开两石以上的硬弓，师从周侗后，更能做到百步穿杨。

强弓挽起，岳飞慢慢感受着四周的风声，箭锋凝向敌人的眉心。

这一箭出去，贼人就会翻身落马。这一箭出去，必须确保昼锦堂万事无虞。这一箭出去，必取此人性命！但是……岳飞忽然感到一阵紧张气闷，他收弓靠墙用力的呼吸了几下，箭射出人就会死……

义父说过，用箭杀敌不能有太多想法，但真到了这种时候，要做到谈何容易？岳飞咬着牙，若不杀此人，贼寇进了昼锦堂，韩家得死多少人？

平日趾高气扬，关键时候胆怯的人枉称英雄！那些烧杀抢掠的事，决不能在昼锦堂上演！岳飞深吸口气，猛地抬起长弓一箭射出！羽箭破空而至，带起尖锐的嘶鸣声。贼人张超只见寒光一闪，箭头已射穿眉心，叫声都没发出就翻身落马。

岳飞对着正门的胡越叫道："胡越！来十个人跟着我！"

正在列队的贼人都不知发生了什么，张超周围的贼人纷纷奔向首领，见那夺命一箭不由大惊失色。他们回望高墙，火把下仿佛天神一般的岳飞挽弓昂然而立。

"张超已死，不想步其后尘者滚！"岳飞高声喝道。

断喝声远远传出，山坡上下的贼人都听得清清楚楚。山贼们心头巨震，完全不知所措。

徐庆把一切看得清楚，立即放声大叫道："天啊！娘啊！张超老大死了！老天爷啊！快跑啊！"

那些贼人多数只是散在各地的流民，见到那一地的鲜血吓得纷纷后退。昼锦堂正门的护院们见岳飞如此神勇，不由士气大增，在胡越的带领下有二十多人冲出门来。

岳飞从高处飞掠而下，胡越将一杆大枪抛到他手中。岳飞长缨在手，领头在前奔向山贼。几个带朴刀的山贼气势汹汹地迎上前来，却被岳飞一枪一个，连续挑飞了五把大刀。那些人吓得转身就逃。徐庆冲上前去，转眼掀翻数个山贼。

岳飞冲出大门的时候，刘氏忽然从围墙后冲出来大叫丈夫的名字，可是没人注意到她的喊声。

这些山贼原本就是七拼八凑来的，并没有统一的首脑，如今连朴刀队都乱了，哪里还敢继续上前。有部分悍匪想要喝止他们又如何叫的住人，岳飞那二十多人几乎没遇到抵抗，追着百多人一阵猛冲！

只片刻之间，原本就是乌合之众的贼寇跑得干干净净。岳飞看着张超死不瞑目的尸体，俯身替其合上眼睛。周围的血腥味让他有种不适感，但他身子依然站得笔直。

原以为会有一场血战的护院家丁，看着贼人四散奔逃，根本不敢相信自己的眼睛。没有经过大战，却又仿佛在地狱里走了一圈，他们只觉得口干舌燥，全身上下酸痛无比。当外头一切归于平静，他们转而将岳飞高高抬起，爆发出震天的欢呼。

岳飞被人们高高抛起，而他仍旧盯着地上贼人的尸体。

当夜，昼锦堂的庆功宴上，由高龙带头，数十人轮番给岳飞敬酒，有人更提前恭贺他成为护院队长。岳飞来者不拒，近前堆满了空酒碗，喝得酩酊大醉。刘氏照顾了他一夜，眼中是满满的幸福。先前将孩子藏好后，她就来到大门前，远远看着丈夫的背影。岳飞冲出昼锦堂大门的时候，她吓得心都提到了嗓子眼，但也终于看到了丈夫英雄的一面。

这个大家心中的英雄，是我的男人。刘氏依偎在岳飞身边骄傲地想着，他在昼锦堂会有个好前途了。没人能把他从我身边夺走，刘氏忽然轻轻咬了岳飞一口。

五、少年

山贼事件之后，大家原以为岳飞在昼锦堂的地位会大大提高，事实却出乎所有人的意料。韩斌给了岳飞一个护院副队的职位，身份仍在高龙之下。这个身份看似在家丁护院里是一人之下众人之上，但原本所有人都期待他能取代高龙做队长的。

岳飞对此并不在意，他除了带队之外，依旧操持着韩斌日常的应酬。

平日里时不时有人指着他的背影说："看，那就是杀贼英雄。""那就是大名鼎鼎的岳飞，山贼来的那天，他一个人干掉了几十个山贼！全身衣服都是血！""嫁人就要嫁岳飞这样的真英雄，可惜啊，他已有妻室，轮不到我们喽。"

尽管人人都说他是杀贼英雄，但只有岳飞知道，弓箭射出的瞬间，终结的不止是那个山贼的性命……也将他岳飞过去那十多年的人生完全打碎。是因为我在意杀人？岳飞问自己，而答案似乎不是那么简单。杀该杀之人，为何会觉得有问题？

"你近来不太对劲。"一日韩斌忽然对岳飞道，"酒喝得比从前多，和人比武下手很重。给你假期，也不回家。岳飞，你是不是觉得我给你的奖赏少了？"

"没有。"岳飞回答。

"真没有？那你怎么不开心？"韩斌笑道，"我知道下面的人都觉得你应该取代高龙的位置。但老高是昼锦堂的元老，而且一直没什么过错。你年纪还轻，不用着急。"

岳飞道："我真没觉得赏赐少，也没想做队长。只是……总觉得有些问题没想明白。"

"什么问题呢哦？"韩斌问。

"我杀人了啊。"岳飞小声道。

韩斌皱起眉头道，"你坐。岳飞啊，你是为我们韩家杀的人，是为昼锦堂的男女老少杀的人。不该责怪自己啊。"

岳飞道："我知道，可是我闭上眼睛，就会看到那山贼的尸体。"

韩斌沉默了片刻，苦笑道："我给了你假，为何不回家呢？"

岳飞道："我也不知道。少爷，你知道我在昼锦堂只是想历练自己，但经历过这次的事，我可能不适合在这里当差了。"

"你不在这里干想去哪儿？"

岳飞道："没想好，不过我要的不只是几天假期，也许该换个环境。"

"你是一个很厉害的武者。"韩斌整理了一下衣袖，慢慢道，"建功立业的地方应该在军队，但眼下大宋的军队，派系林立，腐败入骨，武备不修。你想去哪里？去西军？"

"我也不知道。"岳飞只是这么回答。

韩斌也只能不再多说。

大约一个月后，岳飞辞去了昼锦堂的工作差事回到汤阴。在韩家的推荐下，去县衙当了一名游徼，游徼是一种类似弓手的差官。这一变化让刘氏很不理解，不过游徼大小是个官，能在衙门当差算是好事吧，她心里琢磨着。

岳飞做了几个月官差，认识了一些朋友，但也结了仇家。有一次他在酒后打了欺行霸市的地痞，几乎将对方打死。那地痞和平定军的广锐骑有关，在地方上极有势力，最后岳飞反而丢了差使。正如刘氏之前说的，岳飞为昼锦堂打了那么多架，人家不敢惹韩家，可都算在他头上呢。

岳飞并不在意这份差使，对他而言，这几个月的经历和做护院一样没意思。在韩府杀死贼寇被捧为英雄，在街面上打一个地痞，却被官府严厉训斥。这是什么道理？十八岁的岳飞完全不能理解。这时，周侗托人传书叫他回家。

时间上已是初春，周侗却坐于炉火边，身上盖着厚厚的毛毡。他面色泛灰，原本漂亮的胡须变得稀疏而缺乏光泽，看上去仿佛生命随时都会耗尽。

"义父的身子怎么变成这个样子？"岳飞心疼的掉下眼泪。

周侗摆手道："年轻时受的伤，时不时会复发一下。不用担心。去年冬天不太好过，现在开春了，不久就会好的。"

岳飞知道义父是在安慰自己，事实上他跟着老爷子几年，从未见对方那么虚弱。

"你怎么样？我听说你在昼锦堂杀了个山贼，开了杀戒。"

周侗靠着炉火，眼中光芒闪烁。

"是的。"岳飞低声道，"但困扰我的不只是杀人。"

周侗笑道："说来听听。"

岳飞就将山贼骚扰昼锦堂的事，前前后后说了一遍。然后道："我明明想了个对的办法，最后实际效果也很好。为何管家和公子当时并不支持我，事后也不对我的功劳表示重视呢？山贼骚扰大名鼎鼎的昼锦堂，那边平日里号称往来皆是名士，结交的都是智者。怎么一遇到事就只想着投降？我虽然杀了张超，击退了山贼，可是整件事让我觉得非常憋屈。再就是，亲手杀人的感觉的确很不好。"

"一年之前，张超带一百山贼，杀入河西平山镇，屠五十人。八个月前，他带两百人攻入河东张家堡，杀张家一百二十余口。五个月前，他纠集滑州和相州的山贼，五百多人进攻两州交界的游龙书院，杀一百多学子，焚烧书库。这种人，若再给他一两年，他还会做下多少恶事？"周侗丢了几块火炭到炉火中，低声道："你初次杀人，若是觉得心安理得，就不是我的孩子了。恶人的命也是人命，你有这个意识，不枉跟我那么久。但事情既然过去了，就不要继续纠结。你只需记住一点。你杀他是为了救许多人，你在下这个决断时间心无愧。那之后就要坦然面对，否则就是妇人之仁。"

岳飞深吸口气，微微点头。

周侗道："技击术，本是杀人术。你既然学武，就要有这个觉悟。眼看天下盗贼四起，这个山贼是你杀的第一个人，但绝不会是最后一个。你既然身负绝世武功，那么有些责任就必须背负。大丈夫的本领越大，日后能做到的事越多，背负的责任就越大。岳飞，你可知责任到底是什么？"

"责任是什么？"岳飞低声重复了一遍。

周侗道："责任是取舍的决断。今天你要为自己做决断，将来要替别人做决断。只要问心无愧，之后就要坦然面对。杀一人，救一人；杀百人，救千人。是宽恕还是杀戮，匡扶正义和滥杀无辜往往只有一线之隔，这些问题从来都不简单。你还记得我从前跟你说的英雄吗？要成为我们心中的英雄，要背负的并不仅仅是自己的性命，而是要将许多人的未来一起扛在肩上的。"

岳飞苦笑道："可我何时才能学会如何决断？怎么知道做的判断是对是错？"

周侗道："这的确不好说，历练不只是说你经历了事，还包括你经历的年岁。我想当你遇到的事多了，自然慢慢就学会了。这一次山贼的事，你已做得很好。至于昼锦堂，的确不用回去了。去那边本是为了增加阅历，既然那边没有能拓展你视野的良师，不如回来陪陪我这个老头子吧。"

"谢义父。"岳飞眼中射出感激之情。

周侗裹了裹毛毡，低声道："近些时候，我也想你得紧。说起来，武艺的事你投入了太多的精力，自古文武全才方是人中之龙，你不如练字养气吧。"

周侗知道岳飞的脾气，这孩子天性耿直，正义感十足，而这种性格在当今世道是吃不开的。他更理解初次杀人对武者的影响，于是将岳飞留在了身边。这一次，周侗更多地给岳飞说自己的人生经历和大宋的时事。这个"花石纲"肆虐的奢华时代，真不是武将出头的好年月啊。

春暖花开，周侗的精神果然好了许多，他决定带岳飞去沥泉山，拜访沥泉寺的方丈志明大师。徐庆借着春假，也回乡和岳飞做伴，借此机会一同出行，这让二人不由想到小时候的日子。

沥泉寺在相州小有名气，香火旺盛，然而很少有人知道的是，志明和尚当年曾在疆场建功立业，使得一手好枪法。

风中散落点点细雨，岳飞和周侗坐马车上山。山间小路上青草漫山，野花点点，忽然远处的小路上有一少年，背负长枪迎风而上。

"小伙子，山雨路滑，何不上车一起上山？"岳飞热情地招呼。

那少年头也不回，径直掠过一道山梁消失于山雨中。

"好快的步子。"岳飞笑了笑，马车在他的驾驭下，四平八稳毫不颠簸。

徐庆道："大哥，你自从当了爹，看到年纪小的总是很热情啊。"

"你也当爹了，会不了解？"岳飞笑道。

"我家的是丫头，和你家云小弟可不同。"徐庆抓着胡子笑道，"你家云少，才三岁的孩子就已经能舞枪弄棒了。这是天赋！"

岳飞道："我还真没看出来那傻小子有什么天赋，每天拿根树枝，就嘟囔着棒子刀枪。"

徐庆道："你只见过他舞树枝。你有见他搬石块吗？三岁大的孩子，搬你家大树下的青砖石，那天吓死我了。"

岳飞莞尔笑道："他经常做出一些吓死大人的举动，他爷爷说这娃是个天才。"

徐庆道："天赋这种事是真的有，小时候我以为自己身手不错，如今发现还真不能骄傲。"

"蛮牛终于懂事了。不容易。"周侗笑道。

徐庆道："老爷子，蛮牛打小跟着大哥和您，再不懂事还有药救？不过这一路见着不少武林人，他们上沥泉山做啥呀？"

周侗道："志明和尚有三件宝物，一是大枪铠甲，一是他的《金刚经》。第三件则是他后山兵器墙上刻着的《枪谱》。每年都会有不少后生前来拜山，求观《枪谱》。方才那孩子和那些武林人大概都是去寺里的。"

岳飞问道："义父带我来的意思？"

周侗微笑道："我只是带你来见见老友而已。那和尚的枪法和书法都是一绝呢。"

三人来到沥泉寺，志明和尚正在会客。接引僧人和周侗熟识，一面将他们带到书斋奉上茶水，一面解释说方丈见的客人是京师来的李大人。那位大人身份显赫，而且是带着家眷到此，所以方丈一时走不开。

这不算是大庙，但建筑极为古朴，据说唐代大诗人王维曾在此居住，所以整个寺庙的布局极为清秀高雅。寺庙中央有株参天的菩提，站在那磅礴的树冠上，可将整座沥泉山的景色尽收眼底。

等得片刻，徐庆就不耐烦地去后院看兵器墙。岳飞则认真看着房间里的摆设和字画，在屋子显赫的位置挂着一幅气势磅礴的丹青，画上描绘的是很少见的战争场面，浩荡的水面艨艟斗舰来往交锋，冲天火光席卷战场。在字画的左上角，题有数行文字：

"大江东去，浪淘尽，千古风流人物，故垒西边人道是，三国周郎赤壁，乱石穿空，惊涛拍岸，卷起千堆雪。江山如画，一时多少豪杰。"

这画的是赤壁之战？岳飞惊讶于画卷上磅礴的气势，盯着字画久久不能移开视线。

"志明和尚颇有灵气，行伍时行军打仗颇有一套，退伍后，沉迷于丹青书画，短短十余年也自成一格。"周侗笑道，"我知你还不信我讲的练字养气之说，但你看看这里的东西就会明白，即便在刀山火海摸爬滚打数十年，终究能将一身杀戮戾气化作笔墨香。所谓文武之道，一张一弛。"

岳飞笑道："和书场里说的不同，赤壁之战其实没有刘备什么事。"

"世上事，口口相传个几天就会变样，真要传上几十年，几百年，自然和原来的面貌大不相同。"周侗品着茶，慢慢道，"你听流传的故事，从前那些大英雄都是一个样子。但若你看史书，那就真是千人千面了。厉害的人物，做了厉害的事，终究会留下名字，所谓名垂青史。"

"名垂青史。"岳飞默默重复了一遍。

周侗道："你看那边几幅画，哪一幅不是名人典故？"

岳飞听老爷子的话，一幅幅欣赏过去，不觉忘了时间。忽然，外头接引僧人跑来道："周老先生，岳施主，你们的同伴徐施主在后头和人吵起来了！"

呃，这蛮牛又惹事！周侗和岳飞闻言立即奔赴后院兵器墙。

沥泉寺的兵墙布置在他们的后院，这里聚集着二十来个江湖人，都是在开放日登记观摩《枪谱》的。

所谓的兵器墙，是一面宽八丈，高一丈二，由青石砌成的砖墙。墙上悬挂着三十六种兵器，每一个件兵器下面，都有一套相关的人影图录，而丈二长枪下画的就是《枪谱》。此墙已有一百五十年的历史，斑斑驳驳的墙面，每一道痕迹都有一个故事，据说当年并州杨家的子弟也曾在此观摩。

平日里，来观摩兵器墙的武林人都是井水不犯河水，各自安静的研究自己想要学习的兵器图录。不知为何，徐庆会和人争吵。

徐庆正和一个十三四岁的少年争执着，两人你一句我一句，越说火气越大。徐庆拉开架势就冲向那少年。

那少年冷笑着，只伸出一条胳臂就挡下徐庆的拳头，不仅如此，他硬生生向前一发力，竟单臂将徐庆那八尺高的身躯举了起来。

徐庆平日里趾高气扬，可谓隔三差五地就找人打架滋事，可从未陷入过这种境地。他空有一身蛮力，却根本发不出来，气得嗷嗷直叫。

那少年转了个身，托起他的后背将其抛了出去。徐庆那高大的身子，直接飞出两丈多远。岳飞一个箭步将他救下，要不然非摔个狗啃泥。

而那少年不看徐庆，直接转向"兵器墙"登记处的一个黑大个，冷笑道："你说小爷年龄不到，不够看《枪谱》的资格。现在怎么说？"

那黑大个怒道："寺里规矩不到十六岁不能靠近兵器墙，你武艺再高又如何？规矩就是规矩！何况你这臭小子如此无礼！"

岳飞看到这黑大个不由一怔，居然是有几年未见的牛皋。而那个傲慢少年，正是他们在上山时遇到的少年人。

"小爷今日既然来到沥泉山，这《枪谱》是看定了。谁敢拦我，我就挑了谁！"少年解开背上的包裹，露出一柄丈二长缨，冷笑面对四周围拢上来的僧人。

"就凭你？"牛皋推开桌子来到场中，边上有人给他递上一对铁锏。

"黑炭头，你不够看。给我滚一边去。"少年笑嘻嘻道。

牛皋怒道："我本不该以大欺小，但你小子太混账！"

"到底怎么回事？"岳飞问回过神的徐庆。

徐庆道："庙里有规定，只有年满十六岁才能进院参习兵器墙。这小子只有十四岁。一看就没到年龄，所以僧人们就劝他过几年再来。可他不肯。牛皋不知为何，在这里负责给武林人登记。那老牛多火爆的脾气，三句两句就吵了起来。我好心去劝。"

"你会劝?"岳飞没好气道,"你没火上浇油就不错了。"

"我……"徐庆尴尬地皱眉道,"好吧……我承认,我也没想去劝。只是在边上嘲讽了两句,那小子就和我对上了。结果……我说这家伙一定用了妖法,我怎么可能那么容易被举起来?我连怎么发生的都没想明白!"

岳飞低声道:"不是妖法,他只是动作足够快。"

场中,牛皋和少年正在动手,他那对铁锏银钩铁画浩荡翻滚。岳飞不由默默点头,这黑炭头几年来进步不小。但不论牛皋的铁锏打出什么招数,那少年都是斜跨一步,或者提枪一拨,就将他的攻势化解。

几个回合后,少年突然一枪疾刺牛皋的胸膛。

这一枪快得毫无征兆,牛皋回锏一拦,没能挡住,眼看枪尖点向心口。牛皋大喝一声,脚踩七星步,突然挪开了三尺,才避过这一枪,胸前的衣襟被枪尖扫裂。怎么会那么快?他全身瞬间被汗水湿透,如看鬼魅般重新打量对手。

少年笑嘻嘻地扛着枪,调侃道:"黑炭头,你锏法不错。只可惜没学全一套。少爷我没空和你玩,识时务的就让开。"

"他娘的。你以为枪快,我就怕了?"牛皋深吸口气,重新摆开架势,双锏一前一后,一快一慢,一轻一重地舞动开,时而如急风暴雨,时而如巍峨群山。

少年连刺几枪,枪尖好像被一股奇怪的吸力带开,自动地送到了铁锏上,而牛皋的锏一击重过一击。

"那小子不行了？老牛这几年出息了啊。"徐庆道。

"不。"岳飞苦笑道："老牛危险了，那小子还没发力。他一直都是单手用枪。"

"什么？"徐庆这才看清对方动作，惊道，"还真是！"

他们说话间，少年微微一笑，忽然双手握枪，长枪发出一声尖锐的啸声。当！枪尖重重扫在铁铜上！

牛皋虎口崩裂，向后退出三步。

少年昂首挺枪，奔着牛皋的面门又是一枪。

牛皋双铜十字插花一拦，却无法抵挡对方的力量，铁铜被挑飞到半空，大枪毫不停顿地刺向他的喉咙。牛皋脚步灵动一变，想要退出大枪的范围，但他连退五步都无法摆脱那冰冷的枪锋。

啪！忽然斜刺里，扫入一柄长枪，将少年的长枪架住。

少年一扬眉并不说话，直接扫向握枪的岳飞。二人连续交换三十余招，两杆大枪仿佛两条蛟龙，红色的枪缨仿佛两龙焰跳跃。大开大合，行云流水的枪法，带得周围风起云涌，让四周围观的武者纷纷避让，退出十丈远来观看这场大战。

"你小子又惹事！"周侗拍了一下徐庆的脑袋。

徐庆苦笑道："我的老爷子，这次真不怪我。是这小子一定要坏寺院的规矩。"

牛皋见到周侗，急忙上前见礼。

"和尚，你怎么看？"周侗笑问身边的志明和尚。

志明和尚身形高大，面容威严，说话时却带着几分玩世不恭的笑意。"这次稀奇了，这娃娃用的枪法我没见过。话说回来，你这小徒弟真不错。若有一天，你周侗的名字会被后人记住，只怕就是靠这个徒弟了。"

"这算什么话？难道我的名头还不够？"周侗笑骂道，其实心里还挺开心。

"那要看你想留多大的名了。"志明悠悠道："不过这个叫岳飞的尽管与众不同，这次较量也还难说。"

"大和尚，我大哥从没输过！"徐庆瞪眼道。

"那也只能说，他还没出过相州。"志明笑道。

大哥绝不能输，徐庆盯着场内心里默念，绝对不能输！他把岳飞当做大哥当做偶像，决不许别人的武艺在岳飞之上。这是徐庆内心的另一种执着。

二人电掣雷鸣，风卷残云地斗到八十余招，终于人影一分。少年汗水淋漓，长枪拄地，大口喘息着。而岳飞则依旧端着枪势，一动不动地注视着对方。

"从我出道至今，没人能接我全力一枪，你是谁？"少年问。

"汤阴岳飞。"岳飞沉声道，"阁下？"

"常山高宠。"少年微微侧身，双臂展开，长枪凝立，一瞬间人和枪合二为一。他傲然吟道："枪，为百兵之首！"

前所未有的压力扑面而来，岳飞整个人亦安静下来，他微一沉身，摆开凝重的枪式，斜指背后庭院的飞檐。

高宠掌中大枪微微旋转，突然大喝一声，蓄势已久的一击，倾力而出！岳飞稍一犹豫，但依然提枪迎上，两把大枪的枪尖归于一条直线，分毫不差地对在一处！高宠枪风狂野如龙，岳飞枪势沉凝若山！

轰隆！枪尖一碰，居然发出雷鸣般的响声，支撑枪头的蜡杆瞬间爆裂开来。岳飞闷哼一声，向后斜飞出十多步，让过了对方全力一击。

四周围观的武林人纷纷发出叹息。

唯有高宠面容古怪地看着对方道："我输了。但你为何要躲？你的气势丝毫不弱，若不躲就不会受伤。"

岳飞深吸几口气，调整呼吸一时竟不能言语。

这时一个洪亮的声音出现在人群中，"岳飞若不躲，重伤的就是你。他看你是个娃娃，所以不想让你重伤。"

"对敌人仁慈，就是对自己残忍。"高宠瞪着说话的和尚道，"想必你就是那个定了破规矩，不让我看《枪谱》的志明了。"

志明和尚挠了挠光头，丝毫没有大师风范地笑了笑："《枪谱》杀戮之气太盛，对少年人的心境不好。何况，我在遇到你高宠之前，哪里知道天下会有这样的少年？"

高宠咬了咬牙，终于忍不住笑了起来，"大师，您还真会说好话。"

"实话实说而已。"志明向着周围的江湖人合十道："老衲今日，为高宠破一次例。许他一观《枪谱》。但是……"他又对高宠道，"先前被你打的这些人，你可得好好赔个不是。"

"好说。"高宠对着徐庆、牛皋，以及另几个被他打伤的和尚，抱拳道："小弟得罪了！在此有礼。"说完一溜烟地跑入院子去看《枪谱》了。

浑小子，牛皋等人虎着脸，这个道歉哪有什么诚意啊。

志明和尚挠了挠光头，对周围众人道："各位也可随意进院一观，不过……"他压低了一点声音道，"别再惹那小子啦。"

这句话引得众人一阵哄笑，顿时漫天的战云都散开了，岳飞上前与志明见礼。

志明道："岳贤侄可先观《枪谱》，然后和那小施主一起到带书斋一叙。"

六、从军

岳飞翻看着《枪谱》，心里生出一些困惑，他感觉这一套枪法并未完成。最后一式画的那个人，动作看似随意，又仿佛雷霆万钧，可总觉得还缺了点什么。他在《枪谱》前踱着步子，顺着那最后一式望向远端的山景，赫然看到山脊上一道白虹般的山泉迎风而下。那条条水流串串水珠，灵动自然，化作白练，仿佛一杆贯穿于天地的长枪。

见得此景，岳飞隐约悟到了什么。

一旁的高宠提笔飞快临摹着《枪谱》，全不顾寺庙不许临摹"兵器墙"上图录的规定。而周围不论是和尚还是武林人士，都因为畏惧他的本事，没人敢上前干预。

岳飞笑问："以你的才华，看一遍不就记住了嘛，何须抄录！"

高宠道："拿回去给我大哥看。"

"大哥？"岳飞道。

"这世上没有比我大哥更厉害的人，但他身体不好，不能去各地观摩别家的武艺。所以我到寻找各地的拳经剑谱带回去给他。"高宠忽然抬头看了眼不远处的牛皋道，"不管有什么规定，都无法阻止我抄录那些东西。"

牛皋撇了撇嘴，敢情这小子是明知故犯。

岳飞笑道："方丈大师说，此间事了，你和我一起去书斋说话。"

高宠收起纸笔道："那边我就不去了，你告诉大和尚《枪谱》我收下了，我高宠很承他的情。日后有事，到常山高家堡招呼一声，定当回报。"尽管是个少年，他言语中却有连成年人都及不上的骄傲。

"这《枪谱》……"岳飞欲言又止。

高宠笑道："你是想说，还没完成吗？我也觉得有问题，带回去给大哥看。大哥一定能看懂。"

"常山高家堡，他是开平王高家的后人啊。高家枪失传已久，到今日忽又有了传人。天下真的将要大乱了吗？"志明和尚笑着对回到书斋的岳飞道，"贤侄，你是否也觉得《枪谱》的最后一式有问题？"

"看似未完成，又似乎已完成。"岳飞谦虚请教。

志明和尚道："《枪谱》全名天龙十一式，你们觉得未完成的就是第十一式了。《枪谱》并非我所创，而是一百五十年前天龙大师的枪法。他当年曾参与对辽的血战，是在战场上历练的枪法。"他微做停顿，笑道，"沥泉寺也因此对退伍的军人更加和善，老衲才能在此有一席之地。"

"你何止有一席之地，在这里过得可舒坦呢。"周侗笑道。

"这话倒也没错。总之，这最后一式，人说天龙大师已经完成。但除了他再无第二人用出来过。即便是和尚我，在沥泉山那么多年，也不曾参透这最后一招。"志明话锋一转道，"你和高宠斗到最后一枪，且不说胜负之心，你毕竟是冒着自己负伤的风险，让了他一招。这是为何？"

岳飞笑道："比武并非一定要争个胜负，我和他本就没仇，何必以死相搏。高宠年纪还小，真要那一招我把力量用足，他恐怕会受重伤。这样一个少年天才，若在这个年纪受了重创，我真不知日后他会怎么样。因此，我宁愿让他一招。我能确定的是，我输这一招并无大碍。"

"阿弥陀佛，施主宅心仁厚。善哉善哉。"志明和尚看了周侗一眼，"你收了个好徒弟。"

"是儿子。"周侗笑着纠正。

"好好。和尚没有儿子。"志明道，"但有些好东西还是要找人传下去。"他说着转身进入禅房，出来时手里多了一杆丈八长枪，枪杆鎏金有鹅卵粗细，枪头长一尺，枪上红缨因年代久远，并不十分显眼，但隐约中透着一丝猩红。

志明将大枪递给岳飞道："一个优秀的武者，必须有一柄趁手的兵器。这把枪等闲之辈耍不动，给你则一定合适。"他见岳飞似乎要推辞，立即道："和尚平生最不喜欢假客道，神兵利器谁不想要？何况，我也希望有人能研究出《枪谱》的最后一式。老衲以为，那一式和这把兵器有莫大的关系。就看你的了。"

"给你就拿着吧。"周侗也不客套，微笑对岳飞道。

岳飞喜出望外，接过大枪对志明和尚行礼道谢。他低头扫过长枪，就见枪杆上镂有"沥泉天龙"四个古字。

周侗道："其实我是带他来向你学习书道的，居然拿了你的长枪。"

"书道。"志明和尚微微扬眉，"天下眼见就将大乱，书道学了能做什么？赵佶、蔡京的字不好吗？又如何呢？"

周侗道："你有确切消息了？"

志明道："今上已与金人达成协议，联金攻辽。大战在即啊。这消息传了小半年，最近是真的落实了。当然真打起来能不能打得过，就没人知道了。"他对岳飞道，"军队在有仗打的时候还是很有趣的，四十年前我和你义父在西面打仗时，也曾痛快过些日子。你若有心，或许投军是条明路。"

岳飞脸一红，小声道："晚辈还没这个想法。"

"你不会是想去投方腊吧？"志明坏笑起来，"保一国，不如灭一国？宋廷已是破船一艘不值得保，是吗？"

"不，不。"岳飞急忙摇头。

周侗轻咳一声道："你别教坏了年轻人。"

"老衲说笑而已。"志明慢慢道，"不过若没有新鲜血液加入我大宋的军队，就凭种家、折家、姚家的子弟，打仗能赢？这次征辽，又是童贯那绣花枕头掌舵。"

周侗苦笑道："童贯挂着名字在后方，打仗还是靠西军，西军战力虽然不如我们那时候，但有种师道他们在，未必如你说的那么不堪。"

"未必？"志明和尚好气又好笑道，"我就问你三件事，这几年朝廷的大臣们贪不贪？蔡京老贼富可敌国，对节俭之人，讥之为陋。全天下的财富一半在皇家，一半在蔡家，他自然看谁都穷。二则，这几年我军能打仗的兵，可有十万之数？精兵不满十万，外敌不清，国内生乱，又当如何？三则，这几年道君皇帝做过好事吗？似乎没有吧。他们什么都做不成，妄动兵戈，贸然攻辽，是否自寻死路？"

周侗笑了笑："我早说你这和尚白当了。平日在人前装菩萨，人后依旧满肚子牢骚。"

"你！"志明对周侗吹胡子瞪眼，挥了挥拳头。

岳飞眼尖，发现老和尚的胳臂上似乎隐隐有些许刺青。

志明微微一笑，撸起袍袖给岳飞看胳臂，上面刺着"第四指挥骑军"几个字。老和尚慢慢道："当兵都要刺字，当然如果你一上去就是大将自然不必刺。喏，你义父身上也有的。刺字虽然未必好看，但时间久了，会时刻提醒你经历过什么，并非坏事。"

周侗正色道："有些事，想忘也忘不了。"

原来义父身上也有刺青。岳飞恍然点了点头。

志明指着周围的字画道："我知你今次是来学这些的，不过文武之道，都是师父领进门修行在个人，我在字画上耗费心血十余年，仍旧逃不出沙场征战的那腔热血。说来又能教你什么呢？"

周侗见对方心情并不很好，于是岔开话题，开始聊一下旧日往事。岳飞听着二人闲聊，了解到这个大和尚，当年曾是大宋西军的武官，曾经驰骋疆场，号称铁马长缨。最后因为对朝廷失望，才黯然辞官，回到师门沥泉山出家。

他们在此住了一日，周侗和志明秉烛夜谈，岳飞则和徐庆牛皋一起说些江湖上的事。原来牛皋在输给石宝后，就回家乡苦练周侗传授那几招锏法，不知不觉武艺大进。但也正因为武艺大进，他才真正意识到从前的渺小。后来他听说沥泉山有"兵器墙"，就到此拜山学习，由于踏实肯干，还在此做了一年的居士。

"你？你个酒鬼，竟然能做居士？"徐庆捧腹大笑。

牛皋道："这个，自然也不是完全戒酒。老方丈说，向善在乎心，不在于忌口。我又不是和尚，嘴馋了下山去解馋就行。"

"这和尚还真好说话。"徐庆好笑道。

牛皋眯着眼睛笑道："我在江湖上摸爬滚打多年，如周老爷子和老方丈这样的世外高人真的不多。能遇到一个就是缘分，何况我能遇到两个。既然我有如此福运，何妨在此多住些日子呢？"

岳飞道："你家人不用照顾？"

牛皋道："人不能什么都占着，你要做点别人做不到的事，就要放弃点东西。我也想过回去照顾老爹老娘，但这世上有舍才有得。何况现在是世道还算太平，他们还不是很需要我。"

"方丈说投军的事，你怎么看？你会去吗？"徐庆问道。

牛皋答道："暂时不去。我武艺未成，也没有什么雄心壮志做官。你也看到了，高宠小小年纪就那么厉害，真是吓到我了。

天下如此之大，我这点本事算什么？那个高宠现在的本事虽没有石宝大，但比起当年的石宝，我更怕他。"

岳飞点了点头，默然看了眼靠墙摆放的沥泉枪。

"你们想投军吗？"牛皋问。

徐庆嘟囔道："都不知该投哪里。"

第二天一早，岳飞他们离开沥泉寺。

分别时，志明和尚拉住岳飞的胳臂，微笑道："贤侄，人常道学成文武艺，货卖帝王家。你真不去投身行伍？老衲看你一身武艺堪称万人敌，若换你在大宋军中，说不定真能建功立业。半道出家这种事，只有我这种没出息的老和尚才会做。你岳飞大好青年，切不可把自己埋没于草莽。"

岳飞恭敬一礼，和周侗、徐庆踏上归程。

志明目送他们离开，他自己也不知，这一番话对岳飞的一生造成了多大的影响。

从沥泉山回来后，岳飞动了从军的念头，家里为此讨论了几次。

他爹岳和并不支持他当兵，因为在宋朝当兵从军一直不算什么有前途的事。岳和觉得作为农民靠天吃饭，虽然日子并不富裕，但只要勤劳，多数时候并不窘迫。因为天道有常，终究会给人一线生路。而无论是官场，还是军旅，世事无常。官场中人多虚伪狡诈，军旅之中一旦临阵，必定杀机四伏。在岳和看来，照顾好家，照顾好妻儿，才是男人该做的事。岳飞上有爹娘在堂，下有儿女。这种时候离家从军，家里就失去了顶梁柱。而真要有个三长两短，那家里老老小小又该怎么办？

做娘的姚氏尽管一直盼望儿子建功立业，但也找不出反驳岳和的理由。

刘氏则很贤惠地表示支持丈夫的决定，在她看来，岳飞是大英雄，大英雄不该埋没在家里。而她心里更有一个小算盘，岳飞就算是投军，还在相州，去那边当差和去昼锦堂当差没啥区别，根本不用担心什么。

"我不赞成你去投军。"岳和最后拍板。

姚大翁已然过世，家里没人能改变岳和的主意，岳飞皱着眉头走出院子。母亲追了出来，指了指周侗住处的方向，岳飞点了点头。

外头徐庆嘟囔道："你家比我家还要顽固，我家那几口子，被我编几个故事，都信了我参军就能升官发财。你这里敢情好，原来种地才是最有前途的事啊？"

岳飞摸摸鼻子，低声道："我爹有他的道理。你当兵后，家里有大哥徐天顶着，我这边小弟岳翻可不顶事。"

"他们当然都是有道理的。那我们现在怎么办？"徐庆问。

"我去找义父。"岳飞道。

周侗从沥泉山归来后，身体一直不是很好。他在病床上思索良久，轻声对岳飞道："人常说，没有家就没有国。只有家庭安定幸福了，国家朝廷才是伟大的。但其实若逢乱世，没有国又何来家？如果我大宋落入北方胡虏之手，黄河南北覆巢之下无完卵。你我在汤阴这小家的安稳，又从何谈起？"

"若逢乱世？……义父是否认为乱世将至？"岳飞问。

周侗道："你知道，为了收复燕云十六州，朝廷将联合金人北向用兵，夹击辽国。金人如何我不甚了解，然而辽国虽然近年国力减弱，但我大宋的国力难道就强吗？前不久，南方的明教起事造反，我军原本要北上的精锐全都调往南方。我大宋西军战力不弱，明教或许不是西军对手。但击破明教方腊后，他们以疲惫之师北上，真能战胜契丹人吗？所以，老夫以为大乱将至。"

岳飞思索着周侗的话回到家中，决定再次向家人请求投军。可他还没有开口说这事，突然噩耗传来，义父周侗不行了。岳飞和岳和连夜赶去探望老爷子，终于见得周侗最后一面。

原本已失去意识的周侗，因为岳飞的到来神智恢复了清明。他先和岳和说了几句，然后叫岳飞到近前道："飞儿，你是我最后，也是最好的弟子。"岳飞跪在榻前泣不成声。周侗慢慢又道："可惜，我看不到你叱咤天下的时候了。"

岳飞心里大恸，泪水止不住的流淌。

岳飞在周侗墓地边搭建草棚，为义父守孝一年。时间很快到了宣和四年，他前往昼锦堂打听消息。

"的确，朝廷北征在即。"韩斌看着岳飞，慢慢道，"安阳大营的刘韐大人已经开始征兵，这对你而言是个机会。刘韐曾与西夏作战，是久经沙场的名将。在他手下当兵，应该不容易枉死。"

岳飞恭敬站立，苦笑了一下。

韩斌笑道："我很想你啊，岳飞。没了你，这个相州都不好玩了。"

岳飞躬身道："感激公子的栽培，不过岳飞奉义父遗命，想去外面闯闯。"

"你可以等一等，西军的刘光世将军上次路过的时候，还提起你。你等他打方腊结束，可以去西军嘛。"韩斌微笑道，"又或者过些时候，你跟我去京城。我们韩家也会有你用武之地。"

"公子既然说了刘韐大人是西军出身的名将，我是相州的儿郎，就在相州投军。"岳飞笑了笑，施礼道，"感谢公子多年来的提携，岳飞就此别过。"

韩斌目送对方离开，微微扬起嘴角，这是个不甘居人下的背影啊。

与此同时，陈家武馆，徐庆和陈广在露天喝着酒。

陈广喝得微醺，他扯着日渐稀疏的白发，慢悠悠道："蛮牛啊，你放弃了昼锦堂的差事去投军。到底是怎么想的？"

"没怎么想。"徐庆道，"我大哥岳飞去哪里，我就跟着。"

"你跟亲大哥都没那么紧。"陈广笑道。

"他陪我打的架，比我亲大哥多得多。徐天那家伙能和俺家岳飞比？"徐庆大大咧咧道。

"不论如何，"陈广望着远空，"你要跟紧他，注定富贵。你这辈子本来只是一条贱命。但因为遇到了岳飞，一定会过得很不一样。你跟他去投军是对的。"

徐庆不悦道："我把他当亲大哥，一世人两兄弟，说什么富贵不富贵。"

岳飞回家后，再次向爹娘请示从军之事，言明将此次是去刘韐大人的安阳大营。这一次岳和同意了。据说这是周侗临终前劝说了岳和。岳和一旦松口，一向看好儿子的姚氏自然大力支持。妻子刘氏就更不必说。安阳大营离家不算太远，大家都觉得就近探望并非难事。所以岳飞启程当日，家里的气氛并不悲壮，甚至还有些喜气洋洋，弟弟岳翻吵吵着要一起去参军。小岳云也叫嚷着要一同去。

岳和代表全家多送了十里地，直到岳飞和徐庆走出很远，才依依不舍地离开。岳飞悄悄回头看了眼老父的背影，但并没太多留恋。

乡里乡亲的都在议论岳飞和徐庆投军的事，有人表示赞成，也有人摇头叹息。

当凌氏武馆的王贵和张显得知此事。

张显悄悄道："你说我们是不是也去安阳投军？"

"这是什么狗屁想法。从小兵当起，能做什么？岳飞那厮武功再高，个头就那样，入伍当兵一等也选不得。你别跟着起哄。"王贵鄙夷道，"真要去兵营，也得用银子铺路，买个军官做。"

张显摸摸鼻子，看了眼王贵。

"怎么？"王贵瞪眼道。

"据说汤阴不少武馆的武生都去投军了。"张显低声道："因为岳飞。"

"反正，咱们不能和他一样。"王贵叹了口气。这几年随着年龄的增长，更因为惹事精徐庆去了昼锦堂，两家武馆的武生已很少当街动手，但两边的恩怨并没了结。富户和穷人间那道微妙的鸿沟，岂是随便就能填平的？

　　张显百无聊赖地走出武馆，看着清冷的街道忽然想到，那只大鹏会不会就此一飞冲天？

第二章　風起

一、行伍

相州安阳大营，一杆"募兵"大旗立于风中徐徐飞扬。

大旗下并排放着十张桌子，每张桌子一个文书登记，而桌前长长的队伍早已延伸出很远。在桌子后头的操场上有新征人员在进行身高、视力、跑跳等项目的测试。偶尔有大风卷起军旗，马嘶声从大营深处传来，引得前来投军的青年纷纷探头张望。

夕阳隔着厚厚的云层洒下点点金光，这一日的征兵接近尾声。一个身材敦实皮肤黝黑的大汉，乐呵呵地走到登记处头上的位置。

"姓名。"文书头也不抬问道。

"徐庆。徐茂公的徐，裴元庆的庆。"徐庆恭敬回答。

"年龄呢？还真要我一句句问？你们排了半天，没听见前面问了些什么？"文书皱眉道，"裴元庆……我还李元霸的李呢！"

徐庆道："崇宁三年生人，十八岁。汤阴人。"

"你十八岁？"文书斜眼看了他一眼。

"呃……我长得老成……"徐庆摸摸鼻子，"我身高……"

"身高一会儿去那边量！你说了不算。"文书指了指背后的量杆，又道，"会射箭吗？"

"会……"

"能开多少的弓？你不会一口气说完？"文书着急了，这么下去怕是开饭了也结束不了。

徐庆道："开一石的弓。"

"一石？好好，反正都要考察的。去后面检查身体。"文书再次看了看他，冷笑朝着队伍后面喊道："今天招兵到此结束，各位明日再来！"

这一嗓子引得后面排队的一片哗然。

"等等……大哥，大人……你再录一个嘛。我家哥哥和我同来，总不能一个录入了，一个回去吧。"徐庆抓住文书的手央求着。

"你……"文书疼得一咧嘴，还没来得及说什么，徐庆立即向后招了招手。岳飞急走两步靠近了书案，他这一走后面的人也立即跟上，顿时数十人同时涌到了登记处前。文书面色微变，大叫道："你们造反吗？说了明日就明日！"

岳飞将徐庆的手松开，拉着文书退出几步。可由于上来的人太多登记的桌子被掀翻，远处警戒的军士见此情形，立即快步围拢过来。守营军士手提长枪，枪头向前一展，很快将蜂拥而上的应征百姓逼退。这些来应征入伍的人群互相推搡，有人跌倒在地，顿时周围的其他队伍也鼓噪起来。

"何事喧闹！"一个浑厚的声音在大营前响起。所有人目光所及是一个青年文士，身着玄色衣袍，身后跟着数名侍从。

文书面色微变，向前跪倒道："禀告刘大人，今日募兵应征者众，无奈天色已晚，故让他们明日再来。有个别应征者纠缠不清……"

"是谁纠缠不清？"刘大人问。

文书指了指徐庆和岳飞，"这两人说是一起的，一个已经录了，另一个不想明日再来。其他人就跟着起哄。"

"后面的事我看到了。"刘大人指了指这一队的应征者，笑道："明日再来有何不可？"

岳飞和徐庆同时躬身施礼。

刘大人看了他俩一眼，拱手对着四方众人道："我大军在此募兵，各位前来是我大宋之福。募兵说了有一个月的日程，这才过了二十天，各位不用着急。这一位，"他看了眼登记表，脸露异色道，"徐庆，你能开一石的弓？"

"开一石的弓何足挂齿，我大哥岳飞能开两石以上。"徐庆指着脸型方正的青年道。

刘大人望向岳飞，"两石？此言当真？"

岳飞躬身道："在下自幼习武，可开得两石以上的弓。"

刘大人笑道："本将，刘韐大人麾下，刘子羽。若壮士真能开两石的弓，并六射中一。我就今天录了你。"

岳飞淡然一笑道："请大人赐弓。"

刘子羽上下打量这个叫岳飞的青年，此人站在那里如青松扎地，自始至终保持不卑不亢的姿态，不由眼中闪过异色。他微笑着扫视着周围众人，高声道："今日时辰不早。这样，谁自诩能开一石弓的，都请留下。其余各位明日再来，如何？"

一石弓，约一百二十斤。大宋一朝虽从开国以来就鼓励学习射箭，然而臂力这东西是天生的，寻常人举起一百二十斤的分量并不困难，但若未曾受过训练，能开满一百二十斤的弓，则已算得上佳的士兵。

时人不擅长作伪，这一句话将众多还想在今日争取一下的人拦了下来，各个队伍里陆续走出十六七人。

刘子羽眯着眼睛看着这些胖瘦不一的农家子弟，微笑指着教军场道："你们可自报臂力，今日当场试过。"身后的亲兵在他示意下，将各款硬弓拿出。

教军场上有人停下自己的事朝靶场望来，而更多的士兵正忙于操练，对此根本不屑一顾。

刘子羽见面前这些农家子弟都选好了武器，遂向边上亲兵点了点头。亲兵里一人出列道："距离八十步。弓弩坠落，或纵矢不及靶，或挽弓破体，或局而不张，或矢不满，或身倒足落，皆为不合格。"

那些选好了长弓的农家子弟们纷纷倒吸一口冷气，头一排五人抖抖索索上前开弓射靶。居然包括徐庆在内三人脱靶，一人射中，一人连弓都没满。刘子羽面无表情看着，并不说话。亲兵高喊道："还有五发，弃权者下。"

第一排的应募者一人弃权，四人再次张弓搭箭，这一次徐庆和先前那射中者两人射中，另两人依旧脱靶。最终，六轮过后，徐庆和另一人同是六发三中。刘子羽示意其他人继续。

　　看到徐庆能够六中三，先前拒绝给人登记的文书脸上露出不悦之色。边上有人笑道："把他们弄到我们第九指挥来，还怕没机会收拾他们吗？"

　　接下来两轮水平参差不齐，而有一人极为出挑，能开一石五斗的弓，并且六发全中。

　　"全中者留下姓名！"亲兵大声道。

　　"汤怀！相州汤阴人。"那人相貌端正，鼻子带点鹰勾，挽弓大声回答。

　　亲兵小声在刘子羽耳边道："可惜身高未满五尺八寸，归不到一等。"

　　刘子羽默然颔首，转而笑望岳飞道："岳壮士为何还不动手？"

　　"箭靶近了。"岳飞沉声道。

　　"你要多远？一百五十步？"刘子羽问。

　　岳飞挠了挠头，笑道："这是两石五斗的弓。"

　　"两百步？"刘子羽笑了笑，"两百步吧。我们的靶场小了点。如何？"

　　岳飞躬身一礼，边上亲兵立即兴奋地去将箭靶后移。教军场上其他操练的队伍也聚拢过来。两百步的距离对普通人来说，那箭靶只是一个黑点，更不用提看清楚靶心了。岳飞挽起强弓，大步来到射箭点，他先是指尖轻抚了一下弓弦，而后抬起弓臂，行云流水张弓搭箭，毫不停顿地一箭射出。箭芒在夕阳余晖中一闪而过……

嘭！正中靶心！在场所有人都为之一震……岳飞连续出箭，箭壶中剩余五箭连珠而出，不偏不倚全部命中靶心。因为动作实在太快，绝大多数人都没看清他到底射了几箭。当众人见岳飞不再张弓，这才意识到箭全都射完，不约而同爆出欢呼声！

我连日征兵等的就是这样的人才！刘子羽微微握拳，难掩欣喜之情，飞奔去到靶场正中，将岳飞的手高高举起。四面八方更是欢声雷动……

这是宣和四年的大宋相州安阳大营，宋廷正为联金灭辽厉兵秣马。十九岁的岳飞在这年第一次投军，因为武艺出众被招为"敢战士"。很多年以后，当这个大营的官兵飘零四方，仍然会有人津津乐道这一天的故事。很多年以后，即便岳飞身为中兴四将之一，统帅十万之众，也依然记得自己的出身为"行伍贱吏"。

当然，不论如何，这是一切的开始……

相州宋军大营。

教军场的演武台上，两杆大枪上下飞舞。比武之人是"敢战士"的岳飞和亲卫队的统制罗定山。罗定山比岳飞高出一头，臂力也极强，在岳飞到相州大营前，他是公认的军内第一。自岳飞参军以来，显示出鹤立鸡群的武力，每次自由练习，都有各营的高手前来挑战，至今连战九场无一败绩。终于惹得罗定山来和他较量。

此次比武吸引了大批的军士观战。刘子羽远离人群，立于点将高台上，他边上的是他父亲，官拜河北河东宣抚参谋官的刘铪。刘铪须发花白，身形高大不怒而威，一看就是久历风雨的老将。

"这个岳飞显然经过名家指点，真是好苗子。"刘韐捻着胡须叹息道。

刘子羽道："我查过他的背景，汤阴县永和乡孝悌里人，自幼跟随名师周侗，箭法可百步穿杨。据说曾向名枪陈广学过秘技，来参军前已号称一县无敌。假以时日，定可成为我军中柱石。"

"原来是周侗！可惜他终要败在罗定山的枪下。"刘韐凝神片刻笑了笑道。

刘子羽惊讶道："这却为何？看此刻他还稍占上风！"

"岳飞和罗定山武艺只在伯仲间，但岳飞的动作有些犹豫，似乎没有必胜的决心。"刘韐微做停顿道，"小罗被压制有十五招了。最多五式之后必然反击。不然就是他放弃了。罗家的儿郎各个心高气傲，是绝不会放弃的。"

刘子羽皱眉望着演武台，果然罗定山已后退十步，背后就是高台的边沿，再退也无路可走。岳飞拢枪凝神，长缨旋动着刺向对手脖子。罗定山猛一跺脚，人离地而起，半个人都旋动到了演武台外。岳飞松了口气，长枪点向对手后心，但先前那击破一切的力量已散去大半。罗定山人在半空突然单手拧枪，拖在地上的枪尖陡然一立，枪杆弹起将他拉回了擂台。"杀！"罗定山长枪激荡，枪缨晃动抖出七个枪尖。而岳飞先前气势已泄，为躲开他的大枪疾步后退，却忘记了自己是在高台边沿，刚一侧身就一脚踩空。

"好！"四下彩声四起。只不过这一次是岳飞于台下，略有失落地望着台上举枪环顾四方，气焰高涨的罗定山。

岳飞抱拳施礼道："我输了。"

罗定山对他微微一笑，将其拉上演武台，同时接受四周的欢呼。台下许多刺耳的倒彩送给了岳飞。尽管岳飞神情淡定，但徐庆为首的"敢战士"们，立即第一时间将目光瞪了过去。

方才那是改用在步战的回马枪，罗家子弟名不虚传……刘子羽不由佩服地向父亲躬身施礼。

"败不馁。好好历练他。"刘韐笑着离开点将台，心里暗道，"不管多厉害，兵营里的新兵总得挨训啊。"

岳飞坐于营棚外，有些无聊地看着逐渐黑沉的夜幕，脑海里犹在回想先前比武失利的情景。方才那一枪为何会犹豫，为何没能做到全力以赴？是抱着侥幸，以为已经赢了；还是因为对手是大营里的将领，所以不敢全力以赴？看着逐渐上升的月亮，他不禁想，如果再来一次，是不是仍会犹豫？

营棚里徐庆、汤怀等人正啃着冷馒头。他们和罗定山所在的亲卫队，以及步兵营第九指挥的老兵打赌，如果岳飞连赢十场，"敢战士"就能赢得十桌酒席有酒有肉。若输了，不但什么都没有，还要替对方分担十日的杂务。今日这场正是第十场。

"敢战士"是刘韐在相州大营新编制的队伍，选取的都是体格强健，有一定技击基础的战士。加入敢战士后，待遇虽不及上等士兵，但比普通士兵高出一筹，且不必如普通应募者那样被刺字。然而也正是如此，常被人非议说他们不是正规军。

入营一月有余，徐庆、汤怀等人和老兵们不止一次发生过冲突。岳飞作为"敢战士"里最勇猛的一个，自然也成了众矢之的。因为他尽管武艺高强，但在军队毫无根基，论出生也不是富贵人家，所以赞许他武艺高强之余，所有人都把他当成了出头鸟。

岳飞在"演武场"赢得越多，各营的老兵们就越想压过他一头，因为新兵被老兵差遣，老兵欺侮新兵是自古以来的常例，所以他们请出了亲卫队的罗定山。罗定山被誉为相州军第一神枪，论军阶岳飞和他天壤之别。但他也很在意岳飞的武艺，并不需要人过多请求，就欣然答应了这次比武。

徐庆拍了拍桌子："奶奶的熊，我们就算是输了这一场，丢了所有十桌酒席，他们火头军的人也不能如此欺负我们。一口热汤也不给，这算什么？"

汤怀斜眼看了他一眼，慢慢道："你叫唤什么？又没人饿到你，能找谁说去？这个赌约是你徐蛮牛一个劲鼓捣出来的。前几场赢的时候，火头军也没亏待我们。怎么？输了就不许人折腾你一下？愿赌服输，明天我们还要如约替他们干杂务。到时候你徐大爷可不准给我掉价。"

徐庆扬了扬眉，汤怀毫不退缩地瞪了一眼回去。徐庆撇嘴道："我怎么知道大哥会输，他可是从来都没输过的。那姓罗的真是侥幸。"

"输了就是输了。岳飞的大名我也曾听过。不过在县里傲气，不一定就能横行天下。"汤怀望着营门口的岳飞，心想，我也不信他会输，但看着又不像是故意输的。

"那个罗定山的确厉害，据说他家是罗家枪的嫡系传人。"边上有人小声道。

"罗家枪算个屁？这次就是他运气好。岳大哥本想放他一马。"徐庆不屑道。

"罗家是隋唐名将燕郡王罗艺的子孙，连他们你都不知道？徐蛮牛，你就算没念过书，故事总听过吧。"汤怀笑道。

"狗屁罗家枪。"徐庆哼了一声，嘟囔着拿了两个馒头，来到营棚外坐到岳飞身边，"大哥，吃点东西吧。"

岳飞看了他一眼，笑着捶了他一拳道："别哭丧着脸。应募之前，我们何曾想过要一军无敌？你真以为我打遍天下无敌手？"

徐庆瞪眼道："反正大哥在我心里，就是像关羽张飞那么厉害的人！那个罗定山是谁我可没听过。"

岳飞笑道："就算是关云长张翼德，在虎牢关也曾三英战吕布，他们也不是上来就打遍天下无敌手。"

"是！"徐庆摸摸鼻子，忽然压低声音道："哥哥，你不会是让他吧？虽然我了解你，觉得你不会。"

岳飞一瞪眼，反问："让他我有什么好处？"

"这个……"徐庆大眼睛转了转没吭声。

岳飞道："我们新入伍就和第九指挥结了仇。这些日子，天天有人找我们茬。长此下去不是办法。这个罗大人的武艺是公认的第一，与其输给别人，不如输给他。输了以后，或许别的大营也不会再对我们弟兄咄咄逼人。而万一赢了他，后面又会惹出什么事，谁也不知道。"

"哎？"徐庆吃惊地张了张嘴。

岳飞笑道："道理是这样的，你不好意思说出来，是因为担心我变成那种人？"

"他娘的，你当然不是这种人。"徐庆松了口气。

"罗定山武艺很高，而我当时犹豫了，犹豫的原因就是方才的想法。我没想故意输他，只不过最后那口气没屏住。失手了而已。"岳飞深吸口气，看着月色道："好在不是性命相搏，我保证不会有下次。我们兄弟要在兵营出人头地，但不能靠卑躬屈膝的办法。"

"对！"徐庆重重点了点头。

"姚政呢？"岳飞忽然问。姚政就是在募兵当日，和徐庆一样六发三中的新兵，同样被收入"敢战士"。

徐庆笑嘻嘻道："姚胖子说是为了让受气了弟兄们开心一下，出去找酒了。放心这小子鬼得很，又是我们这一棚的临时军头，一个月来上下的人面都熟了一定没事。"

这时，远处有人急匆匆奔来道："岳大哥、徐大哥，姚政出事了！我和他一起出去弄了两坛子酒，绕过了军营大门，就要到我们敢战营门口时，忽然被人堵截。姚政被抓了，我看到了是第九指挥的人。他们说了，要人的话让岳大哥去要。不然把姚政打个半死再送军法队。"

岳飞面上顿时浮起寒霜，营棚里汤怀等人听到外面的动静也都跑了出来。

汤怀问道："如果我们去要人，去哪里要？"

"教军场西北角，靶场。"报信的弟兄回答。

"干！他们是故意欺侮人！""不能让姚胖子被送到军法队！那样会被退回原籍的！""我们一定要去救他！""大哥怎么办？"

最后一句话是汤怀问岳飞的，他似乎心里有了答案，却想听岳飞说。

岳飞看着身边这几十个人，沉声道："我们必须去救姚政。他弄酒水，不是为了自己快活。是为了我们大家。别人欺负上来就要还手。这里所有人都跟我去，但别惊动敢战营其他棚的人。"

"好！"徐庆和汤怀带头跑回营棚拿操练时用的武器，木棍哨棒甚至匕首都有人带了出来。

岳飞一皱眉，低声道："什么兵器都不准带。只要人跟我去就好。"

"这……"汤怀皱起眉头。

"营内械斗，你们不怕军法吗？"岳飞先是喝问众人，随后笑道，"真要开打，万事有我。"

"是！"徐庆对岳飞做的任何决定都毫不怀疑，当即将哨棒丢下。

十九条汉子悄无声息从兵营出发，岳飞、徐庆、汤怀走在最前头。从兵营到教军场并不远，他们很担心一路上会遇到巡逻卫兵的盘查。但这一路走来，不仅巡逻卫兵没遇到，就连教军场门口固定的岗哨也不见。

"第九指挥的家伙人面很广嘛。"汤怀咋舌道。

岳飞小声道："今天是轮到他们执勤，所以将这一路障碍都去掉，绝对是能做到的。现在就不知道有四百二十九人的第九指挥，这次会来几个。"

"这你也知道？"汤怀有些吃惊。

"打仗不该知己知彼吗？"岳飞笑了笑。

徐庆道："这几日，大哥和我早把对面的情形调查清楚。这次挑头的一定是第九指挥的七中队长薛鹤。那厮自恃勇力，向来看我们敢战队不顺眼。"

汤怀笑骂道："他娘的，什么不顺眼？谁让你应征那天得罪的文书就是他们第九指挥的人？人家原来想把你二人直接编入第九指挥，在眼皮底下整治的。谁料上头把我们都弄到敢战营来了。"

岳飞侧头道："看来你也调查过了。"

汤怀微微一笑，对岳飞拱手道："彼此彼此，不过对你还是很佩服。"

走入校军场，远远可以看道靶场的火把。岳飞略微提高声音，对左右人道："各位兄弟紧张吗？"边上没人做声，他笑道："打架的经验我们在乡里都有，打趴下对方自然就不紧张了。"

"是！"所有人一起沉声回答，合在一起仿若一声闷雷。

逐渐靠近前方的队伍，岳飞眉毛微挑，对面黑压压的一片。

汤怀似乎知道他在想什么，小声道："七十个不到，相信我，我数数有天赋。一对三，还有赢面。"

"一对三？我至少能打翻十个。哥哥我在汤阴打架从没输过！"徐庆冷笑道。

"那是你没惹到我。"汤怀冷笑道。

岳飞扫视着周围黑暗的角落，忖道："太过安静。"

"对面来了二十来个人，但好像没带兵器。"军士对第七中队的薛鹤道。

薛鹤轻叹了口气："真是天真。"他手一挥，军士们提着家伙大步向前。

双方距离只有二十来步远，徐庆皱眉道："大哥，没看到姚政啊。"

岳飞和汤怀同时皱眉，他们是来讨人的，对面却没带人来。

"有诈，擒贼先擒王。"岳飞吩咐完，大声道："对面的薛队长，我的弟兄呢？"

薛鹤完全不理会他，又上前了几步突然叫道："打！"他背后众人同时举棍棒劈头盖脸地向岳飞他们打去。

岳飞目光收缩，猛然腾空而起，一个箭步就冲出一丈多远。一拳将最前方的军士击倒在地，然后他毫不停歇地冲向薛鹤。薛鹤左右各有一人拦上前来。岳飞身后的汤怀、徐庆几乎同时护住他的左右，各伸出一手将敌人按下，使得岳飞根本无需停顿。

七队长薛鹤怒举哨棒劈向岳飞脑袋。岳飞单掌向上，一把就将哨棒夺下，同时出脚将薛鹤踢翻在地。

　　薛鹤大腿剧痛，愣了一下，还想勉强站起。岳飞一棒点在他的肩头，将其压趴下去。薛鹤周围其他人同时涌向岳飞，敢战营的弟兄们也已冲到了面前。只片刻间，六十多人被十九人打得稀里哗啦惨不忍睹，尤其是那些跟在最后的第九指挥的士兵，还没弄清楚情况，就看到前面的人都倒下了。

　　岳飞拽起薛鹤，大声问道："仗着人多欺负人少，岂是大丈夫所为？你们把姚政藏哪里去了？"

　　"我是打不过你……"薛鹤嘴角抽动，沉声道，"但今天就是人多欺负人少了。"他愤怒地发出一声咆哮，在靶场周围突然又冒出众多身影。

　　东面有五十多人，西面还有六十多人，居然是第九指挥的第三、第五中队。

　　"捡起棍棒！"岳飞立即提醒周围的弟兄，他看了眼两边合围的速度，断然道："一起朝东面打！"他们这拨人如一体般，同时涌向东面的第三中队。完全是方才战局的重演，第三队的人也被一举击溃。但敢战营这里的十九人，也倒下了六人。此刻只剩下十三人站着，除了岳飞、汤怀、徐庆，都多少受了点伤。

　　而不等他们喘息，西面的第五队已经冲上前来，与此同时第七第三队，又有些人重新站起，加入到合围中。这样一来，十三个人要面对的足有近百人。岳飞嘴角挂起冷笑，双眸在夜色里亮若寒星，他对众人道："人多不足惧，赢的一定是我们！上！"他再次大步冲在最前方。那气势完全感染了身边众人，敢战营的弟兄们二话不说毫无畏惧地紧跟而上。第九指挥的军士纷纷皱起眉头，可是他们有那么多人断无退缩的道理，纷纷抓紧手里武器，逼视着冲来的敢战士。

战局即将失控，突然一支羽箭落在岳飞脚步前方，岳飞朝箭射来的方向望去。

"都给我住手！"刘子羽的声音在夜风中回荡。周围忽然亮起许多火把，近百军士将斗殴的双方团团围住，队伍前头是两匹战马，马上傲然望向众人的是军法队的骑士。

"放下武器！"军法队的卫兵大声喊道。骑兵扬起马头将两边隔开。

刘子羽目光冰冷地看着倒成一片的第九指挥军士，沉声道："不管是哪边的，全都拿下了！查一下伤员。"

所有参与斗殴的军士都丢下武器，徐庆汤怀犹自傲然望着周围。

"跪下！"执法卫士呵斥道。

岳飞带头领着敢战士跪倒，顿时靶场上跪下百多人。

刘子羽道："第九指挥薛鹤、林童、石广、敢战士岳飞、汤怀，出列。"

第三队队长林童、第五队队长石广，扶着第七队的薛鹤，慢慢走到前面。岳飞、汤怀亦起身上前几步。

"你们自己说，今晚是怎么回事？今天参与此事的所有人都在，谁敢说谎，军法从事。"刘子羽面沉似水。边上有亲兵上来表示没有人员死亡。

薛鹤脑子转得飞快，回禀道："敢战士私自出营买酒。今夜是我第九指挥第七队执勤，我们拦阻敢战士的姚政，命令他交出私藏的酒水。他却殴打我部军士，并逃回了敢战营。不知他和岳飞说了什么。这些人约我们在靶场武力解决。大人！我们……我们好歹是老兵，怎么能被新兵蛋子欺侮？于是我们就在这里和他们发生了冲突。这是我统兵不严，意气用事了……属下知罪。"

汤怀怒道："一派胡言，说什么姚政逃回了敢战营？分明是你们掳去了姚政，并约我们在此见真章。如果是我们寻衅滋事，我们会赤手空拳来吗？"

刘子羽回望亲兵，亲兵小声道："武器都是第九指挥的东西。"

"我们今夜负责执勤，如果抓了姚政，只要上报就行了。何须与你们多牵扯？"林童反问道。

岳飞沉默不语，这里显然有不对劲的地方。

刘子羽抬手示意他们都闭嘴，然后道："去查。看姚政在哪里。"

不多时，姚政被执法队抬来。执法队的卫兵汇报："在敢战营发现姚政，烂醉如泥。"

"这怎么可能？我们来靶场时，他明明不在棚里。"徐庆在远端怒道。

"新兵一个月，就敢如此放肆。"刘子羽走近姚政，看了看他那沾满酒水的军服，笑道："这怕是一坛子酒都泼在身上了。"他慢慢踱了几步，说道："打五十军棍，退回原籍。"

姚政犹自酣睡不醒。岳飞上前道："属下知罪，愿替姚政领

受军棍，只恳请大人不要将其开除军籍。"

"我等也愿为姚政领受军棍！"汤怀带着一干敢战士同时求道。

刘子羽扭头望向薛鹤等第九指挥的官兵，"你们怎么说？"

薛鹤三角眼中闪过一丝喜色，"全听大人吩咐。"另两个队长则默不作声。

"岳飞、汤怀、徐庆、姚政，各领五十军棍。其余参与斗殴的敢战营军士，领十棍。所有人一起充杂役十日。"刘子羽扭头对薛鹤道，"如此可好？"

"大人爱兵如子，英明。"薛鹤抱拳道。

"他娘的……"徐庆脏话到嘴边，被岳飞一眼瞪了回去。

刘子羽笑了笑，忽然提高声音道："薛鹤八十军棍，免去第七中队队长职务。林童、石广打五十军棍。第九指挥所有参与斗殴的官兵打十棍，做一月杂役，你们是老兵，应该比新兵懂规矩。"

"啊？大人……"薛鹤大惊失色。

刘子羽道："大人自然一直都是英明的。我说了，谁敢说谎，军法从事。"他看了眼稀里糊涂似乎要醒过来的姚政，笑道："这胖子看着挺有福气的嘛。好了，开打。我最喜欢看人挨棍子了。"

周围执法队一拥而上，将所有人一一押往军法监。

岳飞一声没吭地挨了五十军棍，这是他进入行伍第一次领受军法。走出刑房，先打完的徐庆给他披上衣服，二人在一旁等其他人受刑完毕。不多时汤怀，以及醒了七分、仍有三分醉意的姚政都提着裤子走了过来。

汤怀啧啧称奇道："一百多个人一同脱裤子挨板子，也只有军营里才能看到如此奇观。"

"真奇怪，为何我觉得不是很疼……"姚政摸着屁股晕乎乎道。

"一百多人一起挨板子，掌刑大哥真要认真打那不得累死自己？这大晚上的，谁不想快点完事快点回去睡觉。法不责众是千古至理啊。"汤怀一语点出真相。

岳飞笑道："所以刑狱里才有伤皮还是伤筋的两种手法。"

姚政苦笑道："不管怎么说你们是为了我才弄成这样，我实在过意不去。岳大哥，如果不是我挨了板子，一定向你磕头认错。以后就跟着徐庆叫你大哥，一日为兄弟，终身拜大哥！"

"得了吧你，等伤好了，你给所有弟兄一人磕一个头。"徐庆不屑地拍了姚政一掌，疼得对方一跳脚。

汤怀笑道："总之虽然挨了顿板子，但我们敢战营在相州大营绝对是打出了威风。挨顿板子，值了！咦，蛮牛你屁股还挺白！"

"干！你什么意思？盯着老子的屁股看作甚？"徐庆重新束好衣带，怒道："何止一顿板子，不还得做杂役吗？要做杂役，我在县里做多好。有必要来投军吗？"

"啪！"岳飞打了他屁股一下，疼得徐庆一咧嘴。"哪那么多废话。这次是刘大人英明，要不然我们都中了薛鹤的奸计，那家伙真是一肚子坏水。竟然想到趁我们倾巢出动，把姚政放回去。想恶人先告状。"

汤怀点头道："这些老兵很狡猾，以后我们要多长个心眼。"

"以后我们还是要稍微约束一下自己，毕竟这里不是汤阴县。这里已经是兵营了。"岳飞低声道。

徐庆嘟囔道："以后如果有人问我兵营是什么地方，老子就告诉他，兵营是只要官比你大，就能随便打你屁股的地方。"

"这……"汤怀摸了摸挨板子的地方，叹了口气道："徐老黑，你终于说了句明白话。"

这时林童、石广也慢慢挪了出来，看到岳飞他们，居然毫不生气地凑到近前。

林童道："岳飞兄弟，这次的事抱歉了。不打不相识。我代表第九指挥对你说，以后我们绝不会故意挑事。"

岳飞不知对方说的是真是假，起来抱拳道："不打不相识。"

石广笑道："他娘的你可真能打。若打起仗来，我绝对希望在身边的是你。"

"那是，薛鹤绝非弱者，在你岳飞手里根本就像只小鸡。"林童笑道，"我刚才问他是否敢再当面和你过一回，他沉默了半天，最后冒出一句绝对不要有第二次。"

"老薛！过来过来！"石广向着刚挨好板子的薛鹤叫道。

薛鹤在队里两个军士的搀扶下，苦笑着对他们点点头，慢慢道："新兵刺儿头，我见得多了。那么能打的你是头一份儿。岳飞，你不是普通人，日后成就定在我等之上。今日的事，你大人不记小人过了。"

石广也道："原本只是征兵登记的鸡毛蒜皮事。结果害那么多人受了牵连。我们三个向你赔个不是。"

岳飞笑了笑指着姚政道："我没什么，你跟他赔不是倒是真的。"

薛鹤等人朝姚政望去，却见那家伙借着酒劲靠着营门就睡着了……

岳飞不禁莞尔笑道："果然如刘大人说的，这胖子就是他娘的有福之人。"

徐庆盯着薛鹤道："八十军棍，你还能谈笑自如。他奶奶的，行刑的军头敢说没放水？"

薛鹤苦笑道："求不提，若他真下重手，打死都有可能。"

边上不知石广何处弄来了一壶水酒，低声道："一人一口，袍泽同心。"他把第一口递给了岳飞。

岳飞笑了笑，喝了一大口，将酒壶交给薛鹤。薛鹤、汤怀、徐庆等人一个个轮着喝完，共同抚掌大笑。惹得远处掌刑的卫队投来训斥的目光，他们则毫不在意。

这时，执法队的卫兵过来道："岳飞，刘大人让你去见他。"

这对岳飞来说，绝对是漫长的一天，白天应对了罗定山的比武。晚上为救姚政，和第九指挥的军士打了场大架，因此挨了五十军棍。尽管对他而言不算很重，但依然走路有点瘸。而在近亥时的时候，他又被叫到中军大营去见刘大人。岳飞入伍一个月，作为新兵还从未到过中军大营。此刻夜已深沉，营帐通道的两边军旗猎猎，火把明亮一片寂静。

一个头发花白的老将拿着一个酒瓶，悠闲地坐于帐外。岳飞不由一怔，本以为叫他来的是刘子羽，没想到竟然是相州大营的头号人物刘韐将军。他只在入伍仪式时，见过对方一次，平时连行注目礼的机会也没有。

"敢战士岳飞见过刘大人。"岳飞跪倒施礼。

刘韐看着他有些迟缓的动作，笑问："很疼吗？"岳飞尴尬一笑，不知如何回答。刘韐道："新兵顶撞老兵之事并不少见。但像你这样能干的，我是第一次看到。"

"在下知错……"岳飞再次施礼。

刘韐摆手道："我若真追究你的违纪，就不叫你来了。来喝酒。"他将形状扁平的酒瓶递给岳飞。"十九个新丁打垮百多老卒。这是我赏你的。面对数量众多的敌人，毫不退缩，绝不服软。是个好兵！面对被包围的形势，知道利用速度各个击破，是个好统领！"

岳飞犹豫了一下，接过喝了一口。"大人过奖，当时情势不容多想，如今再看颇有点不知天高地厚。"

"我当时在点将台上看得很清楚，你有勇有谋，不用过谦。"刘韐笑道，"有时人需要不知天高地厚，一辈子唯唯诺诺是没有出息的。"

岳飞惊讶着看着面前的老将，又喝了一大口酒，赞道："好酒！"

"这是汴京名酒瑶光清影，五十两银子一角，自然是好酒！

若非枢密院的友人赠送，老夫也喝不到。不过喝酒也要看时候，遇到对的人自然是酒逢知己千杯少。"刘锜要回酒瓶，喝了一大口，"姚政和你并非旧识，你为他冒险，得罪兵营里的上级，值得吗？要知道你在相州大营可是毫无根基。"

"我没有想过这个，但我即便再挨五十军棍，也会为他出头。"也许是喝了酒，岳飞只觉一股热流在胸口蔓延。

"理由？"刘锜问。

"他是我敢战营的袍泽。"岳飞坚定地回答。

"袍泽……是的，日后若是上战场，你们是要相互交付性命的。袍泽……若是弓箭迎面飞来，你们要为彼此挡箭矢。"刘锜笑了起来，问道："岳飞，你为何要当兵？以你的武艺，大可在州县里谋个差事，不出三年定能混出名堂。而在大宋当兵即将迎来腥风血雨。你知道我们就要打仗了吧？"

岳飞低声道："是，应募前去以前做护院的地方打听过，我朝可能将要北征。"

刘锜笑道："你是在昼锦堂韩家做过护院，想必受过韩肖胄大人的提点。不过仍是那句话，你有一身武艺，听说也念过点书，虽是农家子弟，但也可衣食无忧。为何一定要当兵？我大宋重文轻武，当兵从军可不是好男儿的梦想。"

岳飞皱起眉头，慢慢道："我做过几年护院，在昼锦堂的差事很清闲，主要是服侍公子。我念过书，韩公子很器重我，我也一度以为可能常驻在昼锦堂。但去年草寇围攻昼锦堂，我射杀了贼首。从那之后，情况就发生了变化。"

"杀过人了。"刘韐若有所思，将酒瓶又递给岳飞，点头道，"原来如此，一个武者开了杀戒是大事。"

"不知是不是这个缘故，杀过人以后，我看事做事的方式都有不同，甚至开始嗜酒。"

"你嗜酒？早知不给你酒喝了。"刘韐笑道。

岳飞晃了晃酒瓶，苦笑着递还给对方。刘韐没有接酒瓶，只是笑了笑。岳飞觉得面前的老者非常亲切，有几分义父周侗的感觉。"之后我在县衙也当过差，做了几个月，打了欺行霸市的地痞。对方不仅在地方上极有势力，还和平定军的冯家相熟，最后我反而丢了差事。但那几个月的差事和做护院一样没意思。我站在高墙上射杀贼首成为英雄，我在市井打一个该杀的无赖却被众口所指。我学武艺，究竟是为了什么？肯定不是为了在市井与泼皮厮打。有前辈说过，学成文武艺货卖帝王家。于是，我决定投军。再不投军，我可能会毁了自己……"

刘韐笑道："是的，不是杀人之后，亡命千里。就是在醉酒时被人打闷棍丢入河沟。"

"我知道，近期我大宋可能要北上。或许是我不知天高地厚，但我很想知道这一身武艺是否真有用武之地。"岳飞看着面前的老将，低声道，"恕卑职狂妄，我不想庸碌一生，若有机会，也想打出一片天地。"

志大才高，少年狂狷……刘韐有趣地看着面前的青年，我家子羽似乎就是差了点这种不知天高地厚的感觉。"你可知朝廷为何在此时要收复燕云？你又是否知道，即便我大军挥师北上，原则上那是大宋西军的事，轮不到我们河北军参与？"他笑问。

岳飞怔了怔这两个问题都是他从未想过的。

刘韐又道："上头觉得联金抗辽，收复燕云唾手可得。这等千秋功业如何轮得到我们外围人马？"

"辽国乃我大宋宿敌，燕云十六州从我大宋开国，就是魂牵梦萦之地。坊间传说今上想要收复燕云，大宋百姓早已是热血沸腾翘首以待。但若要北上自然要举天下之兵，尚未作战说什么分功劳？而且连黄口孺子都知道，辽国虎狼也。我们和辽国相安无事近百年，突然开战怎么能不做精心准备？"岳飞思索道，"至于为何选此时联金抗辽，卑职也不知道。是否是辽国发生了重大变故？否则朝廷怎会认为唾手可得燕云之地？"

刘韐盯着岳飞看了片刻，并不回答对方的疑问，而是缓缓道："岳飞，我看你为人忠勇，武艺超群，故令你为敢战士第一队队长。你可要用心去做。任命会在你们杂役完成后下达。"

"谢将军。"岳飞磕头领命。

岳飞走出中军大营，长长舒了口气。迎面走来一队巡逻的士兵，岳飞驻足行了军礼。看到那一队最前方队长的左臂上绑着臂章，不由想到过几天自己也会拥有一个。他抬头望了望天上的星辰，摸了摸怀里的"瑶光清影"，刘韐将军好像是个好官……刚才应该是没有说错什么话吧？

他回到宿舍，棚里的弟兄还在闲聊。姚政正给大家说着"花石纲"的奇闻，说是前些时候华亭找到了一株唐代的古树，决议走水路把那古树进献给朝廷。结果在海上遇到暴风，人树两空。

汤怀表示听说过这事，据说那树是在悟空禅师的寺庙前被发现的。徐庆顿时插嘴说，谁都知道道树挪死人挪活，偏这些不开眼的不晓得。那些家伙因为挨了板子，一个个趴在那里，说几句话就哼哼几声，却仍是说得不亦乐乎。岳飞回来将"瑶光清影"分于众人，每人半口就喝个底朝天。

这时，岳飞才道："这酒可要五十两一两啊。"

"我的天！连味道都没品出来！真他娘的！"徐庆怒骂着想要抢瓶子，却因为裤子没有穿好，被自己裤子绊了一跤，裸着屁股摔在地上。引得众人哄堂大笑。

汤怀忽然道："岳大哥，杂役的差事布置下来了。说是兵营西面那二十亩荆棘地，三天里头要开出来，要整成训练场。"

"听着不太可能啊？"岳飞诧异道。

姚政道："反正是苦差事。那刘子羽大人，就喜欢看人痛苦。"

徐庆笑道："我只要他包子管够，干活这种事，又不是一个人干。怕个球。"

刘铪于中军帐独酌，刘子羽在亥时之前回营交令。"回禀大人，末将巡营完毕。"

"我已见过岳飞，并任命他为敢战营第一队队长。"刘铪道。

"第一队队长，其实就是伍长，连队长在内一共五人。"刘子羽眉头微皱，"是否屈才了？"

刘铪轻声道："或许让他管百人也绰绰有余，然而他寸功未立，我希望他从最底层做起。"

刘子羽看着桌案上的酒壶，小心问道："有事发生？"

刘韐道："今日收到童贯的亲笔文书，告诉我南方的大军扫平了方腊余孽即将北上。南征之后，西军颇为疲惫，他要从各军抽调精锐协同西军伐辽。正式公文几日后就到。我们终究是要去燕云的。"

"这是好事啊，说明朝廷倚重您。"刘子羽道。

刘韐道："但这仗肯定不好打。西军为我大宋精锐，然而长期驻扎西面，最擅长的是山地战。北上则是在平原和那些马背民族厮杀，本就是吃亏的。更何况，打方腊原是苦战，苦战过后尚未休整就仓促北征，不容乐观啊。"

刘子羽道："我常看北边的军报，最近辽国在我边陲的兵力大幅缩减，边境线上的驻军不足三万。据说是他们疲于应付金人的侵袭。虽不愿说，如今的辽国和金人作战，有点如当年我大宋和辽国作战时的情景，基本上是疲于应付。若我军此刻北上，三十万大军对三万，赢面不小，说不定真能收复燕云。"

"胡说！"刘韐一拍桌子，刘子羽吓得一躬身。刘韐道："我朝太祖、高祖未曾做成的事，你真以为在尔等手里能做成？三十万对三万就有胜算？打仗若是做算术，那大家拼命生孩子就是，还用打吗？竖子……我平日里怎么说你的？"

"我……"刘子羽一肚子委屈，他其实只是想开解父亲而已。

刘韐道："我朝除了精锐的西军，大多数部队都缺乏实战，更严重缺马。部队无马如何练习骑射？平原作战，骑兵骑术不熟练如何与人对决？当今之世，我们守势有余，但争胜则不足。"

刘子羽苦笑道："这些我都知道，可朝廷北伐已是箭在弦上，今上试图收复燕云，我们做臣子的就算肝脑涂地也要为之效力。联金抗辽是否是好主意我不知道，但我们能说不吗？"

刘韐叹了口气："这次北上伐辽，我已回书童贯大人，说会派你去前方参战。当你与大军一起渡过拒马河，我也希望你能重塑我大宋铁军的辉煌。"

刘子羽吃惊地看着父亲，"我以为……"

"说你归说你，你以为我不知道，咱们说不得那个不字吗？"刘韐喝了口水酒，低声道："北方军报我也看了，契丹人不是女真的对手。我军即便不能攻下燕州府，至少能牵制一部分辽国的兵力。辽国必败，至于是否会亡国……这要看国家的气数。我交给你三千人马。人马不多，不过足够帮你建功立业。那新招募的五百敢战士，你尽数带去。原本他们还未训练完毕，但有岳飞这样的人在军中，或许能有出乎意料的表现。这样你手下可有三千五百人。我相州大营的其他将领，随便你带谁去都行。"

"谢父亲大人。"刘子羽躬身道。

刘韐又叮嘱道："你曾在平方腊时立下军功，但打辽国和征方腊完全不同。切记万事小心。去北面之后，仔细观察金人的战力。我真正担心的是女真。从前辽国就有传言：女真不满万，满万不可敌。如今他们坐拥大军十万，我们与他们合作，无异于与虎谋皮。我担心的是战后的金国与我大宋的关系啊。"

刘子羽小声问："我何时出发？"

刘韐道："你还有一个月时间做准备。童贯应该召集了多路人马。我们不做第一批到雄州的兵马，也不要做最后一批。"

刘子羽犹豫了一下，又问："我想带罗定山去。但像他和岳飞这样的强者，一旦有了军功，西军的上层若打他们主意。我该放他们去吗？"

"竖子！"刘韐骂道，"整天就想着这些没用的事。我们带兵带的不是自己的兵，是大宋的兵。别老想着拉帮结派。真有这种好事，别耽误人家的前程。别说他们，如果西军的老总看上了你，要把你调去西军，你也赶快给我快马加鞭地滚过去。"

"是……孩儿知错。"刘子羽挠了挠头，今天真是说什么都会被骂。

刘韐盯着儿子看了片刻，低声道："你真以为那些太尉那些宣抚，会在意一个低级军官的本事？若真如此，我大宋军队会是今日模样？罗定山我不去说，那个岳飞，你多让他做点事。玉不琢不成器，他这样的人要多历练才能成大才。"

"是的！父亲。"

刘韐道："罗定山武艺高强，也的确能带兵，但别让他独当一面，他单兵能力强，可惜行军布阵比较死板。用孟辉煌也比用他好。时间不早，你下去休息吧。"

刘子羽躬身退下，隐约听到刘韐在营帐里倒上酒水，又自语道："像岳飞那样的人，若不打仗是一辈子都不会出头的。"

二、燕云

燕云十六州，是大宋帝国近两百年的梦想。然而对宋朝子民来说，这"收复燕云"的梦想实则是一个噩梦。因为从宋太祖赵匡胤、宋太宗赵光义开始，历代大宋君王一次又一次的努力，最后的结果都是折戟沉沙。不知有多少大宋的热血儿郎死于追逐这块梦想之地的途中。这个"梦"源自于一个叫"石敬瑭"的人。后唐的河东节度使石敬瑭，为向辽国借兵，提出割让燕云十六州来讨好辽国太宗皇帝耶律德光，那是公元936年的事。也就是距离岳飞从军的1122年一百八十六年前的事。

石敬瑭当时四十七岁，而耶律德光只有三十七岁，石敬瑭为了借兵甘心认耶律德光为"父"。这两个举措在哪怕是百年千年之后，都坐实了石敬瑭"汉奸"的罪名。

"燕云"的"燕"是指幽州，首府燕京，也就是今天的北京，辽国获得燕云后将其定为帝国的"南京"。"云"是指云州，首府是今天的大同，为辽国的西京。燕云十六州分别是：幽、蓟、瀛、莫、涿、檀、顺、新、妫、儒、武、云、应、寰、朔、蔚，这十六块土地。其范围几乎囊括了中国北方最为重要的关隘和天堑。

从此，汉人世界被完全暴露在北方游牧民族的铁蹄下，中原门户大开。耗费千年之力修建的长城，再也起不到屏障的作用。而更大的问题则是，黄河以北最适合养马的马场也都落到了辽国的手里。

"所以你们看，我们这次只带了八百骑兵，而我们相州大营一共只有一千多骑兵，被我带出来了超过一半。"刘子羽面对帐内的中下级军官，将燕云相关知识的普及告一段落。他洋洋洒洒地说了一个上午，那些中下级军官虽然对这些早有耳闻，但从未被人如此系统解说。大战在即，连同两大指挥罗定山和孟辉煌在内，所有人都听得非常认真。

"石敬瑭为何要这么做？"岳飞问。他身为敢战士的小队长，原本是没有机会参与中级军官会议，但刘子羽让他旁听做一些会议纪要。这些日子，岳飞耳濡目染刘子羽处理日常军务，当真是受益匪浅。

罗定山道："我听说石敬瑭是沙陀人，非我族类其心必异。他断送我汉人的天下并不偶然。"他从亲卫队调至敢战营做指挥，是岳飞的顶头上司。这些日子，两人除了正常操练，就是一起切磋武艺。罗定山是在西夏战场上出生入死的宿将，他提供的作战经验，正是岳飞所没有的。而他对岳飞这个新人的栽培也是不遗余力。

另一边孟辉煌道："他若本就不是汉人，那是否不算汉奸？"

"但我也听说石敬瑭文才武略都很厉害，他把燕云给了辽国，自己不也很危险吗？"岳飞皱眉继续问。

刘子羽笑了笑："石敬瑭本身的确文韬武略，不得不承认那时候他把河东治理得很好。所以后唐的李从珂才担心身为河东节度使的他尾大不掉，要夺其兵权，当时派兵围了太原。石敬瑭为求自保，遂向辽国求援。若他只是献出金箔，甚至合婚，想必很多人都会认为这是正常举措。毕竟五代十国那些日子，胡兵在中原来来往往，大家不会过多非议一个石敬瑭。至于，他为何如此大方让掉那么大的土地。也许是契丹人狮子大开口，他没还价，又也许是他真的毫不在乎。后人是无从知晓了。"

相州兵到拒马河以南已有半月。他们驻扎在归信县外，据河而守。河北面是辽国的归义县。头五天的时候，刘子羽每日放出踏白使过河侦查，手下军士操练不变。等到了十天时，刘子羽开始派出少量部队过河进行试探性骚扰，一度深入河对岸五十里，可是辽国方面毫无动静。这半个月的时间，南岸聚集的宋兵越来越多，西军的主力也已到达，数量接近十万之众。

半个月来，岳飞一直在期待过河的命令，一度以为自己作为敢战士会头一批过河，但侦查任务全都在踏白营……敢战营的人能做的就是操练再操练。不过算来岳飞他们入伍还不到三个月，什么一到边境就能担当重任，只是敢战士们一厢情愿的想法而已。

姚政听岳飞把早课的内容说了一遍，挠头道："原来你是去听刘子羽讲故事去了……这些做军官老爷还真是清闲，要知道这些，听听县城里说的书不就行了。李存孝大战铁枪王彦章，有道是'王不过霸，将不过李'。保证你过瘾啊。"

"呸，过瘾个屁。你以为是去找女人？"徐庆没好气道，"我觉得石敬瑭就是贱，一个能认小自己十岁的人做爹的家伙，什么事情做不出来？大哥你多余问！他是世所公认的贱人！"

汤怀笑道："石敬瑭虽是沙陀人，但他将自己归于汉人。说他是汉奸绝无问题。"

薛鹤眯着三角眼道："人家好歹也建立了个晋国，再怎么汉奸，也是个大汉奸。所谓不求流芳百世，也要遗臭万年。这种人从古至今大有人在。"

徐庆瞪眼道："我知道你一肚子坏水，盼着做这种坏人，对吧？"

薛鹤坏笑道："我一个种地出身的，是不指望啦。但真被我逮到机会做坏事，岳飞大哥可不会放过我。"薛鹤被从第九指挥第七中队长的职务革职后，被分配到敢战营，成了岳飞手下的兵。

"反正我还是对李存孝那样的万人敌感兴趣，石敬瑭嘛，去他娘的。"姚政哼了一声。

汤怀笑问："世上真有万人敌吗？那些都是吹出来的吧。"

"呸！关羽张飞，万人敌也！《三国志》里写的！"徐庆怒道。

"哎哟，徐蛮牛还看过《三国志》？"薛鹤笑喷道。

"故事里说的不行吗？"徐庆涨红了脸。

汤怀皱起鹰钩鼻，不冷不热道："我朝都是文官统管武备，万人敌有什么用？"

"不过话说回来。各军毕竟都会有些能人，我听说西军里就有个像万人敌一般的怪物。第一个是童贯麾下的无敌大将，铁骑军的统制杨可世。"薛鹤想了想道，"另一个……好像是姓韩。"

姚政道："对，有个叫韩世忠的偏将，人称泼韩五。据说那人能开两石以上的硬弓百步穿杨，并可操控烈马，于万军之中取上将首级。"

"前两样可能还靠谱，我们岳大哥也做得到。至于万军之中取首级，你看见了？"汤怀笑问。

姚政道："你还别不信！当年打西夏，银州之战，作为西军先锋的泼韩五，可是第一个爬上银州城墙，并且格杀了对方守城军官！这万军之中取敌军首级，是千万大宋将士亲眼所见！而且你们不知道吗？西军北上之前，去剿灭的方腊。那大贼首方腊，就是韩世忠亲手捉住的！"

"能亲手抓住魔教教主方腊，那一定是有两下子！"徐庆吃惊道，他还记得当年在相州石宝是何等风光，而石宝只是方腊手下的干部而已。

薛鹤笑道："我还听说这泼韩五，少年时期曾经格杀巨蟒，吃了大蛇的肉，导致全身肌肉晶莹似雪，可是个美男子啊。"

"这越来越玄乎了。"徐庆笑道："晶莹似雪的皮肤，那不是兔爷吗？"

汤怀一拍徐庆的脑袋道："如果一定要说武勇，韩世忠未必有我们岳大哥厉害，和罗定山指挥比起来也只怕不如吧？"

徐庆怒道："别碰我的头！"

"你这明显是帮着自己人，韩世忠是西军中大名鼎鼎的人物！"薛鹤笑嘻嘻道。

岳飞笑了笑，任由这哥几个讨论，坐到一旁去写家信。每天他出去听到什么，晚上都会详细的给队里的弟兄们说一遍，无形中他这敢战营的第一小队，已成为敢战营最强势的一队人。众人年纪差距不大，而这是强者为尊的时代，岳飞武艺最高，自然就成了所有人的大哥。

"你们有没有辽国的朋友？"姚政忽然道，"我十来岁的时候，跟我爹去相州城做生意，认识了几个入境做生意的辽国人。我爹说他们为人不错挺老实的。我平时就和那些辽国人的孩子玩，那时候有个辽国商人在城里有座大宅子，院子里的无花果树是我们那几个小子最爱的东西。那些孩子都和我差不多大。如果他们也当兵了，不知在金国哪条线上，还是在拒马河对面。"

他这么一说，使得气氛变得有些凝重。久久徐庆才道："怪不得你懂一点契丹话。"

"我去过辽国。"薛鹤抬头道，"几年前，我护卫相州的韩肖胄大人去过他们的中京。辽国的官僚对我们很客气，他们的百姓也还不错。但在宋辽边境上的匪患主要还是契丹人，我们那时候护卫韩大人，针对的也是那边的人。"

汤怀笑道："主要是他们如果抢了我们的官队，只要躲到辽国那边，我们就无法追究。反之如果我们大宋的匪寇打劫了官队，那可是不得了的事。连方腊、宋江都被剿灭了，一般的贼寇还能怎么样？"

"说了半天，我们是不该去打辽国吗？"姚政问。

徐庆瞪眼道："怎么不该？他们占了我们的土地，还每年都拿我们那么多银子。凭什么？你随便问一句外头的百姓你看他们说该不该！"

"老百姓就知道起哄，只要有便宜占，而且不是让他们出头，什么都说应该。"薛鹤道："我倒是想知道，这里除了岳大哥，还有谁杀过人？如果我们渡河过去，一旦开战是要杀人的。"

徐庆恶狠狠道："杀人很了不起吗？"

"能不动声色杀人本来就是了不起的。"薛鹤带着邪恶的笑意问道，"岳大哥，杀人什么感觉？"

"不亲自动手就是白说。"岳飞忽然皱眉望向营帐外，似乎有传令兵来了，他一面起身出营帐，一面道，"反正到时候不要多想，不要去想自己有妻子儿女，不要去想对方有爹娘兄弟。想太多会出事。"

姚政深吸了口气，自语道："那我现在就是想太多了。"

众人见岳飞表情严肃地和外面的传令兵说了几句，然后抱拳转身回到营帐。

"明日一早三更造饭，五更渡河。上头的上头终于传下来了军令。"岳飞对众人道。

"果然要开打了！"徐庆摩拳擦掌。

岳飞道："传令兵关照，明日一早会有人来收家书，要写点什么的都抓紧了。"

写什么家书……这算是遗书吗？众人面面相觑，汤怀怒道：

"这算什么丧气规定，上战场前先留遗书？"

徐庆大大咧咧道："大哥，不如你写个五份，给我们备着。"

"每个人的情况不同，怎么能写一样的？"岳飞皱眉。

薛鹤笑了笑，"大家都是庄稼人出身，有何不同？又没什么家财可留。改个名字全都一样，就偏劳大哥了。"

姚政皱眉道："我自己写……"

汤怀笑道："对了，这里只有你是有家财的！"

说到家书，岳飞眼前不由浮现出刘氏娇柔的面庞，和儿子胖态可掬的笑脸，这一开战真不知道何时才能再见。

"你们说，如果我们打仗打很多年。家里的媳妇就那么等着，等我们建功立业。我们回来不就成了薛平贵和王宝钏吗？"姚政写了几笔，忽然发痴道。

徐庆没好气道："薛平贵是什么人？后来做了异国的藩王。你有这个心，小心人头不保！"

"唉！蛮牛，人言道，当兵都想做大将。胖姚的话本来是没错的。"薛鹤慢悠悠地道，"但他以为他家媳妇会一直等他，那就是做梦了。他若真是在外面打仗十八年。别说头上的军盔了，全身上下早都绿了！"

众人顿时狂笑起来，姚政愤怒地朝薛鹤扑去。

当岳飞写完了几份家书，营内弟兄都已进入梦乡，他独自走出营帐，绕着营房慢慢踱步。他有父母在堂，十五岁就娶妻刘氏，十六岁时儿子岳云出世。之前这近二十年的人生可谓简简单单顺顺利利。而以后呢？打仗，就要杀人。打仗比的是谁杀的人多。他脑海中浮现出昼锦堂那个被他射死的贼首。那个叫张超的恶贼，他一辈子也不会忘记。

打仗，就要杀人。不论对方是好人，还是坏人。

岳飞从兵器架取下沥泉枪，他已将陈广和周侗的枪法融会贯通，最近一直在琢磨《枪谱》的最后一式。一套枪法在营前空地慢慢施展开来，步走八方，枪若游龙，沥泉山那挂瀑布依稀浮现在眼前。

忽然远方传来沉闷的雷鸣声……岳飞皱眉仰望天空，繁星点点的夜幕万里无云。而那雷声由远至近越来越响，岳飞皱眉提枪奔出敢战营，外头巡逻的士兵正无头苍蝇般四处奔走。远处隐约有呐喊声和箭矢破空声传来，而且箭矢声越来越秘籍，喊杀声越来越盛。

有人劫营！岳飞心里想着又向前穿过一道营寨，靠近大营前门。

嗖嗖嗖！数支羽箭扑面而来！岳飞连退几步，张手接过一支羽箭。看到两个挥着链子锤的契丹骑士一左一右将兵营院门的栅栏砸垮两排，在他们身后更多张弓骑射的辽国骑兵正蜂拥而来。

"岳飞，你快回去将敢战营组织起来！"负责前营守备的孟辉煌领着一百多军士出现在正门，军士提盾握刀咬牙望向雷霆驰来的辽军。

只片刻之间，两边人马就战在一处。钢刀入肉的声音，生命逝去前的惨叫声，此起彼伏地传来。岳飞疾步冲回敢战营，营内众人已然沸腾，汤怀、徐庆、姚政、薛鹤穿戴整齐各拿兵器。

徐庆将袍甲给岳飞披上问道:"大哥,外头怎么回事?"

岳飞道:"辽兵袭营,兵马很多!"

这时,罗定山披挂整齐骑马来到众人面前,高声道:"所有人拿好武器,以队为单位集合,以中队为单位跟我赶往前营。"

岳飞的第一队立即聚拢在罗定山身旁,敢战营器械精良,每人配有圆盾长枪和弓弩。但敢战营的子弟多是新兵,混乱中连袍甲都未穿整齐,更别说列队迎战。奔走于各营的传令兵不断传来前营失守、左军失手的消息,罗定山麾下的敢战营才刚组织好。

罗定山对岳飞道:"我要你的小队在队伍最前头,为我敢战营刀锋。刘子羽大人被困在中营,我们必须替其解围,然后再肃清辽兵。"

"是!"岳飞领命,一马当先带着小队走在敢战营最前头。

薛鹤想要说些什么,终于还是忍住没有说。

岳飞、徐庆、汤怀成品字形向前疾走,薛鹤、姚政一左一右游弋于两翼。他们刚冲出敢战营,就遇到几个杀红了眼的冒进辽兵。岳飞急掠上前长枪呼啸刺翻一人,徐庆、汤怀趁势掩杀。他们五人极有默契地一路上前,由于是自家大营地形熟悉,几乎不受夜战的影响。一路上不论是遇到三五个,还是十个人的小队,他们都能一举击破。

走过两道营寨,岳飞小队的五个人的兵器都已染血。"杀人的感觉如何?"岳飞沉声问,他的长枪已连挑七人。

"杀!""杀!""杀!""杀!"汤怀、徐庆、姚政、薛鹤一人一句吼道。

如果杀人会做噩梦，那也是以后的事！现在你不杀人，人就杀你。

他们一路冲到中军大营，刘子羽的亲卫队被辽兵牢牢困住，若非亲卫队为相州大营精锐，相州军的中军大营恐怕早已失守。岳飞并没如先前那样急进，而是领着小队小心转了一圈。"有多少人？"他问汤怀。

汤怀道："很多人。你看对面的旗帜和头领数，我们亲卫队有五百人，他们要包围怎么也要八百人以上。"

岳飞心思转动，目光落在大营前方的两座旗塔上。旗塔是中军瞭望塔，高二十丈顶端地方不大，但可以容下两人站岗。眼下旗塔已落在辽军手里。"我们和后队拉开了多少距离？"他又问。

薛鹤道："以我对罗指挥的了解，不会超过两百步的距离。我们是否等他们到了再冲上去？"

"不！里面耽误不得。"岳飞听着中军大营的喊杀声，"你们四个一起去夺东面的旗塔，夺下旗塔后，汤怀在上面用弓箭支援各方。你们三个过来把西面的旗塔砍倒，旗塔必须向营内倒。我会趁着它倒下的瞬间直达敌阵。之后你们三个去护卫汤怀的旗塔。若一刻钟后，罗指挥没有带敢战营上来，你们就放火烧营。"

"烧营？"姚政问。

"是的，因为那意味着中军大营已经失守。"岳飞沉声道，"都听明白了吗？"

"是！"另四人躬身领命。

"行动。"岳飞手提长枪，先一步奔向旗塔。

辽兵正全力攻打中军大营，一片乱战中旗塔下并没多少辽兵守卫。岳飞突然出现在辽兵身后，长枪风卷残云，三个辽兵就被击倒在地。另两个辽兵转身冲向他，被他一式"横扫千军"扫倒。嘭！弓弦响动，两支狼牙箭从旗塔上射下。岳飞枪尖一抖，拨开羽箭，踏出三步向上冲起，脚踩旗塔飞身一跃，两个起落就到了旗塔上。举着长弓的辽兵连叫喊都来不及发出，就被他丢了下去。

岳飞向中军大营里一望，刘子羽周身是血，身边还有不到百人，而辽兵正准备做最后的冲击。他在向下望，汤怀已登上另一座旗塔，徐庆三人正冲向他这里。徐庆和姚政各提着一条从辽兵手里夺来的狼牙棒，倾尽全力砸向旗塔的基座。三人轮流砸了两轮，薛鹤用肩膀奋力一撞，旗塔发出一声闷响朝前倾倒。

岳飞用手一搭塔顶，转身立于塔尖。旗塔向前倒下，他却能平稳的张弓搭箭，一箭奔向正指挥辽兵上前的千夫长后脑。千夫长的护卫匆忙一推，替那人挨了一箭。羽箭贯穿那个辽兵，仍旧射到千夫长的肩头，顿时鲜血飙射。而这时旗塔轰然砸在辽兵群中，十多个辽兵就这么稀里糊涂地被压在塔下。岳飞在旗塔砸在地面的一瞬，平平斜掠开，就地一滚，箭无虚发地连出十多箭，再次射倒一片辽兵。但辽兵的反应也相当迅速，三十多支羽箭同时射向他所在的位置。岳飞沥泉大枪舞得风雨不透，辽兵看清并没有许多人，立即蜂拥而上。

营房另一边的刘子羽见岳飞来了，知道敢战营距离不远，立刻下令士兵突击，顿时中军大营血肉横飞。

岳飞挥舞大枪不断上前，试图与刘子羽会合，但尽管他连续刺翻五六个辽兵，但契丹人个个悍不畏死，岳飞的枪尖上连挑着两人向前冲，仍有人为了不让他靠近刘子羽，用同归于尽的打法向他扑来。眼看岳飞躲不开后面砍来长刀，突然两支羽箭从天而降落在那契丹人后颈，那迅疾的箭矢连续射倒了六七人。

辽兵为之一愣，辽兵统领立即派人去夺外头的旗塔。岳飞马上加快步伐冲向刘子羽，但他尽管前进了二十多步，但刘子羽和他的亲卫队却被迫退了三十多步，双方的距离反而远了。汤怀射出神来之箭得意一笑，突然飞蝗般的羽箭从辽军射来！他狼狈地趴在旗塔内，旗塔的护栏发出噼噼啪啪的声音，木制的栏杆竟被箭矢射碎！汤怀的肩头和左臂各中一箭。

刘子羽的亲卫不断减少，若非辽兵派出高手冲向岳飞的小队，他怕已无人可用。辽兵统领发出强攻的命令，那些头顶光亮，两鬓留着辫子的契丹人立即再次咆哮着向他冲来。刘子羽不由苦笑，都说辽兵大不如前，遇到金兵是屡战屡败，现在是怎么了？这就是上头口中那支羸弱的辽军吗？

辽兵冲到近前，刘子羽和岳飞之间还隔着十多个敌人。岳飞大喝一声，不顾左右砍来的长刀，凌空一枪刺出，前面的辽兵被他一枪挑起，大枪扫起对方尸体，如人形盾牌砸开敌兵。终于冲到刘子羽面前！

"岳飞……"刘子羽心情激动，不知如何表达。

岳飞看着周围近百辽兵，脸色冰冷，目光却沉静如水。

几乎同时，辽兵后方突然乱成一片。骑着青鬃马身着铜甲的罗定山手提长枪，带着数百敢战士若天兵般杀到。

见此情景，刘子羽豪气顿生，大吼道："我们杀出去！"

这里的辽兵围攻中军大营多时已有疲态，再被敢战营一冲顿时混乱。那千夫长本已受伤，匆忙间组织队伍回头迎战罗定山，被罗定山一枪挑于马下。岳飞和刘子羽领着剩下的十多个亲兵趁势杀出，终将攻入中军大营的敌人消灭。

"岳飞，你做得很好。我早说过，刀山火海滚三滚，新兵自然成老卒。"罗定山破天荒地对岳飞当面称赞。

岳飞躬身抱拳，沉声道："方才形势真是危急。"

"目前到底什么情况？"刘子羽问罗定山。

"相州军和雄州军，以及西军都受到攻击，雄州军已被击溃，西军杨可世将军的大营被攻破，杨将军和王禀将军生死未卜。我们这里形势也好不了多少。前军指挥孟辉煌战死，我部三千人马折损一半，可用战力只有一千多人。"罗定山望着左右道，"眼下只能寄希望于西军主力能撑过这波突袭，不然打雄州军和西军的辽兵同时压过来，我们根本无法抵挡。"

刘子羽道："收拾本部军马，重塑营寨，随时等待敌人的二次进攻。"

"若守不住……"罗定山强忍住后面几个字。

刘子羽道："若守不住，就是玉石俱焚。但未得军令不可后退。"

"是。"罗定山咬牙抱拳。

就在他们说话时，前营再次马蹄轰鸣，所有人都握紧武器，但远处随即有口令声传来。刘子羽松了口气，既然是大宋西军的骑兵，这说明大本营无事。

"真他娘的，还好还好。"徐庆嘟囔道。

"你这蛮牛也会怕？"汤怀好笑道。

"你大妹子的，再来一拨你不怕？"徐庆瞪眼道。

来的骑兵大约有一百左右，为首一人身形高大，面目白皙，举手投足有股昂扬之气。

那武官抱拳道："刘大人，在下韩世忠，宣抚大人命属下询问左营相州军夜战情况。"

刘子羽沉声道："辽军夜袭左营伤亡惨重，但根基尚在。目前大约还有可用战力一千，随时可投入下次战斗。"

徐庆在士兵堆里小声道："这就是泼韩五？没你们说的那么雪白晶莹嘛……"

"噗……"汤怀先是一笑，但牵动伤口疼得一咧嘴。

啪！徐庆挨了岳飞一巴掌。岳飞亦仔细打量着那个西军士兵的传奇人物，这大名人的官阶似乎并不高啊。

韩世忠扫视了一下四周，沉声道："相州军初上战阵，遇此突袭表现已很不错。右营的雄州军……一万兵丁接近全军覆没。而我们中营的也没讨到便宜，辽狗至少派了五千骑兵突袭我们前营，我们西军刚到此地不过五日，营垒立足未稳被打了个措手不及。好在我中军有杨可世和王禀将军先后死战，这才稳住了阵脚。"

"延庆公有何指示？"刘子羽小心问道。

韩世忠递上公文道："宣抚大人准备将营寨后撤三十里，然而一旦后撤，我们在归信县囤积的军械粮草，就暴露在敌人的攻击范围内。他原想让雄州军负责保护归信的信武、信远两仓，但雄州军将领十之七八都已战死。如今宣抚大人让相州军负责这一任务。"

"信武仓作为边境第一军库，粮草不下百万石，信远也不比它小多少……一时半会儿运不完，一旦辽国大军来袭，我这点人如何保护得了？"刘子羽大吃一惊。

韩世忠道："信远，我西军会去守。你们只负责信武仓的就行。"

"这……"刘子羽眉头紧锁。

"归信县有三千厢军正源源不断地将粮草后撤，而那些军械，你可以优先补充自己的队伍。"韩世忠压低声音道，"这是宣抚大人交代的，主要是把军械转走，粮食能运多少运多少。最不济，你派人去一次即可，两日时间，若辽军不来会有人与你们换防。万一敌兵势大，上头不会追究你到底守了多久，多运出一车粮食也是功劳。但这句话你知我知，在别的地方我绝不承认我说过。"话既然说到了这个份上，刘子羽唯有点头。韩世忠抱拳，恭敬道："任务虽难，但属下听从您的调遣。"

刘子羽目光望向罗定山，目前只有敢战营的建制最为健全，其他各部都已七零八落。

罗定山躬身道："既然上头有令，请大人带其他弟兄向南扎营，我带敢战营去去就回。"

刘子羽皱眉道："问题是，辽军一定知道粮仓在信武。他们今夜得势定会去取粮仓。"

韩世忠道："坚持两天即可。"

"你带了多少人来？"刘子羽知道这是军令，韩世忠只是说得比较客气，最终是一定要去做的。

"一百骑兵，为我西军精锐。"韩世忠回答。

那不是杯水车薪吗？刘子羽深吸口气道："罗定山，你去信武仓护粮，我给你八百人，尽你能力去做。归信县既然有三千厢军可用，我们就试试看。两日后，我一定会领人马来支援你们。"

罗定山沉声道："大人身边也需用人，属下只请补满敢战营五百人的编制，敢战营愿为大人肝脑涂地。"说完他起身清点人马。

岳飞和自己小队的弟兄二话不说，提着兵器站入队列，不多时敢战营整顿完毕动身开拔。

大风中，刘子羽望着罗定山和岳飞的背影，忽然想要留下其中一人，但终于还是没说什么。

三、信武

经过一夜鏖战，敢战营已是疲惫之师。五百敢战营士兵加上一百韩世忠的骑兵，于中午时分到达归信县信武仓。

燕云十六州是宋朝历代君臣魂牵梦绕之地，因此即便"澶渊之盟"后，宋辽边境上有近百年未曾开战，但这里的军仓始终是有所准备的。无数能臣武将都曾梦想着，有朝一日大战开启，让燕云重归华夏版图，但谁也不曾想，当战端真的开启，却是眼下的景象。

信武仓位于归信县以西，外围是一处两重纵深的营寨，守军为三千厢军。

北宋时期的军队通常分为禁军和厢军两种，禁军为大宋主力，拱卫在汴梁周围，厢军原为藩镇兵。近两百年来，厢军通常不上战场，所以战斗力和装备都不足，其功能逐渐演变为官用作坊、城防建设和工兵运输等。

信武仓作为粮草重地原该重兵把守，但宣抚都统制刘延庆还未及分兵驻守，就遇到了辽兵的迎头痛击。这是那些以为辽国主力在北方苟延残喘的大宋官僚万万想不到的。

岳飞小队骑马走在队伍最前方，远远就看到有许多人力车穿梭于道路上。而看运粮人的模样，似乎并不都是厢军，众多不同部队的军士都在其中。

"你们都是什么营的？怎么到此地运粮？"汤怀高声问道。

有人笑着回答："什么营？这里什么营都有！我们都是帮着运粮食的！"

薛鹤和姚政互换一眼，突然大声道："胡说！没有军令，谁敢动军粮？你们的兵长在哪里？"

姚政道："我们领宣抚将令来此督粮，其他人谁敢乱动？"

眼前这些军士真被他们唬住了，支支吾吾走也不是留也不是。岳飞沉着脸道："都把你们的头叫来！"

不多时，来了个几个小队长，四个队长来自四个不同的兵营。据他们说，都知道大军要后撤，辽兵即将攻打粮仓，所以过来先取了口粮。这当然是一派胡言，大军还没离开大宋的国土，一切供应都是按日匹配，哪里轮得到他们自己过来取粮食。

岳飞笑了笑道："你们不说实话是回不去的，说了实话毕竟是上头的命令，我们当兵的能做什么？"他检查了这些人的货车，大多数车子上是粮草和军械，但有一车货物居然是奇特的石头。每一块石头都包着绸布，由朱漆箱子装着。

薛鹤面色微变，低声道："这东西咱们离远点，小心杀身之祸。"

"这是什么？"岳飞问。

"难道是传说中的花石纲？但这里是军库，怎么会有这个？"

姚政奇道。

汤怀看着那几块怪石，挠头道："听说这些石头如果运气好，运到汴梁被大人物看重，甚至是会被封爵的。前两年可出了不止一块大将军石。找到那石头的人，更是一人得道鸡犬升天！"

薛鹤道："全国各地谁不得给上头送点好东西，我以前在相州也见过类似的箱子。总之岳大哥，你快汇报给上头。这里一定有通天的人物在。"

岳飞懂得轻重缓急，立即去找罗定山汇报，罗定山吃了一惊。

罗定山皱眉望向押运那车子的军士，问道："你们真正管事的在哪里？就凭你也敢碰那些石头大老爷？"

韩世忠看着对方的服饰，皱眉道："你是我西军中军的人。究竟是谁带来的？"

那军士苦笑道："我……我这是……"

"他是我帐下的军士，怎么？韩世忠你还真是能干，就这么点好东西还被你闻到了。"一个柔和带点讥嘲的声音从路边传来。说话的军人身材瘦削高大，面目俊秀，手臂顾长腰挎宝剑，背后跟着一队铠甲整齐的卫士。最贴身一人是个头发花白，留着一口美髯的老军官。

"少将军……"韩世忠面色不变，但很谦恭的抱拳施礼。然后他转身给罗定山介绍，"这是宣抚大人的少将军。光世将军，这是相州的罗定山。"

刘光世抱了抱拳，客气道："这车货物是宣抚命我来取的，在信武仓里还有不少。我知宣抚让你相州军负责护卫信武仓，大家都是执行军令，还请相互照应。"

"军令可否让我一观？"罗定山问，他并不在意对方是否是大将军的二公子。

刘光世微一皱眉，淡然反问道："需要吗？"

韩世忠赶紧道："大家都是奉了宣抚之命，互相照应是应该的。少将军的事我们帮着处理，若将军手下士兵充裕，也请帮助相州兵参与防务。"

"这当然好说。"刘光世身后的朱全小声答应了一声。

罗定山板着脸，但还是点头道："我等自然不会耽误刘将军的军务。"

刘光世一拍手道："这就好啦，我继续去弄我的石头，你们有什么要帮忙的找老朱。老朱，小事你都做主了！"

韩世忠笑道："如此当然好，不敢耽误少将军。"

刘光世拍了拍韩世忠的肩膀，笑道："泼韩五，好好干。"然后晃晃悠悠地离开了。

韩世忠无视相州军众人的冷眼，转身介绍那美髯军官，"这是朱全大哥，他是老行伍了。宣抚帐下的干将。"

朱全抱拳一笑："干才不敢当，刘大人手下可是人才济济。我跟着少将军吃点闲饭而已。"

罗定山显然是听说过朱全的，抱拳道："久闻大名。"

朱全道："虚名而已，这次既然主事的是你们相州兵，自然还是由你罗兄弟说了算。但我们先到此一步，不如由我带你们四周看看，随后再说具体的事。"从军职来说，朱全不在罗定山之下，而且隶属西军中军，因此并不客道太多。

罗定山皱眉望着官道上仍在来来往往的运粮车，一时还真搞不清楚谁是粮仓的车队，谁是其他地方来打秋风的。他只得点头道："那就有劳朱大哥了。岳飞，这里地形你熟悉，实地勘察一下后跟我报告防务。其他人找好地方驻扎后原地休整，等我命令。"

岳飞和朱仝算是旧识，安阳一别也有几年，对方须发有些花白，比之前沧桑了不少。朱仝对其淡淡一笑，就算打过招呼。而刘光世更和他擦肩而过，眼睛里仿佛根本没有岳飞这个人。

信武仓的库房主要分为粮仓、武库、金库，商库四个库房。粮仓由一个占地十余亩的山包改建而成，整个山腹都被打通，做成了无数地窖来储存粮食。"澶渊之盟"后，辽宋边境一百多年未曾开战，这里粮草可谓堆积如山。岳飞他们经过粮仓，偶尔看到一只仓鼠也是硕大无朋。

"这里粮食分为八百二十五个库，原本并未存满。大军来之前，紧急调拨了一批。如今之数十万大军吃半年也吃不完。真要都运走，不动员万把人怕是根本不可能。至于说这里有三千厢军，实则只有两千人，还有一千是吃空饷的。"朱仝拍了下跟着他们一同巡视的粮仓管事，笑道："这个他最清楚了。所以在这关键时刻赵丰年想了个主意。你自己说吧。"

"全国的兵都在吃空饷，也不独我这里一处。谁能想到这仗没打去辽国，反而打到我们自家来了。"赵丰年板着苦瓜脸道："至于什么关键主意，我什么也没想过。"

朱仝看了他一眼，慢慢道："当然，这里的一切只是有某个管事的认为，粮仓里的东西既然带不走，不如便宜自己人。所以把消息散播了出去，引得各营的官兵自己来取。但是，所有一切不能明说，否则就是监守自盗。"

"仓里人，没有自取一粒粮食。"赵丰年依然苦着脸。

罗定山发现对方只是长得比较愁眉苦脸，而不是真的很懊丧。

朱仝道："取没有取，我们心里都明白。总之，这里我们算看过了，然后去军械库。"

罗定山问道："信武仓有多少人马可做守备之用？"

赵丰年道："能打的不多，一定要把健康能射箭的都算上有一千人，但实际真能用上的不过七八百。你们来了多少人？"

"六百人。"罗定山望向朱仝。

朱仝笑了笑："我们来了一千人，但至少要有五百人押运那些石头回去，然后这里的民夫和厢军也要带走不少。我只能说服少将军留五百人在此。"

赵丰年道："厢军这里只有两千，整编一下也就一千人勉强能用。"

朱仝道："不管多少，少将军都要带走不少。"

"那就算是不到两千人。"罗定山松了口气，"比我想的形势略好。"

朱仝笑道："你真是乐观。"

罗定山道："韩世忠，你怎么看？"

"这里的地势不错，辽国又多是轻骑，攻城他们不行。没有三千人，不可能打垮我们的守备。"韩世忠道。

罗定山笑了笑："你也很乐观嘛。"

"乐观总比悲观好。"韩世忠道，"那个叫岳飞的是本地人？听口音不像。为何熟悉这里地形？"

"这里附近的地形图，我们出发前都已让他记在心里。只要地图没错，他恐怕比本地人还熟悉这里的一切。"罗定山道，"你注意到他了？"

韩世忠道："感觉身手很不错。"

朱仝眯着眼睛笑道："他的身手何止不错，他那个小队每个人都能以一当十，而他只怕能以一当百。那岳飞在相州可是大大的有名。"

罗定山笑道："在我军中，他可不是最能打的。"

"罗老弟，你是想说你才是相州军第一吗？"朱仝淡淡道，"你身为指挥，还那么在意和一个士兵去比，本身已经输了。"

罗定山脸上微微一红，说话间他们来到了军械库。

管事赵丰年道："这里储藏的铠甲和器械可装备万人，弓箭则大约够大军使用整场战役了。"

"战马呢？"罗定山问。

赵丰年道："这里不是大草场，所以战马不多。但我们雄州也肩负着从北方买马的责任，所以常年会有战马千匹。以一个骑兵两匹马来算，实在是装备不了多少人。"

"但临时装备的话，一人一匹马就够了。"罗定山笑道。

"话虽如此，但我就算给了你马匹，你的战士都会骑马吗？就算会骑马，能做到在马上射箭杀敌？你以为骑兵就是配匹马那么简单？"赵丰年连续几句反问，完全不把罗定山放在眼里。

但罗定山也的确被他问得有些挠头，只是嘴硬道："你给我马匹即可，别管我怎么用。"由于宋军缺马严重，普通百姓是很少精通骑术的，因而宋军只能以步兵作为军队的主体也是事实。

赵丰年撇嘴道："那悉听尊便。"

这时，岳飞前来禀告道："指挥大人，外围防务已经布置下去。粮仓附近十里我派了游骑观望。关于营寨防务我看了一下，我们这里若能有三千人，就足以抵挡同等数量，甚至更多的辽军几日。但我们人手不够，所以当细细布置防务。努力把一个人当做两个用。"

朱仝问："辽军战力极强，昨夜的突袭你应该已有体会。为何认为我们有三千人，就能抵挡同等数量的辽军？"

岳飞道："辽军精锐都在燕山府以北应付金国，这里的辽军虽然仍擅长骑射，但大型攻城器械缺乏。辽军只是跨河奔袭，他又不曾真的拿下雄州，来的必然是骑兵居多。他们以为这里防御薄弱，并无攻坚城壁垒的准备。信武仓地形特别，设计时应已想到会出现攻防战，所以仓库营寨外围和库房重地的内围，都有人工堆砌的高坡，可作瞭望塔和箭塔之用。所以这里的防御看似三层，实际有五层。我们只要弓弩充足层层布防，必定让攻击者付出惨重代价。"

赵丰年扬眉道："你居然能看出这里地形当年的用意？这

一百多年零敲碎打的不知做了多少改动，你还能看出来？"

岳飞微笑道："应该不会看错。我在昼锦堂做护院，曾经对庄院类的建筑如何攻守动过心思。信武仓当年的设计者颇费了些心思，必是名家无疑。"

"但我们实际战力只有一千人。"韩世忠看着对方道。

"韩老弟，你刚才还很乐观，怎么忽然悲观起来了？我们明明有两千人。"罗定山笑道。

岳飞沉声道："若真只有一千人，层层布防，保持纵深，或可守住两日。"

"为何差别那么大？"赵丰年皱眉道。

"防御工事是需要立即修建的，目前这里的营寨不知多久没有人整顿过了。但若人手不足，初期营垒就搭建不起来，又谈何之后的防御？"岳飞正色道，"三千人，分三班修筑营垒，可确保速度，并且保持部队的战力。一千人光只加固营垒就累死了。敌人来了又如何御敌？"

朱仝笑道："方才韩世忠说，敌人没有三千人不能攻陷此地。而岳飞说，没有三千人不足以守住粮仓。你们这也算是所见略同吗？"

罗定山道："目前看，昨夜辽军突袭我们的联营，效果虽好，但也暴露出兵力不足的问题。推算起来，他们恐怕不会派出三千人马来夺粮仓。一是他们人手的确不足，二则是可能昨晚的大胜让他们会小看我们的防备。但我们在守信武仓的同时，还要不断将东西运走……同样人手紧张，非常麻烦。"

"除非……"岳飞欲言又止。

"除非什么？"朱仝和罗定山同时问道。

岳飞道："我队里的薛鹤想了个不太常规的办法。或许能解决人手不足的问题。但这个决定我们这些小卒做不了主。"

"你说。"连韩世忠也来了兴趣。

岳飞道："我们这里不缺人，而且短时间里还会有许多其他军营的人来打秋风。我们可以要求不管他们搬走什么，必须留下一批人帮我们加固营垒。这样我们守城部队就能有休整的时间。否则一粒粮食也不让他们动。"

"这是个好办法！"罗定山一扬眉。

赵丰年道："但会得罪不少人。"

朱仝和韩世忠都不发言语，只表示会默认罗定山的做法。

"得罪人也顾不得了！先守过这两日再说！"罗定山拍了拍拳头，"岳飞！我要奖励你！带弟兄们来领器械，这信武仓的铠甲和兵器可是非常不错的。"

岳飞躬身道："谢大人！"

岳飞的小队在安顿好后，重新来到武库。武库里人声嘈杂，许多人来来往往在搬运器械，其中居然有大型攻城器的各个部件。大多数兵器都是储藏在一柜又一柜大抽屉里，那些带着大抽屉的高大箱子被摞起老高，远望过去仿佛一座座带眼鼻的怪异巨人。这里不仅制式铠甲"纸甲""皮甲""铁甲"一应俱全做工精良。各式武器更是应有尽有，还有一些连岳飞和薛鹤都叫不出名字的奇门兵器。

　　越到库房深处，兵器的款式就越老，箱子上积着厚厚的尘土，显见是多年没人碰过。解开铜锁，拉开抽屉，里面的兵器固然有依旧寒光闪亮的，也有一些是锈迹斑斑。

　　忽然，不知谁在忙乱中碰倒了一个刚被清空的高柜，那柜子向后倒去正砸在另一边的攻城车的架子上。攻城车一晃，车子链条甩在墙上那一丈见方的铁八卦上。铁八卦被拽脱了挂钩，呼地坠落下来。下面的人来不及躲避眼看就要被砸到。岳飞双臂高举腾身而起，一个盘旋将铁八卦稳稳托住。

　　嘭！他脚步落在地上，仓库地面凹下两块足印。所有人惊喜之余，都不由倒吸一口冷气。唯有岳飞小队的弟兄，见怪不怪面色如常，只当这种事是理所当然。

　　一早等候在这里的赵丰年立即上前查看岳飞，确认他毫发无损，不由对岳飞另眼相看。要知道这铁八卦至少有五百斤，而从那么高处落下的，整体分量只怕更大。岳飞简单客套了两句，就只是坐在军库的入口处，等着薛鹤带领弟兄几个挑装备。薛鹤在几人中最见多识广，他知道机会难得，很积极挑出了一百套铁甲，和四百套加固的皮甲。徐庆则东张西望地找称手的家伙，最后选中了一条八卦开山斧，汤怀和姚政各找到了合手的长枪。

　　"此山是我开，此树是我栽，要从山下过，留下买路财！"徐庆转动斧头，对着姚政道："胖子！牙根半个说不字，徐爷爷管杀不管埋！"

　　姚政抱着肚子哈哈大笑，"不知死活的贼强盗！老子是官军！你是哪里的贼寇！"

"滚！"汤怀从后面给了徐庆一脚。

徐庆一个趔趄，怒道："老汤你又打我！你昨晚真的受伤了吗？"

"受伤也照样教训你！"汤怀笑道。

薛鹤在远处叫道："干点正事！别玩了！"

库房门口，赵丰年好奇地问岳飞："你不缺装备？在这里想什么？"

岳飞道："我在想，如果我们顺利守过两日，而辽军还在进攻，我们该怎么办？若想不出我就没心思做别的。"

赵丰年皱眉道："这不该是那些将军考虑的吗？你一个小小的队长，芝麻绿豆官，就算想通了有用吗？何况，这本是无解的事。有解的话，刘延庆会选择撤军？"他直呼刘延庆的姓名，毫无恭敬之意。

岳飞道："但我方才站在瞭望塔上，看着周围的战场就忍不住考虑这些。一想到这么多粮食会落在辽国手里，一想到那么多军械来不及弄走。我就心疼得不得了。"

"种田的娃，没见过世面。"赵丰年调侃道，"人家宣抚的公子只在乎那些石头。你要知道随便几块石头，就抵得过一万石的粮食。"

"值十万石粮食的石头也比比皆是。"岳飞小声道，"一颗奇葩点的石头，足以让一个家族家破人亡。"

赵丰年笑道："所以这点粮食上头并不心疼。尽管真要在短期内去筹那么多粮食绝不容易。但我们大宋朝，泱泱大国，天朝上邦怕什么？说来你明白这些，不是一般的庄稼人嘛。你师父是谁？"

"家师周侗、陈广。"岳飞道。

"原来是陕西周侗，那你也算是名家子弟。"赵丰年眯起眼睛，"说来，你真不去挑点什么？"

岳飞笑道："你这里有没有大的床弩？给我在每个营垒安排两架。"

"那东西不是攻城用的吗？"赵丰年奇道。

"居高临下，平射一样有用。信武仓外是开阔地，敌人以骑兵为主，床弩仍然能有很好的作用。另外神臂弓，你这里一定有吧？"岳飞扫了眼一旁的汤怀，"至于我，你有没有三石的硬弓？"

"你能开三石，天！你还是人吗？"赵丰年惊道，但他随即想到刚才铁八卦的事，就毫不怀疑岳飞的能力。

岳飞道："入伍前我就能开三石的。我们是守城，开弓时无人打扰。不过我一直没找到那么硬的弓，相州大营没有。毕竟有些弓分量够，但用着糙。一般没有工匠会认真去做两石半以上的弓，我一直都是凑合用那些。"

这时，外头有小兵跑进来道："岳大哥！罗指挥叫你去！辽兵到了！"

"那么快？"岳飞霍然起身，对赵丰年抱了抱拳就朝外走。

赵丰年默然望着对方的背影，然后转回头看着军械库里堆着的刀枪剑戟，轻轻叹了口气，自语道："经营了十来年的地方就

这么丢了，谁会比我更心疼呢？"

这时朱全从不远处走来，轻声道："刘家交代的事，你都办好了吗？"

赵丰年道："当然。"

朱全望着岳飞的背影，笑道："你也看好这个年轻人？"

"身负绝艺，心怀大志。可惜这是一场死局。"赵丰年小声道。

朱全道："但如果能活下去，或许真会成为大人物。"

赵丰年道："这样的人才，少将军不准备拉他一把，收为己用吗？"

朱全微笑道："上头此刻需关心的事太多，一个岳飞恐怕无暇顾及。赵先生，既然事情都办好了，那我们就收尾吧。"

赵丰年道："最值钱、最有价值的都优先送走了，但……我们这次的损失，即便是京师也会很肉痛。"

朱全摊开手道："这也没办法，少将军心情不好是肯定的，他一定恨死对面的武将了。"

赵丰年道："来的是郭药师，对吧？"

"很能打的一个家伙。"

朱全叹了口气，这里似乎真的是一个死局。

"再能打，辽军也是败局已定。他终究是个亡国之将。"赵丰年看着周围，喃喃道："只是不知，辽国之后轮到谁。"

四、吴玠

　　罗定山、韩世忠、岳飞带兵冲杀了一阵，将辽军的先锋杀散。身边虽然损失了二十余骑，但击溃了敌方三百多人的队伍，赢得了和辽兵正面接触的第一仗。

　　岳飞纵马于队伍中，欢快的马蹄声将几天来绷紧的心稍稍放松。好好打是可以赢的，他鼓励自己说。再看了看韩世忠，那个传说活捉了方腊的武将，的确身手不凡。方才那一阵冲杀，韩世忠是少数杀敌比岳飞多的人。

　　但那家伙真的能活捉方腊？岳飞在心里摇了摇头。要知道江湖传说方腊的武艺是魔教第一，而岳飞不信韩世忠的武艺能在石宝之上。尽管年月已久，石宝到底有多厉害岳飞已经印象模糊，但少年时印象深刻的事，是最不容易推翻的。

　　回到信武仓时，众人皆是兴高采烈，但在营寨门口等候他们的朱全神色凝重。

　　罗定山不由笑道："我见敌人兵少，故亲自出战求得一胜，以鼓舞士气。"

　　朱全道："你身负守备重任，带着百余骑贸然出击，万一出事谁人负责？"

"朱将军责备得对，但这不是没事吗？何况我有岳飞和韩世忠在身边，这天下谁人可挡？"罗定山傲然笑道，"你是没看到，刚才韩世忠和岳飞一左一右杀入敌军，简直是虎入羊群！"

朱全并不想扫兴，转而道："刘光世将军已经出发，并带走了近千厢军运送大量的军械，但他如约留了五百人马给你。若两日后，信武仓仍在我们手里，则他还会回来。先前议定的，将各营打秋风人马留下的事我已落实。清点之下，我们多了八百可用军士。我会负责整编剩下的厢军，希望能派上用处。"

韩世忠欣然道："如此我们有了两千人可用。但民夫和厢军只剩下一千出头。"

"是的，而且军队建制混乱，实际战力未知。"朱全问道："罗大人，你准备怎么做？"

罗定山笑了笑："韩世忠，我分五百人给你，你护卫东面营垒。岳飞，我给你三百人，你护卫西面营垒。西面有山坡，你小心布置好防务。朱全大人，刘将军留下的五百人还是你来统领，作为预备队随时支援各处。"

"岳飞没有官职，领那么多人，能服众？"朱全问。

罗定山笑道："他？他带多少人都没有问题。你看着就是了。"

众人一起望向岳飞，岳飞低头抱拳，眼中露出激动之色。

韩世忠悄悄对岳飞道："我把永兴军的人留给你，这里他们大约有百多人，算是有些战力。如果你手下都是临时拼凑的队伍，遇到强敌你就什么都做不了了。但永兴军是吴氏兄弟的天下，你要小心应付。"

岳飞道："我奉军令行事，不在乎他们是谁。"

这是岳飞第一次带那么多兵，三百人分属各路各营。岳飞集合众人，向各营头目布置了一遍工作，最后道："飞临时受命，带领各位守备西门。你我原无隶属关系，两日后各自归营。但守仓关系重大，希望大家以军务为重。两日内，有不听调遣者，军法从事。"

他没摆架子，也没啰唆废话，使得几个阶级比他高的军士长也没找茬的理由。唯一的问题是，这些被分配来的士兵来此目的本是运军粮，被莫名其妙留下守粮仓后，士气显得颇为低落。但不管怎样，这三百人都派到了信武仓的西寨。这是岳飞人生第一次有机会独当一面，这都是罗定山对他的信任，绝对不能搞砸。岳飞无时无刻不提醒着自己。

和岳飞不同的是，他身后那几个弟兄因为大哥被赋予重任，哥几个的心气顿时也高了起来。尤其是徐庆，简直像自己做了大将军一样，头昂着嘴撇着，哼着小曲儿，吆五喝六。哪边让他不顺眼，都要上去喝骂两句，他甚至对永兴军的头目大声训话。

那人身形伟岸，面容古朴，听着徐庆吆喝也不生气，只是淡淡看了徐庆一眼，这一眼颇有点不怒而威的架势。

徐庆心头莫名一惊，但他极为讨厌这种感觉，不由得大怒冲上前去，怒道："岳大哥说了，这里的营垒今日必须加固完成，你这是什么态度？"

他还没到对方近前，那人身后军士里有个身材高大的青年拦在二人之间，手搭在徐庆肩头，冷笑道："你是什么东西？再上前一步看看？"此人比徐庆尤高出半头。

徐庆大怒去抓对方胳臂，两人手臂绞在一处，同时感觉到对方力量奇大无比，徐庆和那青年各自后退三步。

"住手！"远处的岳飞和这吴姓军官同时喝道。

徐庆道："他们永兴军的说这里营垒不可能在夜间修好。还说即便修好了，明日敌人来了，也无力气御敌。"

岳飞目光扫过周围的防御工事，进度虽慢但营垒和壕沟设置都很合理。"吴玠队长官阶在你之上，无论有什么问题也轮不到你吆五喝六。军队里最重要的是什么？徐庆，你忘记自己是谁了？"他大声呵斥道。

"我……"徐庆颇有点委屈，但他向来信服岳飞，安静退后两步。

吴玠颇为有趣地扫了岳飞一眼，抱拳道："岳飞，我们永兴军并非故意推搪你布置的工作，只是想提一些建议。你兄弟的脾气虽然臭了点，但我兄弟的脾气也未见得好。"说着他瞪了那青年军士一眼，"吴璘，军内不管发生什么，能上来就动手吗？"

"我错了大哥……"吴璘嘟囔了一句，也后退一步。

岳飞和吴玠走到一处，吴玠笑道："之前我接受你分派的任务时，没发现问题。但实地看了一遍之后，觉得有些事还是要因地制宜。所以想让你那兄弟给你传个话，哪晓得他是个臭脾气。"

"那厮就是欠教训。岳飞初来乍到，防务有什么地方要改进，还请吴大哥多指点。"岳飞虚心询问。

吴玠道："你布置的工作很细致，但实际执行的时候，我发现本地防务早已废置多年，原以为可以利用的东西都无法用。也就是说原本想要加固的部分，已经无从加固。要是按照原来的地势去弄，一个晚上效果有限。"

岳飞道："你的意思？"

吴玠道："我们西军和西夏打了很多年仗，城池攻防战时，有两个策略，一是层层布防，二是废地不守。我们现在把可以利用的工事利用起来，那些即便加固后也无法取得应有作用，或者根本不可能修复的部位，我觉得应该放弃。但并非无原则的放弃，而是把那部分地方做成死地。"

"死地？"岳飞好奇道。

吴玠解释道："是的，敌人的死地，我们的生门。我们在那些无法加固，又必须守御的位置埋上稻草和引火之物，一旦敌人攻陷前方营垒，到达这些目标营垒，我们就点火。尽管弃而不守，但可让这些地方变成敌人的死地。如此我们省下时间和人力，可以去加固增强那些更需要防御的营垒。"

"高见！"岳飞有种醍醐灌顶的感觉，他躬身施礼道："岳飞初上战阵，幸得吴大哥指点。飞请吴玠兄，相助统领防务。"

"你我在同一边作战，互相扶持本是应该的！"吴玠对岳飞能如此快地接受意见也颇为意外，"但如今有一个问题，在此干活的弟兄们，经过昨夜的突袭都无心恋战，士气很是低落。"

"这也是无可奈何的事，唯一能振奋士气的是一场胜利。这就看今夜敌人是不是来！"岳飞笑了笑，"我还真是期待辽军会进攻！"

吴玠看了眼岳飞，再看看他周围那几个相州敢战营的弟兄，不由好奇他们的自信是从哪里来的。他们来自相州大营，这几个人也许真的是初上战阵吧……初上战阵死新兵，但这个小队经过昨夜辽军突袭却无一减员。他们很是与众不同，尤其是这个叫岳飞的小队长。

在吴玠的帮助下，岳飞很快协调了和各营兵士的关系，西寨的营垒在亥时左右基本完备。但是子时已过，外头一点动静也没有。大敌当前，即便岳飞让士兵们轮休，大多数撤下第一线的军士也没有睡意，三三两两地在营地里点篝火聊天。

"如果敌人今天不来，那我们可就赚到了一天，我们就等信武仓的赵老板给我们发双饷吧。"姚政拍着肚子笑嘻嘻道，他每天训练量不比别人少，但奇怪的是只有他能养着一身肥肉。

"可能吗？"徐庆反问，"连我都没那么天真。"

姚政道："倒不是不可能，但多数没那么好命。不过你这话怎么说得好像自己平日很天真一样？你个坑蒙拐骗，打家劫舍，啥都不落下的主。"

徐庆嘿嘿一笑道："即便什么都干，我也还是可以在某些事上很天真。"

"我赌十文，今晚辽兵必到。"薛鹤笑道，"谁参加？"

"哎？你选了最大可能的事，不得开出点赔率吗？"姚政怒道。

薛鹤摸了摸鼻子，笑道："若是不来，我二赔一。"

"滚，三陪一，我才和你赌。"徐庆笑道。

"成。"薛鹤的三角眼再次露出奸诈的光芒。

姚政举手："十文，不来。"

"但到目前为止，我们在外头的踏白兵，都没有找到辽军踪迹。我赌十文不来。"吴璘和徐庆小小冲突后，忽然变得很投缘，两人挨着喝着一个酒瓶。

徐庆道："西军战斗经验足，我跟小吴的。十文，不来。"

汤怀道："昨晚我们大营外的警戒难道少了？还不是被人偷偷摸摸上了进来。辽兵似乎特别擅长这种战术。我压十文，来！"

吴璘道："我大哥说了，不是辽兵擅长，而是我们很久没有打那么大的仗了。各营之间联系不紧密，出现了没有警戒的区域。"

"道理人人会说。我们就看这次辽兵能不能无声无息摸上来。罗定山指挥派出了五十多人，在三个路口每隔两百步设一个警戒。"薛鹤道，"我看换了谁都不可能做得更好。但是，我仍然是压辽兵必至！三赔一。输了我一人赔你们三十文。"

"看不出你那么有钱啊！"徐庆冷笑道，"我看你到时候要卖屁股来赔钱了！"

另一个篝火边，岳飞和吴玠盘膝而坐。

"你那个罗指挥人怎么样？"吴玠笑问。

岳飞道："骄傲、古板，但一身武艺的确值得他骄傲。"

"那大概真是老罗家的后代了，世家子弟都有这些毛病。"吴玠笑道，"含着金钥匙出生的他们，要么被家规束缚的古板无比。要么因为从小被管得太多产生逆反心理，成年后变本加厉得狂放不羁。"

"罗指挥除了话不多，人还不错。"岳飞道。

吴玠道："你话也不多，这是个好习惯。适合当官。"

岳飞哑然失笑道："你大概是第一个说我适合当官的人。"他望着天上的星辰，慢慢道："我只是个当兵的，我以为，当兵只要不怕死就行。"

有粮仓管事带人推着车给岳飞送来了二十余把"甲等"神臂弓。所谓神臂弓，也叫神臂弩，甲等是大宋军队里精锐弩手才会配备的武器。它之所以没有做到普遍装备，主要原因有两个，一当然是要拉开神臂弩需要一百五十斤以上的力量；另一个原因则是，神臂弩的箭头是特制的，和普通箭矢不同。特制的弩箭配上甲等神臂弓，可以射到三百步。在大宋军队的黄金时代，神臂营是汉人对抗契丹的关键力量之一。

"居然给我甲等。"岳飞摸摸鼻子，将三尺多长的神臂弩转递给徐庆、汤怀等人。

吴玠笑道："这东西主要复杂在组装，只有是弓箭营出身的弩手才懂。不过只要拼起来了，用起来并不麻烦。当然了，能用和能用好，还是有区别的。但我们在这里又能计较什么？"

岳飞目光投向和神臂弓一起送来的狭长皮箱。他当着吴玠的面打开，里面赫然是一张精致古朴的长弓，弓的两头镂着古旧的花纹，是两条张牙舞爪的虬龙。在弓的把手处，刻有四个古篆字"萧瑟飞舞"。

"这赵老板倒是会讨好人。但他对你好，能有什么回报？"吴玠笑着去提牛角弓，但他手掌猛地向下一沉。"怎会那么重……"他用力举起大弓，奋力端平扣了扣弓弦，"这……绝对不止两石。这是什么东西……"他咬牙一试，居然只开了一半。

岳飞接过长弓，笑道："这是我让赵老板给我弄的三石硬弓，不过看分量怕是超过三石了。"他中指和食指轮流扣了一下弓弦，然后轻舒猿臂将弓拉开，他气息微沉举弓比了比，将弓合上道："绝对三石以上，这倒也难为我了。"

"哎？你不是拉开了吗？我听说你在库房凌空接住了几百斤重的铁八卦，还以为是他们夸大其词。现在看……你果然天生神力！"吴玠抱拳道，"佩服佩服！失敬失敬！"

送弓来的年老仓库管事用看怪物的眼神看着岳飞，岳飞笑问："怎么？"

老管事道："我在此地一十二年，从未遇过能开满此弓的。"

"拉开和能用来杀敌还是不同的。我只怕也不能连续开十箭以上……"话虽如此，岳飞手指轻轻拂过弓弦，显然是爱不释手。随弓一起送来的，还有三支暗红的羽箭，箭头由精铁打造，比普通弓箭的箭锋长了一寸。

吴玠笑道："鹏举，你怎么看？敌人是否会放我们一天？"

岳飞捏着刘韐赠送的那个酒瓶，小声道："我也不认为我们有那么好运。但他们到底会怎么做，我又从何知道？"

吴玠道："如果是你，你有近万的战力可用。但有两个粮仓要取，且附近有数量依旧庞大，但士气低落机动性差的敌军。你会怎么做？我们假设，你就是昨晚占足了便宜的辽军。"

岳飞摸着下巴，沉吟片刻道："我手上有一万人，假设昨晚死伤两千多。但我士气正盛，略作休整后，我实际仍有近八千兵力。我坐镇燕京原本不缺补给，但若能自行补给，则可降低被北方战线拖累的辽国朝廷的负担。所以我要趁着宋军有后撤之意，趁机拿下这两个粮仓。而为了在最短时间达到目的，我会倾巢出动，兵分两路。派游骑侦查后，一处佯攻，一处强攻，先取布防薄弱的一处。"

吴玠道："你的计划比我想的复杂。我以为只要取风卷残云之势，就近攻击，八千人兵临粮仓。吓也把守粮仓的吓死。"

岳飞面色凝重，苦笑道："不管是就近攻击，还是挑选薄弱的一处攻击。我们这里都是首当其冲。没记错的话，信远那边至少有三千人驻守吧。"

吴玠看着黑沉的夜空，慢慢道："我们手里的并非精兵，若都是老卒，肯定会抓紧一切机会休息，而我们手里这些小子现在一个个精神头十足，只怕等到寅时敌人发动进攻的时候，早就萎靡不振了。"

岳飞短而密集的浓眉耸了耸，起身叫道："汤怀、姚政，传我命令：所有人不许聊天，原地养精蓄锐，休整一个时辰。"

吴玠笑问："你不怕敌人提前攻击？"

岳飞道："本就是敌众我寡，所以要赌上一赌。"

就这样整个信武仓，只有西寨安静的掉根针都能听见，不多时就有士兵的鼾声响起。

岳飞抱着长弓闭目养神，脑海中浮现出家乡的亲人。

"你性格刚毅，不愿虚与委蛇。故不适合官场。你武艺超群，但在军旅毫无根基，多数会被安排冲锋在前。古来征战，一将功成万骨枯。在你成为大将前，不知会遇到多少危险。所以，你说要去当兵，我是不赞成的。"岳和在送他去参军的路上，望着村外的道路小声道，"但是你执意要去，我不拦你。"

岳飞微微皱眉，想要说些什么却被岳和阻止。岳和道："你出生时，有大鸟在屋顶停留。所以你外公觉得你贵不可言，给你取名岳飞，不惜家财来培养你。但你在爹眼里，只是个普通的娃儿。你已娶妻生子，成为一个男人，今后要做什么自然是要自己做主。我拦着你，让你一世不开心，那是不对的。你身负武艺心怀天下。而我只是个普通田舍翁，以我的目光来阻拦你，也是不对的。所以，我不阻你。"

"谢谢爹……"岳飞躬身道。

岳和按着他的肩头道："你外公，你娘，一直都给你灌输男儿郎，建功立业，光耀门楣是多么重要的事。而我只想告诉你，在外生活不易，能活着回来和我喝酒已是很好。世事艰难，我儿即便真是万人敌，也未必能挽狂澜于既倒。身为坦荡男儿，出去走一遭莫改初心，就是最对得起自己的事。"

"是的，爹。"岳飞眼眶一红。

岳和笑道："飞儿啊，爹一辈子也没离开过真定府，你就替

我看看这个天下吧。"说完他给了儿子一个温暖的拥抱。

岳飞露出微笑，从小就听爹说那些英雄故事的他，当然明白爹也有一颗热血的心，之所以不赞成自己从军，只是舍不得罢了。

"北门烽火起了！"黑夜里，汤怀突然叫道。

"东门烽火也起了！"徐庆喊道。

粮仓本无烽火台，都是临时搭建的。效果当然不如那些大城的烽火台，但至少能让整个粮仓范围都看到。

"我们这里什么情况？"岳飞喝问高塔上的姚政。

姚政道："一里外的明火已被熄灭。敌人一定到了寨外，但看不清楚。"

岳飞高声道："全体就位！"

裹着军服和衣而睡的战士们早已各自握住兵器，在这种时刻有多少人能真的睡着？

营寨的瞭望台上，吴玠小声道："弄支火箭射出去，就知道前面有没有辽兵了。"

"正好试试这把弓。"岳飞将箭头点上火，那把名叫"萧瑟飞舞"的硬弓被他圆满拉开，他调匀呼吸放开弓弦，箭若流星划空而过。那一点星火将前方两百多步的距离照亮。

所有人都怔住，在靠近营寨一百步左右的地方，黑压压全都是偷偷靠近的契丹人……

"放箭！"岳飞大吼。

汤怀率领的一小队弩手，同时拉动神臂弩，箭矢发出刺耳凄

166

厉的啸声飞向敌人。

"吴璘跟我上，不可让辽军突入寨内！"吴玠手提双刀站在最前排。

寨外的契丹人同时向前疾奔，宋方营寨上箭如急雨。辽兵速度奇快，冲到营寨前突然脚下一空，落入宋兵事先挖好的沟壑，紧接着许多人倒在箭下。但即便如此，不多时辽军就在营寨周围架起了攻城梯和套索。吴玠、吴璘两兄弟在营栏前疾奔，两人三把刀第一时间斩断抛来的套索，绝不放一个敌人登上来。箭塔上岳飞和汤怀一左一右开弓放箭，突进在最前方的辽军纷纷倒地。

突然徐庆叫道："南面山坡上有敌人！"

西门南面和北面都是山坡，上坡不高但很陡，而辽兵不顾地形悄悄摸了上来。

一个两个……十个……二十个……薛鹤默默数着南面峭壁上的辽军，"再近点，再近点！"直到营寨火把的光亮能看到峭壁上辽兵的脸，薛鹤高喊道："放火箭！"他背后二十多个军士同时放出火箭，那些火箭落在山坡上，火苗迅速蔓延开，整个山坡一片火光。偷爬上来的百多名辽兵全被烧死。

废地不守，化作死地……岳飞不由心里赞叹。营前战局渐收，辽兵的第一拨攻势退下了。

岳飞和吴玠站到一处，小声道："你布置的防御果然有用！"

吴玠苦笑道："对方稍作试探，就逼出了我们那么多手段，今晚熬过也不容易……"

只是试探？岳飞眯着眼睛望向远处营寨外马蹄声响，大批辽国骑兵出现在视野里。

辽兵五骑一组成扇形展开，并序五组向前突进，每组都有一骑士挥舞着木桩，他们在靠近寨门二十步的地方就将木桩丢出。嘭！砸在寨门和栅栏上发出沉闷的响声，木桩落在地上迅速填满营前的沟壑。辽军那边号角声起，几乎是同时东面和北面都有号角声呼应。

岳飞叫道："姚政击鼓！敌人来了！"

姚政在高处催动战鼓，徐庆、汤怀、薛鹤，握紧兵器发出一声虎吼。四周的宋军同时大叫回应。咚咚咚！鼓声响彻夜空。

辽军战马长嘶，敌阵中有人高叫道："宋兵听着，我等是大辽常胜军郭药师将军部下。你等无故犯我疆界，毁坏两国百年之好，必被天谴！今日交出粮仓，郭帅可免尔等一死！"

"原来是怨军……"吴玠苦笑道，"怪不得有此战力。"

"怨军是什么意思？"岳飞问。

吴玠解释道："怨军是辽国征募辽东饥民组成的部队，算是辽国目前的精锐，是留守在南面的最能打的部队之一。他们的头领郭药师为人反复无常，但的确很能打仗。"

"不就是一群饥民组成的军队吗？老子还没过河，你们就抢粮食来了。滚回你们辽东要饭去吧！"徐庆听完解释，迫不及待地一口吼了回去。声音同样是远远传出，引得对面一片叫骂声。

岳飞对吴玠道："吴大哥，你继续城防指挥，我回箭塔收割辽国军官的人头。"

吴玠微笑点头，转身吩咐吴璘道："把我们永兴军安排在第一线。"

片刻之后，辽军二次攻城开始。

小规模的辽兵从北面的山坡攀爬上来，薛鹤板着脸将北坡点燃，但谁都能看出这是辽兵有意为之。而之后，陆续有辽兵翻上营寨围栏，围栏兵道上爆发起真正的白刃战。辽兵一百人一百人的向西门冲，冲得两个时辰后，天空发白，守仓的宋军开始露出疲态。

第一线的永兴军已折损过半，其他营的军士顶上后，防御力度明显弱于之前。吴玠面色凝重道："我们这边仓促成军，战斗力还是弱了。"他抬头望了眼箭塔上的岳飞，岳飞于塔上箭无虚发，至少已射杀什长以上的辽军十多人。另一边箭塔的汤怀也奇准无比，但由于城下敌人越来越多，他射箭频率加快后，准星开始下降。这时汤怀开始一边射箭，一面在嘴里念叨什么，射箭的准星再次恢复到原先的水准。

吴玠道："汤怀在念什么？"

薛鹤笑道："估计是道可道非常道那种东西，他平日练箭走低的时候，会用来平心静气。"

吴玠诧异道："是那么深奥的东西吗？"

箭塔上汤怀不知他们下面的讨论，有条不紊地一箭箭射出，嘴里依然小声念道："天地不仁，以万物为刍狗；圣人不仁，以百姓为刍狗。天地之间，其犹橐籥乎？虚而不屈，动而俞出。多闻数穷，不若守于中……"

一个个辽军就这么成了箭下亡魂。

忽然从辽军后方冲出近两百铁甲骑兵，那些骑兵接近营寨后，猛的射出三发箭矢，密集的箭雨立即将营寨上的守军压住。他们后面的辽军紧跟而上，不多时再次有一个小队爬上了营寨，另一个小队则用小型冲车砸裂了寨门。寨门前一个身材极为雄壮的辽兵一手举盾，一手提斧猛砍寨门，轰隆一声寨门被劈碎了一半。

"吴璘、徐庆！"吴玠大叫。

吴璘和徐庆疯了般冲向寨门，迅速将敌军压制到寨门口，但那个雄壮的辽兵死守住寨门一角造成了巨大的防御缺口，两边开始产生拉锯，这时辽军骑兵开始突进寨门。千钧一发之际，岳飞从箭塔上急掠而下，一枪直取那高大辽兵的面门。大个子辽兵举起盾牌扫向枪尖，另一手挥舞大斧劈向岳飞。

岳飞嘴角挂起冷笑，手腕一拧，枪尖一沉，枪尖突入盾牌将对方带得一个趔趄，然后紧跟而上奋力一扫。

大个子辽兵从没想过对方有这么大的力量，两边的力量一碰，发出一声惨叫，手腕被扳折。

岳飞一枪刺入对方咽喉，大枪挑起那庞大身躯砸向周围。枪扫一大片，左右的辽军顿时被扫开六七人。

这时那些突进的骑兵已冲到寨门前，岳飞迎着对方的马头挺枪而上，一枪刺翻最前面的骑兵头领。吴璘、徐庆分从两边跟上，徐庆一斧头将另一个骑兵的马头劈了下来。马血溅他一身，顿时成了血人。吴璘则长刀翻飞，连续斩翻三个敌人。

高台上吴玠大叫："放床弩！"

箭塔上巨大的床弩发出沉闷的击发声，辽军的骑兵队从未想过宋军会有这种重武器在上头，被打得措手不及尸横遍野……岳飞夺过一匹战马，带领宋军突出营寨一通厮杀，辽国骑兵无一是他对手。

晨曦下，岳飞提枪立马于营寨之前，枪尖上鲜血滴滴答答，他战马朝前走了几步，辽军畏惧其威，若潮水般自动向后退却。

远处敌阵发来收兵的信号，辽兵开始撤退。营寨上发出胜利的欢呼，但岳飞脸上并无任何喜悦，因为这一天才刚开始。

五、破甲

辽兵似乎被挫伤了锐气，一个多时辰里竟没有动静。岳飞的三百人折损了三分之一，几乎人人身上带伤。营寨内的民夫和厢军被调来修筑工事，岳飞和吴玠前往议事厅开军前会议。

罗定山肩头受了伤，但他吊着绷带仍然面色如常，"各部汇总首战的损伤。北门敢战营折损了一百五十三人，还有三百人可上战场。"

"东门折损两百人。还有三百人可用。"韩世忠道。

"西门折损九十一人。还有两百可用。"岳飞道。

"先将殉国的将士记下名字就地掩埋。日后，我们要将他们带回故乡的。"罗定山随后对朱全道："接下来，是否把预备队分配给三个门，你留一百人负责紧急时刻支援？"

朱全道："这当然是必需的，但我觉得若是再打一天，所有人都要死在这里。"

"那你有什么主意？我接到的军令是守卫两日。"罗定山道。

朱全道："两日后，会有人来支援吗？"

罗定山沉默了一下，"宣抚大人说会派人来，我们的刘子羽大人也说会来。"

"你信？"朱仝毫不在意周围的目光。

"朱大人，延庆公承诺我会有援军的。你现在这么说，到底什么意思……"韩世忠打断他们道。

朱仝道："我只是说，若要突围，现在是最后的机会。不然就是半日或者一日后，全军覆没在此。而粮仓照旧守不住。"

岳飞道："若是突围，你觉得该怎么走？优先选择西门，然后回雄县以南的大营吗？敌人的主力说不定就在后方等着，我们脱离了这里营寨城防，出去根本无法和骑兵对抗。最后顶多就我们几个头领武将苟活。"

"那也至少是一线生机。"朱仝见另几人一脸鄙夷地看着自己，只得叹了口气，"但你们既然心意已决，那我们就来说说这剩下的一日半该怎么守。在你们作战时，我已把剩余的一千厢军装备起来。加上刘光世大人留下的五百预备队，我们有一千五百的预备队可用。你们刚才汇总的报告是，三个寨门一共折损五百人不到。我就把预备队抽出七百人，平均给到你们三条防线。剩余八百人仍然作为预备队留着。这样，你们可以把特别疲惫的军士也换下第一线。"

罗定山道："如此甚好。"

岳飞道："但一味死守也不是办法，我们是否主动出击看看？对面一直不进攻，不知在等什么。"

罗定山皱眉道："我们人手原就不够，主动出击，哪怕出去三百人，对寨内防务也是伤筋动骨。而且出去的必须是骑兵，我

们哪里来那么多骑兵？"

韩世忠道："但岳飞的话也有道理。很难说契丹人在想什么。难道就等他们调整好后，来打我们？"

罗定山苦笑道："我当然可以派踏白出去看看对面的情况，但不管派出多少人恐怕都是有去无回。"

"我去。"岳飞道，"保证会回来。"

罗定山怒道："你去了谁守营？胡闹！如今叫你带兵，谁让你出去冒险！"

岳飞道："周围地形我熟，骑马在方圆十里范围转一圈，最多两到三个时辰，我就回来。"

韩世忠笑道："但你一个人去，肯定不行。"

岳飞道："我一个人去来去自如！"

"岳飞，你肯定不能去！"罗定山瞪了韩世忠一眼道，"你也一样。"

朱全道："那你准备怎么办？"

罗定山道："守。敌人随时都会进攻，大家回去各自就位。守过两天我们再想办法。"

所有人都一脸莫名地走出议事厅，岳飞问吴玠道："刚才你为何不发一言？"

吴玠道："西军议事时，下级军官一般不会插嘴。因为上头通常主意都很大，下面说了上头也不听。"

岳飞浓眉耸了一下，叹气道；"刚才就是这样。但罗指挥一定有自己的主意。"

吴玠笑道："不过，你既然负责西门守备，自己还是能拿些主意的。一些小事不用都禀明上头。"

"你是说？"岳飞问。

吴玠道："你可以派吴璘到西门外头转一圈，看看西南面的态势。跑出十里地，查探我们向南的道路上是否有伏兵。"

"他是你亲弟弟啊。"岳飞笑了笑。

吴玠道："所以我对他有信心，而且我一直刻意培养他成刀锋般的兵王。你若真想派人出去侦查，他是不二人选。"

岳飞点了点头，同意道："那就听你的安排。"

正午过去，骄阳当空。

薛鹤、姚政带新加入的军士布置防务，两面山坡上的陷坑和火种重新布好，辽军不论出于什么目的半日没有进攻，都确实给了他们喘息的机会。

徐庆胸口中了一刀，他坐在伤兵棚里，绘声绘色地说着岳飞在汤阴县时的英勇事迹。

说到岳飞的授业恩师周侗，有人问道："就是那个教出了八十万禁军教头林冲的周侗？对了，听说当年河北玉麒麟卢俊义也是周侗大侠的弟子，是也不是？"

"对啦！就是他老人家！我大哥是他的义子！至于卢俊义，的确也是他老人家的弟子。"徐庆傲然道，仿佛自己是周老爷子的儿子。

众人不由议论纷纷说，怪不得岳飞的武艺那么高强。"那是林教头厉害，还是岳大哥厉害？"又有人问道。

"你这不是关公战秦琼吗？"徐庆没好气道，"但有一点，我大哥打小就跟着周老爷子，是老爷子最后一个弟子。懂吗？关门弟子通常都是最厉害的！压箱底的东西都是留给小徒弟的。"

吴玠和岳飞巡营走过，吴玠笑道："原来你的老师是周老爷子，有机会一定要多教教我弟弟。他平日里一副不知天高地厚的样子，需要有你这样的大哥才镇得住。"

"我看他其实很听你话。"岳飞笑道。

"这家伙相信强者为尊，现在勉强我还打得过他，再过一两年就不行了。"吴玠摆手道。

岳飞笑了笑，看了下大树的影子，低声道："他出去有三个多时辰了，你不担心？"

吴玠轻描淡写道："当兵打仗本就有风险，担心有什么用。老弟你慢慢就习惯了。"

"我确实还没习惯，"岳飞苦笑道，"所以恨不得每件事都自己去做，觉得比在后头担心别人能不能做好强。"

"我们带的这些兵，若是能在此役后活下来，都会成长一大截。"吴玠摸摸眉毛，又说了句，"我们如果能活下来，也是一样。"

这时瞭望塔上汤怀叫道："吴璘回来了！他身边还有别人！"

"居然是郦琼……"吴玠跑上瞭望塔看了一眼，嘟囔道。

信武仓议事厅，因为吴璘带回的消息再次坐满了人。

吴璘当着众人面将侦查结果重新汇报了一遍："我搜索了周围十里的地面，辽军驻扎的地方没有什么动静，但在我们西南官道附近的林间确有他们的骑兵在游弋。这次侦查最大的收获是遇到了郦琼！他带来了刘光世将军的消息。"

郦琼道："今日凌晨，信远仓在辽军突袭下已经失守，敌人抽调精锐来信武，将成夹击之势。这次从信远仓过来的辽军精锐里，有一批身手很强的家伙，打信远仓时，往往能以一敌十。少将军命我给信武仓报信，并告知各位速速撤离，他会求宣抚大人不追究各位的守备责任。"

"怪不得敌人没有继续攻击，他们是在等待两边合力。"罗定山皱起眉头。

韩世忠道："两边合力，对方可能有近五千精锐聚集信武仓，我们此刻不走就再也走不了了。"

罗定山面沉似水道："但是郦琼你并没有带来宣抚大人的军令，你带来的只是刘光世大人的口信，我不可能因为他的口信就撤军。"

"你！"郦琼吃惊地看着对方。

"无论如何，我们都要再守一天。"岳飞这次却是同意罗定山的。

朱全插嘴道："刘光世大人说话是有用的，你们又何必执着？"

罗定山道："我只听命刘子羽、刘延庆大人。没有他们的军令，我哪里都不能去！"

郦琼道："那我要把刘光世大人的兵带走，我们本来就是暂时借给你的。"

"放屁，这是打仗。你以为是做买卖？"罗定山狠声道，"你一个没有阶级的军士敢在我这里胡言乱语。再说一次，就地正法！"

郦琼面色也变得难看道："罗大人你何苦如此，我也是听刘光世大人的命令行事……"

吴玠赶紧将郦琼拉到议事厅外，罗定山犹自对着韩世忠和朱全发火道："你们是不是都想走？"

韩世忠面无表情道："罗大人，你以为我韩某是什么人？如你所说，打仗不是儿戏，岂能说走就走？"

朱全则默不作声。

罗定山在桌案前来回正要说些什么，忽然远处传来沉闷的奔雷声……

朱全冷冷道："看来敌兵援军已至。"

岳飞忽然觉得非常好笑，有时间在这里瞎扯，不会早点去布防吗？

敌人在沉默了一个白天后，在黄昏时分再次开始攻击了。而这一次，他们将是两路人马，战力绝对强于先前！

罗定山听到外面的号角声，早没有了初战告捷的喜悦。"有死而已……"罗定山望着众人道。

岳飞他们回到战线上，远远看到朱全给他们补充的军士正陆续进入防线。徐庆、汤怀等人见吴璘面色不悦，但岳飞吴玠的脸上却有种难言的亢奋。

"你们的伤都包扎好了？弟兄们可有休息？"岳飞问道。

汤怀笑道："小伤而已，大哥费心。"

薛鹤道："弟兄们都抓紧补了会儿睡眠，但精力仍旧不济，连夜鏖战这是最大的问题。"

岳飞道："这也是无可奈何……"但他话还没说完，西门外就喊杀冲天！

岳飞托起大弓站到高处，辽国的军队已重整旗鼓。

见许多宋军脸上露出怯色，岳飞高声叫道："敌人势大，我等当奋勇杀敌！尔等看我神箭！"说完，他举起强弓对着前方如水冲来的辽军，弓开如满月！特制的赤色羽箭尖啸而出！仿佛奔向夕阳的一点流星。

叮！乱军之中所有人都听到了清脆的金属撞击声，羽箭贯穿了辽军领头的那个百夫长的头盔，箭头去势不减，紧接着命中了他背后的一个士兵，两人同时跌落马鞍。岳飞调整呼吸，再次射出一箭，又射翻一个百夫长。

这批冲锋上来的辽军陡然停步望向弓箭来的方向。岳飞嘴角挂起冷笑，再次一箭射出，这次弓箭直破三百步，呼啸着射向辽军的大旗。碗口粗的先锋大旗被一箭射断，若中箭的飞鸟凌乱落下。

宋军大声欢呼，刹那间气势如虹！营寨上数百支羽箭疯狂射出，阵列最前方的辽军仓皇后退。

凌晨带辽军攻击的李知闻皱起眉头，轻叹道："郭大人你看，这就是我说的那个人。"

"李将军莫要焦虑，如今我们两军合一，即便他能杀一百个人，又如何抵挡我们雷霆一击？"说话的铁甲将军正是怨军的大头领郭药师，他微笑道，"不过此人的确有趣，难怪你特意让我过来。但信武仓有三个门，我们击破另两个就行了。你这边只要保持佯攻，鼓声震天拖住他，等到我们攻破任意一处，你才全力进攻。"

"是的大人。"李知闻从心底拜服，世人都以为辽国在金人和宋兵的南北夹击下，只能坐以待毙。但由耶律大石大人和郭药师将军组成的最后防线，居然出奇制胜主动出击。一战击溃宋廷十万大军力挽狂澜！如此战绩，即便是古之名将也不过如此！

夜幕初开，辽军休整片刻就重新压上。在双方僵持了一个时辰后，吴玠开始皱眉。

这时岳飞急匆匆跑下箭塔，吴玠苦笑道："你和我想的一样吗？"

"敌人未出全力。"岳飞能感觉到对面虎视眈眈的目光，"他们只是在牵制我们，但随时会把佯攻变成强攻……"

高塔上的汤怀叫道："大哥，北门和东门都起火了！"

"这下就由不得我们了。"吴玠敲了敲拳头。

岳飞提枪上马道："徐庆、姚政，你俩跟我来！这里交给你了，吴玠兄！"

徐庆和吴璘二话不说跟着岳飞前往北门。吴玠重新望向西门外的战场，敌人居然同时增兵进攻了。西门两侧的山坡各有二十多个辽兵攀爬上来，这支辽军配合得异常默契。

薛鹤笑道："岳大哥还真是放心这里。"

吴玠道："你能带人去山坡弄死他们吗？先不要点火。"

"当然！"薛鹤嘴里叼着根野草，他对吴玠心领神会地点了点头。

"吴璘！去帮薛鹤！"吴玠说道。

薛鹤和吴璘带着十个人冲向高坡，他发现一旦登上山坡吴璘的脚步就变得格外轻盈。"你很擅长爬山？"他问。

吴璘笑道："兄弟可是西军，西军最擅长的就是山间野战。"他说得桀骜跋扈，上前脚步陡然加快。身高八尺的他凌空而起，长刀雷霆万钧地取了对方辽军的首级。随后他势不可挡一冲入辽军之中，那二十多个辽军有一半被他丢下山坡。

看着吴璘虎入羊群的杀戮，薛鹤咂舌道："再多几个这样的怪物，我就只能给人打打下手了。"

吴玠眼望远处辽兵重新集结，这次有数百人开始上坡，他会心一笑，如此那些陷坑和火堆才要派上用处。

岳飞来到北门时，外围营寨已破。辽军中有一群身着红袍的轻甲战士，一个个手持双刀背负圆盾，普通宋兵根本不是他们对手。这近百辽军迅速将营垒打开缺口，辽军主力疯狂涌入信武仓。

宋兵依靠第二道营垒的壕沟和箭墙做垂死挣扎。只交战数合，辽兵就把壕沟填满。

罗定山在营垒的最前方，舞动长枪左右冲杀，他身边敢战营的子弟不断倒下，但因为罗定山一步不退，宋军仍然扼守着第二道大门。

不多时，罗定山就击退两批辽军，身边辽军尸体倒有二十多具。

红衣辽兵迅速围向罗定山，罗定山尽管在凌晨时分肩膀受过伤，但这是到了拼命的时候。他丈八长缨在手，连续刺死五个红衣。

突然很短距离内一排弩箭击发而至，罗定山大枪舞动拨开弩箭，脚步却一沉，居然是地下一个垂死的辽兵抱住了他的小腿。他动作微一迟缓，身上就连中三箭。左右红衣一拥而上，罗定山神情不变，长枪章法不乱，再次挑飞两人。而大批辽兵看准时机投来长矛，罗定山的左肩又中一矛……

罗定山闷哼一声大枪拄地，稳住身子……岳飞远远看到此情景，面色骤变，给战马加了一鞭，战马四蹄扬起，同时掠过宋军和辽军的头顶。突然，辽军之中冲出一个铜甲头领，一刀劈向罗定山的头颅。罗定山一咬牙，单手提枪同时刺向对方胸膛，后发先至。大刀砍中他肩胛鲜血飘起，他同时刺死了敌将。周围辽兵大吼着朝罗定山乱刀砍来。

岳飞终于冲到近前，他大枪破空连杀数人，抢身上前半跪着将罗定山扶住。徐庆和姚政一左一右护卫着他，将那些红衣逼退。

罗定山血染征袍，嘴里大口溢出鲜血，强提一口气道："岳飞，带敢战营的弟兄后撤。这是我的命令，你们奉命行事就不会受罚了。快走快走！"

岳飞眼睛一红，罗定山和他并无深交，但却是他军旅生涯里第一个直属上级，也是第一个用心提拔自己的人。没等他答应，罗定山就气绝身亡，而同时第二营垒的箭塔也被辽军推倒。

这个武艺超群的武将，就这么不明不白地死在了这场战役里。周围聚拢了近百辽兵，岳飞昂然站起，沉声道："徐庆、姚政，我要取此地辽将首级！"

"誓死追随大哥。"徐庆和姚政同声道。

岳飞一枪投出，刺死一个辽军百夫长，几乎同时凌空掠起飞身夺下对方战马。然后他纵马挺枪，奔着辽兵军旗最多的区域冲去！辽军先是不断涌向他，但不论是普通士兵还是红衣，或是百夫长、千夫长，没有一人能接住岳飞一枪。他就好像一把出鞘的宝剑，狠狠插向辽军军阵的心脏。

徐庆和姚政初始还能跟着他，但当岳飞前进了两百步，几乎杀到了第一道营垒，徐庆和姚政被潮水般的辽军远远隔开。岳飞杀红了眼，直奔北门的将旗。逼得北门的统领不能再退，那人举刀冲向岳飞，依然是被他一枪挑下。但奇怪的是北门辽军的阵形并没因此人落马而乱，鼓声有条不紊，岳飞深陷重围。

辽军深处郭药师面无表情地看着这个场面，骂道："他奶奶的，这世上原来真是有万人敌。"

岳飞不知杀了多少人，每杀一人对方绝望空洞的眼神就印入他的脑海，此刻他所有的动作都出于本能反应，莫名想起小时候在义父处学艺的点点滴滴。

"枪法本是杀人术，对敌时不可犹豫，犹豫不止关乎胜负，更事关生死！"周侗手拿一根蜡杆，点向不远处的稻草人，"一枪在手，众生皆为蝼蚁。岳飞，你若驰骋沙场，须牢记此言。"

义父已经故去了……岳飞猛地抬头望向四方，周围的辽军不断向他杀来，但人明显少了。北面的辽军似乎正在重新集结，而他身上铁甲已碎裂数处。不远处许多宋兵正从二道营垒向自己冲来。这是韩世忠？他为何出现在北门？难道东门也沦陷了？

韩世忠统帅着他那些骑兵，身侧分别是姚政和郦琼。

"谢天谢地，你杀回头了。我还在想你于敌军深处该怎么救你！"韩世忠松了口气。

岳飞略有迷茫地望着周围，又看了看敌阵，他完全是无意识的往回走，也许冥冥中有股力量叫他不要玉石俱焚吧。

"没有抓住那个人，他逃回信武仓了。"军士向郭药师报告。

郭药师微一皱眉，随即释然地摆了摆手，"重新集结，总攻！"他吩咐道。战役重要的是最终谁赢，而不在于要杀了谁。

有人替岳飞包扎了伤口，大小受创竟有十余道，身上铁甲伤痕累累。古人道，将军百战碎铁衣，或许就是这个样子。

韩世忠道："此地目前由朱仝大人接管。他命吴玠收拾人马，替我们打通南回之路。我在此断后，你等速速去与朱仝大人会合。"

"你来断后……不如你我一同断后？"岳飞并不愿意撤离战场。

"我所谓的断后是烧毁粮仓，这种事就不劳你了。毕竟回去要向宣抚大人交代的。"韩世忠笑道，"烧了此地我就回师，你的弟兄也要你照顾。"

徐庆拄着大斧满身是血，伤处比岳飞只多不少。

岳飞皱眉点头，同他和徐庆形成鲜明对比的是，姚政那个胖子居然一点伤也没有。想到在拒马河边的那场夜战，那家伙也是一点伤也没受，怎会有如此神奇的事？岳飞清点身边的敢战营同伴，只剩下七十多人。就在他和韩世忠告别的时候，突然看到后方的粮仓升起厚重的浓烟。这是？他和韩世忠一起皱眉，急急赶回粮仓。

有粮仓管事在门口等待他们，"赵大人知道此地守不住了，所以亲自下手焚烧粮仓，我们一粒谷子也不会交给辽狗！赵大人说了，他既然以身殉仓，这个烧毁军粮的责任就不用韩世忠和岳飞来扛了。"

韩世忠和岳飞同时深吸一口气，岳飞飞奔几步来到大火熊熊的粮仓。韩世忠一把将他拉住，帮他避过了倾倒下的栋木。

两眼通红的老管事又递给岳飞一个包裹，"赵大人希望日后有机会，岳大哥能将他的遗物交给汴梁的家人，他的书信和遗物都在包裹里。"说完他深深一礼。

岳飞赶忙接过包裹深深还礼，原以为赵丰年是那种圆滑没有担当的人，没想到如此刚烈。这场仗真让他领略到不少事。岳飞望着烈火熊熊的粮仓，用力握紧萧瑟飞舞弓。

辽军的喊杀声又近，韩世忠和岳飞颇有不甘地望向远处辽国的军旗，狠狠地给马加了一鞭奔向西南。远近各营的辽兵贴着他们身后追赶过去，一旦战败，再大的英雄也只能如丧家之犬。

刘延庆面无表情的将军报转递给身边诸将。名义上说本次北伐的最高统帅是童贯和蔡攸，但谁都知道那两位大人是不会承担兵败罪责的。皇帝真要问责，倒霉的必然是下面的领兵将领。

"辽兵这次是欺我们立足未稳，若正面交锋未必再败。"王禀道，"接着陆续会有新部队抵达，我军尚有再战之力。"

杨可世苦笑道："不知童大人如何说？"

刘延庆沉声道："他让我安心带兵等候旨意，是战是退，咱们听汴京的。"

这时，刘光世进入营帐，他和父亲眼神交流，其他将领纷纷退下。

"如何？"刘延庆问。

刘光世道："幸不辱命，宝物抢回了十之六七。但折损了不少军士，连泼韩五都受了伤。"

"这就好，只要那些花花草草送到京里，再大的事也有人替我们担着。"刘延庆摸了摸胡子，皱眉道，"真没想到辽兵还有如此战力。先前明明说他们被女真打得毫无还手之力。"

"赵千里先生殉国了。"刘光世小声道。

刘延庆怔道："老赵为我们做了那么多年事，这次本不需他承担责任，何必如此？"

"这次损失的不止我们，还有蔡家的货物。他们石鼓斋要想继续立足京师，必须要有人担责的。"刘光世将一份文书放在桌案上："我发现个叫岳飞的很能干，是相州兵，目前在刘子羽麾下。信武仓的事，朱先生写了文书在此。"

刘延庆依然沉浸在损失赵千里的痛苦中，叮嘱道："要派人回京，好生安抚赵家。日后我们还要靠他们商会运作事情。"他并没在意岳飞的事，那份战报很快和其他文书混在一起。

当岳飞等人回到宋军大本营时，同去的敢战营士兵只剩下三十多人。大约一个月后，刘韐将军带着麾下的三千人马赶到此地，相州军算是重获战力。辽军偶尔对宋军进行骚扰进攻，但未继续南下，据说他们的确是兵马不足。

宋军一度接到命令准备撤退，但没过多久童贯又下令各部重新集结，再次在拒马河南岸拉开阵势。有消息灵通的人说，是皇帝表示既然打不过不如撤军，但旨意发下后，又听人说若是贸然后退可能会遭受更大的打击，所以又下旨让军队暂缓后退。

总之，这段时间里，以岳飞为代表的下级军官是完全不明白朝廷想做什么。

这时，从宋军高层郑重发下命令，让所有各部不得与辽国交战，即便辽军挑衅也要尽量回避。这让绝大多数中下级军官都摸不着头脑。只有刘韐这一层面的官员才知道，辽国使者去了汴梁，希望宋军放弃攻辽的想法。而金国使者同时也到了汴京，希望和宋兵继续与他们合力攻辽。

这一来一往，让宋廷高层完全忘记了大战初败的疼痛，一种难言的大国情结再次膨胀开来。

不知不觉三个月过去，顶着河东河西安抚使头衔的童贯一声令下，二次攻辽开启，近二十万大军浩浩荡荡北渡，进逼辽国南京燕山府。宋军上下群情激奋，收复燕云十六州的"梦想果实"仿佛唾手可得……大军一路向北，很快就兵临燕京城下。

敢战营的建制仍在，刘韐给他们重新编入了三百人，指挥暂时由刘子羽亲自担任。岳飞等人经过大战洗礼，脸上的青涩逐渐褪去，成为新来士卒的主心骨。刀尖火海滚三滚，新兵真成老兵了。

忽有一日，吴玠前来看望岳飞，弟兄们在营里生起炉火，暖上水酒，推杯换盏之后，气氛越发热烈。

徐庆和姚政他们说着各营的趣事，薛鹤和吴璘更说起军中高级军官在辽国境内，各种灯红酒绿的旖旎生活。汤怀和岳飞则感叹着真正渡河后，才发现辽国这边的汉人并没如想象中的那么欢迎大宋的部队。

"岳飞，在信武仓攻击我们的辽军，是怨军。他们的统帅叫郭药师，这个人你知道吧？"吴玠忽然问。

"当然，我恨不得杀此辽狗，替罗定山指挥报仇。"岳飞捏着酒杯沉声道。

吴玠苦笑道："晚了……"

"怎么？这狗娘养的被金兵打死了？"徐庆问。

吴璘笑道："打死？这怎么可能？怨军向来都是墙头草，郭药师才不会为辽国鞠躬尽瘁。你以为我们为何能那么顺利，一仗没打就来到燕京城下？这当然要归功于郭药师向我大宋投诚，连土地带人马一起南归。他号称自己本是汉人，所以对我大宋思慕已久。那份降表写是极其肉麻。"

"所以我们再也不会和他打仗了？"岳飞沉声道。

吴玠道："是的，目前他官拜恩州观察使，并知涿州诸军事。

你是别想动他了。”

“干……”岳飞极少见地爆了粗口。

吴玠转着酒杯，慢慢道：“另外我有个不是好消息的好消息要告诉你。”

岳飞皱眉道：“什么叫不是好消息的好消息？”

吴玠道：“你们的刘𫗧大人被调去真定府做宣抚使，燕京之战你们恐怕没法参与了。这是今日刚下的任命，刘𫗧将军算是又上了一级，但对他而言，也等于正式脱离了西军，所以燕京这项丰功伟绩，就不会分他一杯羹了。”

“这……”敢战营的所有人都愣了。

吴璘笑着揽过徐庆和姚政的肩膀道：“蛮牛，胖子别担心，你们的那份辽狗人头，我会帮你们收着的。燕京城里的美女，我也会帮你们问候的。”

“滚蛋，我还等着进城抢钱抢女人呢……”徐庆懊恼道。

“城墙都看到了，但因为不是嫡系所以没机会分功劳是吧？”薛鹤冷笑道。

汤怀道：“就是那么回事吧。但我看这燕京城的城墙那么高大坚深，岂是他们说拿就能拿下的。前两次作战，我们宋军什么水平，大家都心知肚明了。”

徐庆问道：“辽国跟我们那么能打，为何对金国就没还手之力？金兵到底有多厉害？”

“辽国若亡，我们和金人早晚会有一战。”薛鹤小声道，“到时候就知道了。”

"等等，我今天看到西军有些军营在向前开拔，不会今日就动手了吧？"姚政忽然一拍大腿道。

"胖子还算聪明嘛。"吴璘一副早就知道的样子。

吴玠道："所以这次是郭药师的怨军打头阵，然后刘少将军会去接收胜利果实。谁吃肉谁喝汤，一切都安排好了。你们别嫉妒，我们这边也没轮到。不过这次韩世忠应该又会露脸了。"

徐庆道："韩世忠那小子我不喜欢，官职不高，却一副军中大将的样子。凭什么老是居高临下看人啊？"

"你怎么什么都知道？"岳飞皱眉问吴玠。

"我是老卒了，人脉多一点，消息自然灵通。"这时远处传来打更的声音，吴玠笑道，"此刻的燕京城只怕已是腥风血雨烈火焚城。"

汤怀起身看了看北面的天空，似乎想要看到点什么，但其实宋军大营和辽军还隔着卢沟河，在营里哪能看到什么。

"傻不傻？喝酒喝酒！"徐庆将他拉回来，继续喝酒。

"其实不去前线更好，我们这忽打忽停，忽退忽进的。真没看懂上头是啥进军思路，弄不好又向上次守粮仓一样，被乱七八糟的命令坑死。"薛鹤慢慢悠悠地给众人满上酒，"我们都是小卒，徐庆，你别瞪我。你算大卒好吗？来多给你倒一杯。我们当兵的，就是当兵吃粮。能活过一场仗算一场仗。所以今朝有酒今朝醉啊。"

"说得好！"吴璘赞同道。

吴玠见岳飞默不作声，皱眉道哦："你还好吧？"

岳飞看着杯中水酒，慢慢道："我岳飞从军不过半年，就见识到那么多惨烈战事。我们一起从相州出来的五百敢战士，只剩下三十九人。今日眼看能建功立业，却只能眼望城墙，而不得出战。这算什么？"

吴玠低声道："算了，来日方长。"

薛鹤和汤怀也道："是啊，大哥，来日方长啊。"

"上阵杀敌不畏生死，战后醉酒笑看天下。我们自家在此喝酒，不可忘记那些死去的弟兄们。我们敬他们一杯，然后不醉不休！"岳飞深吸口气，端起酒杯道，"众位弟兄，泉下有知，好自珍重！安心上路吧。"

"好自珍重，安心上路。"所有人和他一起将杯中酒洒于黄土和篝火上，激起高高的火苗。

喝到半夜，吴玠吴璘才起身道别。岳飞等人随后就沉沉睡去。次日清晨他们发现刘子羽没来管他们的晨练，一直到中午中高级军官也没一个来管他们……

"得……西军的大爷们昨晚没打赢……"薛鹤苦着脸端着饭盆，望着相州军中营的方向。

汤怀道："你看错方向了，一大早所有高级军官都去了刘延庆的大营。到现在没一个回来，我们的老少刘大人都在那边。"

徐庆笑骂道："他娘的，还说啥唾手可得，屁！"

姚政皱眉道："昨晚没打赢，现今就该动员全军倾力一击，如此坐等算什么情况？"

岳飞三口两口吃了午饭，吩咐道："整理装备，我们随时要出发的。"

薛鹤扭头吩咐下去，敢战营的人全都整装待发，就这么又过了一个时辰，忽然远方闷雷般的呐喊声源源不绝，大地都为之震动了。

敢战营前，刘子羽飞马奔来，高声道："岳飞，整理人马后撤，辽国大军杀来了！"

众人心里一沉，我们有二十万人……这里燕京的辽狗能有多少？还没打就又要跑？所有人都憋着气，但刘子羽说后撤，就只能后撤。这仓促之中，所有多余的装备都被丢弃……岳飞心里咒骂着，砸了拳头盔，但又能如何？

半日不到，大风吹过宋营，声息皆无。

宋军这一撤就是百多里，狼狈不堪地退回了宋辽边境。路上丢弃辎重无数……后来，岳飞他们才听说，那一夜原本是郭药师作为先锋，与燕京城里的内应里应外合攻城。占据了大半个城后，和辽军主力陷入巷战。最终后援未到寡不敌众，郭药师的常胜军损失惨重，只能放弃进攻。所有人都不明白作为郭药师后援的刘光世为何没有按时抵达，毕竟从大营出发去燕京并不用多久的时间，中间也没很大的障碍。事后刘延庆被弹劾，刘光世被贬官，但其实刘家半根毫毛也没有掉。而岳飞跟着刘韐的相州兵去到真定府。

岳飞请教刘子羽，为什么刘光世犯了那么大的错仍然没事。

刘子羽淡然道："刘光世是延庆公的公子，只要他爹不倒，谁敢真的动他？延庆公上头是童贯，刘家在西军又是根深叶茂。

所以天大的事，也不会有事。”

岳飞沉声道：“赏罚不明，如何能带出好兵？”

“带兵是一回事，做官是另一回事。”刘子羽微笑道，“说到赏罚分明，岳飞你好好干，在我相州军，从前罗定山的位子迟早是你的。但你一介白身从零开始，资历这东西最为重要，却也是最为急不来的。”

岳飞笑道：“我不急。”

刘子羽理了一下桌上的文书，低声道：“你随我一起去汴梁述职，我帮你提了承信郎的武阶，若是运气好，说不定枢密院还能被破格提拔。毕竟在真定府我可以让你带更多的兵，但正式任命还是要看上头，不然阶级和俸禄都上不去。所谓名不正则言不顺。”

“谢大人。”岳飞躬身道，汴梁是他从小就心怀向往的地方。

刘子羽笑问：“你去过开封吗？”

“没有。”岳飞老实回答。

刘子羽侧头看了看他，笑道：“可别被吓到了。开封府那边和我们真定府可是完全不同的。”

次日，刘子羽带着岳飞、汤怀、徐庆、姚政、薛鹤离开相州大营，去往东京汴梁开封府。

徐庆看着队伍里，压得沉沉的几架马车，小声问：“这都是些什么啊？金子吗？”

薛鹤笑道：“我们刘大人哪来那么多金子，这是相州的一些土特产，去东京给那些故交旧部。”

姚政摸头道："不是金子谁稀罕？刘大人这么当官可不成。"

薛鹤道："这就你错了，物以类聚，人以群分。刘大人的朋友，肯定是稀罕这一套的。至于上头那些大人物，刘大人自然有其他办法结交。不然……"他压低声音道，"我们刘韐大人那么多年是怎么混下来的？他肯定比你会当官。"

姚政吐了吐舌头："这说得是。"

徐庆问道："你们谁去过汴梁？我可是乡下人进城第一回。"他见姚政和薛鹤同时拍了拍胸脯，"好好，那我就跟着你们混了。"

薛鹤笑道："我带你去喝汴梁烧酒。"

徐庆皱眉道："不应该是瑶光清影吗？"

"你挣多少银子？凭你也配喝瑶光清影？"汤怀没好气道。

"我……"徐庆怔道，"我拿出一个月的饷银，还不够我喝一口？"

"最多就够舔一口吧。"姚政淡然道。

"这也太腐败了！"徐庆顿时垂头丧气。

薛鹤笑道："别急，那些贵的酒水本都是杀那些败家子的。真正的好酒必是坊间土烧。你信我就是了。"

"都被大哥害死了，那天真不该让我喝那一口。不喝就没念想！"徐庆胡咧咧道。

"汴梁可不止有好酒，女人也特别水灵。"姚政笑道，"全国各地的美女齐聚开封的花街，蛮牛你可别看花了眼。"

说到女人，这些小子顿时又开起了新的话题。岳飞笑着纵马在队伍两端巡视了一圈，悠然望着远方的天空。东京汴梁到底是什么样子，御街究竟是何等气象……真是好奇啊。说来义父曾经带他去过许多地方，偏偏没有去开封。

当岳飞等人离开真定出发前往汴梁时，远在汤阴县永和乡正发生一件改变历史面貌的事。

早晨，姚氏提着锄头从田里回家，尽管道路两边的清风叫人神清气爽，但她眉宇间依然愁容满满。昨日有人来说，县里有了新的军报，说是北征大军死了好多好多后生。并说阵亡名单有部分到县里了，据说有岳飞的名字。姚氏和岳和都不信自己那有通天本事的儿子会出事，但打仗这种事他们未曾经历，真会发生什么谁都说不清。所以当家的岳和昨日晌午就去了县城打听消息。

不知他爹何时回来……姚氏这一早，心里都是沉沉的。远远就听到她家的院子里男孩们在大呼小叫。"那两小子……不会又开始了吧。"她微微加快脚步。

院子里一个十岁左右的男孩正拿着一根木棒上下摆弄，木棒的一端削得略尖。男孩身形并不算健壮，但舞动木棍虎虎生风。

角落里有个粉嘟嘟、虎头虎脑的男娃，目测不过三四岁的模样。但他手里抓着一根树枝，学着男孩的模样比弄着。一面比弄，一面嘴里大吼着："啊！呀！嗨！哗！"那投入程度比男孩有过之而无不及。

男孩一趟练完，有趣地看着仍旧比划个不停的男娃，使坏的靠近了小不点，突然将对方的树枝挑飞。男娃先是一愣，然后抬头想去接飞到头顶的树枝，却被树枝砸在了头上，顿时哇哇大叫起来。他并不是哭，而是很生气！追着男孩就打，却被男孩按住脑袋，根本就一拳也打不到。男娃急得眼泪水都流出来了。

"岳翻！你又欺负你侄子。"姚氏看到这一幕，没好气道。

岳翻笑道："是傻小子追着我打！我哪会去打他？"

他是岳飞的弟弟，年方十岁的岳翻。和他打闹的则是岳飞的儿子，三岁的岳云。

岳云这时浑然忘记了方才的不快，笑嘻嘻地跑到奶奶身边，一把抱住："奶奶，你回来啦！"

"嗯嗯，回来啦！云儿乖。"姚氏调转脸，瞪着岳翻道，"你还有脸说！"

岳翻苦笑道："这……孙子果然比儿子重要是吧？"

"敢顶嘴？看我打断你的腿！"姚氏捡起边上的树枝，抡向岳翻的小腿。岳翻大叫一声，翻身上墙逃出院子。

这时，篱笆外有人说道："大姐，最新的军报到乡里了。你看了吗？"

"没有！但我当家的昨日就去县城了。"姚氏的心猛地一跳。

"说是一路打到了燕山府。但我在县里的侄子说，那是唬人的，在白沟河就打败哩，又打败哩。死了好多好多后生。"篱笆外那人似乎觉得自己说的不太中听，一边走一边，又道，"咱们岳大侄子一定没事。唉，瞧我这嘴。"

姚氏皱起眉头，自从岳飞北征，他们家这老两口就没睡过好觉。也正是因为北征后的军报，她开始怀疑当初让岳飞习武，并送这孩子参军是否是好主意。她生岳飞之前，怀过好几个胎都夭折了。岳飞是上天给岳家的宝啊，姚氏捧着心口遥望天空，患得患失地默默祈祷。

"咱家岳飞定成大器，你做的一切都是对的。"当家的这么安慰她。

"你不是一直反对他从军吗？"姚氏奇道。

岳和笑道："我反对的……其实是他离开身边这件事呀。咱家的小子有多大的本事，难道就你这个做妈的知道？但他既然真的去做了，你就该信他一定能做好。我可一直都记得，你生飞儿时，我家屋顶上那只带着金羽的大鸟。这小子不是那么容易出事的。"

姚氏沉默了一下，"那时我在坐月子，没见过什么大鸟。但我信你。"

岳和笑道："你有空担心，不如多照看岳云那臭小鬼，云儿的小身板比岳飞更好。但性子也更野，没人管着怕是不行。"

"我管自家儿子，云儿不该由岳飞的婆娘管吗？"姚氏撇了撇嘴。

岳和笑道："她指望得上？"

姚氏拍了拍男人的肩膀，笑道："天生娇惯了点，但这几年也算合格了。而且她不也和你一样反对岳飞当兵吗？这娃还是能心疼自家男人的。"

"她是怕男人远行，自己没人照应。"岳和笑了笑，"反正，你多看着点。岳云这娃儿，日后也了不得。"

姚氏回到里屋，看到儿媳妇刘氏忙完了饭菜，微微点了点头。岳飞，你不要出事啊。姚氏看了看窗外的天空，到县里一个来回，当家的应该要黄昏后才回来吧，到时候就知道了。唉，应该多给他带些干粮，毕竟是过五十的人了，仍旧以为自己是二十多岁的后生呢！

忽然，外头岳翻跌跌撞撞奔进来道："娘！娘！爹在村外晕倒了！"

啪！陶碗跌碎在地。姚氏一路飞奔，冲向村口。就见许多乡亲一起围着丈夫岳和。岳和一脸尘土，双眼目光有些散乱。

"当家的，你怎么了！是飞儿出事了？你怎么回来那么早？"姚氏抱着丈夫叫道。

岳和看了看岳翻，看了看姚氏，低声道："我怕你们等着消息，所以连夜赶回来了。岳飞没事……我拿到了他的信啊。"他看了眼边上徐庆的娘，笑道，"徐庆也没事。"

"你干吗要连夜回来啊。"姚氏怒道。

"怕你担心啊。这条路我都走了那么多年了。"岳和笑了笑，"但这次好像有点累，老了……有点不中用了。别担心，我歇息一下就好。"

六、柴桂

东京汴梁开封府，是大宋朝的国都。此地古称大梁，曾是春秋战国时魏国的国都，五代十国的后梁、后晋、后汉、后周也相继定都于此。"陈桥兵变"之后，后周的殿前都点检赵匡胤，在此建立大宋朝，是为宋太祖。一百六十多年来可谓是虎踞龙盘，帝王之气震慑寰宇。

光是那开封府外城的城墙，就长五十多里。汴梁城内更是湖泊纵横，风景旖旎，城郭气势恢弘，常住人口超过百万。为当时世界上最繁华的大都市。史书称其为"八荒争凑，万国咸通"。

国都，永远是每个人最向往的地方。

作为普通百姓到开封并非小事，作为普通的百姓，要想在开封好好地玩一下，更不是那么容易。所以当岳飞、徐庆、汤怀第一次来到这大宋朝的中心，这些在万军丛中视生死为等闲的军人，居然面色都变了……

这街道就是传说中的御街？路面会宽达百丈……这街道还划了几部分，南来北往的人是分道而行！长街两边挖有河道，中间竟然还有花圃，果然是帝王气象！这酒楼连着酒楼，彩旗接着彩旗究竟是为了什么？这既非黄道吉日，也不是什么普天同庆的日子，怎么就那么多人……

还有！这高楼怎么可能那么高？他娘的，真要着火了可如何是好？楼下着火了，楼上的怎么跑？

岳飞开始理解刘子羽说别被吓到的意思……他们在街市那密集的人群中，紧张得迈不动步子。生怕一不小心，就会撞到路人；生怕一不注意，就会错过几个美女。在真定府时，他们一度很鄙视那些从村里来的老乡，而今他们觉得整条街上都不会有比他们更土气的人。好在过了些时间，他们又发现这种感觉固然不好，但更多的则是看到新奇事物的快感。我们弟兄好歹也是到了汴梁了啊！想到这里，弟兄几个脸上都挂满了傻笑。

敢战营的弟兄跟着刘子羽来到枢密院，今日的议程是各部官员合议立功将士的奖赏，并对一些具体升迁做评议。这次的会议由宰相张邦昌，宣抚都统制刘延庆，来京述职的大将种师中，以及枢密院的刘浩大人主持。尤其那种师中相貌矍铄，器宇威严，一把霜雪般的银胡，根根透风仿若钢针。有他坐在堂上，枢密院瞬间成了中军帐。

这样的场合连刘子羽都没有说话的份，而廊下的军官们都不明白张邦昌今天来做什么。张邦昌贵为宰相，但在民间的口碑并不好，据说此人位居中枢数十年，从未做过什么造福于民的事。

"自然是来要肉吃的。"薛鹤笑道。

"他那么大的官会没肉吃？"徐庆瞪眼道。

汤怀笑道："傻，他是来分肉的。今天是评定军功，他一定是为自家子弟抢功来的。"

"咳咳!"岳飞低咳了一下,示意众人不许多言。

这时,韩世忠忽然出现在岳飞身边,低声道:"有消息说,会有人抢你相州军的功劳。提醒你家刘将军小心。"

"是谁抢功?"岳飞沉声问。

韩世忠苦笑道:"当然是大人物。"

"你等等。"岳飞急忙去告知刘子羽,但当刘子羽回头找韩世忠,那泼韩五已不见踪影。

会议没多久,张邦昌就推荐了一个叫柴桂的藩王,据说此人马步功夫皆为上乘,而且北伐时作战英勇。

"信武一战中,他尤其骁勇!"张邦昌微笑拿出功劳簿。

果然来了!旁听的刘子羽顿时胸中热血翻涌,他仔细一听发现对方所报功绩,许多都是相州兵的战功。信武仓战役作战的队伍和将领名字都被篡改,变成了中军某营的功劳。尤其是那条守卫信武仓的功绩,原本是他上报在岳飞和罗定山名下的。

刘子羽不知张邦昌有何依仗,很谨慎地找了种师中和刘延庆的副将。刘家人表示不清楚是怎么回事,按道理说那个柴桂参与的是信远仓的防务。而种家的参谋立即将此事提醒给了种师中。

种师中为百战名将,对军士的战功向来看重。他扫了眼张邦昌,笑道:"张大人提的人选自然是好的。但既然我们是军功评议,就要把一条条核对清楚。你说他有信远、信武两处的战功,但一个军人如何出现在两个地方?这战绩不可混为一谈。"

"这功劳簿上写得很清楚,柴桂在信远仓杀敌后,又支援去了信武仓。"张邦昌慢条斯理地看了眼刘延庆，"难道这功劳簿会乱写？"

刘延庆不置可否闭眼养神，种师中眉毛轻扬，这刘延庆显然已被关照过，而且这两个仓库的守备军是刘家传令去的，他都不介意别人冒领，外人又能说些什么？种师中看看台阶下的刘子羽，忽然提高嗓门道："刘子羽，信武仓是你的人马负责守备的吗？"

刘子羽立即上前两步道："是属下听从宣抚军令派兵守备。"

"如此，信武的军功当与柴桂无关。"种师中和颜悦色地对张邦昌道。

张邦昌很不高兴，今日的军功评议，原本他和刘延庆是有默契的，而种师中只是临时与会。他将功劳簿摆在刘延庆面前，慢慢道："信远先失守，他带兵退守信武仓也是可能的。"

"乱军之中，还能如此？"种师中失笑道，"那可当真是奇才。刘子羽，你的人马在信武仓可曾见到信远仓的残部？"

"不曾。"刘子羽抱拳道。

张邦昌冷笑道："你当时又不在信武仓，怎能如此斩钉截铁？"

"当时在信武仓负责守备的军士就在廊下，可让他们上前认人。"刘子羽高声道，"岳飞！"

岳飞大步上前，躬身立于阶下。

"柴桂呢？"种师中问。

"柴桂在此。"一个衣着华丽，相貌堂堂的男子从众多军官里走出，尽管貌似谦恭，但眼神中闪着一分桀骜。

这两人前后站立，一眼就能看出完全是两种人。廊下旁听的人们议论纷纷，大多数人都不看好相州军。

"岳飞你可曾见过他？你可曾见过信远的败军。"种师中问。

岳飞刚要说话，张邦昌就抢白道："那么大的战役，他怎么可能每个人都见过。"

岳飞不卑不亢回答："即便我不能见过所有人，但我身边还有那么多弟兄。而且当夜不曾听说有信远的人马支援信武。"

"你什么身份，敢这么跟老夫说话？"张邦昌怒道。

岳飞短促的浓眉微微上扬，目光和张邦昌一触。张邦昌怒火更甚，这小卒居然不怕老夫！他拍桌子喝道："滚出去！"

"我问他话，他回答，和官职有什么关系？"种师中冷笑道，"柴桂，你实话说，可有冒领功劳？"

"柴某不敢。"柴桂躬身施礼，然后笑道，"柴某的功劳虽然不值一提，却是真刀真枪拼来的，绝不会有冒领的事！若有人说我冒功，柴某愿与对方比武决胜。看看柴某是否有资格取得这些功劳。"

刘子羽怒道："荒谬！你冒人功劳，和你武艺是否高强有何关系？"

"你这么说是不敢和本王比武了？"柴桂傲然道。

"比武有何可怕。"刘子羽道："但你是南部的藩王，万一有个好歹又当如何？"

柴桂哈哈大笑："孤家看是你们武艺不精，不敢比武吧？既然不敢比武，就别在那里妖言惑众，说本王冒功。本王什么身份，需要冒你们的功劳？孤家今天就把话放在这儿，随便你派多少人来比武，本王都接着了！"

种师中冷笑道："我们说的军功，是士卒们在战场上用血肉换来的。不是你在这里耀武扬威比武能决定的！"

"若不敢比武，就少说几句如何？"张邦昌不冷不热道。

一直旁观不语的刘浩皱眉道："这样吵下去成何体统。我们休息片刻，让人重新核对相州兵和柴桂的功劳，看看到底有什么疑问。"

刘子羽悻悻地退出议事厅，就差没冲到堂内的徐庆、汤怀等人早就群情激愤。信武仓的功劳是大家用命换来的，竟然有不开眼的家伙冒功！岳飞冷眼看着周围，他发现其他军营对此都事不关己高高挂起，甚至连讨论这事的人都不多。

岳飞安抚住弟兄几个的情绪，认真问道："属下有一事不明，我这点战功，大人说过最多够我进入队将的编制。这也有人抢？"

刘子羽解释道："你战功不少，但出身低微。因此无法越级提拔。而柴桂已是偏将的身份，加上身份尊贵。一旦战功加身，飞黄腾达只是谈笑间事。一样的功劳，加在不同人身上是不同的。"

"我的战功可以再立。但罗大人的战功又该怎么办？他的战功若被人冒领，他家的孤儿寡母又该如何？"岳飞小声问。

刘子羽面无表情道："一无所有。"

"这种事常见？"岳飞沉声道。

刘子羽冷笑道："嫡系将领，分享他人战功并不少见。但跨军冒功，就是欺负人。"

岳飞咬牙道："那我比！万一有事，我岳飞一人承担。"

刘子羽道："相州大营不会让你一人承担。"

这时，议事厅里的议题告一段落。刘延庆和种师中一同走了出来。

刘子羽赶忙上前拜见二人，沉声道："子羽的部卒岳飞，愿意接受柴桂的比武要求。信武仓一战，我相州兵损失了四百多弟兄，若是功劳被人冒领。子羽有何面目回真定府？此事事关重大，请二位老大人为相州兵做主。"

"老夫生平最讨厌冒领军功的小人。"种师中看着岳飞道，"既然要比武，就不许假打。只要击败柴桂，功劳就是相州军的。有天大的事，有我种师中和刘宣抚做主。若被我发现你假打，你这身军装就不用穿了！"

岳飞躬身道："请将军放心。"

刘子羽靠近刘延庆小声道："相州兵前往信武仓，听的是您的军令。不说相州军损失了多少人，保住了少将军和那些……"他淡淡一笑，"和那些装备，岳飞等人是出了大力的。还请宣抚大人体恤。"

刘延庆淡淡一笑道："我与南面来的小藩王不熟，既然是相州军的功劳，自然绝不会让人冒领。但你们也不要真让柴桂出什么事。"

"得令。"刘子羽躬身领命。

种师中返回议事厅，对刘浩道："功劳簿核对的如何？"

刘浩低声道："多处雷同，有蹊跷。我还看了同时参与信员防务的其他人，柴桂可疑。不过……"他看了眼张邦昌没继续说。

种师中冷笑道："既然各说各的，那就比武决胜！"

张邦昌眯起眼睛望向并不表态的刘延庆，征询地看了眼柴桂。

柴桂抱拳道："小王愿意比武，请恩相放心。"

"王爷身份不同，轻易不可与小卒动手。"张邦昌笑道，"我们不如先文比。先比弓箭和力量。"

"好！"种师中高声道："岳飞和柴桂，前往校军场。"

于是岳飞作为相州军代表前往校军场，在前带路的居然是老相识朱全。

美髯公笑道："我不担心你赢不了，就怕你重手伤了那藩王。所以特意来给你提个醒。"

"刀剑无眼。"岳飞皱眉道。

朱全道："所以你必须在弓箭和力量上都赢了对方。另外那小梁王武艺不错，师出西南名门，你要多多留意。"

"多谢，朱大人。"岳飞感激道。

很快就到了靶场。小梁王柴桂取金臂宝雕弓，先上前射靶。他能射一百五十步，三箭皆入红星！

薛鹤微笑道："蛮牛，他的箭术比你好啊。"

"滚！"徐庆没好气道。

"那是，咱们梁王千岁的箭术可是西南第一。"边上有梁王府的人吹嘘道。

"日你奶奶，这点本事有什么好吹的？"徐庆撇嘴道。

"他们那边真没什么英雄。"姚政笑嘻嘻地接了一句。

梁王府的人一起瞪起眼睛。

汤怀指着岳飞笑道："各位别生气，眼见为实。"

岳飞并没带"萧瑟飞舞弓"到枢密院，所以他找了把两石半的强弓走进靶场，围观的人们看到那"两石半"，都不由倒吸一口冷气。

朱全笑嘻嘻地命军士将箭靶挪后了五十步。移动完毕，军士高声道："岳飞射两百步！"

"疯了，两百步。"梁王府的人嘟囔着。

岳飞先对着点将台上的大将们施礼，然后回手就是一箭，嘭！箭中红星！砰砰！他连珠三箭！三箭将靶心射穿，一起挂在箭靶上！边上检查结果的军士看得忘记了汇报结果。那些站得远的观众们看不清楚，还以为出了什么问题，纷纷鼓噪起来。

军士这才高声道："岳飞三箭皆过红星，穿透箭靶！"

"我大哥可以射二百五十步的。"汤怀对那梁王府的人追了一句。

周围彩声四起，点将台上种师中和刘延庆交换了一下眼神，他们都没想到岳飞如此厉害。

张邦昌面色阴沉，冷笑道："上阵杀敌，也不是全靠箭术。"

种师中笑道："丞相大人，难道忘了箭术是我大宋立国之本吗？"

"还比力量吗？"刘浩问。

"比！当然比！"张邦昌看柴桂比岳飞高出半头，估摸着也许力量上小梁王并不吃亏。

"力量怎么比？"种师中问。

刘延庆道："给他们准备石锁石磨。"

于是校军场几个高大军士合力抬上了一排石头大锁，每一只都有百斤重。柴桂指了指岳飞，表示对方可以先动手。岳飞笑着一抱拳，将三只石锁摞在一起，然后想了想又搬上了第四块和第五块。但是稍一挪动，石锁就掉了下来。

周围的人不知他要做什么，有梁王府的人高声道："岳飞！你把石头堆一起，也不过几百斤。有本事去把那边的铜鼎举起来！"

岳飞看了眼点将台下的铜鼎，那七尺高的铜鼎，足有千斤重。他毫不犹豫地走了过去，单手用力将大鼎挪动。身子微微一沉，岳飞侧头看了眼柴桂。柴桂和周围的人群，不由得也屏住呼吸。

嗨了一声！岳飞将铜鼎举过头顶！他目光隔着铜鼎望向天空，一只飞鸟正巧划过天际。此鼎也不过如此啊！岳飞在心里想到。

"这不可能。这家伙真的是人吗？"柴桂喃喃自语。

岳飞举着铜鼎走了二十多步回到校军场，半弓着身子向点将台施礼。

"真是天神般的人物！"刘延庆不禁赞道，他终于记起刘光世曾在信武之战后，向自己推荐过一个姓岳的战士。必须将此人收入麾下！此人的武勇只怕比童贯大人的爱将、人称万人敌的杨可世更胜一筹！

刘浩叫道："岳飞，你已经赢了！快放下铜鼎！"他显然不认为柴桂也能做得到。

岳飞微笑着将大鼎放下，轰！鼎足埋入泥地。围观的人们都看呆了。

种师中将岳飞和柴桂叫到点将台，正准备宣布岳飞获胜。

柴桂忽然道："小王想和岳飞比武。小王承认箭术和力量这两项不如岳飞，但我们上阵交锋，须得马步娴熟。小王对马战有几分信心。"

"你！"种师中瞪起眼睛，这算是不知死活吗？老头子心里嘀咕着。

张邦昌急忙笑道："对，马上作战才是大将的根本。我们方才是说，先文比，后武比！"

"柴桂，我们是比武定功劳。不是选大将。比什么马战？"刘延庆不悦道："真要武比，刀剑可无眼。"

"既然是比武，当然要在刀枪上见真章。"柴桂抱拳道，"岳飞，你意下如何？"

岳飞从容道："绝无问题。"

"那就这么定了！"张邦昌立即确认道。

很快岳飞和柴桂再次出现在校军场上，两人各骑战马，岳飞到自家兄弟这边取过沥泉枪。

马上比武的决定很快传遍人群，徐庆嘟囔道："文比也就罢了，还要比武。那小梁王真是活得不耐烦了。"

"他那么有恃无恐，是确信岳飞不能真的伤了他。"刘子羽沉声道。

刘子羽只料对了一半，一方面柴桂的确不信对面的小兵敢伤自己；另一方面，他是真不信马上交手，自己会输给一个乡下来的小卒。小梁王柴桂作为贵胄子弟，的确有几分练武的天分，他从小拜名师学刀剑，打败了藩镇内许多高手，对自己的武艺很有信心。

柴桂提着金背砍山刀，纵马转了个圈，气势汹汹一上来就一阵猛攻。岳飞小心应付了十余招，发现小梁王是有几分本事，但也仅此而已。

两匹战马来回盘旋，激起阵阵的尘土。柴桂嘴角挂起冷笑，他看准岳飞心有顾虑，于是毫无顾忌地肆意进攻。大刀上下翻飞，一刀快似一刀，一刀狠过一刀！

岳飞连连招架，引得外围观战的人群一片哗然。岳飞忽然觉得眼前的情景似曾相识，是了，他刚入相州大营，和罗定山之间的比武也是如此。自己虽有实力能够战胜对方，却因为顾及罗定山的身份，不敢全力出手，最后输了一招。

而罗定山大哥已经故去了。岳飞心中一阵酸楚，为了死守信武仓，我相州子弟死了那么多人，而面前的小梁王什么都没做，就想剥夺那么多人的功绩。刀锋贴着他的眉梢掠过，岳飞嘴角挂起愤怒的弧线，对方这是有恃无恐！

藩王又如何？没有什么能让我输掉这场比武。岳飞目光沉静，在心里不断告知自己，没人能让我输掉比武！他突然用大枪一扫对方的金背砍山刀，柴桂的兵器险些脱手。岳飞调转马头，要求暂停比武。

种师中高声道："岳飞，你意欲如何？"

岳飞道："刀枪无眼。岳飞请立生死状！否则不敢全力出手！"

"柴桂，你意下如何？"种师中望向小梁王。

小梁王皱眉望向张邦昌，张邦昌冷笑道："有何不可？"

柴桂只得硬着头皮道："小王愿立生死状！"

刘延庆道："拿纸笔来！"

种师中拉住他的胳膊道："来！我和刘将军做个公证！"

立生死状时，岳飞回到场外。徐庆、汤怀听说可以生死勿论，都要求岳飞杀了柴桂，只有刘子羽告知岳飞即便有"生死状"，也要点到为止，但岳飞没有回答。

薛鹤目送岳飞回去校军场，小声道："大哥好像真的要杀柴桂。"

刘子羽心头一寒吩咐众人道："都准备好武器，随时入场保护岳飞！"

点将台上，刘浩小声道："如真的出事了，又当如何？"

种师中淡然道："《生死状》为凭，谁死了都是白死。"

“可是……”刘浩欲言又止地望向刘延庆。

刘延庆笑道：“双方自愿的。我们又能如何？”

张邦昌看着岳飞签字画押，“岳飞”那两个字出乎意料的雄浑有力。“世上事，通常不会只有一个选择，你当然还有一条路可走。”张邦昌忽然轻声道，“输了这场比武，日后你的功名包在老夫身上。”

岳飞侧头看了看张邦昌，露出一个对方无法理解的笑容。

“希望你能明白老夫的苦心。”张邦昌转身走向另一边，在柴桂递交《生死状》时，小声道：“尽管去比，那小卒还真敢杀你不成？”

柴桂深吸一口气，眼中闪过一丝笑意。

岳飞和柴桂二次来到比武场中。

岳飞目光坚毅，沉声道：“小梁王，你若认输，还能有一条生路。”

对方提枪凝神的样子，似乎与先前不同了。这让柴桂生出些许不安，但他仍旧嘴硬道：“岳飞，这句话，本王也还给你！”

岳飞深吸口气，长枪一立遥指晴空，校军场上瞬间一片肃杀。

两人刀枪并举，任柴桂的大刀全力施展，却连对方的枪影也摸不到，他不由暗暗着急。

两马交错之时，小梁王柴桂悄声道：“岳飞，你我无冤无仇。你只要不挡本王的升迁，日后你投入我梁王府，孤王自当重用。”

岳飞表情漠然地过了这个回合。

下个回合，柴桂又道："我爱你一身武艺，但你在刘锜处能有什么出路？到我梁王府来，我保你富贵荣华！"

岳飞目光在对方华贵的铠甲上扫过，心里浮现的却是诸多同伴死战时的身影。他悄悄望向校军场周围的军士，围观的大多数人却都在为柴桂呐喊。这世上到处都是势利小人！这世上竟然如此不公！

柴桂见岳飞并不说话，以为对方动心，调转马头飞快道："再打两个回合，你就假意翻身落马。"

岳飞眼中闪过杀机，双腿一夹马肚子，大白马陡然提速。柴桂刚转过马头，岳飞就已杀到了。柴桂的大刀还没举起，岳飞的沥泉枪就猛扎过去，长缨贯入柴桂的心口！

柴桂嘴角挂下血珠，他痛苦地看着沥泉枪，又看看沉默的岳飞，嘴巴张开要说话，却说不出来。

"岳某不稀罕你的荣华富贵。"岳飞手腕一翻，将其挑落马下。

周围一下子安静下来，然后就有许多卫士冲入场内，举着兵器将岳飞重重围住。

"干什么？"刘子羽带着徐庆、汤怀等相州兵，第一时间将岳飞和那些卫兵隔开。刘子羽喝道："说了生死无论，你们这是做什么？"

岳飞很冷静地下马，把枪插于地上，望向点将台的方向，高声道："有何后果，我岳飞一人承担！"

张邦昌大怒道:"将岳飞拿下!"

岳飞毫不畏惧地向前,他敢做敢当!反而那些卫兵见此后退了几步。

刘延庆心里叹了口气,相州兵这次好威风啊。

种师中爱才的目光已难以从岳飞身上收回,老头子沉声道:"比武的公证人是我。谁敢动岳飞,就是和我种师中做对。"

张邦昌望向刘延庆,刘延庆苦笑了下并无表示。张邦昌只能作罢,他怨毒地看了岳飞一眼,重重敲了敲桌子。

岳飞一步步走出人群,周围有着各种目光,有敬畏,有赞许,更多的则是迷惑和吃惊。梁王府的仆人家奴见点将台上的大人们都没表态,不得不让开道路。徐庆、姚政等注视着大哥,忽然觉得岳飞在不知不觉中变了,变得让他们只能看着他的背影。

七、秦桧

种师中和刘延庆都对岳飞褒奖了几句，随后种师中将刘子羽留下议事。刘子羽告知众人今日无事，可以自由活动，徐庆顿时嚷着要去找酒喝。

薛鹤小声对岳飞道："大哥，我们既然不用跟着刘子羽大人，你想去哪里看看，我就带你们去看看。京城我来过两次，太好的地方不敢说，普通的地面我还是熟悉的。"

岳飞笑道："你们先去找地方喝酒，我要去石鼓斋。将赵先生的遗物给他家人。"

石鼓斋？薛鹤皱起眉头，但作为经历过信武仓之役的人，当然也觉得责无旁贷。他们约定了晚些碰头的地点，岳飞离开枢密院。他走出衙门看着车水马龙的街道，低头看了看手掌，就在刚才一条人命被他夺去了。

远处有军士对他指指点点，但岳飞已不是在昼锦堂初次杀人的青年，他微微舒展了一下身子，翻身上马去往石桥街。

沿着御街一路向南，路上倏忽飘起小雨。朱雀门边是石桥街，桥旁有石鼓斋。这是一家售卖字画古董的书斋，据说此间的主人姓向，就是他替当今圣上赵佶将"大秦石鼓"运到京城。这大秦石鼓也叫"陈仓石碣""岐阳石鼓"，一共十个。在唐朝的时候出土于宝鸡，上面刻有古老的文字，被称为"石鼓文"。后世不断地考究后，认为其可能是"秦国"时期的物品。从唐到了宋，几经浮沉，几经淹没，最后由向家搜集到最后一件。

宋徽宗赵佶，也许并不擅长治国，但对艺术有极高的天赋，因此对向家给予重赏。向家的"石鼓斋"一跃成为汴梁排名前三的文宝斋，赵佶平日若有闲暇，偶尔也会微服到此觅宝。

街对面的酒楼上，妆容淡雅的歌姬正吟唱秦少游的词，"漠漠轻寒上小楼，晓阴无赖似穷秋。淡烟流水画屏幽。自在花轻似梦，无边丝雨细如愁……"

岳飞欣赏了一下匾额上那古雅悠远的"石鼓斋"三字，整了整衣冠拾阶进门。

此间随便一幅字画都超过岳飞的身家。尽管岳飞的军人服饰和这里格格不入，但外堂的接待童子在汴梁早就见惯各色人物，依旧不紧不慢地上前招呼。

岳飞抱拳说明来意，童子顿时慌了手脚，跑去内堂报告管事，不多久岳飞被请入内堂二楼。拾阶上楼，厅内最显眼处高挂这一幅山水画，青山雄立流水潺潺。岳飞对文墨之事不算精通，但由于在昼锦堂当过不少时日的差，仍可看出此画不凡，不过真要说好在哪里，也并无太多概念。

厅堂的书案边坐着个三十来岁的文士，岳飞对其微微一礼，对方扫一眼他的穿着，只是点了点头。

　　岳飞转而打量四周，周围共有字画卷九件，青铜器五件，精美刀剑三件。岳飞目光在那三把刀剑上扫过，最终还是落在中央那幅山水画，以及一幅看上去像极了今上墨宝的《千字文》上。

　　他这一举动不禁让那文士刮目相看，对方起身笑道："阁下能上得二楼，果然与众不同。鄙人方才怠慢了。这幅范宽先生的《溪山行旅图》，原本收藏于大内，的确是此地收藏的翘楚。你好眼力！"

　　《溪山行旅图》，岳飞倒吸一口冷气，果然如义父周侗所说真正的好作品，即便是连凡夫俗子也能看出好坏的。"在下并非眼力过人，而是此画用笔雄劲而浑厚，实在太好，连我这门外汉也不由受其影响。"他微笑回答。

　　"实在太好……有时我们遇到旷世佳作，也真是只能用大白话来形容。"青年文士笑了笑，抱拳道："只是你作为武人，为何对这一层的刀剑不做关注，而是对其他的更为关心？要知道，这楼上的刀剑也是出自名家之手，是有名的宝刀利刃。"

　　岳飞微微皱眉，笑道："这我却没看出来，当然这几件兵器，的确做工精美。而且各有其异处，只是锋刃……"他犹豫了一下，终究是没有抬手去拔剑。

　　青年文士却很大方地拿起那柄短剑递给他，"此剑名为定海。置入三丈的水池，可令水波不起。"

　　岳飞扬手拔剑，动作行云流水浑然天成，看得对方又是一怔。岳飞透过屋外的光亮，注视那两尺长的剑锋，深吸了口气，低声道："剑是好剑，可惜未曾碰见合适的主人，从未有真正的交锋。常年收于此间，失却了该有的锋芒。"

"你是说……它未曾饮血？"文士扬眉问，他那两道浓眉扬起，仿若一个俊秀的"八"字。

"是。"岳飞将剑收入鞘中，双手递还给对方，道："可能是我刚从北面回来，冒昧了。"

"你刚征辽回来？"文士眼睛一亮，笑道："是了，看你这一身的征伐之气，若只是汴梁周围的军人怎会如此。鄙人秦桧，请问阁下高姓大名？"

"在下真定府刘韐大人麾下岳飞。"岳飞重新见礼道。

"岳飞……山岳在前，一飞冲天。"秦桧重复了一遍对方的名字，笑了笑道："这边请，兄不用拘谨，我是此间主人的朋友，他还要些时候才能过来。这里有些水酒，能否给我讲一下征辽的事？我很感兴趣！"

岳飞也是青年人，对方如此热情也就不多客气。二人入座，岳飞说起了燕云，他对那些日子的战事说得极为详尽，且并不做任何夸大，和秦桧平日听到的市井传闻大不相同。

一直听到宋军从燕京城下撤离，秦桧沉默片刻问道："辽军如此厉害，那他们怎么会对金人毫无办法？"

岳飞道："我也不知。北上这些日子，我未曾和金人打过交道。但前方军报说金人灭辽之势已成定局，想来不久就会有消息。"

秦桧皱起眉头："若真是如此，金人才会是我大宋的心腹之患。"

"我们刘轫大人也是这么说的。"岳飞敬了对方一杯。

这时，楼梯上脚步声响，一个青年文士来见岳飞。两边分宾主入座，青年文士名叫周三畏，是赵丰年的表弟，也是石鼓斋的老板之一。

周三畏看完了赵丰年的家书，双目含泪沉默了片刻，对岳飞躬身施礼道："千里传书之恩，石鼓斋永世感念。请受在下一礼。"

岳飞拦住对方，低声道："赵大人为人高义，我惶恐。"

周三畏低声道："这家石鼓斋，是向家、我们周家，以及赵家，三家合开的。向大哥久不管事，平日都是我在照看，所以忙到足不点地了。秦桧先生，政和五年的进士，我是那一年认识的他。如今为密州教授，琴棋书画样样精通。来京师办事时会来给我帮忙。"

"原来是秦大人。"岳飞再次见礼。

秦桧笑着摆手道："芝麻绿豆官，俸禄养家尚且拮据，鹏举你何用如此！"他转而对周三畏道，"岳飞方才给我讲了北方战事，果然从前方将士口中得到的消息就是不同。这些事你定也有兴趣。"

周三畏笑道："无奈一会儿丞相府会派人来拿一些东西，这些人是怠慢不得的。这样，若岳飞你今晚无事，我在矾楼做东请你一叙。"

矾楼是汴梁第一酒楼，是文人雅士、达官贵人聚会之所，寻常人是绝对没机会去的。

岳飞挠头道："我保刘子羽大人来京述职，不知晚上有没有差事。而且一干弟兄和我同来。"

周三畏豪爽道："那就同来便是。我会给刘子羽大人修书一封。人多才热闹！另外，今日你来的匆忙，我也未备礼物。实在有失礼数，晚上我一并补上。"

即便是出身于汤阴农家，岳飞也知汴梁矾楼的大名，他年轻人也好热闹，遂答应回去请示刘子羽。

目送岳飞离开，周三畏对秦桧道："会之兄，少见你和一个武人能聊得那么投机。这是怎么了？"

秦桧道："这是个识字的武人，且气宇沉毅。他能认出今上的笔墨，绝非普通武夫。"

"如此高的评价？"周三畏怔道，"可惜他是低阶的军吏，若想独当一面，还不知是何时的事。"

秦桧笑道："即便做到一方藩镇又能如何？我大宋向来是文人治天下，武臣能对朝廷有多大影响？一旦真的有影响了，那也就危险了。"

周三畏低声道："这次相府的差事若是顺利，明年你过了词学兼茂科，就该来京城当差了。想必在山东早已做得腻了吧。"

秦桧抱拳道："受人点水之恩，必当涌泉相报。"

周三畏哈哈一笑，道："心照不宣即可。"

岳飞回到御街，雨水已止。外面依旧是熙熙攘攘的人群，再想想石鼓斋里的气氛，仿若完全两个天地。矾楼啊……岳飞笑了笑，他和薛鹤他们约定的见面地点，就是矾楼附近的酒家。因为尽管消费不起矾楼的酒水，但徐庆他们还是想在店外望上一眼，所以选了名叫"燕归来"的酒楼。

东京汴梁开封府，知名酒家七十二座，矾楼第一。据说今上宋徽宗赵佶常与天下第一名妓李师师幽会于此，其他名士寻花问柳的佳话更是层出不穷。

坐在"燕归来"的楼上，也能清楚地看到矾楼的华美气象，五座色彩不同的高楼飞檐相向，组成了这天下第一酒楼。中间那座高达五层，其余最低的也有三层。五座主楼间有天桥相连，远远望去仿若天宫楼阁。只可惜这还是午后，所以敢战营的弟兄们还看不到那种灯火辉映、莺歌燕舞的景象。

岳飞到这里时，众人凭栏而坐已喝过几轮。

薛鹤靠在栏边，给大家说矾楼里的风流韵事，从李师师和今上的邂逅，说到梁山贼寇宋江夜访李师师。

徐庆笑道："你左一个李师师右一个李师师，你到底见过那女人吗？再说，那李师师成名已久，如今只怕早就人老珠黄了。"

"我自然是见过的！远远的……只看到过一个侧影。"薛鹤看着栏外的天空道："此等佳人，岂是你能揣测的？"

姚政忽然低声道："远山眉黛长，细柳腰肢袅。妆罢立春风，一笑千金少。归去凤城时，说与青楼道：遍看颍川花，不似师师好。"

徐庆瞪起眼睛，吃惊道："哎哟，你居然拽起文了！难得你们两个好同一口。"

"粗俗！"薛鹤骂了一句徐庆，但看姚政的目光顿时和从前不同，大有一副同道中人惺惺相惜的味道。遍看颍川花，不似师师好……

"哎！大哥来了。"徐庆看见了岳飞赶忙招呼。

岳飞入席不久，就说了在石鼓斋遇见周三畏和秦桧的事，并说了周三畏的邀请。

"什么？！""当真！"徐庆和薛鹤一左一右抓住他的胳臂，激动道："大哥，你能带我们去矾楼？"

岳飞笑道："说是这么说，但还要请示刘子羽大人，不知他是否感兴趣。"

"刘大人可能要在今夜应酬那些枢密院的大人物，但我们不用都陪着。若真有差事，我跟着大人便是。大哥，真是有福之人，出门就遇贵人啊！多少人在东京住了一辈子，也没上过一次矾楼。"薛鹤替众人满上酒道，"大家都留点量，晚些矾楼的酒才是汴梁最好的酒！"

徐庆笑嘻嘻道："这还用你说？不过酒对我们来说，那是多多益善！"

"竟然会说多多益善……你算是长学问了！"姚政给了他一拳。

徐庆得意地喝了一大口酒，抹了下胡子上的酒渍道："这自然是和各位文人雅士长期接触的结果。哎哟！"他中了岳飞一拳。

汤怀问："哥哥，你去石鼓斋和他们聊了什么聊了那么久？"他坐在一边，一直没参与众人讨论，而是在用笔画着街边的一个卖花女。

岳飞道:"密州教授秦桧先生向我打听北方的战事。"他看了眼汤怀的画,那女孩娟秀可人,人比花娇,洋溢着青春的气息。

"他一个舞文弄墨的,对打仗感兴趣?"汤怀笑了笑。

"此人看事情颇有些见解,当我说到燕京城一片火光时,他感叹说辽国的百姓已陷入万劫不复之地。"岳飞想了想,又道:"他还说,金兵这等虎狼之师,若真的搬走了辽国这块拦路石,接下来的目标一定是我们大宋。他有些担心……"

"担心?"薛鹤笑道,"他不会是担心东京会变成燕京吧?"

"呸!大吉大利!快呸掉!"姚政怒道。

汤怀道:"我们汴梁尽管距离北面很近,但京畿附近有数十万大军拱卫,西军主力也聚集在北方未曾回去西面,金兵岂是说来就能来的?"

"好吧!我呸!"薛鹤举手道,"是我胡说八道了。"

岳飞笑了笑,举杯对众人道:"喝酒喝酒!"

"若真的打过来,在我们自己的地头,我就不信打不过金人。"徐庆笑道,"那时候我们岳大哥做了大将军,什么矾楼、李师师,那还不是手到擒来!"

"去,你这蛮牛也配说李师师,那可是光有权力也不可能搞到的女人!"姚政鄙视道。

薛鹤道:"但有一件事蛮牛还是说对了,我们敢战营有岳大哥在,出人头地是早晚的事!来,大哥,我敬你一杯!"

众人又喝了几杯,周围其他酒桌上的军人,听说枪挑小梁王的岳飞在此,纷纷过来敬酒。岳飞阻止权贵侵占士卒功劳,这才半日时间，名字就从枢密院传遍了汴京的军营。这酒一轮一轮的喝过，越来越多的军人从其他地方赶来敬酒。岳飞坐在那里来者不拒，身前桌面上摆满了酒碗。

忽然酒楼的楼梯上快步跑了一个军士，那人目光寻了一圈，奔着岳飞他们的桌子走来："请问哪位是相州来的岳军爷？"

"我是。"岳飞起身道。

对方将一封信笺和一封文书递在他手里转身离开。岳飞先拆开公文，面色陡变，酒意全消。再看信笺，上面文秀的字迹正是出自他的母亲。看完家书，他眼眶湿润，双手微微颤抖。

"大哥，怎么了？"徐庆问道。

"家父……病故了。"岳飞泪水不断流下，手掌抓住胸口，心里阵阵绞痛。

"岳大叔竟然……"徐庆也流下热泪。

"这……大哥节哀！""大哥！节哀！"众人不断劝慰，岳飞的泪水才缓缓止住。

方才还在纵情喝酒谈天的气氛急转直下。岳飞擦去泪水，重新望向四周，酒楼里的喧哗声显得格外无力，这繁华的开封府和他再无半点关系。

"我只想告诉你，在外生活不易，能活着回来和我喝酒已是很好。世事艰难，你岳飞即便真是万人敌，也未必能挽狂澜于既倒。你既是坦荡男儿，出去走一遭莫改初心，就是最对得起自己的事。"爹的话语犹在耳边，却已阴阳两隔……爹，孩儿还想回家和你一同喝酒……

岳飞沉默了半晌，忽然对面前众人道："我必须回去，我这就去找刘子羽大人，我要回去守孝。"

姚政小声道："可是大哥，你的任命就要下来了。这时回家之前的努力就都完了。我们当兵的能出人头地不容易。"

"万事以孝为本，若不回去，岳飞愧为人子。"岳飞将酒杯举起，沉声道："重孝在身不可喝酒，这是最后一杯。岳飞与诸位就此别过。你我弟兄有缘，他日定当军前重逢。"

"大哥，这事还要从长计议啊……"平日能说会道的薛鹤也不知如何劝说。

"大哥你不能走！"汤怀皱眉道。

只有徐庆双目含泪，平日咋咋呼呼的他此刻一言不发。

岳飞将酒水一饮而下，起身离开酒楼。

留下众人面面相觑，薛鹤低声道："若是没有他，敢战营还算什么敢战营？刘大人不会让他走的。"

汤怀道："守孝为大，刘大人也无法挽留他。"

"听说岳伯父年岁并不大，怎么就……"姚政捶了下桌子。

这时，徐庆起身，站在栏杆边，重重拍了几下道："不行，我要跟大哥走！"木栏杆为之开裂，他飞身跃下二楼。

栏杆损坏的声音引得四周投来询问的目光，姚政看了眼那雕刻精美的围栏，低声道："弟兄们，这东西很贵，我们赔不起……"

汤怀和薛鹤互换眼色，汤怀苦笑着留下一串铜钱做酒资，三人几乎同时跃下二楼沿着长街拔腿飞奔。

酒楼里的小二还没明白怎么回事，这桌就空无一人。他急匆匆跑到近前，看到桌上的铜钱微微松了口气："还以为是吃霸王餐，万幸万幸。"但他随即就看到那被捶坏的栏杆，顿时心疼的一跳脚。

岳飞将父亲病逝的事，告知了刘子羽，同时请求退伍回乡守孝。而刘子羽则告诉他，种师中老将军对他极为欣赏，有心调他去种家军。种家在大宋军旅根深叶茂，这是千载难逢的机会，但岳飞坚持要回家守孝。从军制上说，刘子羽无法保留他的军籍，因此拿出五两银子作为路资，同意岳飞回乡。

徐庆提出和岳飞一同退伍回乡，刘子羽也不阻拦，一并同意。岳飞徐庆连夜启程，一干兄弟送他们到汴梁城外十里亭，犹自依依不舍。

姚政拉着岳飞的胳臂，哭道："岳大哥，我们相识时间不长，但是从新兵营一路摸爬滚打过来，你为我领的五十军棍我这辈子都不会忘记。原本以为我们弟兄的缘分这才开始，没想到会这样。今日一别不知何时才能相见，我真舍不得你走。但不管如何，我们都会在真定府等你归队。"

薛鹤则道："日后你再投军，也未必能和我们再在一起。但我会有永远记得天下有岳鹏举这号人物。"

"大哥，你回去后不要忘记咱们弟兄。我每月都会给你写信，告知天下大事。"姚政又对一旁的徐庆道："你既然跟着大哥回乡，就要做好兄弟的事。我若听说有人欺负大哥，有人得罪大哥，有人对大哥不敬，第一个先拿你是问。"

"你放一百二十个心，在我们老家，谁敢惹我们兄弟？"徐庆没好气道。

薛鹤郑重道："你也不要惹事。三年后，大哥复出时，我也希望看到你平平安安一起归队。"

"我知道了。"徐庆眺望着远处的道路，嘟嘟囔囔道，"汤怀那小子怎么还不来？让他去给周三畏打招呼，难不成留在矾楼喝酒了？"

"他再贪杯也不至如此。"薛鹤摇头道。

姚政看着夜路道："他来了！还不是一个人。"

汤怀带着周三畏，正从官道上疾驰而来。

汤怀解释道："周先生说，岳大哥给他们带回赵大人遗物，此等大恩不敢不报，所以特意赶来送行。"

"岳恩公，你家有大事发生。在下不能同去为令尊祭奠，只能送上路资以尽绵薄之力。"周三畏向着岳飞抱拳施礼，随后递上银两包裹。

岳飞推辞不受，周三畏则始终坚持，双方一时争执不下。

姚政劝道："大哥，你不全拿，也请多少拿一点。家里伯母和嫂子也需要照顾的。周先生总不能就这么回去。"

岳飞正色道："弟兄几个凑钱给我准备了路费，刘大人也给了路资。我怎能再拿？我送赵公的遗物回来，岂是贪图报酬？"

周三畏沉声道，"岳飞兄弟，你守孝三年后，是否仍要投军？"

"北方胡虏对我大宋虎视眈眈，我自然仍会希望为国出力。"

岳飞慨然道。

周三畏从背上解下一个狭长的包裹，低声道："如此，我送岳飞兄弟一柄兵器。以此提醒你勿忘归期。"

"这……"岳飞扬了扬眉。

"这也是赵丰年兄，在遗书中吩咐我给你的。是他的遗命，切莫推辞！"周三畏把包裹放在岳飞手中，躬身一礼道："后会有期！"

岳飞不便再推辞，遂躬身还礼，目送周三畏离开。

弟兄几个都好奇周三畏送了什么兵器，岳飞一面打开包裹，一面低声道："我在石鼓斋见过几件不错的刀剑，也许是其中之一吧。"

包裹打开，一柄通体黑色，长达四尺的长剑出现在夜色下。岳飞面色微变，只因剑未出鞘，他已感觉到剑锋的热力。这绝不是在石鼓斋见到的那些凡俗兵器。

徐庆、汤怀、薛鹤、姚政同时退出一两步，静候岳飞拔剑。

岳飞略微吸气，抬手拔剑，剑锋出鞘，于黑夜中闪过一丝并不刺眼的光亮，这沉厚黑亮的剑锋，宛若深渊里的一眼潭水，又好比一只在黑夜中关注尘世的眼睛。

剑锋靠近剑锷处，有着两个古老的篆字。岳飞一字一顿道："湛、卢。"

名剑——湛卢，春秋时期，天下第一铸剑师欧冶子所铸，世间名剑排名第一，此剑一出鬼神辟易！

第三章　狼烟

一、踏白

纵观华夏五千年的历史，光荣与屈辱并存，悲伤的事本是数不胜数。但不论和哪一起事件比起来，宋朝的"靖康之耻"都是耻辱柱上最触目惊心的一处。

在这一年，建国167年，经历九代帝王的大宋，被北方女真的虎狼之师击破国都汴京，两代皇帝被掳去北国。确切地说是1126年城破，1127年两帝及京师的三十多万官员百姓被掳去北方。

这一切，距离岳飞回乡守孝不过短短几年而已。

离开汴梁，岳飞满怀悲痛回到汤阴老家，搭建草棚为父亲岳和守灵。没过多久，北面就传来了金人攻陷辽国燕京，灭了国祚209年的大辽。宋廷上下群情激愤，立即派代表向金国询问归还燕云十六州的事宜。出乎所有人意料的是，金国表示之前的"海上之盟"，协议上约定的是归还"燕京并所管州城"，而非燕云十六州。

大宋这边以蔡京、童贯为首的股肱之臣们，这才意识到小小的措辞错误，真正是差之毫厘，谬以千里。而事实上金国同样感到恶心，宋军对攻辽没有做出任何实质贡献，在分好处的时候，居然敢狮子大开口！

两方反反复复谈了很久。最终金人将燕京六州二十四县交还给大宋，交还前将燕京城内的人口和钱粮撤空，留给宋廷的只是空城。不仅如此，金国刻意挑选了并不利于守卫的土地，几乎所有的险要关隘仍掌握在金人手里。而这些事，大宋的朝廷已完全无意追究了。即便有那么多不如意，即便还要把当年给辽国的岁币照例转给金国，但毕竟是收复了祖宗的燕山府！

宋徽宗赵佶完成了太祖、太宗都未曾完成的功业，立时觉得自己成了"中兴之主"！龙颜大悦之下重赏群臣，诸多权贵纷纷加官晋爵，童贯加封为广阳郡王，皇帝下旨立《复燕云碑》以资纪念。而整个大宋境内，百姓们也是兴高采烈得忘乎所以。只有宋朝北方边境的军人，以及驻守燕山府的部分官员忧心忡忡，但那一种难言的担忧却又无处诉说。

短暂的和平后，金国和宋朝间摩擦频发……

宣和七年秋，汴梁的天气忽然变得反复无常。风沙席卷街道，各大店铺无奈关张。

童贯急匆匆穿过御街，道路上的宦官侍卫见到他先是一惊，随后纷纷避让。童贯一路来到御书房，不等人通报就小步入内。

"你不在西北坐镇，怎么自己回来了？"宋徽宗赵佶正把玩着一枚印玺。

"前方军事吃紧，微臣惦记圣上安危，所以马不停蹄从西北赶回勤王！"童贯微笑道。

"军事吃紧？"赵佶皱了皱眉，"朕听说金人兵分两路南下，但他们真有那么多兵？既夺太原，又来打朕的汴京？你之前不是说，他们总共最多只有十万兵？"

童贯道："如陛下所言，金人能用之兵不会超过十万，但他分兵两路，来开封的东路必带重兵。且一路上老奴听闻郭药师已投降金人，因此老奴才马不停蹄赶回汴京，把太原防务交给张孝纯。"

"郭药师投降了？他可是手握重兵！"赵佶将印玺放下，面沉似水道："朕早说不能太信任那些外人。那你说我们如何对付金兵？"

童贯道："太原城高兵多，粮草充足。金人等闲不能攻克。老奴以为，可让驻守西北的大军，抽调一部分来开封勤王！而此间……"他犹豫了一下，没有继续说。

"别支支吾吾的，快说！"赵佶催促道。

"开封可交太子监国，老奴护着圣上去南方募集大军北上。"童贯笑道："有圣上登高一呼，天下必然应声而动。在我大宋的国土，要兵有兵要粮有粮，不用惧怕金人。"

"调西军勤王可行。"赵佶想了想，慢慢道："但让太子监国的事，容朕细思。你回来朕就放心了，东京的防务你先留意一下。"

"老奴领旨。"童贯磕头谢恩。

"退下吧。"当童贯退到门口，赵佶忽然又道："郭药师的事，命人不许提。凡涉及金人的军务，不准随意讨论。"

"老奴明白。"童贯答应道。

赵佶眯着眼睛，重新把玩印玺，却发现思绪已不在这上头。大臣们常说，女真不满万，满万不可敌。那些穷凶极恶的北方蛮夷，若真的兵临城下又该如何？他前几天做了个梦，梦到自己走在漫天的风雪里，周围一个人影也没有。回望来时路，看到的是漫天大火的汴京。

啪嗒！印玺先掉落在龙书案，后又跌落在地上。这将赵佶拉回现实，他心疼地将印玺拿起看了又看。好在没事，赵佶长出一口气，希望没事……他低声问道："太子何在？"

平定军，广锐骑，踏白营兵棚。

天空飘着小雨，岳飞看着面前那五十名骑兵，心里叹了口气。他到广锐骑短短十天，这十天里想尽了一切办法，招揽军士、练兵、找马匹、修补装备、筹备粮草。但今日就要出发，士卒们的状态仍然堪忧。

边上老队长季锋将队伍集合完毕，躬身等候岳飞训话。

岳飞于细雨中，上前几步高声道："冯将军军令，踏白队前往榆次打探前敌。每人带三日口粮，三人一组，遇到敌情即以组为单位传递消息，以确保我军主力和其他友军的交流通畅。另有一支队伍去寿阳执行相同任务。这次任务是否成功，决定了我广锐骑能否及时参加太原保卫战。执行任务时，若遇到金兵主力我们避让；若遇到小规模敌人，我们歼灭之。"

所有人都面色凝重，沉默地听着。

岳飞沉声道："把写好的家书交给季锋。有问题的可以问。"

"队长，我听说金兵可厉害呢！我们这点人打得过吗？"有人在队伍里叫道。

"张用！"岳飞瞪了说话人一眼，微微吸了口气道："国家养兵千日用兵一时，贼人已经欺负到家里，难道我们任他们欺负？你在汤阴的时候，可没那么怂过！"

"这道理我懂，可是岳大哥，你也知道金兵……"

"够了！"张用还要说什么，却被季锋打断，"不用说废话，交家书。"

张用吐了吐舌头，将家书取出，放在季锋手里的箩筐内。

边上有人小声嘀咕道："还真是废话，你说那么多，还不得去吗？谁敢抗命？"

这些事情都处理好后，岳飞下令上马出发，这五十人的队伍在斜风细雨中，向西北开拔。季锋将五十封"临阵家书"交去中军，才急匆匆地赶回队伍。所谓临阵家书，其实就是遗书，但交上去的那一刻，没人真有战死的准备。

岳飞回乡守孝，一晃三年。若天下就此太平，或许他将终老于田野。然而，事情并没有那么简单。

从去年开始，平定军广锐骑就一直派人来请岳飞参军。岳飞原本准备守孝结束后回真定府，所以一直婉言谢绝，一开始更连礼物也不接受。但今年相州水灾频发，田里的收成很不好。岳飞从汴京回来后，原本小有积蓄，但大灾之年，敢战营那么多弟兄的家都需要照顾，一来二去从真定带回的银子很快用完。

而广锐军多次拜访送来钱粮，这份人情就变得实实在在。

上个月，广锐骑的冯坤冯孝兄弟亲自登门，一方面为从前和岳飞结下的梁子道歉；另一方面，冯坤认真讲述了如今和金兵作战的情势，并告知广锐骑很快就要投入到太原战场，然后诚意邀请岳飞加入。

盛情难却之下，岳飞答应加入广锐骑，冯坤将岳飞招为"效用士"。岳飞原本要和徐庆一起出发，但徐庆忽然生了一场重病，而时间不等人，岳飞只能孤身上路。

临走之前，岳飞去看望徐庆。

徐庆抱怨道："冯坤、冯孝，是出了名的烂泥扶不上墙。大哥你去那广锐骑，真能打得了仗？"

"但这半年他们广锐骑给了家里许多粮食，形势所迫，想不收都不行。"岳飞轻轻叹了口气，"拿人家的手短，至于冯家弟兄，这次见面的印象和之前不同。也许他们经历了一些事也变了？"

"这不好说。总之，我不在你边上，大哥千万要小心。"徐庆认真说道。

即便有了心理准备，岳飞刚到踏白营时，心里仍旧咯噔了一下。广锐骑的踏白营只有二十来匹马，两百名战士会骑马的士兵不超过二十人。至于士兵的铠甲，多为"纸铠"，遇到金兵的硬弓几乎无用。与岳飞的心情截然相反，踏白营的军士们发现来接任队长的是岳飞，顿时士气大增。仿佛有岳飞在，打胜仗的把握就大了许多。

岳飞去找冯坤解决问题，冯坤另拨给他二十匹战马后就避而不见。当初登门拜访时的承诺，竟然全不作数。但冯家表示，允许岳飞在营里自己想办法。

国难当头，他们却一味推托！岳飞再次想起徐庆的话，烂泥扶不上墙。他并不继续纠缠冯坤，那是乡下妇人才会做的事。作为新到广锐骑的人，岳飞挨个营地去拜访领军头目，试图给踏白营寻找出路。

踏白营的老队长季锋看在眼里，决定助岳飞一臂之力。他不仅对"踏白"的职责了然于心，更在广锐骑很有人脉，终于在队伍出发前将形势略作改善。

"踏白营本来是冯孝管的，但二公子实在没有能力。这次的任务摆明了有去无回，所以他表面看是对你极为看重，实际是要你做替死鬼罢了。"季锋骑在马上，小声说道："踏白营里四十来个吃空饷的军官，二十来个有头有脸的亲朋好友，听说这任务后全都消失了。可想而知，这场仗不好打。"

"你为何不消失？"岳飞问。

"看我胡子都白了，怎么都得有点骨气。"季锋抓着花白的胡须，笑道："我孑然一身，老卒一个。如你所说，贼人已经欺负到家里，难道我们任他们欺负？而且这里五十个人，有一半是我从其他骑兵营挖来的，我不跟着一起去，还是人吗？"

"老季，你很了不起。"岳飞道。

季锋抬手试了下雨水，低声道："雨停哩。我去前头看看。"他纵马去到队伍最前方。

实际上老季还有几句话没有说，原本他也不想参与这次任务，但因为岳飞的出现改变了主意。不论岳飞自己是否意识到，他在相州已很有名气。而岳飞的身手和言行，看在季锋眼里，生出一种久违的感觉。那是很多年前，季锋刚从军时才有的热血。就因为此，季锋决定参与此次任务。

在面对逃避的冯家弟兄时，岳飞一不骂人，二不撂挑子，而是甘心为了踏白营扛起这份重担。这样的汉子，我可不能让他轻易死掉。季锋在心里道："只是不知这场仗到底会怎么打？"

在前方开路的张用，和岳飞一样是汤阴人。他和岳飞早就相识，二人同在汤阴县的县衙当过差。张用平日里虽游手好闲，但却坚信自己能够在军旅中建功立业！和那些当兵只是为了混口饭吃的普通人不同，他听说岳飞到了广锐骑踏白营，第一时间就申请调了过来。张用和季锋都会说些女真话，在他二人的传授下，踏白营的人多少学会了几句。

走在队伍最前方，张用一如既往地给同伴讲着岳飞在汤阴的旧事：十二岁取得长兵对决第一；拜天下第一高手周侗为师；在昼锦堂斩杀贼首，连屠数十人；在征辽时，作为先锋官杀入燕京城；等等。半真半假，虚虚实实，好像说书一样。

说话间张用和同伴发现了一片残破的农舍。烧焦的屋顶和残破的墙垣，昭示着这里刚经历过战火。张用谨慎地潜入农舍间，然后微微松了口气，尽管村里发现不少百姓的尸体，但这里并没有金兵。

农舍里米缸空空如也，张用挠了挠头，转出来爬上屋顶。两边的道路都空荡荡的，天上连只鸟也没有。不对劲啊，怎么那么安静？

"张用，你们在这里躲懒吗？"忽然季锋的声音从后传来。

"我哪里敢躲懒！"张用苦笑道，"这不是刚进入榆次，打起一百二十个小心吗！老队长！"

季锋沉着脸道："你他娘，看两旁的道路，不会去前面大树？那边比这破屋顶高出不知多少！分明是在这里捡便宜。"

张用摸摸心口，苦笑道："这都被您看出来了。"他忙不迭地下了屋顶，又跑去路边的大树，那棵树一半的树皮被烧焦，树杈上树叶掉了多半。但他还没爬到树顶，树干忽然震动起来。"嗨！别开玩笑，晃什么树。这树死了一半了，经不起晃！"但他头一低，下面哪有人晃树。

这时西面扬起滚滚尘沙，季锋叫道："快看看旗帜！"

张用面色煞白地朝远端望去，先松了口气道："是我们宋军！"但他随即又惊呼道："还有金兵！金兵！"

路那头的宋军越来越近，季锋大叫道："快跟我回去告诉岳飞！"

嘭！张用一头从树上摔下，树干上居然钉着两支羽箭。"这他娘的那么远，也射得过来？"张用跌跌爬爬道。

季锋冷眼望着金兵轻骑，苦笑道："他们怎会那么快注意到这边？快走快走！"

岳飞听取季锋和张用的报告后，带领队伍在附近的高地停下。他骑马靠近战场，稍作观察，确认了季锋的报告，这里大约有两百多金兵和两百多宋军。金兵和宋兵都是步军为主，尽管人数相差不大，但宋军已成溃败状。是折家军，岳飞看清军旗上那个硕大的"折"字，西北名门折家！

岳飞回到队伍，低声道："季大哥，我们出发前准备的旗帜马上给我挂好了。你带领四十个弟兄，绕到北面的树林打起旗帜。张用你带十个兄弟，举十面军旗跟着我。"

"我们这是？"季锋看了眼战场有些犹豫。

"我们既然是硬探敌情，遇到这种规模的金兵自然要上阵。"岳飞摘下臂章，拖下偏校服，露出里面白色战袍，重新整好皮甲，俨然成了一名中级军官，"我斩杀敌军头领前，你们只需保持距离摇旗呐喊。弄出越大动静越好！此为疑兵之计！没有我的命令千万别冲锋。"

"然后呢？"季锋问。

"然后，就看那边宋军的了。只希望他们还没完全乱套。"岳飞道。

"万一，战场里的宋军没反应过来呢？"张用不死心地问了一句。

岳飞笑道："我军尽管狼狈，但金兵也有疲态。至于你说的万一，我们的运气应该没有那么差吧。来，列队掌旗！"

很快，季锋和张用把旗帜挂好。然后岳飞示意两队人马分开游走。岳飞来到破屋处，叫张用等人隐蔽起来，自己纵马到屋前微笑望天。张用也抬头看了看，却不知他到底在看什么。

"大哥，你不怕金人发现你？站那边对方看得见！"张用急道。

“我正是要他们发现。”岳飞笑道，他手握萧瑟飞舞，在破屋前的空地打着转。目光依旧不看战场，而是望着远空。

“他到底是天才还是疯子？”张用不禁在心里嘀咕。

边上有军士小声问张用：“岳队长在看什么？”

“他在看天相！果然大哥不是普通人！是战神！”张用咬牙道。

而这时，金兵显然发现了岳飞这个特殊的骑士，六骑金兵朝着破屋冲来！

岳飞忽然拉开大弓，羽箭连珠而出，连续三个金兵全被射落马下！弓箭画出奇妙的弧线，落马的居然都是靠后的金兵。这时金人的弓箭也到了近前。岳飞的大弓横扫两边，战马一步不退就将弓箭拨落。而岳飞两腿一夹着马腹，大白马就向前冲起！

岳飞和金兵同时冲锋，两边距离迅速拉近。岳飞收弓挺枪，沥泉枪若苍龙出海呼啸而出！一枪挑落最前头的什长，枪杆横扫，击落第二名金兵，第三枪直接抽在最后那名金兵的脖子上。岳飞看也不看那些金兵，直接冲入敌阵深处。

张用他们看得眼睛都直了，立即高高举起大宋军旗！有几个军士当即就想跟在岳飞身后冲锋，张用急忙将他们拉住。

金军百夫长吃惊地看着直奔而来的岳飞，他身边的军士正不断落马。那人箭无虚发！他一路北来，从没见过那么厉害的宋将。百夫长目光扫向道路两侧，发现数十杆军旗在南北两翼凭空出现，旗下尘土跌宕，不知隐藏了多少军马。

哪里来那么多宋军？百夫长一愣神间，岳飞已到了马前。百夫长纵马迎向岳飞，但他长矛刚举起，岳飞的沥泉枪就到了他心口。噗！枪透心脏！岳飞大喝一声，将百夫长挑落马下。

岳飞用女真话喊道："头领已死！"

周围那些金兵大惊失色，冲在远处的纷纷回头。而战阵另一边的宋军并未自顾逃命，也发现了金军的变故。宋军将领看到两翼的大宋军旗，顿时精神一振。他勒住战马，看了看四周，忽然调转马头，高叫道："援兵到了！弟兄们反攻啊！"

那些疲惫不堪的宋军调转过头大叫冲锋！金兵在失去头领的情况下立即后退，有几个什长此起彼伏的大吼着，勉强约束住了阵形，两军激烈胶着于一处。宋军即便士气大涨，仍旧打不过金兵。

岳飞暗自皱眉，纵马提枪穿梭于金兵之中，长枪只杀金兵的军官。他连杀四五个什长之后，金兵对其忌惮后退。

突然几支弩箭同时射来！岳飞长枪舞动，幻化出一片枪影，弩箭距离他三尺之外就被挡下。他纵马上前，冲向弓弩手，金兵如同受惊的羊群一般向后散开。金兵里有人大声呼喝，那百多金兵收缩阵形急急后退。

岳飞浓眉微皱，这些金兵如此难啃？他长枪一摆，示意两边埋伏的踏白队不可投入战斗。任由金兵退出己方视线。

"你他娘的在做什么？"宋军将领靠近岳飞，就差没把他拽下马，"这种时候，那么多埋伏不出来，眼睁睁地放虎归山！你……"但他这才看清岳飞服饰，这算是什么军服？

岳飞拱手施礼道："广锐骑踏白营偏校岳飞见过折将军。"

“你们？你？”折勇皱起眉头，小声道：“是不是没有援兵？”

“正是。”岳飞苦笑了下，将周围的“伏兵”全部叫出。

“你奶奶的，胆子可真大！”折勇脱口而出。

二、金骑

"兵力相同，对方也是两百人，你们却打输了。"完颜青虎轻挥着马鞭，"百夫长战死，剩下的人一路狂奔逃回来，韩堂，你们脸都不要了啊。"

韩堂是指挥金兵回撤的什长，他跪在地上道："宋军忽然来了大批援军，为首的武将勇武非凡，一人连挑我二十多个头目！"

"什么大批援军？如果真有大批援军，你们回得来？"完颜青虎冷笑道："一派胡言！"

"当时四面八方都是旌旗，若非我当机立断，只怕更多的弟兄要完蛋。"韩堂抱拳道："望将军明察！"

完颜青虎招了招手，边上有小校拿出晋中地图，他扫了一眼，吩咐道："锋云，熊奎，你二人各带本部人马搜寻折家残部。动手前，先确认有没有新到的敌人。"

队伍里两个威猛如狮的武将上前领命。

大宋西军四大世家，种、杨、折、姚。杨家就是大家耳熟能详的杨家将，杨令公、杨六郎的故事被说书人口口相传。相对而言，普通人对折家并不了解。其实杨家将里的老太君佘赛华，就是折家的女子，佘即为折。从唐朝末年开始，折家就是西北数得上的军阀，一直到北宋末年，两百年来可谓兵强马壮，威名赫赫。

山西不仅是杨家的根据地，也是折家的根据地，如今折家的大公子折可存，是守备太原城的河东第二将。所以一听说太原危机，折家老二折可求立即率领援军前来。广锐骑也是听从折可求的召集，才组织兵马北上的。

"但这次金兵是分两路南下，西路军打太原，东路军攻开封。汴京那边十万火急。当今圣上派人用金牌圣旨，调折可求将军去开封勤王。"折勇回想起当日金牌驾临军营的情境，心里面问候了一句童贯的祖宗。又打起精神笑道，"所以我们原本应该在晋中集结，然后奔赴太原，最后变成了主力日夜兼程向东勤王。只是这么一来，大军前后脱节，正好被金兵逮个正着。我这部人马就和主力失散了。"

"那原定计划这是无法执行了？"岳飞完全没料到会有这种事，"用兵打仗的大事，怎么可以朝令夕改？"

折勇不耐烦地瞪眼道："谁不懂这个？但咱们大宋打仗，什么时候不是这样？你去过辽国吗？那次是不是那样？你懂什么叫金牌圣旨吗？我看你别说见，连听都没听过吧？"

岳飞顿时无话可说，是啊，哪次不是朝令夕改？但金牌圣旨他是听义父周侗说过的。岳飞慢慢道："金牌是长约一尺左右的朱漆木牌，上面篆刻着"御前文字，不得入铺"八个字。是用来传递紧急旨意之物。"

"你奶奶的。你一个级别不入流的小兵竟知道这个？"折勇诧异道，"总之，那东西是不能违抗的。普通的赦书，还能说什么将在外君命有所不受。这金牌如果违抗了，那是整个军队都要受牵连。"

岳飞皱眉道："那我该怎么回复我家冯指挥？"

"折可求将军东去前，一定派了人知会你们广锐骑。只不过事发突然，正好和你错过了。"折勇包扎好伤口，松了口气道："你可以说折家军主力已不在晋中，建议他们去寿阳与杨可世将军汇合共赴太原。"

"我们建议有什么用？"一直在旁听的季锋沉声道。

折勇冷笑道："广锐骑的冯翔贪生怕死，若他第一时间整队前来，早就与我军主力汇合了。还用你们跑来跑去？但回报军情，是你们踏白的职责。"

岳飞和季锋离开折勇的地盘，回到踏白队临时驻扎的村落。他们距离先前打仗的地方只有十里地，并非不想走远一点，而是折家的人实在走不动了。

"据折勇说，榆次这边已是金兵的地盘，我们这点人不该再冒险深入。如此，我们这才第二日，就要回平定军报信了。"尽管初战告捷，岳飞却是一点也开心不起来。

"好在没什么损失。"季锋倒是很欣慰，"这全依赖岳队长的武勇，你真是神将，绝不亚于关羽张飞啊！"

这种赞誉岳飞已听得太多，他心里不知为何，总觉得有些压抑，似乎会有不好的事发生。

张用正乐滋滋地和军士们一起瓜分战利品，方才那拨大战，他们虽没正面参战，但金人的铠甲和兵器是拿了不少。张用把装备分发给同伴，手里就剩下一件羊骚味和血腥味混杂的皮甲，他拍了又拍，乐呵呵地穿上，道："那当然，我岳大哥是相州第一啊！"

岳飞忽然道："瞭望哨放出去了吗？我有点担心金兵。"

"金兵被打跑了有什么好担心的？"张用奇道。

岳飞道："方才一战，换了普通的部队一定被我们冲散了。但那些金兵败而不乱，一种可能是他们训练有素，另一种可能就是他们有主力在附近，所以并不惧怕我们。"

"所以主力在附近的可能性更大？"季锋的脸色也阴沉起来。

张用道："不用管那么多，我们赶快回平定军是真。"

岳飞命大家收拾行装。这时折勇忽然派人来叫。

"金兵主力正在靠近，我将率领队伍去寿阳。你和我一起如何？"折勇指了指地图，"金兵分两路向此地合围，你们向南走逃不过他们的骑兵。"

"和你们一起就能避过？"岳飞问。

"当然不是避过，而是合兵一处更有战斗力。"折勇耐心解释道："对方至少有五百人，我们两边加一起也不到两百，若分开走就都走不掉。寿阳那边，杨可世将军应已就位。他是我西军名将，部队也是百战之师。西军其他部队也都在朝寿阳靠拢。说不准还有我折家军的部队在那边集结，到了那里我们就能一战。"

岳飞沉默不语，事实上他无法判断哪个方案更好。因为他一不清楚金兵的战力，二不知在晋中的宋军情况。世人常说知己知彼，他对敌我却都不够了解。

"我很看重你的勇武，岳飞，若你愿跟我走，此战结束，我亲自求大帅收你入折家军，那比你在广锐骑的前途不知要好多少。"折勇认真劝说道，"其他的弟兄们若愿意跟着你，我也一并收他们到折家军。想来为了你们，冯翔也不敢和我折家翻脸。"

"我回去商量一下。"岳飞道。他当然知道对方是看中自己的勇武，踏白队那点战力，还真不在折家人的眼里。但岳飞需要为自家弟兄做出最好的打算。

"若他们全部把我们接收去折家军，那倒是可以。"张用盘算道。

"疯了你，去寿阳就要和金兵正面大战。"季锋道，"你刚才没看到吗？就算是折家军也经不起金兵打，这是九死一生啊。"

"对啊，何况我们在广锐骑是当兵吃粮。去折家军也就是当兵吃粮。能有什么差别？"一个军士道。

一个军士道："这当然是有差别的，不仅是装备和军饷大不一样。若战事开启，金兵早晚要打到平定军。就凭冯家是不可能抵挡金兵的，在折家军活下来的可能性更大。"

另有人道："冯家打不过可以逃啊，折家被皇帝的圣旨压着，他想逃都不敢逃！"

"岳大哥，你决定去怎么做？"张用问。

岳飞道："若大家都要回平定军，我自然和大家一起。但若你们都想去折家军，我就带你们去寿阳。"

话刚说到这里，忽然闷雷般的马蹄声从四面八方传来。岳飞知道这是千人规模的骑兵才能带来响动，不由大吃一惊，金人主力怎会来得那么快？

岳飞冲出屋门，提枪上马道："迅速向折家靠拢！"

踏白营众人以季锋、张用为首，也大步奔向战马。但踏白营的军士尚未靠近折家军，远处折勇的部队已被那一南一北包抄而来的金兵骑兵分割。宋军结阵未成，就被骑兵冲得七零八落。

这次来的是骑兵，金人的骑兵战力完全不同！想到这里，岳飞举枪喝止背后的踏白队，沉声道："老季，你带弟兄们向南走。东南面有一片树林，林后有水。你们借此脱身！我去救折勇！"

季锋道："就你一个人顶什么事！老天爷，这里何止几百金兵？"

"我岂能眼睁睁看他们全军覆没？你们快走！"岳飞一提缰绳，冲入乱军之中。

张用和季锋交换眼色，苦笑道："我知道老哥你想跟着去，但我们去真的只能拖后腿。"

季锋皱着眉头，带领众人向东南退去。

折勇尽管预先得知金兵来袭，但仍旧对金兵的速度判断错误。当他的人马仓促聚集，金兵已从南北两边包抄而至。所有骑兵的战马都高出普通战马半头，敌人的长矛也长出半尺。这是传说中的拐子马？折勇倒吸一口冷气，怎么会惹来这种东西！他在西军里服役多年，也曾和西夏打过硬仗。但和金兵比起来，西夏只是土鸡瓦狗。

宋兵多是步兵，结阵未成的情况下，被敌人一冲就乱。两百人片刻之间，就被骑兵冲得分崩离析，连四散奔逃的机会都没有。一身披铜甲的骑兵队长熊奎，长矛上穿着三个宋军，仍旧把长矛平稳挑起，冲向下一个目标。

折勇催动战马，冲向那身形伟岸的熊奎，但不等他靠近对方，两侧就有多骑金兵围拢过来。折勇奋力砍翻一人，自己却连中两矛，第三个金兵挥舞斩马刀，一击扫中他战马的脖子。鲜血狂喷而出，折勇落下马来。

折勇忍痛翻身站起，小腹和胸口血如泉涌。熊奎挑着数具尸体向他冲来！折勇两眼血红，咬牙拔出佩刀。

熊奎嘴角挂起残酷的笑意，折勇的佩刀被长矛挑飞，长矛顺势刺向他的胸膛。折勇脑海里闪过少年从军时那飘扬的军旗，那时的阳光和今日何其相似。

突然从村落的土路上，风驰电掣般飞来一匹白马！马上武将的大枪在夕阳下带起耀眼光芒，仿若天外飞龙！

熊奎半转过身，还没来得扭转矛头，就被一枪贯入后心。

"岳飞！"折勇跪于地上，痛苦道。

岳飞手腕一拧，将金人挑落马下，同时落入尘埃的，还有那些宋兵的尸体。

他刚要下马，就听折勇道："别管我！救救我的弟兄，能带走多少算多少！"说着他松开按住小腹的手，手掌下是血淋淋的肠子。

岳飞心里一沉，问道："我带他们去哪里？"

"去寿阳！如果能逃走，就去寿阳！"折勇眼前一片模糊，"岳飞，去寿阳！"他一头栽倒在血泊中。

岳飞深吸口气，回身挑翻两名偷袭过来的金兵，举枪长啸奔驰道："折家军向我靠拢，向我靠拢结阵！"

那些无头苍蝇般乱跑的宋军，听到岳飞的声音，立即拼命向他奔来，所有人都记得半日前，是岳飞替他们力挽狂澜。但除了少数骑兵能跟上脚步，那些步兵根本不可能躲开金骑的追杀。

"举起盾牌，伏于马鞍，跟我走！"岳飞反复冲杀，仍无法多救几人，他心里绞痛，但知道自己带不走步兵。

锋云扛着一支狼牙棒，于高坡上纵览全局。他听说对面有个极为厉害的武将，但眼前却是支不堪一击的宋军。这样的部队，何须我和熊奎两支骑兵？他轻轻打了个哈欠，从场面上看，这里的宋军不会超过两百人。但他们是怎么击败那两百人的先锋小队的？

经过多日交战，金人对宋军的战力了然于心。在状态接近的情况下，一百金兵足以击败三百宋军。

锋云摘下头盔，舒展了下身子，微笑叫道："熊奎那家伙怎么还没收拾完，给我派点兵马下去扫清残敌，活捉宋将。本想让人头的，那家伙也太耽误事了。"

但他话音未落，前方的军阵忽然发生骚动。一个铁甲宋军一马当先开路，将十余骑宋兵带出了重围。

"哎？这人是哪里冒出来的。"锋云扬起短眉，"那匹马好快！"

"先前说的勇将，就是此人。但当时他带有重兵！"韩堂上前道。

重兵？锋云目光扫视战场外围，哪有什么宋兵？

忽然，有小校上来禀告："熊奎将军战死！"

锋云面色微变，沉声道："追上去。"他挥手指挥部下，冲入前方凌乱的烟尘。熊奎那家伙居然死了？他莫名地握紧狼牙棒，那家伙可是第一批冲入大辽中京的勇士啊！

岳飞一度聚拢了五十多个宋兵向外突围，但真能跟上他的只有十余骑有战马的。而金兵的马蹄声随时最近，所有人面色凝重，紧咬牙关向东飞驰。这些宋兵平日里从未骑过那么快的速度，岳飞回望队伍后头，金兵旗帜若隐若现，时近时远。

这里头有鬼，岳飞生出不好的预感。果然，队伍后方有个骑士突然马失前蹄！那战马倒卧在地上，口吐白沫不断抽搐，骑马的宋兵被压在马肚子下，根本爬不出来。远处有金兵高速冲来，轻松就摘取了那宋军的脑袋。

这就是他们的目的，金兵知道我们的马跑不动了。岳飞目光望向远端，那边就是紫严山，山脚下的树林极为茂盛。他脑海闪过地图上紫严山的地形，立即催马朝树林跑。

十余骑宋兵跟着他加速跑入树林，就这么两百多步，又累毙了一匹战马。

岳飞单臂将那宋兵拉上马来，沉声道："入林向北，我断后！留两把弓给我，把马铃铛都挂在树杈上！"

那些士兵也不知听没听清他的话，急匆匆地就冲入树林。被他救的士兵迟疑了一下，骑他的马快速离去。

当金兵靠近东南的树林，突然两支冷箭从林野间射出，两名打头的骑兵应声落马。锋云立即叫停了队伍。岳飞藏身于树梢，用大弓远远比了一下敌将。距离有些远，而且前头有军士遮挡，那是个谨慎的家伙呀，他悄悄换了棵大树。

锋云看着茂密的树林，挥手示意小队从两路入林。

岳飞冷笑看着靠近的敌兵，于树林东面连射五箭，同时他攀着树枝，掠到另一边，同样连出五箭。这十支箭无一落空，对那小队金兵造成重创。

锋云拳头举高，发出一声呼哨，前方的骑兵脚步不停，后面紧跟着又出了十来个骑兵。

岳飞不停在树林里移动位置，每走五步射出三箭，只射最前头的金兵。箭壶里的三十支羽箭全都射出，只落空了两三箭，终于将金兵逼退。

锋云微微吸了口气，侧耳听了一下林间的动静，马铃铛的声音隐约随风吹来。他忽然想到女真的一句老话，弓箭是你的兄弟，但小心，弓箭也是敌人的兄弟。他重新回想一遍刚才的弓箭，又看看自家金兵，宋营里不可能有那么多神箭手。锋云将狼牙棒向前一指，更多骑兵蜂拥而起。

岳飞揽过第二壶弓箭，向后移动，退入树林深处。而金兵入林后，因战马不利于林间行动，也放慢了速度。岳飞并不放箭，而是始终保持五十步的距离慢慢退后。这片树林前后被一条小溪隔开，岳飞在小溪对岸埋伏下来。

金兵将树杈上挂着的马铃铛上交，锋云嘴角挂起冷笑，敌人果然并不多。"放手追捕！"他下令道。

那两百多个骑兵咆哮着冲出树林，金兵旗手一马当先。岳飞箭射旗手，最前头的几个骑兵竟主动上前，替旗手阻挡弓箭。岳飞连射三箭都被挡下，金兵反而士气大振。锋云的狼牙棒向前一指，所有的骑兵同时射向岳飞所在的位置！

岳飞纵身掠向另一边的大树，他原先所在的位置，手臂粗细的树杈被羽箭射断！岳飞滑下树干，再次后退。金人的弓箭迅速追到他退的方向。岳飞足不点地地连续几个跳跃，靠近了山林后的高坡。他选择的地形，并不适合骑兵出没，金兵不得不下马追赶。

难道是孤身断后？是否应该追他？锋云手指搔了搔眉间，心里产生犹豫，打了那么多年的仗，怎么会遇到这种事？

正犹豫的时候，岳飞掠上山坡，对着下面又射出两箭。下头的金兵按捺不住，不等锋云的命令就追了上去。

岳飞取下藏于岩石的沥泉枪，居高临下长枪扫过，攀爬上来金兵顿时被扫落好几个。但金兵人多，分从好几片山坡迂回上前。岳飞冷笑了一下，忽然撑起长枪，从这边的山坡掠向远端的树梢。人如大鸟一晃，消失于林野间。

这让好不容易爬上山坡的金兵大为愤怒，一个个指着岳飞消失的方向破口大骂。岳飞听不懂对方的女真话，但他已按事先计划，将金兵的阵形带乱，接着就是靠近敌酋了。擒贼先擒王，是唯一的生路。

但是敌军的头领在小溪边并未移动，冒险上前势必再次成为众矢之的。那个人太谨慎了，岳飞将长枪插于地上，拔出背上的湛卢剑。

"不论面对多少敌人，只要距离保持得当，就不存在人数劣势。只要做到每次只面对少量敌人，即可立于不败之地。"金兵很快再次入林搜索，湛卢剑在林野间时隐时现地收割生命，岳飞脑海中回荡的则是义父的话语："老夫曾尝试周旋于百人之间，只要地形选对了，即便对方人多势众又奈我何？一剑可当百万兵，只要你有足够的体力，理论上也是可行的。"

锋云耳边不时响起手下的惨叫声，这些叫声忽远忽近扰乱着心神，让他隐约闻到了危险的味道。锋云忽然发出呼哨，示意所有的金兵向他靠拢。他这突如其来的变阵，让岳飞猝不及防。

岳飞苦笑了下，要偷袭成功那么难？他长剑在手且战且退，试图再次退入树林。但金兵已认定他是孤身一人，分成几队组成大网围捕过来。岳飞连续刺翻五人，仍不能摆脱出合适的距离。

"是否是你说的那个人？"锋云问韩堂。

韩堂点头道："正是此人。"

锋云笑道："有勇无谋，这世上哪有什么万人敌？"

"那就让我去送他一程！"韩堂笑着走向前线。

任他刀枪如林，我只孤身一人。

岳飞背靠巨石面对三十多个金兵，湛卢的剑锋上不断淌下血水，小溪边躺满了尸体。金兵尽管人多，却也犹豫着不敢独自上前，两方陷入僵持。突然马蹄声响起，高头大马上一个极为雄壮的金兵手提斩马刀，沿着小溪踏水而来！

岳飞单手握剑，冷眼默数对方的步点，三十步、二十步、十步！他忽然向前一步，长剑迎着斩马刀立起！湛卢闪过黑亮的剑芒，划过斩马刀的刀锋！金兵原以为能一刀将岳飞挑翻，却感到手里骤然一轻。湛卢竟然一剑削去刀头，顺势划过他的马头。战马哀鸣到底，马脖子飙出澎湃的血水，将那金兵弹出两丈多远。

周围金兵骇然变色，但韩堂一声呼喝，二十来个金兵同时冲向岳飞。岳飞长剑回旋舞动，斩去十余条长矛的矛头，但更多的金兵冲上前来！岳飞脑海中闪过家中妻儿的身影，长啸出剑，天地间惊鸿一片！

突然树林间，有人大吼一声，一个黑大汉手提双锏从树顶跃下！一锏就将韩堂的脑袋砸碎！紧接着，羽箭源源不断地从林中射出，金兵顿时倒了一片。

真有伏兵？他们故意迟迟不出来麻痹我？锋云吃了一惊，大声招呼金兵们后退！这数百金兵立即四下散开退出小溪。岳飞望向北面的树林，发现不仅那些离开的折家军回来了，而且连张用、季锋等踏白军也都在牛皋的队伍里。

"老牛，你为何在此？"岳飞又惊又喜。

"许你投军，不许我老牛投军？"牛皋笑道，"老子投了姚家的军队，前来榆次支援折家军。听说你在这里逞英雄，当然马不停蹄地过来支援！如何！老子到得可及时？"

"及时及时！"岳飞笑道："以后就叫你及时牛！"

边上张用插嘴道："那不得是我带路带得好？我估摸着大哥一定会借着这片林子打金兵，没我带路鬼知道你老牛在哪里转悠呢！"

牛皋道："少说废话，跟我追击金兵！"

岳飞还来不及说什么，牛皋就带着那几十号人越过小溪，冲向南面的林子。但他们刚过小溪，对面林中就有羽箭飞蝗而出！

"我干！这是什么情况？不仅没跑？还反击了？"牛皋立即指挥军士后退。

"这不是普通的金兵，领兵的头目精通战法，御下极严。"岳飞道，"你若没有强援，不如向后撤退，那金贼胆子不大，不会冒险追击。"

牛皋皱了皱眉，犹豫地看了眼对面黑漆漆的树林，天色已晚，谁都不愿摸黑战斗。他点头道："听你的！"

岳飞望向牛皋带来的军士，忽然一怔，其中有一些军士难道是女兵？

三、埋伏

　　"熊奎死了。可惜了，他一路从北国杀到此地。"完颜青虎看着跪倒在地的锋云，低声道："你起来吧。对方既有勇将，又有伏兵。我知道你和熊奎关系甚笃，并未因为私仇让士兵冒险。紫严山之过，暂不计较。"

　　"属下回来前，探得宋兵的援军是姚家军姚平冠的部队。姚平冠是猛将姚雄的后人，据说有小姚雄之称。"锋云沉声道，"他带着两千军队几乎全是步兵，在榆次外围停留片刻后，已奔寿阳去了。"

　　"如此甚好。我们先扫荡榆次，然后前往寿阳，和银树大人一起拿下寿阳。"完颜青虎笑道，"银树大人的先锋和杨可世的铁甲铜锤周旋，正打得热火朝天呢！"

　　"不知是杨可世厉害，还是龙器厉害。"锋云慢慢道。

　　"龙器是银树大人第一爱将，你这是想看笑话是吧？"完颜青虎微笑道。

　　锋云抱拳道："银树大人的第一爱将，本该是您啊。"

　　"这种东西是最没争头的。"完颜青虎慢慢收起笑容道："那个魔头，孤身一人杀了我们多少弟兄？"

锋云低声道："不少于五十人，包括熊奎。"

"算上彭家村之战，不得杀了我们上百人？"完颜青虎目光投向远方，咬牙道："可惜不知道名字。"

锋云笑道："我命王霄带轻骑一路骚扰追击，那魔头逃不出我们的掌心！"

"王霄和你一样的脾气，果然是什么人用什么兵。"完颜青虎笑道："但他身份尊贵，你就不怕有个闪失？"

锋云道："他执意要去最前线，我什么身份，敢说不？"

折家军的残部和广锐骑踏白队，一起归附了姚家雁字营。

看旗帜是冠字营，怎么到了里头却是什么雁字营？岳飞看着兵营里的诸多女兵，忍不住道："怎么会有那么多女兵？"

牛皋道："你没有听过雁字营，那并州女军听过没？"

"这当然知道。"岳飞道。

并州女军，这是一支由女兵组成的部队，数量大约在五千人左右。女军当前的都指挥是折家女将折可绣，军队里所有中高级军官都是女人，而且都是各大世家的贵族女子。这些女将不爱红装爱武装，原本是为了仿效杨门女将而建，但实际建成后，只是军中的笑柄。因为没人相信女人真能骑马打仗，或者说，也许的确有能骑马打仗的女子，但聚拢几千女人则完全不可能。绝大多数时候，并州女军只是在节日里作为仪仗使用。与此遥相辉映的是，汴京的禁军里也有一支千人规模的女营，仅供皇家使用。

越往里走，军士的衣着就越为华丽。

牛皋道："雁字营，隶属于并州女军。指挥是姚家的三小姐姚平雁。"

"那你老牛又是怎么混进来的？"张用流着口水看着四周，当兵三个月，母猪赛貂蝉，何况这里女兵的姿色还都不错。

牛皋道："三个月前，我投了姚古大人的军队。他接到圣旨，要他带兵去汴京勤王。但又不放心在并州的女儿营。姚平雁是他的三女儿。于是姚大人要我带两百铁甲来接平雁大人去东京。我在榆次遇到姚平雁将军后，平雁将军拒绝了我的请求，由于在榆次没能与折家军汇合，她决定带兵去寿阳。我们在外打着冠字营的旗号，为的是避开金人的追堵。岳飞，你在女儿营当然不能得到重用，但我仍然要向平雁将军推荐你，那样你就能在姚家军出人头地。"

"前头折家的人也是这么说的，我岳大哥武功高，打仗机灵。走到哪里都有人要。"张用肆无忌惮地看着四周，引得周围数道凌厉的目光朝他瞪来。

为何每个人都觉得我在广锐骑没有出路？岳飞苦笑了一下，跟着牛皋进了中军帐。

军帐里，一身披铜甲，戎装华丽，体态高挑的女将负手而立。此女面容娟秀，凤目含威，一头秀发罩于虎头盔下。由于长期行军，本该吹弹得破的肌肤，呈现出健康的古铜色。这与岳飞平日见到的女子截然不同。两人目光一触，岳飞立即恭敬地低腰施礼。

牛皋简单解释了和岳飞相遇的过程，并强调了他本是相州有名的武者。姚平雁打量了一下岳飞，满身尘土和血迹的战士看上去貌不惊人。听完军报后，她简单嘉奖了几句就让他们退下。这让牛皋觉得有些不舒服，他说那么多都是为了推荐岳飞，但女将军毫无表示。

队伍休整了两个时辰，天色微亮就前往寿阳县城。由于被告知南下的主要道路都被金兵封锁，岳飞必须带着踏白队一起去寿阳。但凌晨开拔的队伍没走多远，就遇到了金国轻骑的骚扰，金兵并不靠近宋军，只是远远坠在队伍的侧后方，不时射出弓箭。而一旦宋军去追赶他，金兵立即调转马头向西。

如此来回了几次，宋军断断续续走出三十里地，陆续受了四五波攻击。

"那些金狗有完没完了，有本事就打上一仗。这么来来回回的，算什么意思？"牛皋嘟囔道，负责护卫队伍的是他的铁剑营，他们这支队伍几乎全是步兵，遇到敌人骚扰只能疲于奔命。

"这说明他们大部队没来，但又不想让我们舒服。"张用笑嘻嘻道："另一方面，显然对方还没看出这里的宋军是女兵。若真让他们知道这里有千多女兵，那还了得！"

这句话让人无从反驳，牛皋皱着眉头，瞥着对方道："你有点本事啊，之前岳飞没有告诉你会在哪里对付金兵，你居然知道去紫严山找他。"

张用道："岳大哥的性格我了解，而出发前榆次的地图我也研究过。所以能有一半的机会猜中。"

"那我们该怎么对付金兵的骚扰呢？"季锋忍不住发问。

张用道："这我说不好。我可从没带过那么多兵，不知那么多人提速行军，是个什么速度啊。岳大哥，你觉得呢？"

他的话没得到回应，岳飞骑在马上闭目养神，仿佛睡着了似的，周围不论有没有金兵骚扰他都毫无反应。

牛皋道："还真沉得住气，不愧是去过辽国的。"

张用道："你怎么给姚家介绍的？美女指挥好像都没多看岳大哥一眼。"

牛皋苦笑道："也许他们以为我说岳飞武艺高，一战杀了近百金兵是吹牛吧。但我觉得他白天在紫严山杀的够那个数。"

"一百？"边上有军士吃惊道："我的天，谁都得觉得你是吹牛。"

季锋道："问题不在这里，估计你跟他们说了岳飞只是普通士兵，而不是世家子弟。西军四大家的子弟个个眼高于顶，他们是看不上农家子弟的。"

"干。"牛皋怒道："打仗还看出身？"

张用低声道："就是，却不知王侯将相宁有种乎？"

"你胡说什么？"季锋拍了张用一巴掌，"小心你的狗头！"

"我觉得女人或许不是看大哥出身低微，而是觉得他的样子邋遢。"张用忽然笑道。

牛皋不由回头看了看岳飞，皱眉道："没觉得啊！"

张用没好气道："你又不是娘们，当然不觉得。"

他们说话间，队伍另一边又有骚动，金兵再次发动夜袭，这次的箭矢比之前几次都要密集。所有人逼不得已停住脚步，用盾牌护住身子，而岳飞依然抱着长枪闭目养神。

"我看他是真睡着了。"牛皋有些好笑道。

张用道："我们这么走走停停，多会儿能到寿阳啊。"

"慢慢挪吧。"牛皋看看骚动惊恐的士兵，又看着岳飞的沥泉枪，忽然想起了许多旧事。这就是老兵的样子吗？他又看看季锋和张用，岳飞这小子话不多，但走到哪里都有好兄弟。

雁字营一路走走停停，行军速度越来越慢。而姚平雁让牛皋去对付骚扰金兵，但人数一多对方就跑，而人数少了，则是有去无回，莫名其妙地损失了数十人。岳飞沉默地走在队伍里，他发现女营除了本身速度就慢外，似乎还带着不少货物。

"你们带了什么东西？大车小车装了那么多？"岳飞问牛皋。

牛皋小声道："神臂弩。是我们从榆次的军库运出来的。大约有三百把甲等弩，三百箱箭头。"

"你到底有没有对付金兵的办法？"岳飞笑了笑，"我看你带人来来回回多次了。"

牛皋道："难啊。根本靠近不了金兵。"

岳飞道："你有神臂弩这种宝贝，为何还要靠近金兵？"

"那东西当然好，但有多少人会用？我这里怕是二十个弩手都凑不齐。"牛皋道。

岳飞道："我观察这里弓箭手不少，怎么会二十个弩手都不够？"

"你换个正规的千人弓箭营，那自然不在话下。这里是女营，神臂弩这种光长就有三尺三的大家伙，不是人人用得动。而外行人，比如说我们这些兵，连拆装都不在行。"牛皋见岳飞笑而不语，不由瞪眼道："你有办法？"

"我恰巧用过神臂弩，只要把弩机架设对位置，操控并不难。"岳飞道："你给我凑齐十五个人，每人带三把弩，然后跟我来。装机这种事不用担心。"

牛皋挠了挠头，答应道："好！我去帮你弄来。"

牛皋用了不少时间，才弄到五十把神臂弩。但岳飞看到姚平雁居然带着三个女战士，也随同前来。岳飞并不多问，而是策马带众人前往西北面的一处山林。该山林贴着官道，距离大路约有两里。岳飞现在官道上摆放了几根树干，然后上山选了个视野好的位置，将神臂弩安在树杈间。

这时有个女战士上前看了看他架弩的位置，低声道："位置可以更高一点。"

"高了树枝细，弩机架不稳，箭发不准。"岳飞笑道。

"我们可以。"女战士指着另外两个同伴。

岳飞看着那三个英气勃勃的女兵，问道："你是？"

"姚素。我们雁字营最好的射手。"姚平雁微笑道："她一定能帮到你。"

岳飞转手将神臂弩递给姚素，他当然不会问对方是否能用得动这家伙这种蠢话。眉清目秀身材颀长的姚素接过神臂弩，笑盈盈地一转弩柄，并不在意弩机的分量。

"五十把弩，十五个人管。击发后不要装弩，立即操控另一把。"岳飞看着山坡下的道路，"我不清楚敌人何时会到，但要骑兵想从榆次方向，跟上我们雁字营。必须经过这里。我会把他们引到山坡下，诸位自由射击即可。"

"自由射击？那么容易？"牛皋道。

岳飞道："我会尽量将敌人控制在树干的区域，你们在山坡上有时间射三轮箭。三轮足够对敌骑进行杀伤。"

"若是没有杀伤呢？比如敌人太多。"姚平雁问。

岳飞道："不到两百步内，五十把弩射三轮，会对百人左右的骑兵队造成巨大杀伤。"

"如果射五轮呢？会有危险？"姚平雁问，经过一路观察，她对岳飞的印象有了极大提升。此人不仅骑术精良，对周边的地形更是非常熟悉。她从牛皋那边了解，岳飞并不是并州本地的兵，若只是从地图上了解地形，原不该做到这个程度的。

岳飞道："若是敌人数量在我们预估中，也就是和之前我们多次遇到的游骑一样，只是不超过五十人的小队。三轮强弩足以让对方全军覆没。若来的是百人队，你射五轮，也未必能全灭敌人。因为埋伏的弓箭贵在突然，敌人反应很快。不会给你五轮的余地。"

"若是百人队呢？"姚平雁问。

岳飞道："仍旧按计划行动，我会在下面放手一搏。"

你以为自己能杀多少金兵？姚平雁忍住没有问出这一句，而是追问道："那么现在的问题是敌人何时能到？"

"这就只能等了，也许半个时辰，也许两个时辰。"岳飞看了看天色，微笑道："根据平日他们出没的时间，快了。"

"如果你早些把计划告诉我。我就会想办法多给你点人。"姚平雁轻声道。

岳飞摇头道："不，对付小队人马，就要用相同规模的力量。否则，即便赢了此役，也会引来敌兵主力，那样就得不偿失。这就是我不向将军请求更多兵力的原因。"

姚平雁沉吟片刻，点头道："你去诱敌，需要什么支援？"

"飞一骑足矣。"岳飞躬身一礼，提枪上马。

姚平雁看了看牛皋，低声吩咐道："你去接应他。"

一支百二十多人的骑兵队，在树荫下歇息。远处有斥候疾驰而来，向百夫长王霄禀告宋军和本方主力的位置。

那边的队伍已连提速的力气都没有了？王霄仔细看了下地图，吩咐道："你去告诉锋云将军，宋兵疲态已露，一战可破。我王霄当为前驱。"

边上有人给斥候递上水筒，斥候在脸上擦了点水，飞马向西面奔去。

王霄又道："依旧分两队出发，保持距离，后队与前队保持三里的距离。"

金兵纷纷上马，王霄摆动长矛一马当先，他望着厚重的云层，心想也许可以再靠近一点，反正对方也没什么骑兵。总觉得那支队伍押送着什么好东西，王霄笑了笑，若是夺得什么宝物，父帅一定会很开心。

岳飞立于林荫下，仰望碧蓝的天空，脑海里莫名的出现了辽国燕京的狼烟。那一年，他去了北方，却没杀入燕京城。那一年他空有一身武艺，却随着大军向南溃退。而今战火烧到了自家的国土。他一直相信这身武艺定有用武之地，他一直相信义父对自己的期望是有道理的。但是那么多年来，他打了那么多场仗，却没有一场是经过自己谋划，能够从容布局的。

我只是这沙场上的棋子而已。

老天能否对我公平一些？

老天爷，你何时能给我一点运气？

远处有马蹄声响起，久经沙场的他听声音就能知道大约有五十多骑。这和先前的情报是一致的，对方大约有两三队骑兵，每一队是五十多骑。岳飞抓了一把树下的泥土，闻了闻泥土里的野草香，随后将军旗挂在沥泉枪上翻身上马。

大白马打了个响鼻，从容跑出树林。

金兵看到忽然出现的大宋军旗也是一愣，随后立即阵形一份，左右夹击而出！岳飞大旗舞动，连续扫落两个金兵，调转马头奔向北面的山岭。金兵打起呼哨紧追其后。

岳飞控着缰绳，战马始终距离敌骑三十到五十步。背后不断有箭矢飞来，他总能在间不容发时闪过。

很快金兵就接近了宋军的埋伏点。

姚平雁自语道："骑术很好。此人此前默默无闻，我大宋果然藏龙卧虎。"

季锋道："岳飞在相州大大的有名，在刘韐大人麾下时，曾经在开封府枪挑小梁王。"

"那倒是我孤陋寡闻了。"姚平雁眼中闪过惊喜，随后看着山坡下的金兵，目光慢慢凝成寒冰。

岳飞来到他先前放倒树木的位置，举手挥舞大旗。猩红的大旗随风一展，急风暴雨般的弩箭立即飞向追赶他的金兵。

由于距离很近，神臂弩那极强的穿透力被发挥到极致，金兵不仅是被射落马下，更是被弩箭钉在地上。眼看三轮弩箭射完，陷入包围圈的五十骑金兵全部落马。岳飞沉着脸，游走在尸体间，遇到还有气息的就补上一枪。

三轮击发的时间并不长，姚平雁却已满手是汗，待到视野里的金兵全都倒下，她才长出口气。有失了主人的战马跑到树林里，几个宋兵欢天喜地去牵战马。突然道路上又有马蹄声响起。

岳飞面色微变，这的确是金兵的马蹄，而且数量多于方才那支。"重新准备！"他大喊道。

姚平雁也看到了远端的尘埃，同时喝道："都回来！还有金兵！速速准备神臂弩！"

岳飞面色阴沉，他想到对方有两三支队伍，但没料到两队距离如此之近。他单臂一摇，红旗半卷策马迎上。

王霄得知前队遭遇宋兵后，立即带兵紧追而至。他明知前方可能有埋伏，却无法对那五十多骑手足坐视不管。但他更没想到的是，片刻之间前队尽没。道路前方一个白袍铜甲的武士，高举一面红色军旗向己方冲来。

是他，王霄心里一紧，他参与了紫严山之役，当然认得岳飞这个魔头。他身边那些金兵，也都认得岳飞，每个人都心里一沉。

"放箭！"王霄大吼。

岳飞距离金兵不到百步，女真的狼牙箭扑面而来！岳飞一抖手腕，大旗如一团燃烧的烈焰熊熊展开，诸多羽箭被他一旗扫飞！

五十步！金兵第二轮箭矢飞来，岳飞大旗护住马头，双腿一夹马腹，战马飞掠冲起！

三十步！金兵挺长矛左右夹击，阵形一左一右扇面般展开！沥泉枪带动军旗横扫千军，岳飞一击扫落三个金兵，仍旧去势不减！

王霄攥紧长矛高速冲来，一左一右两个骑兵各举刀斧斩向岳飞的战马。其他金兵绕着战场飞奔，围着岳飞形成一个包围圈。

岳飞大枪一横，拨开王霄长矛。王霄手腕一振，兵器险些脱手！枪尖直奔他的心口。王霄本该后退，但他突然发狠，一把抓向红旗。岳飞冷笑着，顺手一推，任由对方抓住枪杆，然后加力一摇，将王霄从马上提起。他大喝一声，把王霄左右晃动，砸向两边的骑兵。

金兵们躲闪不及，和百夫长撞在一处。王霄跌落地面，摔得满头是血。

岳飞冷笑着，挺枪刺向王霄，但周围的金兵奋不顾身地冲上来保护头领。岳飞连续刺翻几人，却因此陷入重围，这和林间游斗不同，不可避免地会同时面对多个金兵。他眼睛余光望向远处的树林，仍旧要把敌人引到那边才行。

忽然敌军的侧后方一片哗然，牛皋骑着大黑马，手提双铁铜冲入敌阵！金兵不知来了多少敌人，阵脚松动露出一个裂口。岳飞长啸一声，和牛皋汇合，两人并肩冲出重围！

金兵尾随其后，再次来到山林之前。靠近方才战场时，王霄看清那满地的箭矢，立即高喊道："有埋伏，后撤！"

那些金兵急匆匆地调转马头，突然在侧方的树林里弓弩声响！神臂弩特有的击发声，震动所有人的心弦。这次射箭的位置比之前更近更好，金兵转眼倒下一半。

姚平雁为接应岳飞，向前调整了埋伏区，把稍纵即逝的战机抓个正着。她毫不停歇地命令手下扣动弩机，第二排弩箭蓬勃发射。

王霄肩头和后背中了两支弩箭，他拼命策马冲出了伏击圈。但岳飞驾战马，以风卷残云之势急速靠近。马头贴上对方马尾，岳飞单手扣向对方后背，准备活捉王霄。

突然，不知从哪里跑出一个黑袍骑士连珠射出三箭，箭箭奔向岳飞面门！

岳飞在马上一个铁板桥，匆忙让过弓箭，面颊上扫过一道箭痕。王霄和他的距离瞬间拉远，而那黑袍骑士手持双刀，横在王霄和岳飞中间。岳飞提枪便刺！二人刀枪并举，几个照面换了三十余招。

黑袍人的双刀，一长一短，一宽一窄，每一刀都走出极为怪异的路线。近身搏斗中，大宋军旗被刀锋划破数处。

黑袍骑士突然卖个破绽向后退出，傲然道："你枪法不错。今日匆忙，我们来日再战！"

岳飞注视着对方那双丑陋阴冷的三角眼，冷笑道："哪里逃！"策动战马继续进逼。

但那黑袍人哈哈一笑，赤色战马突然起速，远远将岳飞甩在身后。

四、女营

一战消灭百多金国骑兵，在并州战场上是少有的胜利。更难能可贵的，是己方无一减员，并夺得三十多匹战马。

雁字营提速前进，天黑时分距离寿阳只剩两个时辰的路。

"所以我们应该连夜赶路？"姚平雁问道。

岳飞道："伏击没能全灭敌人，战报会比平时早半日送到金人主力手中。若我们止步休息，最晚在丑时，金兵快马就能赶上我们。"

姚平雁美目流转，笑道："那我们就连夜行军，周围的警戒就交给你和牛皋了。"

岳飞抱拳道："定不辱命。"

"大战出英雄，岳飞这是你的机会。"姚平雁微笑道，"我希望你给雁字营出点主意。姚素，你带他了解一下队伍。"

身材高挑的姚素，身高和岳飞相仿，她笑盈盈地带岳飞来到中军，轻声道："我知道，你看不上女营的实力。但我们并非一无是处。"

岳飞抱拳道："岂敢，岂敢！"

"总之，我带你转一圈。"姚素骑着一匹枣红马在前带路，战马上挂着一柄一丈二尺长的大刀，三尺长的刀锋，刀锷上有盘桓有五只金色的火凤。"女营分前中后三队，三队都以步军为主，主要是弓步。马军只有中军的两百骑，虽然今天我们多了三十多匹马，但并没有大变化。"

岳飞行走在女营的队伍，空气里弥漫着一种另类的香味，连夜风都变得温柔起来。

姚素继续道："前队是姚芸为队长，后队对楼湘为队长。中军的队长由大人亲领，而我是大刀营的队长。"

"大刀营？"岳飞重新看了看对方的大刀，他很好奇刀有多重。

姚素很配合地将刀递给岳飞，岳飞掂了掂还给对方。

"如何？"姚素问。

"有些分量。"岳飞赞道。

但这样的评价显然让姚素不满意，她点了点岳飞的沥泉枪想要试试。岳飞却完全不领会她的意思，继续问道："我听说女军有大刀营，据说是女军最精锐的战士才能入选。没想到雁字营会有。"

"跟我来。"姚素带着岳飞来到大刀营，这里的女军个头明显高出其他兵营半头。个个都是身形高挑彪悍，但和禁军里的铁甲大刀不同，女刀们穿的都是轻甲。那些女兵看到岳飞，纷纷投来好奇的目光，因为她们都听说了队伍里来了个堪称万人敌的战士。

姚素认真道:"这里有两百人,是并州最好的女军。不,我相信即便是和并州的其他精锐比,我们也不输于人。所以如果有硬仗要打,我希望你能信任她们。"

岳飞默然点头,他脑海里浮现出女兵和金兵混战的场景,在心里叹了口气。不论如何,女人不该出现在战场上。

岳飞离开中军队伍,牛皋在外围等候他。

老牛猥琐地笑道:"姚将军很少这么重视一个外人,她这是对你青眼有加啊。"

"想什么呢?"岳飞给了他一拳,正中对方的伤口。

牛皋痛得一咧嘴:"轻点行不?俺又没说啥。"

岳飞低声道:"接下来要连夜行军,但我担心即便这样,金兵仍能追上来。"

牛皋道:"张用他们出去打探过,十里内没有金兵啊。"

岳飞摇头道:"但白天的伏击漏了人,金兵的速度我还把握不好。万一真追上来,我们该怎么办?"

"别纠结漏人了。那么多金兵,谁能保证一个不少?"牛皋安慰道。

岳飞抬头望着夜空,稀薄的云层遮住了星星,他纵马离开大路眺望己方的军队,周围安静得不合常理,心中的不安越发蔓延。

"对方随意设伏就吃掉了所有兄弟,王霄,我以为你很谨慎。"完颜青虎面沉似水。

"紫严山恶魔再次出现,那家伙神出鬼没,而且带有大量伏兵。"王霄包扎好伤口,仍旧惊魂未定。

“大量伏兵，对方一共一千多人，都在那等着你？”完颜青虎怒道。

“对方埋伏位置选得很好，人数的确不少，而我们的军士的确有些冒进。”救了王霄的黑袍人打圆场道：“另外就是对方动用了神臂弩，那家伙很克骑兵。”

“狼月。我派人去看了现场，敌军不会超过五十人。”锋云轻声道：“我知道你要为少帅开脱，但军情还是说准确了好。”

被叫做狼月的黑袍人淡淡一笑，“大帅让我跟着少爷，你想要我怎么说？”

完颜青虎敲了敲地图，沉声道：“损失一百骑兵，这事不能忍。他们距离寿阳还有多少路？”

锋云道：“天亮时分可到寿阳县城。我们可以在半路的杨家集赶上他们。”

完颜青虎看着地图，摇头道：“不，我们在寿阳城外五里处拦截。锋云你带五百人骑兵在前，我领大队人马与银树大人会师。王霄你失去了部下，就做传令兵吧。你去告知银树大人，我们在寿阳城外的白马河等待宋兵。我们先阻而不攻，若杨可世出城救援，银树大人即可趁势攻下寿阳城。”

王霄抱拳道：“得令。”

锋云道：“若杨可世不出来呢？”

完颜青虎笑道：“这支一千人的队伍带有辎重，虽然不知带的是什么，但他们在如此危机的时候，还不抛下辎重，那一定有其价值。而军中有紫严山恶魔这样的高手，更说明这支队伍不简单。"

狼月道："对方阵中那个猛将，你如何应对？"

完颜青虎道："他再能打，打得过几百人？"

狼月道："不如我留下，助你一臂之力。"

完颜青虎笑道："谁能拒绝明玉大人的高徒？这当然好！但你优先保护王霄的安全。"

"主要是那人让我手痒，不过来日方长。"狼月淡淡一笑，脑海里浮现出沥泉枪的枪影，一路南来对手难求啊。

子时三刻的时候，雁字营终于靠近了寿阳城。姚平雁下令，不论遇到什么情况都不得停下脚步，女兵们脚步加速。

"金兵，金兵！大队的金兵！"张用急匆匆地在前方大叫。

终于来了。岳飞策马向前，迎上张用。

张用焦急道："好多金兵，千人以上！全是骑兵！大哥，我们怎么办！"

岳飞沉默看着四周，张用是他派出去的探子，而另一边，他还派了季锋去后方，原本应该是季锋先报告有敌军才对。牛皋迅速通知女营的头目，姚平雁和各军头目一起来到前方。

女将焦虑皱眉道："我们加速突破过去如何？"

"差不多是自投罗网。"岳飞指着远处道："他们至少早我们半个时辰到达战场，阵形已经摆好。"

牛皋道："若被困住就是全军覆没，我们总不见的后退。"

"不能后退！"在后方打探的季锋急匆匆跑来道，"后方也发现金兵，至少有五百人。"

"若我方调头，必定两面夹击。"姚平雁嘴角挂起苦涩的笑容。

"这里有问题。"岳飞拿过季锋的地图，仔细看着敌军所在的位置。

姚平雁道："当然有问题！金兵怎会比我们快那么多？"

"不是这个问题。"岳飞道："金人的骑兵一贯来去如风，我们先前消灭了一个金人的百人队。对方骑兵主力得知消息，连夜兼程追赶上来，几乎是一定会发生的事。问题是他们若能早我们半个时辰，甚至在更早的时间抵达此地。为何不在前方更适合的地方对我们发动突袭？"

"前方更适合突袭的位置？"姚平雁思索道："的确，这里他们后方是白马河。尽管这里的河水不深，且有多处浅滩可以渡河。但他们仍然算是背水一战。"

岳飞道："所以他们的目的不只是我雁字营。"

牛皋道："他们的目的难道是寿阳城？"

姚平雁想了想，低声道："他们是等杨可世大人，若是杨大人出兵支援我们，金兵则趁机攻击寿阳城。"

"金兵一定有主力在寿阳城。"岳飞问牛皋道："可知人数？"

牛皋道："这我哪里知道？但之前我大宋军队里，折家、姚家、杨家的人马都有进驻寿阳。若金军人少，这里还容得他们恶狗拦路？"

"金兵是很会打仗的。否则也不能只用几年就灭了辽国。"岳飞沉声道："辽兵并不弱。"

"你去过辽国？"姚平雁眼中再次闪过一丝诧异，以岳飞的身手去过辽国怎么可能还是个小兵？但岳飞并不作声，她只能道："岳飞，你认为该如何？"

岳飞道："不论对方是否真实目的是引我大宋军队出城。他们都会在半个时辰内，对我们发动一轮攻击。这轮攻击尽管是佯攻，但强度绝不会低。对金兵来说，他们一要把我们打残；二要告诉城内的人，我们在外岌岌可危急需救援。所以我们必须要熬过第一轮攻击，另外我必须和城内军队取得联络。"

"要突破金军封锁入城，岳飞你本是最合适的人选，但我需要你留在这里。毕竟城外才是恶战。"姚平雁望向牛皋，沉声道："牛皋，你之前去过寿阳城，道路熟悉。我要你去城内联络杨可世大人，一切由杨大人定夺。我哥姚平冠就在城里，他会确认你的身份。"

牛皋抱拳道："定不辱命！"

"不行，牛皋不能去，这里需要他。"岳飞摇头道，"而且我的话还没说完。"

"你到底什么意思？"姚平雁皱眉道。

岳飞道："我们兵不多，但这第一战的主动权，却在我们手里。"

"何以见得？"牛皋完全不明白岳飞的意思。

岳飞道："白马河的金兵认为我们一定会要突破他们的防线，所以他们当前考虑的是，如何挡住我们的突破。又或者，我们不主动进攻，他们就来打我们。"

"我们难道还有别的选择？"姚平雁问。

岳飞道："有的。我们立即掉头去打背后那五百金兵，他们和我们一样多是步兵。从地形看，白马河是一条蜿蜒的长蛇，金军骑兵目前在尾巴的位置，而那些步兵在蛇头七寸处。在那边有一处浅滩，适合骑兵偷偷摸过去。我们派人雷霆一击获胜把握超过六成。"

牛皋诧异道："你怎会知道的那么清楚？"

"很多年前，我跟着义父来过寿阳。"岳飞心中再次浮现出那个白袍清扬的老人。

"并州是我大宋西军的根据地，而寿阳是他的粮仓。有朝一日并州危急，寿阳定是必争之地。"周侗看着白马河清澈的流水，若有所思道："只是不知那时敌人是谁。"

小岳飞傻乎乎地看着义父，完全不知该怎么接话茬。

义父，并州已危如累卵，而孩儿就在此地。岳飞深吸口气道："我们派少量骑兵突袭对方，白马河的金兵不会马上知道。等他们知道了，我们这边在营垒后坚守，相信也不是那么容易被击垮的。所以我说你不能去做传信兵，你老牛必须留在这里帮姚将军防守。"

"这两边都不好打。金兵单兵战力强于宋兵。我们哪怕三打一，也难说能很快消灭敌人。一旦耽搁，就是腹背受敌。"姚素摇头道："而且，我们怎么才能阻击金人的骑兵？对方骑兵有千人规模，我们留多少人才能阻击他们？"

岳飞道："我们打时间差，突袭金人步兵由我带队，我只要一百骑兵。而坚守营地的事交给诸位。"

"我们共有两百骑兵，不如你全部带去。"姚素道。

"不，我只要精锐。不用太多人。"岳飞道。

"可是……"姚素还要争论。

"没有可是！"岳飞对姚平雁道："将军应该知道，此举尽管冒险，却是唯一能将战局转为主动的打法。金人的后军和前军之间隔着我们，他们之间的消息肯定不会很通畅，反应一定会慢一些。"

姚平雁道："即便我们消灭了背后的敌人，然后扛住了第一轮敌骑的进攻。然后呢？即便战局根据你的打法发生了变化，但我们仍旧无法突破去城里。"

"战局一旦脱离对方掌握。金人就会发生变化。只要不被他们牵着鼻子走，杨可世将军就有机会。"岳飞笑了笑道，"剩下的，我们要期待的是寿阳城内的宋军有多能干。我提议派张用去寿阳城。"

姚素能看出岳飞眼中的冷笑，这家伙是看不起西军吗？他难道认为杨可世大人打仗不行？"你的计划太危险，我想来想去都没明白，哪有六成胜算？"

岳飞微微昂起头道："因为由岳飞带队，换作别人自然没胜算。"

姚平雁望向角落里的张用，那大个子立即抱拳道："包在我身上！"

姚平雁重新望向岳飞道："你既然胸有成竹，那就照你说的做。"

"大人。"姚素沉声道:"万一有失!"

姚平雁露出一个淡漠而骄傲的笑容,慢慢道:"主动出击战死,和被金兵闷杀。我当然是选择前者。何况,正如岳飞所说,因为是他带队,所以我有信心!"说到这里,她那双美目深深望着岳飞道:"岳飞,我相信你。"

"谢将军!"岳飞心中一暖,抱拳道:"请诸位一定要坚持到我回来!"

姚平雁目送岳飞的一百骑兵离开,姚素在她耳边小声道:"将军,我知岳飞十分勇武,但这个方略实在冒险。"

"你有更好的办法吗?"姚平雁笑了笑道:"另外我觉得他像个人,很像我们家老将军啊。"

"你这么一说。是有一点。"姚素轻轻道:"我担心的是,即便奇袭成功,等他回兵这边,大错已成,于事无补。"

姚平雁道:"生死有命,只能搏一搏。"

这时牛皋过来道:"将军你布置的壕沟我已挖好,我军营垒还要大半个时辰才能初具规模,希望金兵不会太快攻击。"

姚平雁指着附近的两块高地,低声道:"在高坡上布置八卦形箭塔,把神臂弩都架起来,金人再凶狠,我也要断他一臂。这里的地形虽不险要,但要遏制骑兵只能居高而守。姚素,你带着大刀队做第一预备队,哪边吃紧支援哪里。"

姚素道:"我料敌人对我军并不重视,第一轮攻击必是正面突破。但敌骑的惯用战术是分两支骑兵队踏营,即便是正面防

281

御，我军也要分两阵。"

牛皋道："我可以领一队人护卫将军，人手少一点也没问题。"

"老牛，我自然有重用你的地方。"姚平雁微笑道："先前我让你挖的那条壕沟，你带一百军士在里头埋伏。壕沟铺上干草，敌军来时你放过第一拨敌人。等到战斗开始再突然杀出。"

"好主意！你真是女诸葛。"牛皋赞道。

"不用拍马屁。"姚平雁道，"这一战法，如同将你丢入狼群。敌人一旦看到你们的攻击，必定回身反扑。而金兵主力也会提前启动第二波人马来对付你们。"

"我会坚守到底！"牛皋抱拳道："千军万马，我一意孤行！"

"什么一意孤行？你念过书吗？"姚素嗔道。

"一旦敌军第二批骑兵前来，你必须在他们之前跑到那边的斜坡。"姚平雁指了指远端一个简易的壁垒，"你人手不多，但要和我主营形成掎角之势。这样我们就能坚持地方两到三轮的攻击。"

姚素道："那再之后呢？"

姚平雁摘下头盔，晨风将乌黑柔和的长发轻轻吹起，她笑道："接着就是等岳飞、等杨可世大人、等我哥哥，听天由命了。"

姚素和牛皋一起点了点头。

姚平雁戴起头盔，吩咐道："传我军令，告诫各部。女营只可战死，不可被俘。并州女军决不做俘虏！"

"遵令！"姚素脸上同样写满决绝。

五、白马河

完颜青虎带着几个得力手下远观对面的宋军，对方既没有仓皇后撤，也没有孤注一掷向己方冲来，而是在努力修建营垒。对面的敌将到底在想什么？

锋云笑道："也许宋兵是既担心后撤被我们包围，又觉得冲过来也打不过。所以才出此下策，等待城里的兵马。要我看，他们修营房和坐以待毙并无区别。"

"带兵的会那么蠢？"完颜青虎问道。

"我们这一路打来，宋军将领蠢的可不少。"薛武插嘴道，此人是青虎的冲锋队长，手持一对铜锤，身高过丈威猛无比。

真是如此吗？完颜青虎沿着宋兵的防线转了一圈，忽然问锋云道："若换做你，你会怎么做？"

锋云挠头道："冲过来，正中我们下怀。逃离寿阳，则会被包围全歼。除非确定城里主力必会救援，坚守也是死路一条。"

"分析有什么用，凭直觉你会怎么做？"完颜青虎问。

锋云笑道："我会带兵全力突破，我若不做出垂死挣扎的态势，城里的人又怎么会下决心救我？"

"但他们并没有这么做。"完颜青虎忽然勒住缰绳道,"我们忽略了一件事。"

"何事?"锋云和薛武一同问道。

完颜青虎道:"先前那一百骑兵中了埋伏。宋军带兵的将领是个敢于冒险,极为自信的人。他绝不会坐以待毙。所以此时他一定在密谋什么!"

"他能做什么呢?属下观察下来,对面的军队没有减少。显然并无分兵!"薛武瓮声瓮气地说道。

"不论他们在策划什么,我们的攻击不能再等。"完颜青虎点了点锋云,"你带队伍组织第一拨攻击,尽管是佯攻,但强度要大。"他又指了下薛武,"你紧随其后做第二波攻击,务必突破对方正面防御。"

"你就放心吧!"薛武大笑道。

"派人去各营看看情况。"完颜青虎布置好了,仍旧觉得有些不安,再次吩咐道:"连心善儿将军,你跟他们一起去。"

他们边上有个一直保持沉默的金将抱拳点了点头,此人身材魁梧,面容英俊,满头扎着小辫,也就十八九岁的样子。

岳飞带着他精选的八十一骑战士,不久就接近了白马河的上游。岳飞下令原地休整,等待探路的季锋。他当兵前幻想过独当一面带兵冲锋的样子,"要么赢,要么战死",这不过是没经历过战火的少年呓语罢了。要赢,更要让部下活着!这才是为将之道。兵者,生死存亡之地。

不多时,早一步在前查探的季锋,沉着脸回来到禀告:"五里外就是金人的营地，他们正整装出发，我们很快就会迎面遇上。岳飞，你想在他们清晨早炊时攻击的计划落空了。"

"我何曾想过要在他们早炊时进攻了？"岳飞笑道。

季锋奇道："那你是？"

岳飞道："女真是马背上的民族，他们的优秀战士优先选择加入骑兵。只有二等兵才会做步兵。敌军连夜赶赴战场，步行并非他们的长处，清晨不得休整就要继续行军。铁打的人都会显出疲态，何况他们还要背着兵器辎重。此时正是我们攻击的好机会。"

"话虽如此，但金人勇猛，而且人数远多过我们。"季锋沉声道。

"打仗本就没有万无一失，但我料定对方未做防备，一战可下！"岳飞笑道："你们距离我百步的距离，待我冲破敌人军阵后，高举军旗由北面的浅滩全力冲锋。"

"北面的确有能让骑兵通过的浅滩，但地图上并没有标示，你怎么知道的？"季锋皱眉道："另外，我们距离你远了些吧？"

"因为我从前勘查过附近的地形，所以才特意让老哥你去确认。"岳飞整理了一下甲胄，笑道："我们兵力不足，必须保持这个安全距离。万一错估了敌人，刚一靠近就被金兵斩杀，你们也可全身而退。"

"快点吐口水！"季锋没好气道，"大吉大利，大吉大利。有谁打仗前这么说话的？"

岳飞笑着拍了拍季锋的胳膊，将军旗卷在沥泉枪上纵马上到高处，对军士们道："冲锋是为了胜利！看我军旗所指！定能扭转乾坤！"说完他一马当先冲向前方！

那些军士吃惊地看着他的背影，纷纷握紧武器翻身上马，眼中绽放出前所未有的激动。

季锋站在人群间，深深舒了口气。他刚才问的问题，都是替那些不敢说话的军士问的。如今看来，岳飞已牢牢控制住这些军士的情绪，自古以来能身先士卒的将领谁不崇拜？季锋握紧长刀，命令军士紧紧跟上。

金兵的阵列并不十分整齐，如岳飞所说，连夜行军对谁都是不小的负担。走在最前方的金兵忽然听到有马蹄声迎面而来，他们先是不以为意，认为可能是自家的传令兵。但当岳飞靠近到快百来步时，他们忽然看清了对方的服饰，不禁立即握紧武器。几乎同时，几支羽箭呼啸破空而至。

前列的军士吓了一跳，纷纷半蹲举起盾牌。但那羽箭在他们头顶两尺处飞过，金兵长出口气，扭头看有没有人倒霉，却见前阵的百夫长已被弓箭贯穿咽喉。金兵们发出一片惊呼，而再向前看，那宋将已至近前，长枪带动大旗，仿佛翻转的红龙横扫大地。而在金兵左前方并不远的位置，数十面军旗浩荡展开，大批骑兵踏着水花猛冲而至。

天！这得多少宋军？前排的金兵顿时大乱。岳飞纵马冲入军阵，仿佛虎入狼群，他的目光在敌军里不停搜索，最终将那个身着青袍铜甲，肩挂狐狸尾的金将牢牢锁定……

锋云仔细观察着前方战场，对方扛住第一轮攻击，他并不意外。但他觉得奇怪的是，宋军阵中似乎缺少了什么。那个猛将在哪里？宋军里的确有几个能打的战士，尤其是那批埋伏于战壕，在激战开始后突然里冲出的军士。但都不是那个人，若是紫严山恶魔在战场，本该很显眼才是。

这时，有金兵提着一个宋兵丢到锋云马前，一旦大战先抓活口问话，是锋云一贯的安排。

"这？居然是女人。"锋云看着俘虏怔道。

金兵大笑道："的确是女人，有胸有腔！"

锋云诧异地看了眼远处，才低头用汉语问道："你们真是冠字营？你是谁的女人？"

俘虏低着头并不说话。

锋云恶狠狠道："你以为不说话就可以了？信不信我马上叫人轮了你？女人也敢上战场！"

俘虏眼中闪过惊恐之色，张了张嘴，哆哆嗦嗦说不出话。

"只要你回答我的问题，我就放你回去。说话一定算数。"锋云见对方面色略微和缓，沉声道："你们头领叫什么？你们到底是什么队伍？"

"统……统制名叫姚平雁，我们是雁……雁字营。"女战俘结结巴巴道。

锋云挠了挠头，他听过并州女营的传说，但从没想过真能遇到。他眼中闪过惊喜，继续问道："你们那有个厉害的猛将，叫什么名字？他为何在女营？"

女俘虏道："叫岳飞，是……是路过的武将。"

岳飞？锋云道：“他是否仍在阵中？”

“不……不知道。可能……还在。”女俘虏回答。

锋云皱起鼻子，吸了口气，环顾左右道：“前头有很多女人啊。弟兄们，全力冲锋！谁抢到了，就归谁！”

顿时所有的金兵都如打了鸡血一般，发出充满兽性的咆哮声。周围的金军急速调动，薛武兴高采烈地提锤上马，亲自指挥展开第二轮攻击。

望着潮水般涌来的金兵，姚平雁纠结地抓紧甲片，先前岳飞说金兵可能会佯攻，之前的攻击力度虽大，但也基本证实了岳飞的说法。但这拨攻击又是怎么回事？对方出动的兵力明显增多，而且气势上也完全不同。己方的营垒瞬间被突破三重，若非为犄角之势的牛皋多次冲下山坡，金兵怕已冲入中营。

姚素飞奔过来道：“敌军不只是杀敌，还抓人。”

姚平雁心中一阵苦寒，金狗知道这是女营了。

“请准许末将带大刀队出战。”姚素请命。

“你等神臂弩射过两轮，再带队杀出！”姚平雁吩咐道，“千万小心。”

“定斩敌首！”姚素抱拳领命。

姚平雁高声喝道：“给我架弩开弓！全队平射，目标中营大门。”

女营的弩手同时转动弩机扣住机簧。那些第一批冲到中营的金兵，被突如其来的弩箭射翻一片，十来个金兵被弩箭压得抬不起头。

薛武冷笑着纵马跃起，大锤砸向中营的围栏。由于时间仓促，所谓的围栏只是由货车的木板捆绑搭建，他只一锤就将那些木板摧垮。而第二波弩箭如风而来！薛武大锤翻飞，一马当先冲到最前头的箭塔，两锤将箭塔的底座砸碎，箭塔上的三个射手仓皇坠落，更多的金兵蜂拥杀入。

这时，姚素带着那身形高挑彪悍，身着轻甲的大刀队加入战场，雪亮刀锋，迎风霍霍！薛武一锤架开三把大刀，另外三把大刀就呼啸劈来，他双锤连续格挡，尽管所有的大刀都被挡开，但因为刀长锤短，他只能招架而无法攻击，只得一步步后退。他尚且如此，其他金兵更是留下满地的尸体。

大刀营一路追出中营，薛武看着轻甲长刀后的女兵，打了个呼哨，大笑道："宋营的女人如此彪悍，过瘾！一定要多抓几个！"

姚素冷笑，一丈二尺长的大刀凌空劈下！

薛武单手握锤，举火烧天式迎向大刀。哨啷！薛武微微皱眉，这一锤没有将对方大刀击飞，让他非常意外。而姚素尽管手臂发麻，但迅速抽刀换位，平削对方锤柄。叮！薛武的右锤被一刀削断。大刀一翻，直取薛武人头。薛武大惊双腿一顶马肚子，战马自动向后退，堪堪躲过这一刀。薛武挥锤大吼着砸向姚素。

姚素突然刀杆一立，人随着大刀旋转，刀锋横扫正切在马肚子上。薛武翻身落马，被压在马身体下头。姚素瞪着美目，一刀斩落！她顺手将薛武的人头插在营门前的长矛上。金色的朝阳照在她的甲胄上，一身战袍泛起金光。

女营顿时士气大增，军士们从各个营垒里大叫冲出，再次将金兵赶下山坡。

薛武怎么回事？锋云看到金兵混乱后撤，不由皱起眉头。

"报！薛武将军阵亡！"前方小校仓皇禀告。

"是谁杀了他？那人可是白袍铁甲，用一杆长枪？"锋云喝问。

"不，杀薛武将军的是宋营的刀手。"小校回答。

锋云显出难以置信的表情，拍了拍战马，对周围军士下令道："全军随我攻击，不用管西面小寨，直取宋军中营。"战况如此激烈，而紫严山恶魔却依然不见踪影，这让他心里有很不好的预感，必须逼他出来！

"居然死在女人手上，这他娘的算怎么回事？"锋云开始头疼如何向青虎大人交代了。

雁字营的士兵一面清理壕沟，一面尚哭泣着收拾同伴的尸骨，但远处又传来了金兵的马蹄声。

"长枪手跟我来！护住我军正面，绝对不让敌军踏破正面防线。"姚平雁拔起长枪，大步走出中营。两百长枪手，面色凝重地围绕在她左右，平时使用的丈二长枪，加上蜡杆达到一丈八尺。眼看着金兵铁骑逼近，无人选择逃跑。

锋云坐于战马上，冷笑道："硬撼？你以为我大金骑兵是如何纵横天下的？"他马鞭左右一挥，骑兵一左一右分开包抄。虽然个别战马落入了壕沟，但因为之前已攻击过两次，大多数壕沟的位置都很清楚，所以他们轻松绕过障碍，冲向宋军两翼。

　　姚平雁当然知道对方战法，她选在在坡下御敌，就是为了依靠坡度，避开敌军锋芒。她长剑一指，枪兵的防线化作一道圆弧，目光冷冷望着越来越近的铁蹄。"听我命令！弓弩手！放箭！"她大声吼道："长枪兵，稳住！听我命令！稳住！"

　　马蹄隆隆，金兵举起铁矛长刀，距离只有十步！

　　"杀！"姚平雁大吼！所有枪兵的长枪奋力刺出！

　　嘭！血光迸射，战马长嘶！金兵接二连三的落马，但更多的骑兵冲到近前。

　　"大刀队！突击！"姚平雁大喊道。

　　姚素提着五凤朝阳刀冲出战阵，那两百大刀手以玉石俱焚的气势冲向敌人。但这次来的是锋云的主力部队，与先前两拨进攻的力量完全不同。女营与金兵一经接触，就节节败退。两百大刀手，顷刻损失过半。姚平雁她们且战且退，不知不觉已退到中营之前。

　　一个手提长刀的金将拦住姚素，两人连换数刀。金将的长刀被姚素斩断，边上立即有金兵又抛来一把大刀。

　　那满头小辫子的金将傲然一笑道："我说你怎么杀得了薛将军，原来你有把宝刀！"

　　姚素咬牙不语，虽然只有几招，她已感觉到对方的不凡。那金将长刀一变，化出重重刀影，但姚素这次已无法跟上对方的刀法，想要斩断敌人兵器也无从下手。嘭！金将一刀砸在姚素的刀背上，姚素虎口震裂宝刀落地。

　　金将大刀一转，斩向姚素的脖颈。突然，一条黑塔般的身影出现在金将背后，一对铁锏凌空击下！金将眉头一皱，半转身大刀拦向铁锏。呛啷！兵器相交，火星四射！姚素趁机拖刀后退。

满身浴血的牛皋恶狠狠地盯着金兵，怒道："欺负女人的，算什么男人？"

"我也这么想，但女人本不该上战场。"那金将用生硬的汉语道："本将连心善儿，你是谁？"

"你爷爷！牛皋！"牛皋大声道，两边人马冲到一处，混战又起。

牛皋的铁锏虽然有力，却冲不破连心善儿的刀影。而姚素的五凤朝阳刀也加入战团，连心善儿笑着退出战局。

由于牛皋等西面营寨的军士前来救援，金兵的攻势稍有缓解。尽管牛皋和姚素并肩作战，一左一右杀伤许多金兵，但整个战场仿佛一部绞肉机，转眼间，牛皋身边剩下不到五十人。金兵的阵脚只是稍作松动，就重新拉开合围的架势，牛皋也被困在中营前方。

姚平雁舞动长剑，不断冲杀，但敌人的压迫越来越重，她开始怀疑之前的计划会否是个错误。天光已经大亮，为何寿阳城没有派出一兵一卒？而岳飞，岳飞你何时才能回来？奇袭是不是真的于事无补？

统领的情绪很快就反映在军队的士气上，锋云远远注视着战局，脸上显出大局已定的笑容。他看了眼西面，按说参与合围的步兵营应该抵达了才对，为何不见人影。

连心善儿道："那个紫严山恶魔好像不在这里，对面的战将不过泛泛之辈。"

"虽不知对方去了哪里，但对此地战局已无影响。"锋云马鞭一指，身边亲卫队纷纷上马，朝着雁字营发起最后攻击。

忽然，远处有探马飞驰而来，禀告道："有宋军从西面杀来，护卫西路的查威将军被一枪挑死！敌将骁勇，无人能挡！"

锋云顿时皱起眉头，难道是他？为何是从西面来？

忽然，金兵一阵骚动，西北面的大道上，一个白袍铁甲武将高举一面赤色军旗疾驰而至。

远处的金兵先是严阵以待，随后当看清了他的模样，不知谁叫了一声，"那魔头来了！紫严山魔头！来踏阵了！"

有的金兵缓缓后退，但也有金兵不知岳飞的厉害纵马而出，原本严整的阵形顿时出了缺口。

岳飞稳稳站定，看着冲来的骑兵，举起了"萧瑟飞舞"。一箭，两箭，三箭！他手指一搭在箭壶上，取出三支箭。弓弦清响，三支箭连珠而出，第二口气换过，就又是三支。前方冲来的十来骑金兵，全部落马无一例外。岳飞最后一支箭破空而出，骤看射得漫无边际，但正当金兵们诧异地看着那距离自己偏差甚远的箭头时，那羽箭精准地钉了最高的那杆军旗上。

喀啦！军旗晃了一晃，旗杆发生了龟裂，硕大的旗头直接坠落。"啊！"数百人同时发出惊呼，就好像数百人同时中箭一般。

岳飞傲然举弓，他距离那旗杆足有两百多步远！

战场另一边的雁字营，也看到了这一幕，"是岳飞！"牛皋大叫道。

军士们长枪击地士气大增！姚平雁深吸口气，眼中泪花一晃而过，"等我号令，随时准备反攻。"她努力平稳语调道。

姚素带着损失过半的大刀队来到前方，她望着岳飞的身影，这世上真有万人敌吗？但这对面可是千军万马啊！

看着肆无忌惮，单枪匹马靠近本阵的岳飞，连心善儿握紧大刀，冷笑着纵马而出！

踏过满目疮痍的战场，岳飞大枪微微下压，眼中射出冰冷的杀气，战马驰出数十步，陡然冲起！宋金两边的军士同时爆发出呐喊声，但金兵的声音明显高过宋军。

两匹战马一黑一白，风驰电池般靠拢！眼看马头接近，岳飞枪杆上的大旗突然展开，漫天红影挡住了敌人的视线。连心善儿大喝一声，长刀横扫向前，试图划破旗帜。岳飞忽然亮出枪杆下的湛卢剑，剑锋挑向对方心口。

连心善儿大惊，人影一闪避到马鞍另一边。岳飞剑锷一转，剑锋在其肩头扫过，险些将对方的胳臂斩落。连心善儿翻身落马，鲜血洒了一地。岳飞收起宝剑，高举沥泉枪，继续催动战马冲向金兵中军。

这电光火石的一个照面，让所有人目不暇接。宋金双方大多数人还没明白怎么回事，连心善儿就已落马。宋军顿时大声欢呼。

"冲锋！反攻！"姚平雁大声喊道。她麾下的军士立即疯了般地冲出营寨。

锋云并不慌乱，他的兵力占据足够优势，即便对方有恶魔般的武将那又如何？但他刚要下令迎敌，东南方的白马河上，响起了隆隆战鼓声。

小校来报："寿阳城的宋军已渡河增援！"

"完颜银树大人的兵马呢？"锋云问。

"小的不知！"小校回禀道。

忽然又有小校来报："白马河西面的刀盾营遭遇突袭，已溃不成军！"

锋云倒吸一口冷气，到底哪里出错了？他有些不甘心地看着战场，岳飞已突入前阵。锋云略带气闷地下令退兵，此番本是必胜之役，为何又让他起死回生？

姚平雁的军队损耗过半，并不具备追击的能力，她收拢军士迎向岳飞那支轻骑，意外的发现那队人马损耗极小。

岳飞下马施礼道："岳飞幸不辱命，突袭金兵刀盾营成功！"

姚平雁露出苦涩的笑容，想说一句辛苦了，但自己这边实在损失惨重，若是岳飞在此留守，会否好一些呢？

岳飞看出对方心思，让季锋交上一个小箱子，里头全是金国的文书，包含两幅作战图。"那支步兵人数不多，但带兵的级别不低。岳飞不懂金国文字，不过寿阳城里一定有人懂。"

"这是大功一件！"姚平雁精神一振，但眼神依旧暗淡。

岳飞沉声道："岳飞回兵晚了，让我军损耗过大，请大人用军法。"

"打仗哪有不死人的。这如何怪你？"姚平雁看着周围，心里叹了口气，是我把事情看得太简单了，女兵真不该到这样的地

狱来。

这时，远端有人叫道："三妹！"

姚平雁望着远处飞奔而来的青年武将，脸上终于绽起笑容，紧赶两步迎了上去。

"你不用苛责自己，你能击退包围的金兵，还能及时赶回已很了不起。"牛皋小声对岳飞道，"我们这里损失的确大，但要怨只能怨寿阳城的军队为何迟迟不出来。"

"我们谁都不怨。"姚素坐到地上，精疲力竭的她全身都在发抖，用了几次力都不能站起。

"你还是歇着吧。"牛皋笑嘻嘻道。

姚素望着远端和姚平雁热络交谈的将官，慢慢道："那是我家哥哥姚平冠，西军冠字营的统制。有他在寿阳，援军仍旧姗姗来迟，那些大人们到底怎么回事？我们什么都不怨，只是可惜了这些姐妹兄弟。"

岳飞看着四周忙碌搬运尸体的军士，脸上再无战胜的喜悦。

"一将功成万骨枯，自古打仗都是这样。"牛皋知道他在想什么，小声道，"若没有你的方略，而寿阳援军又迟迟不到，全军覆没并非危言耸听。"

岳飞苦笑了下，和军士们一起打扫战场，有些女兵衣不蔽体地倒在山坡下，叫人看了心中黯然。而远处姚平雁朝他的方向指了指，似乎在介绍什么。

六、寿阳城

位于晋中东面的寿阳，素有"并州粮仓"之誉。自古以来，欲取太原必下寿阳。如今金人面对城高墙厚的太原城，试探攻击取之不下后，用的也是同样的方法。先袭取周边的县城，最后强攻太原。而早在五天之前，西军副帅完颜银树的先锋大军就已兵临城下。

县城前方的汾河支流蜿蜒而过，让整个城郭显得古意悠然。但越靠近城池，血腥味就越是浓厚。中军营寨设在原来的县衙，此地如今由杨可世、折可循、姚平冠三支部队驻守。在得到岳飞提供的金兵军事图后，众将紧急议事。岳飞被安排旁听，但也仅限于站在议事厅的台阶下。

县衙外不远处，有一个集市，百姓和军士聚在一起，互换一些必需品。军粮换药物，又或者军刀换一些杂物。城里仍旧留有许多大宋百姓，他们并非没有机会离开，而是不愿离开这生活了几十年的地方。

集市的角落里，季锋给众军士讲着他们突袭金兵的事，但他说话简洁，惊心动魄的大战只说了一会儿就讲完。反而是张用眉飞色舞地讲述了自己绕过金军防线入城报信的事。

张用当时只用了半个时辰，就从白马河下游渡河，入城前还解决了两个巡逻的金兵。一开始守城的宋军不放他进城，是他出示了平雁将军的信物，才被准许入内。而他第一时间见到了姚平冠大人，但带兵出城却不是姚平冠一人可以做主。寿阳大营为此开了临时作战会议，当时会议进行了有两个时辰，最后结果居然是观察一下再说。

"平雁大人是平冠将军的亲妹妹，怎么可能会不救？"季锋皱眉道。

张用道："这种事我也不明白，只知道连日来金兵一直攻击寿阳北门，杨可世将军和对方战了几个回合都没占到便宜。而城里可用的士兵更不断减员，将军老爷们一致认为对方包围雁字营是一个陷阱。"

"这的确是个陷阱。"季锋点头道："岳飞跟我分析过，但也正因为对方是为了围点打援，为了夺取寿阳城，雁字营才有存活的机会。"

"没错，咱们寿阳城里的大人们也不是傻子，绝不会出去撞墙。只是这样一来，姚平冠大人就极为恼火。"张用苦笑道："我当时一路跟着平冠大人，可以知道他有多着急。我们带着小队出城，一直在注意河西边的战局。原本平冠将军看到金兵的声势都快绝望了，但谁想到雁字营竟能抵挡住金狗的连翻进攻。平冠大人下定决心，回城调动本部人马出城救援。而杨可世大人这时接到了一份捷报，说是有不明部队，在白马河上游击败了金兵的千人队。于是他决定出北门吸引金兵注意力，让平冠将军救援雁字营。"

"怪不得他们用了那么久才来。"牛皋怒道："敢情是没有岳飞那一战的利好，他们都不准备挪窝！"

张用悄声道："实际上杨可世大人一直倾向于出兵，但折可循大人就有点别的心思。大老黑，这事儿可不是我张用不出力，我是第一时间入城送了消息。是那些官僚们太不得劲儿了。"

牛皋咬牙等着县衙大门道："老子知道。"

这时，县衙的大门打开，甲胄声响，一下子走出许多军官。岳飞走在诸多军官中，面容古怪略带茫然。

"大哥，怎么了？里头又扯皮了？你别生气，那群老爷，人人都有扯皮的本事。"张用拽住岳飞安慰道。

岳飞靠在墙边，低声骂了句脏话。

牛皋皱眉道："到底怎么了？"

"将军们先是找了个懂金国文字的人，他们翻译了军事图和文书后，了解到本次合围寿阳的主要是两部人马。一个是这几日一直和寿阳守军交战的是千户统领龙器的军队。他是金兵西路军副帅完颜银树的部下。一路跟我们从榆次过来的金兵，是完颜青虎的军队，他是西路军统帅粘罕的部下。完颜青虎麾下有五千人，龙器麾下是三千人。所以寿阳城外有金兵八千战力，而我们的守城人马只有三千六百人。加上雁字营的残部刚过四千。然后，几个将军就开始讨论该如何打接下来的仗。几个将军有的主张立即烧毁粮仓，全军向东南撤退；有的主张坚守寿阳，必要时全力支援太原；还有的，如平冠大人主张趁着对方立足未稳，晚间发动突袭。"岳飞说到这里停顿了一下，苦笑道："然后话题就变了，因为有金国使者入城，使者带着完颜银树的亲笔信，信上说，交战十日有余，大宋军队只会龟缩防守。有愧于天朝上邦之名，他们提出和我军比武三场，若金军赢了，我军立即撤出寿阳城。若我军赢了，金兵让出通往太原的道路。让我们去太原，或者自行决定去向。"

"还有这等事？里头一定有猫腻。千万别信他们。"张用咂舌道。

岳飞道："正常人都会怎么认为吧？但杨可世大人和折可循大人却同意了。他们一致认为大宋的颜面丢不得。"

"这个……"季锋忽然道："我不认为比武三场能有什么猫腻。单兵对决，毫无取巧的地方。关键是，不能放松城防。落款是完颜银树，说明对方增兵了，外围金兵绝对不止八千。"

牛皋道："那既然决定比武，派谁去比？有没有你？"

岳飞笑道："哪里轮得到我？"

"他娘的，没有大哥你还比什么？"张用怒道，"我只对大哥有信心。"

"有他娘什么信心？这不是娘子军的弟兄吗？"忽然一个阴阳怪气的声音道。

张用瞪眼道："你说什么？"

来人身着队正的军服，身后六七个士兵都带着红色的臂章，看服饰是折家军的执法队。

那高瘦的队长冷笑道："你们几个，既然穿着我们折家的衣服，就老实到我们折家军来报到。不然一律当做开小差军法从事！"

岳飞他们些人一路亡命过来的同伴，的确有十来个折家的兵，这些都是在榆次混战时，被岳飞从乱军中带出的人。

其中一个叫陈飞的战士上前一步道："我们一路是在岳大哥的照顾下到此的，刚刚进城，还没去报到，这就会去的。"

"人说有个不知哪里来的小兵，被吹嘘成了神将，说什么一战杀了近百个金狗。就是岳飞吧？"那队长撇嘴道："我于东第一个不服，金狗武装到了牙齿，别说一个杀一百个，你一个杀五个我看看？"

岳飞笑了笑并不争论，但张用第一个看不过去，瞪眼就要冲上去理论。

陈飞苦笑拉住张用道："张大哥，他们是执法队的。如果我们不跟他们回去，以后会很麻烦。你别生气，改日我请你喝酒赔罪。"说着他带着那十个士兵，老老实实地跟在执法队后头。

"这毕竟是折家军的家事。"牛皋拉住张用。

张用哼了一声，却见岳飞已先一步朝别处走，只得不和对方计较。但他们还没走多远，就听身后有人发出惊呼。岳飞回身看到，那叫于东的将这些"违纪"的士兵，押在街道正中，手持短棍当街毒打。

"等一等！"岳飞叫道。

但哪有人听他的。岳飞一个箭步上前，夺下于东手里的棍子，怒道："他们只是耽误了点时间归队，何须当街受辱？"

于东没反应过来是怎么回事，皱眉冷笑道："未准时归队，就要吃二十军棍。我哪有打错？至于在哪里打？老子高兴在哪里打，就在哪里打！你一个广锐骑的小卒，有什么资格管？"

季锋怒道："军法规定，违纪军士要带回大营，由主管军官衡量刑罚。你屈屈一个什长，哪有资格当街打人？"

"折家有折家的规矩，不用你们这些杂兵管！"于东朝地上吐了口口水。

"折家很了不起吗？"牛皋从容走向上前道："这些兵一路跟着我们姚家军到寿阳，我收了他们，你又能怎么样？"

"谁敢做出头鸟，老子先捅了他！"于东并不害怕牛皋，他那几个军士同时亮出长枪，枪尖朝向岳飞等人。

突然！寒芒一闪，所有人的眼睛一花，那几杆长枪的枪头全都落在地上。

岳飞手提湛卢，沉声道："我受折勇将军临终之命，带他的弟兄离开险境。我们一路历经生死，可不是为了回到城里让你们作践他们性命的！"

于东面色一变，他微微后退一步，犹自嘴硬道："你这就是和我们折家为……"

岳飞一剑削去他的军盔，于东的头发立时披散下来，那家伙吓得跪在街上。

"若非城外有金人在，我们大宋正在用兵之时，我就当街斩了你！"岳飞瞪眼道："滚！"

于东连滚带爬地离开街道，引得围观的众人一阵哄笑。陈飞等人虽然脱离险境，但想到可能回不去折家军，一个个都愁眉不展。

牛皋道："我前面说的不是大话，只要你们愿意，我一定带你们进姚家军。"

"哟，臭老牛，谁给你的这个权力呀？"不知何时姚素也出现在街头，她身边还有姚家的少当家姚平冠。

牛皋咧嘴一笑道："这些弟兄在白马河跟我们同生共死，我姚家军不会不管他们吧？"

"管。"姚平冠眯着眼睛打量着岳飞、牛皋、张用，然后道："姚素你带其他人去安顿。再派人去跟折家打声招呼，这种事不用弄大。"

姚素恭敬道："属下明白。"

"岳飞，你跟我来。"姚平冠点了点岳飞。

岳飞微微一怔，但并不多问，跟着姚平冠离开街道回到县衙。

"你一路东来，立了不少战功。折家和我姚家其实都希望你能加入。"姚平冠出人意料地开门见山道："尤其是我三妹，她更是对你赞许有佳，说雁字营能在大战中幸存，都是因为你的武勇。"

"大人夸赞。小人兵行险招，甚是惶恐。"岳飞恭敬道。

"不过，我带你进来并非为了这事。而是那个金国使者锋云想要见你。"姚平冠笑了笑道："军中传闻，你在紫严山杀了百多个金兵，果然连金人都想知道你长什么样子。"

岳飞步伐不变，只是低声道："飞在紫严山上，大约只杀了七十九人。"

姚平冠停下脚步，很认真地打量了岳飞一遍，轻声道："你必须来我姚家军。"

岳飞来到议事厅，向上座的杨可世、折可循施礼，然后安静地望向锋云。

锋云注视着岳飞，此人就是战场上那个杀神？近看也就是个普通人的样子。他问道："你叫岳飞？就是那个在紫严山杀我许多女真子弟的人？"

岳飞淡然道："我在各处战场，都杀了许多女真人。不独在紫严山。"

锋云并不生气，转而对杨可世道："如此，我们银树大人将提出本次比武唯一一个要求，这个岳飞，必须参加比武。"

"比武还带挑人的？"折可循冷笑道，"那你们不如挑三个女人比，反正你们很擅长和女人对阵。"

锋云慢慢道："我将此人列入比武要求，只因为此人的确武艺超群。难道折大人没有这个眼光？"

"你！"折可循一拍桌子。

锋云笑对杨可世道："我方要求已经提出，若贵军并不答应，也无所谓。反正比武，我大金定不会输。"

"你不用激我。"杨可世傲然道："如你家大人所愿，岳飞会参与比武。答应你们并非因为其他的，而是我大宋随便派出谁，都能堂堂正正赢得比武。"

锋云目光收缩，冷笑着抱了抱拳，离开了寿阳城。

"我还是那句话，他们突然要求比武会不会有阴谋？"折可循皱眉道。

"全军严阵以待，就不怕阴谋。"杨可世深深望了岳飞一眼，忽然道："你就是那个在燕云死守信武仓的岳飞？"

岳飞诧异道："将军知道岳飞？"

杨可世笑道："自从你在枢密院枪挑小梁王，西军高层不知道你的恐怕很少。此次，就由你打头阵。"

西军高层？折可循和姚平冠同时扬眉，这个岳飞到底什么来历？

七、三阵

三阵比武约定的时间为戌时开始，宋方比武代表分别是杨可世、杨志和岳飞。杨可世是大宋西军第一猛将，独门兵器禹王神槊，是无可争议的万人敌。杨志是他麾下铁甲骑兵的统制，一条丈八点钢枪有万夫不当之勇。几日恶战下来，杨志力斩金兵百户以上将领七人。相较而言，名头最小的是岳飞。

黄昏时分，岳飞在军营小憩了一会儿，被外头牛皋和张用的叫喊声吵醒。

原来外头开了赌局，赌宋营能赢几场。其中岳飞最不被看好，惹得牛皋和张用很不高兴，当即和开盘的军士发生口角。

"这又有什么好争的，你们真看好我，就多押点银子。"岳飞好气又好笑道。

"关键是我没有银子。"牛皋瞪眼道。

张用道："就是，世界上最可气的事情，就是眼看能赚大钱，你却没有本钱。"

岳飞奇道："这种大赌局，只要你有军官作保，惯例是可以赊账的。"

“您是行家，但现在规矩改了，必须有真金白银。”来收赌资的军士笑道，“要不然这兵荒马乱，下注的有个好歹，我这账目怎么做呀？”

岳飞问：“你只知道自家的武将，对方有谁比武知道吗？”

军士笑道：“金营已出告示，他们派出的三个武将分别是狼月、龙器、完颜明玉。名字在这里，大概是这么写的。”

岳飞完全没听过对方的名字，不知如何评价这份名单。

忽然，一旁有个悦耳的声音道：“金营派出的是顶级高手，尤其那个完颜明玉，据说是北国第一。”姚平雁笑盈盈地出现在众人视线，她身后的姚素还提着两个食盒。

“你一会儿要去为我姚家争光，这是我哥哥犒劳你的。原本他要亲自来，但比武之前，各营防务尤为重要。他分身乏术。”姚平雁摆好酒菜，亲自替岳飞满上一杯，“来，平雁敬你一杯。”

岳飞起身，把盏一饮而尽。

“安心坐着。”姚平雁道：“这几日，你辛苦了。好在完颜明玉应该是冲着杨可世大人来的。我私下以为，对另两个金将你一定会赢。”

岳飞道：“岳飞，尽力而为。”

姚平雁道：“你这一身功夫，若非家学渊源，令师定为当世高人。不知你师承是？”

“家师陕西周侗。”岳飞回答。

“果然。”姚平雁笑道：“我哥哥就说，你一定有高人指点。不知你孤身在外从军，家里还有谁？”

岳飞道："先父亡故。家有老母妻儿，儿女尚幼。但岳飞为国从军无法顾及。"

"是，只希望能早日驱除金狗，还我大宋一个太平盛世。"姚平雁眼中掠过一丝不易察觉的失落，之后她话变得很少，只顾着给岳飞夹菜斟酒。

不多时，远方战鼓响起，姚平雁先行离开。岳飞打开对方赠送的包裹，里面赫然是一副白色的铁甲战袍。

"她问你家里还有什么人，你倒是回答得老实。"张用替岳飞穿起战袍，小声嘟囔道。

岳飞道："要不然呢？"

张用道："你没看美女将军走的时候无精打采的吗？"

岳飞轻声道："那也是无可奈何的事。"

张用道："大哥！你真能找到这样的女人，让你少奋斗至少十年啊。"

岳飞并不理睬张用的胡话，整好袍甲提枪上马。战马围着营帐转了一圈，他深吸一口气，想起家里的妻儿老母，心中升起一阵难言的豪情。臭小子开始练枪了，不知套路是否练熟，刘氏肚里的孩子也快要生了吧，若是男孩就会叫岳雷。绝不能让金兵打到相州去！

军鼓隆隆，军旗猎猎，天空中黑云压顶。

在寿阳城的北门，宋金双方的军队各自排开。宋军背后是满鼻子血腥味的护城河，这几日他们早受够了金兵的日夜打击。而金兵背后是蜿蜒曲折，但被火把点缀的仿佛一条火龙的白马河。

若不计较河道另一边也是金兵大营，那他们可谓是背水一战。

姚平雁、牛皋等人都没有出现在阵前，姚家负责西城的驻守，他们都在城防上严阵以待。只有张用，不知用了什么法子，让姚平冠带上了他，似乎他已成为亲兵队的一员。

"黑云压城城欲摧，甲光向日金鳞开。"姚平冠忽然吟道。

"角声满天秋色里，塞上燕脂凝夜紫。"折可循接道。

杨可世悠然道："半卷红旗临易水，霜重鼓寒声不起。"

杨志沉默了一下望向岳飞。

岳飞低声道："报君黄金台上意，提携玉龙为君死。"

众人顿时对其刮目相看，一个底层军官居然会《雁门太守行》！

姚平冠道："你第一个出场，此战的重要性不用我说，你一定明白。必须要赢，决不能输。"

"大人放心。"岳飞回答。

姚平冠道："你的告身随身带着吗？"

所谓告身，就是证明岳飞军籍的文书。岳飞从怀中取出递了过去。姚平冠笑道："明日给你换一份，这张我替你收着了。"

岳飞笑了笑，他明白自己连拒绝的资格都没有，何况从心里讲，他和姚家的部队已建立起感情。"往后，就请大人多提携了。"岳飞在马上低头抱拳。

不远处，杨可世淡然一笑，不怪姚家着急，若这一战岳飞胜出，不知多少人会主动邀请他加入了。

姚平冠沉声道："方才我和杨大人、折大人定下计划，此次比武一旦我军胜出，全军一鼓作气冲杀出去，将金狗赶入白马河。铁甲骑兵为先锋，我姚家军不落人后。"

"得令。"岳飞目光望向铁骑军的统制杨志，那大汉身高七尺六寸，络腮胡须，面颊上一块如同虎头的青记，格外触目惊心。

"是天生的，不是后天刺出来的。"杨志忽然道。

"啊？"岳飞随即道，"属下不是故意。"

杨志抚须大笑，慢慢道："老子从小被人看惯了，青面兽，这个名字从九岁开始就跟着我。我自己不介意，你又何须抱歉？岳飞，听说你在枢密院，为了相州军的军功挑了小梁王柴桂。区区一个小卒，竟敢以下犯上，你当时是怎么想的？"

岳飞道："他若只抢我一个人的功劳也就罢了，但很多弟兄死在了燕云，他们的功劳不能让人占去了。"

"为了兄弟？"杨志问。

岳飞傲然道："更为了骨气。"

"好，你值得这个头阵。"杨志豪笑道："让金狗看看，我们大宋的热血男儿。"

这时，宋金两边的号角同时响起，戌时已至。金兵那边，有人纵马而出，高声宣布两边的比武事项。双方分大将、副将、锋将出场。头阵为锋将，简单说，就是除了必须一对一外，其他如兵器、暗器、马战、步战皆无限制。金兵那边宣布，头一阵出场的是完颜银树麾下猛将龙器；而宋军这边喊出了岳飞的名字。

"此人和我斗过三次，那柄斧头分量十足，你要小心。"杨志叮咛道。

岳飞微笑点头，纵马而出。他那身白袍铁甲出现在金军面前，引得女真人一片惊呼。"紫严山恶魔！""居然是那恶魔！"

两边战鼓一下一下，震人心魄，鼓点越来越急。

岳飞大枪一晃催马而起，对面那女真大将坐下战马昂首长嘶，车轮般的大斧斜指向天。

"明玉大师，以为如何？"完颜银树问道。

一长发披肩的面如白玉的男子，审视着战场，低声道："你不该让龙器打头阵。"

完颜银树深吸口气，心里怀疑道，你只看一眼，就能知道胜败？

战场上，两匹战马急速靠近，碗口大的马蹄，将地上的泥土高高带起。

岳飞眼中精芒暴涨，沥泉枪快若闪电破空而出，枪尖带起嗤嗤的破空声。而龙器毫不退让，大斧带出漂亮的弧线，若流星赶月划向对方头颅。这眼看是玉石俱焚的一击，两边军队同时发出雷鸣般惊呼。

两人兵器的距离只有半尺，龙器发现自己的斧头似乎慢了半分，他身子微微一偏，试图让过要害，而大斧的方向不变。岳飞却陡然起速，那战马疯了般地冲起半步，大枪旋转着刺向敌人的心口。龙器那让出的半分角度，反而变成迎上对方枪尖！

龙器大惊，单手抓向枪头，斧头一晃变砍为拉，试图斩向对方肩头。岳飞抖起枪尖，一个枪头分成了七个！沥泉枪贯穿手掌，直刺敌人心口。龙器剧痛后撤，但手臂挂在对方枪头，又能躲到哪里？他一咬牙，猛地握紧斧头，硬受一枪，也要砍上岳飞一斧。

岳飞枪式不变，一枪戳入对方心口，枪尖刺入护心镜，一枪将龙器高高挑起。龙器尽管奋力握紧斧头，却根本无法再举起兵器，嘴角和心口不断涌出鲜血。岳飞大喝一声，将敌人挑落马下。他并不多看一眼，傲然回归本阵。

两边的军士都看呆了，连日激战宋军当然知道这名敌将有多勇猛，而龙器在金兵心中更是接近战神的人物。但岳飞，他只用了一枪？

"一枪，尽管加了三个变化，仍旧算是一枪。此人了不起。"完颜明玉轻轻叹了口气。

而宋军这边，爆发出排山倒海的呐喊声！士兵们长兵击地，战鼓响彻云霄！岳飞回望了一眼金兵的阵列，不知是否错觉，对方只是失望悲伤，但并无丝毫的恐惧。

第二阵，金方狼月，宋方杨志。

"你要加油，若你也输了，你师父都不用出场了。"完颜银树叮嘱道。

狼月邪气一笑道："放心吧，我的大元帅。"

宋军这边，杨志提着大枪傲然出阵，他也没想到岳飞能赢得如此干脆，要知道他和龙器交手多次，武艺只能算是在伯仲之间。可那小子……他脑海中泛起很多年前，遇到豹子头林冲的情境，果然他们是同一个师父吗？他眺望远端，看着狼月那一长一短，一宽一窄的一对兵器，长枪徐徐探出半尺。

两边战马奔驰靠近，不等对方近身，杨志的大枪就扫荡而出。狼月长刀一翻，格挡向枪头。杨志的点钢枪仿佛巨蟒翻身，灵动一晃扫向对方咽喉。狼月短刀横在脖子上，当枪尖刺在刀锋，迸发出刺目的火星。狼月长刀回转想要进攻，杨志的战马已超出了他兵刃的范围。狼月面沉似水，这是欺负我兵器短？他阴恻恻一笑转过马头，两人重新二次冲锋。

在寿阳城的另一边，西门的姚家军表面上严阵以待地看着城外的黑暗，实则所有人都挂念着北门外的胜负。漫天的金鼓声突然爆发出空前的力量，即便隔着几里地也能听出那是大宋的鼓声！

赢了！姚平雁用力握紧粉拳，岳飞果然不是普通人。

牛皋和季锋则喝止喜极忘形的士兵，让他们继续盯着黑暗。

不多时，张用纵马飞驰来道：“大哥赢了，大哥赢了！岳飞拿下头阵！”

轰！西城像炸锅一样，爆发出更大的赞叹声。

“大人，你可放心了。”姚素微笑道。

姚平雁脸上一红，笑道：“如此，我们赢定了。杨可世大人是所向无敌的。”

“我看在你心里岳飞才是所向无敌。”姚素笑了笑，转而望向身后那批女刀手，那些人提到岳飞都是眉飞色舞。实话说没有岳飞，我们只怕早死在路上了。但我怎么就开心不起来？姚素总觉得有事要发生。

就在众人欢欣鼓舞之时，忽然北门响起一阵刺耳的号角声，与号角应和的则是一种难以言诉的沉闷叹息。

杨志大人……输了？姚平雁心头一惊，她询问地望了眼张用，张用立即飞身上马回奔北门。

杨志倒于血泊中，他的青鬃马在尸体边哀鸣徘徊。士兵们将杨志的尸体抬回，铁甲骑的骑士都不敢相信这真的，那个带领他们东征西讨的大将死了啊。岳飞望着前方的金兵，感到难以言喻的冰冷弥漫过来。他们这是知道能赢？这是多少场恶战才能积累的自信？他脑海里不断重现，金人用出绝招的场景，两马靠近狼月突然凌空飞起，双刀看似飞掷出去，实则两把刀由铁链连着，铁链挂住青鬃马的马脖子，连带将杨志掀下战马。

胜之不武！岳飞眼中燃起熊熊怒火，不知不觉他的战马跑出了战列。

忽然，一只大手拉住岳飞的缰绳，"这一战是我的啊，少年人。"杨可世淡然道。

两军阵前，有人高声叫出第三战的武将名字，大宋杨可世，大金完颜明玉。

杨可世倒提着禹王神槊，战马缓缓来到场中。而完颜明玉并未骑马，背负一口赤色长刀，傲然立于阵前。禹王神槊的外形是一个拳头捏着一支笔，杨可世在距离完颜明玉两丈开外的地方突然挥出兵器，汹涌澎湃的罡风惊涛拍岸般涌向对方。

完颜明玉整个人泛起一层晶莹的光泽，所有劲风在他半尺之外全都消散。他一头黑发随便一束，面目端正轮廓分明，两眼闪烁着狂野的精光。手中那柄长刀，赤色的刀柄长一尺，暗青色的刀锋长四尺，刀锷仿佛一头张口咆哮的麒麟。

"我听说女真有个麒麟门，当代门主在辽国连挑十一个契丹高手，就是你了。"杨可世眯着眼睛道："果然名不虚传。"

"过奖，我听说雄县大战，辽兵袭击宋军中营，连续突破五道营垒。有一武将单臂持槊立于寨门，一人扛起整个大营的胜败，生生将辽国的突袭给遏制住。仿佛大海中的礁石般稳固，好比北斗星般耀眼。而我大金军队南下后，在你槊下殒命的名将已不少于二十人。"完颜明玉慢慢道："西军第一猛将，杨可世，我不远千里来到中原，就是为了取你性命。"

"原来如此。"杨可世淡淡一笑道："那要看你的刀是否锋利。"

"刀，利！"完颜明玉手按刀柄，四尺长的刀锋昂然出鞘！刀一出鞘，人和刀顿时化为一体，在夜空下绽放出耀若星辰的刀芒。

杨可世战马长嘶大槊扬起，带动无边的风云，四面八方的劲风全都卷向完颜明玉。而女真人只是淡淡一笑，露出白森森的牙齿，天地间的杀意全都聚拢在他的长刀上，而他却探出了并不握刀的左手。

嘭！手掌诡异地接住了禹王神槊。杨可世的乌骓马连退五步，而完颜明玉只是晃了一晃。

这一幕，让观战的所有人，都难以相信自己的眼睛。

完颜明玉身子微微弓起，突然弹射了出去。半空中刀芒闪动，无双无对的一刀直奔杨可世的脖颈。但他掠至对方头顶时，忽然感到周围的一切发生了扭曲，自己仿佛身处一个巨大的漩涡中。杨可世的战马迅速地旋转，禹王神槊仿佛一杆搅动墨池的大笔，将左右的空间全都封锁颠覆。

他是故意让我到这个位置，方才那五步也是假装退的？完颜明玉眼中闪过疑惑，长啸一声将计就计，双手握刀全力劈下！

杨可世大槊仿佛定海神针般，突然一立，正架在刀锋上！

刀槊相交，火星四射！

完颜明玉从未遇到过如此雄浑的力量，被大槊高高抬起，斜飞出十余步。杨可世大喝一声，乌骓马全速前冲，不等对方落下，就赶到那个位置。禹王神槊仿若上古神魔的手臂破天而起，拦腰砸向女真人的胸口。

千钧一发之际，完颜明玉奇迹般的身子一提，凭空升高了一尺。长刀重新获得了向下空间，背后赫然是无尽的星空，刀锋仿佛夹带着万千星辰凌空击下！

杨可世心中闪过千般变化，禹王神槊依旧毫无变化的迎向星空……

人，能否战胜星空？

嘭！槊头砸在了完颜明玉的胸口，女真人面色一白向后翻出，但掠出不过两丈就失去平衡半跪落地。

观战的宋军爆发出惊天的怒吼，而金兵则一片沉默。

完颜明玉冷笑着，抚着胸口慢慢站起，低声道："好险。"

杨可世目光收缩，突然身上绽放出惨烈的血水，禹王神槊、乌骓马的马头，以及他的人头，同时落地！一刀削三首！

　　在阵列中督战的完颜银树马鞭一指，大叫道："儿郎们！冲锋！夺下寿阳城！"

　　一支耀眼的火箭冲天而起，照亮北门的夜空，地狱之门缓缓开启。

八、末路

　　杨可世一死，寿阳守军顿时大乱。直属杨可世的铁甲骑疯了般上前抢夺主帅尸体，与其截然相反的是，折家军在折可循的带领下调头就走，而对面的金兵如潮水般涌来。

　　姚平冠一把抓住想要冲杀的岳飞道："金兵一定是全面攻击，你快去西城照顾平雁！这里我会死守。"

　　"可是……"岳飞皱眉道。

　　"万一你们看到北门最高处火起，那就说明寿阳丢了，立即朝东南逃！绝不可恋战！"姚平冠瞪着岳飞道："这是军令！"

　　岳飞拽动缰绳奔向西城，他心头莫名泛起在燕云驻守信武仓的情景，每一次防守到最后都是这样的结局，防御真是让人气闷愤怒的事！什么时候能轮到我去攻城，而是不是守城？城里城外的军士一个个如无头苍蝇般胡乱奔跑着，岳飞在人群中一眼看到张用，那家伙为了几个口粮袋，和几个士兵厮打起来。

　　"你怎么在这里？"岳飞叫道。

　　张用一脚踹开一个士兵，翻身上马道："我是来找你的。一路上大家乱作一团，我想到若要突围会很缺粮食，就去仓里捡了几袋，没想到这几个家伙敢虎口夺食！"

"你这不是抢粮吗？"岳飞反问。

张用正色道："军仓里的粮食，本就是供给我们的。这怎么算抢？而且我不拿，一会儿不是便宜了金狗？"他一面说一面把两个袋子压在马上，三个袋子丢到另一匹战马上，他居然还多占了一匹马。

"山贼的脾气，快去西城！"岳飞对他无话可说。

西城的外城已被突破，金兵一层一层地翻过城墙，原本就疲惫不堪的雁字营根本无力抵御。姚素、牛皋带着大刀队疯了般上前冲杀，死死守住内城的缺口。远处金兵大声叫骂着女真话，这边季锋和牛皋就不管三七二十一地大骂回去。姚平雁重新命人架好神臂弩，但专用的弩箭余量已不多。

大批的金兵向前举着盾牌朝前移动，而一队又一队的人马在外城集结。姚平雁知道，当外城变成金兵的依仗，要想将他们赶出城将难若登天。

"听我号令，不用留手，给我全部射出去！"姚平雁不知北门到底发生了什么，她站在内城城墙上，身后就是民居街道，而远处官兵已无人调度。寿阳完了，他为何还不来？女人深吸口气，重新望定战场。金兵放弃战马，一堵墙一堵墙的与宋军争夺，这最后的屏障薄如蝉翼。

敌人一丈一丈逼近，越来越多的人聚集在内门前，原本就狭窄的马道上挤满了金兵。

姚平雁高声道："放箭！随意射击！"

箭楼和城墙上的弓手同时射出箭矢，迅猛的弩箭突破皮盾，将大批金兵留在了墙下，但更多的金兵从后涌来。嗖！嗖！嗖！从金兵阵后射出多支狼牙箭，箭楼上的宋军应声而倒。紧接着大量的羽箭回射向城墙，那蓬勃的箭雨将城上守军压得抬不起头。牛皋为保护姚素，肩头连中两箭！

一队手提双刀，身着赤色轻甲的金兵大叫着冲向内门，这批战士战力奇高，大刀队在他们凌厉的攻势下不断后退。姚素拼命厮杀，但对面冲来一匹大黑马，马上大将手握三股托天叉，动作快、分量沉！一叉将她的五凤朝阳刀打飞，紧接着铁叉直奔她的胸口，而姚素背后就是城墙已无处可躲。

嘭！牛皋突然从斜刺里杀出，猛撞在对方的大黑马上，那大将连同黑马一起横退出六七步。

"找死！"那三股托天叉的猛将冷冷望着牛皋。

牛皋的右肩鲜血不停滴下，他单手提着双锏，笑道："我是英雄，当然要救美。"

一旁的姚素面孔一红，同时心中生出异样的感觉，不是第一次被老牛救了啊。

这时，姚平雁带着亲卫队从城楼杀下，勉勉强强守住关口，两边再次陷入僵持。金兵将俘虏的女战士带到阵前，扒光了袍甲肆意侮辱。宋军紧咬牙关，不敢妄动。

耳边是女人惨烈的哭喊声，这些人都是我的兵啊。姚平雁迷茫地看着周围，西城危急却一个援军也没有出现，北城究竟发生了什么？

金兵方面出现了好几个肩披狐狸尾的头领，随后一支大约两百人的重甲步兵出现在最前方，那些步兵铁甲覆盖全身，包括戴的面具，只露出眼睛和嘴巴，甲片一直遮盖到手背手臂。所有人一手握着长矛，一手拿着长盾，一个个仿佛移动的铁塔。远远听到一声令下，这些重甲士兵同时向前进发。宋军放箭，除了神臂弩，普通箭矢对他们根本构不成伤害，但神臂弩的弩箭已不够用。更让人恐怖的事，如此重甲在身，这些女真士兵还能健步如飞！

宋兵……溃败！

数百具尸体留在了内城的城道上，姚平雁他们节节败退。而金兵似乎很习惯这种场面，他们如同老练的猎人，不断用阵形控制宋兵的撤退路线。姚平雁他们那一百多人，最后退到了一处庙宇的台阶上，街道两头都有金兵包抄。失血过多变得虚弱的牛皋和失去了五凤朝阳刀的姚素，已无再战之力。

铺天盖地的羽箭爆雨般飞来，女营众人凭借庙宇躲过箭矢，但再抬头时，发现连庙里的佛像都被射得一片破败，所有人的眼里都透出绝望。

"姚素，我们不做俘虏。"姚平雁看着外头气势汹汹的金兵，忽然说道。

姚素提着佩剑，咬牙道："大人放心。"

牛皋道："不许胡说，不到最后关头，说什么丧气话？"

周身血迹的季锋眼望远方，忽然道："来了！"

来了？姚平雁立即望向北面的长街。马蹄声，熟悉的马蹄声！一小队宋军如一柄利刃将拦在街口的金兵一分为二。

岳飞！岳飞！牛皋和姚素同时大叫！然后就变成这数十个宋兵一起喊岳飞的名字。漫天黑沉的云朵忽然散开了！

长街上，岳飞手执长枪疾驰而至，沥泉枪的枪尖上不断有鲜血滴下，血滴洒了一路。没有金兵能接住他一枪，包括那些头目在内，知道他是紫严山恶魔的都避之不及，不知他的名字而盲目冲上去的，都成了枪下之鬼。

岳飞的战马一路冲到庙宇台阶下，大枪一甩挑翻两个金兵。他沉声道："姚大人，你没事吗？"

姚平雁上前半步，答道："请放心！"

不远处张用带过几匹战马道："各位将军请上马！"

"大家跟我出城！"岳飞回望着北方冲天而起的火苗，痛苦道。

"北城到底发生了什么？我哥哥呢？"姚平雁问。

岳飞道："杨可世、杨志将军阵亡，姚平冠大人死守北城生死不知。"

杨可世大人死了？姚平雁只觉天旋地转，喃喃自语道："我要去北城，支援平冠哥。"

岳飞道："平冠大人吩咐，务必将你带离战场。"他让姚素护住姚平雁，自己在前领着众人朝南走。

道路两旁，倒毙着许多百姓的尸体，金兵正肆无忌惮地烧杀抢掠。

南面街道上的金兵见到岳飞纷纷回避，但在南门附近集结了大量的金兵，岳飞他们终究要顶着数千人杀出去。杀出重围时，他们只剩下二十三骑。

翻过一处山坡，众人停下歇一口气。这时果如张用之前所说，他搜刮来的干粮派上了用场，他忙前忙后，张罗伙食。而季锋让岳飞好生休息，自己到前方去探路。

岳飞将众人安置好后，站在高坡远望寿阳城，心中不断浮现杨可世被斩的画面。当时，若不答应金人比武，那金人又会如何攻城？自恃武勇的结果就是这样吗？杨可世大人到底做错了吗？

姚平雁悄悄来到他身边道："我们事先认为金兵没有兵力强攻。即便比武输了，我们也可以守住城门。"

"杨可世大人没想过会输，他安排一旦获胜，就全军突袭。"岳飞嘴角挂起一丝冷笑，"而折家的人，在我方战败时，却第一时间撒腿就跑。两千人在北城，突然跑了七百多，那还怎么守？"

"好在有你。"姚平雁道。

"有我又如何？"岳飞握紧拳头。

姚平雁坐在大树下，整理满是血污的战袍，轻声道："我出生于将门，从小耳闻目染的都是兵戈之事。在我们姚家这样的将门，男丁的地位比女孩高上许多。我从小就希望自己是男孩，也知道一个好的武将应该是什么样子，更向往有一天能驰骋战场，成为像杨门女将那样的人。为了成为杨门女将，我从小就向往加入并州女军，只愿意嫁给真正的英雄。只可惜……但到了今日我才明白，战场不是我想象的样子。女人，本不该上战场，我们付出的代价绝不只是慷慨赴死。但是……为了大好河山，不该去到战场的人，也必须要去。而岳飞，你不同，你天生就该是叱咤沙场的英雄。"

"英雄？"岳飞苦笑道："飞投身军伍以来，从未赢得过一场像样的胜利。这样算什么英雄？"

姚平雁道："你不要苛责自己。我爷爷说过，天下有兴必有亡，世事有兴废。你只是缺少一个机会，一个不被拖累的机会。一定会有那么一天的！"

岳飞深吸口气，慢慢道："我也希望有这么一天。"

"我也期待！看你功成名就，看你带甲十万！"姚平雁眼中映出浓浓的柔情，"你带着女营都能搅乱金兵，若能带甲十万，天下岂不是任你横行！"

岳飞低头注视姚平雁，面前的女将比从前遇到的所有女人都要期许自己。"眼下，我只盼着能将你们都平安带离此地。"他轻声道："我一定会带你们平安离开沙场。"

季锋在中午时分才返回山林，他穿了一身金兵的军服。在他回来前，岳飞他们避过了两批搜山的金兵。

"山下二十里有两处军营，他们封锁了向南和向东的出路。两处营寨各有一千人，他们封路是为了阻拦东面来的我方援军，我虽不知那所谓的援军是谁的队伍，但金兵因此重兵布防。这次真的有点麻烦了。"季锋画了个草图，"若在平日是可以绕路的，但附近的山路也不好走。我抓了一个金兵问过，眼下各条小路都有金兵布防，专抓我们这种突围落单的人。尤其是我们还有伤员，要走就更难了。"

"硬闯呢？"牛皋问。

"他们布的是联营，一旦惊动了一片营地，其他的会迅速过来支援。"季锋道："我们要选一条路，不论是走小路还是走大路。"

"你不是说硬闯没机会吗？"张用问。

季锋道："我有个冒险的计划，你们看如何？"

岳飞看着对方的军服道："你是想让我们穿金兵的衣服，混过金营去？"

"如何？"季锋笑问。

岳飞道："有些冒险，但可行！要等天黑。你们觉得如何？"

姚素道："一个金营小队，每个人都有战马？"

"不一定，除非是骑兵队。但骑兵队跨营的很少，能跨营来回的只有运输队。"季锋解释道："运输队并非每个人都有战马。"

"那如果我们没有足够的马匹，一旦被识破怎么办？"姚素问。

岳飞道："所以必须带上马匹，我想到个主意，这些战马可以作为我们货物的一部分，只不过没有记录在清单里。"

姚平雁道："越过金营，可能会遇到我方援军，若是走山路就可能偏离战线，而且我方伤员多，补给更是问题。岳飞，听你的。"

"每人一匹战马是必须的，只要我们不策马过营，敌人未必会起疑。"岳飞想了想道："我们要袭击一个小队，以确保军服没有漏洞。然后等到天黑混入兵营。季锋、张用和我下山寻找合适的目标，其他人原地休息。尤其是你，老牛，你的伤口要处理好。"

牛皋额头不断渗出汗水，肩头的箭伤已经感染。他知道自己就快成为绝不想成为的那种人，活了近三十个年头，他不是为到战场上来拖后腿的。

然而，符合岳飞他们标准的目标，直到黄昏时分才出现。那个三十人左右的运输小队，在问出口令番号和行军目的后，被岳飞他们全灭。

姚平雁、姚素和几个女兵一起换上金兵军服，姚素轻声道："大人，这次我们能成功吧？"

"当然。"姚平雁发现所有部下都看着自己，"必须要成功。"

姚素面对身着大一号军服姚平雁，苦笑道："我很怕。"

姚平雁道："我们都怕，岳飞也怕，但我们能挺过去。"

"我是真的很怕。"姚素忽然抓住姚平雁的胳臂，哭道："万一，在金营被发现，我们可能连死的机会都没有。"

她这一哭，另几个女兵也同时哭起来。姚平雁鼻子一酸，但她强迫自己不能一起宣泄，而是等了片刻，冷冷道："你们最好收起哭声。别让外头的男兵看笑话。打仗本来就是危险的事，我们穿了军装，就早有觉悟。都不许哭！"

张用握着金兵的长矛挥了几下，忽然小声道："老季，这真的能行？"

"之前不怕，现在怕有用吗？"季锋反问。

张用苦笑道："说的也是。但是真的有点怕。"

季锋道："那我觉得你能活下来。牛皋就说不好，他是看着狡猾，其实一根筋。你是看着吊儿郎当，其实狡猾。"

"我就当是称赞我了。"张用看着换了军服走出来的女兵，轻轻叹了口气，"若是太平时节遇到她们该多好。"

季锋给了他一拳笑道："换做平日，她们能正眼看你？"他注意到那些女子一个个两眼通红，心底也是一阵酸楚。

而后天色渐暗，岳飞他们二十三人全数穿上金人军服，运送一车宋军的武器，战马向金营靠近。赶车的是岳飞，车上压货的是张用，季锋在前打头，为了更像女真人，他还给头发重新结了辫子。

接近营门时，季锋忽然道："我忘记一个问题，他们一个小队是三十人，如今只有二十三人，如何解释？"

岳飞淡定道："我们是跨营送货，没人会关心来几人。"

牛皋道："没想到他们如此看重神臂弩。"那支小队运送的货物是五架神臂弩，以及若干制式弩箭。

"神臂弩是我大宋的独特设计，普通女真人是做不出的。"姚平雁小声道："他们如果辗转运送，说明队伍里有能工巧匠。"

张用道："我看他们是怕神臂弩对付他们的重甲兵。"

"好了，都别说话。进入兵营后，所有都让季锋应付。"岳飞小声吩咐。

"如果有人找上来呢？"张用反问。

"你女真话较为熟练，出事你辅助解决。"季锋道："至于别的人，打了胜仗开心的笑一笑就是了。女真人也是人。"

姚素道："他们是狗！"

这句话让所有人都沉默了。

牛皋小声道："不，他们是狼。"

如果金兵是狼，金营就是狼窝。而日落时分，从营寨侧门送货的运输队不少。

岳飞他们小心谨慎地避过他人目光，递交令牌，报上口令进入狼窝。

守门的头目皱眉扫了他们一眼，问道："这些战马没在清单上。"

"是临时托运过来给大头领的。"季锋笑道。

"行，快去交货吧。早弄好早休息。"头目点了点头。

岳飞他们没走两步，忽然边上过来了一匹战马，马上金将皱眉看着他们道："这是去哪里？"

"库房。"季锋赔笑道。

金将道："这我当然知道，但我这里缺人手，你们来几个帮我运货。"

"这个，大人我们要点名的。"季锋抱拳推辞。

"报上我苏布力的名字，谁会让你们点名？你，你，跟我来。"金将笑道，"快！快！快！"他点的是岳飞、牛皋。

岳飞皱眉起身，他们的女真话并不熟练，若真跟着走，只怕不出五步就出乱子。

张用忽然道："这两人笨手笨脚的，不如我也来。"他跟季锋交换了个眼色，又用女真话说："交了差后要等我们一起喝酒。"

季锋道："放心吧。老地方等。"

金将苏布力指着，一旁的几个口箱子，"帮我送到中营。"

宋兵不得不分成了两路，岳飞走的时候，只带了湛卢剑，沥泉枪和萧瑟飞舞都留在了货车上。姚平雁目送岳飞离开，心里比猫抓还焦虑。

季锋小声道："我们在东门等他们，小心行事。"

周围所有人都是敌人，而季锋他们沿着营帐的阴影一路向前，试图穿越长达三里的金兵营房。

另一边岳飞他们三个则是渐行渐远，苏布力让他们送的货物，是从城里劫掠来的金银细软，不知他一个人怎么弄到三口大箱子。

张用有一搭没一搭地和对方说话，也不在自己会否被识破。他那诡异语调的女真话，让岳飞的心提到嗓子眼。

但奇怪的是苏布力并不在意，只是说他在寿阳城收拾了十来家大户，才找到这么点细软。他还开心地说，都说中原是花花世界寸土寸金，这一路北来的确弄到不少好东西。

"但咱们还得继续打仗，即便有了这些，又怎么带回去？"张用好奇地问。

苏布力道："这对你们这些小兵自然是问题，但对本将军又有何难？拜托运输队夹带私货就行了。你们这次多带的那些战马，难道不是为人私带的？"说到这里，他看了牛皋一眼，"老黑，你面色怎么那么差？"

张用赶紧道："他攻城时候受了伤。"

"奶奶的，看你个子大才选的你，结果挑了个伤病鬼。"苏布力骂了一句。

岳飞和牛皋眼神冰冷地跟在对方身后，不知不觉到了中军大营。这里和别处不同，相对戒备森严，而苏布力有独立的一处营帐。放下货物后，苏布力并不让张用他们离开，而是差遣他们继续去另一边的营房提货。

若是再折腾就走不了了，岳飞跟在对方身后，看看四下无人，眼中露出杀机。张用、牛皋和他心领神会，牛皋装疯卖傻地打翻了苏布力的宝箱，苏布力大声怒斥，岳飞拔剑刺入对方后心。张用顺势扛起女真人的尸体，将他搬到帐篷的角落。但他刚把尸体放下，拐角处就出现了一队巡逻兵。

三人面色一变，有些茫然地看了看周围的路，循着方向夺路飞奔。

送货必须要去北库房，而宋兵要越过东门，才能离开金营。季锋按部就班地打听到库房的位置，然后带着众人绕了个圈子，在靠近库房五十步的位置丢下货物后，快速向东走。

库房不远处，就是金兵的食堂，远远有酒肉的味道飘出。路上不时有金兵路过，他们两次被人拦住询问急匆匆地去哪里。

"连夜被吩咐去北大营，饭都没顾得上吃。"季锋很淡定地回答，他旁敲侧击地问了苏布力的来历，果然人人都知道那是个不好惹的家伙。

于是问话的金兵们也抱怨了几句，和他们告别。

"好样的老季。"姚素赞道。

季锋笑道:"不能冒险的踏白,不是好踏白。"

越朝前走,他们信心越足,也许真能这样混出金营。眼看东营门在望,姚平雁越发担心岳飞他们的情况。

"连夜出营要有军令。"守东门的头目皱眉看着他们运送的二十来匹战马。

季锋递上那枚并未交到库房的军令,冷笑道:"你以为我想半夜出去办事?我们是又被苏布力将军差遣了。"

"说的也是。不管是谁的兵,他都敢随便用,就是一个事儿多的主。"头目很理解地点头道:"但除了军令,出营还要手书。"

"他喝得醉醺醺的哪有什么手书?"季锋怒道:"上次不也这么出去了吗?"

头目摇头道:"我不知上次是谁放你出去的,这次不行。"

"你真要我把苏布力叫来?"季锋瞪眼道。

头目迟疑了一下,挥手道:"好吧。走,走!"

季锋笑着招呼众人出营,姚平雁的目光却盯着后头的道路,岳飞他们怎么还不来?

"我答应岳飞,一定让你们出营。"季锋轻声道:"岳飞没有我们拖累,走的机会更大。"

姚平雁明白对方说的是实话,但她仍旧留在队伍的最后头,焦急等待岳飞的出现。季锋则按着刀柄,淡定地张罗着其他人出营门。

人马陆续走出了一半,后方大营里忽然奔出一匹快马道:

331

"谁都不许离开大营！"

守门头目还没说话，季锋突然拔刀削去对方的脑袋。姚素同时出手，将另两个金兵打倒在地。周围的金兵还没反应过来，季锋就带着众人冲出了营门。

姚平雁在队伍最后头，不死心地看向后方。忽然看到岳飞、牛皋、张用三人，正翻越鹿角冲出金营。姚平雁调转马头，就要去接应他们。但也就在这时，疾如飞蝗的箭头从金营里呼啸而出。

战马连中数箭，将姚平雁掀翻于地，季锋赶紧上前将其护住。岳飞看到这一幕，不顾箭矢紧赶上来。牛皋和张用气喘吁吁地跟在后头。尤其是牛皋，原本就有伤在身的他，拼尽了最后一点力气，两条腿不停地颤抖。

季锋虽然连中两箭，仍旧笑嘻嘻地起身，对岳飞道："好小子，你们是不是把那苏布力杀了？"

岳飞道："那是当然！老季你也真厉害，把大家都带出来了！"

季锋哈哈一笑，转身问姚平雁："大人，你没事吧！"

姚平雁刚要说话，突然一支狼牙箭穿过了季锋的脑袋！鲜血飙射在姚平雁的脸上，让她吓得傻在原地。

岳飞回头望向纵马而出的金国铁骑，再看了眼已然殒命的季锋，不真实感笼罩心头，季锋死了？一路转战到此的季锋死了！

"大哥！大哥！岳飞！走啊！"张用将他的沥泉枪和大弓抛了过来。

　　岳飞接过大枪，心神回归现实，随即发现更多的羽箭激射而至，而姚平雁仍旧愣在那里。岳飞一把将女人拉到身后，扭头对远处想要回身救援的弟兄们喊道："你们快走！我会跟来！我一定追得上！老牛！张用！快走！带弟兄们走！"

　　面对漫天而来的羽箭，己方战士瞬间倒下一半，张用咬牙下令道："走！走！快走！"

　　剩余那十来个人同时向东疾驰，姚素将脱力的牛皋死死按在马上。

　　牛皋愤怒叫道："你们不救岳飞，该死的，你们不救岳飞。没良心！"但他极度虚弱，所谓的叫喊除了姚素并无别人听见。

　　姚素满脸是泪，但她咬着牙给战马加了一鞭。

　　岳飞的沥泉枪连挑十余名金兵，他的战马驮着两个人，脚步显得有些迟缓。但姚平雁的大腿上中了一箭，要想她自己行动基本没有可能。

　　"放下我。你带着我冲不出去。"姚平雁略带无力道。

　　"不可能。"岳飞断然拒绝。

　　此地距离金营太近，源源不断的金兵从营寨冲出，岳飞左冲右突，前几战包扎好的伤口全都崩裂，他茫然迷失了方向，只能哪里金兵少就往哪里跑。这些日子，他不止一次身陷重围，但这次马上不止他一个人。忽然，后方的敌人不再追赶，而是布成了一个包围圈。岳飞打量周围，心头一寒，这一路且战且走，终于到了绝地。

　　背后是一片荒凉的山坡，而下山的路已被金兵堵死。

"丢下我。凭你的武勇，一个人绝对能冲出去。"姚平雁再次道。

岳飞笑了笑道："你把岳飞当成什么人了？"

"可是……"姚平雁欲言又止，安稳地趴在马上，不再让岳飞分神。

岳飞向山坡下冲了两次，金兵不与他缠斗，只是不断放箭，他的战马又中了一箭。岳飞无奈只好奔上山坡，而金兵慢慢向上进逼。岳飞连放三箭，金兵吓得急忙后退。岳飞苦笑了下，其实他只剩下一支羽箭了。

山坡顶上有一个破旧的小亭子，山野间开着点点野花。

岳飞将姚平雁放在亭子里稍作休息，而他们刚一下马，那战马就委顿于地，再也站不起来。

"力拔山河兮气盖世，时不利兮骓不逝。"姚平雁眼中露出莫名的悲哀。

"得罪。"岳飞深吸口气道，面无表情地扯开姚平雁的战甲，替她取下箭头，包扎好伤口。

女人忍着痛，略带羞涩道："你仍有机会，这个机会在你手里。"

岳飞道："不，我绝不独自逃生。"

"你我并无同生共死之约。你或许武勇可比霸王，我却不是你的虞姬。"姚平雁望着天空，眼中带着些许幽怨道："我们都不知为何会相遇……"

岳飞一怔，苦笑道："即便如此……"

"不要被男人的自尊蒙昧心智，你活着离开此地，日后为我报仇！"姚平雁打断他道："我是武将，我是并州女军！埋骨沙场理所当然！"

这时，一队三十余人的金兵冲了上来。岳飞提长枪愤怒上前，不多时就将敌人打退，但身上同时多了几处伤口。当他回到亭子，姚平雁却已站到悬崖边。

"岳飞，你必须活下去。"姚平雁温柔无比地看着他，慢慢道："我们来世有缘再见。"

"别做傻事！"岳飞一个箭步冲向悬崖，但姚平雁义无反顾地跳了下去。

山崖下是滚滚而逝的河水，而岳飞连对方的衣袂也没抓住。岳飞两眼通红，恨不得也纵身一跃，但他握紧拳头，慢慢转过身。

"人固有一死，但绝非今日！"岳飞攥紧长枪，杀气凛然的望向包围上来的金兵。

那些金兵被他气势所慑纷纷后退。岳飞大吼一声，疯了般冲入敌阵。

那一天，许多金兵见到了恶魔……

紫严山的恶魔。

若是就此战死，那么之前的牺牲都不再有意义。若是在此苟活，那么多弟兄的背影，谁去追随？生和死，爱与恨，从来都不是简单地抉择。

岳飞也不知冲杀了多久，最后他的战马停在大河边，周围一

片孤寂，萧瑟飞舞弓也已遗失。杨可世、姚平冠、季锋、折勇、姚平雁的身影一个个浮上心头，岳飞仰天长啸，双目流下两行血泪。

我只盼着能将你们都平安带离此地。我一定会带你们平安离开沙场。

"我没有做到啊。"岳飞坐在水里，哭得像个孩子，"我没有做到，没有做到……"

你或许武勇可比霸王，我却不是你的虞姬。

你不知何时会爱上一个人，但心碎的时候你一定会知道。

岳飞，心如刀割。

一个月后，岳飞衣衫褴褛地回到汤阴县，当他出现在自家门前的小路，儿子岳云第一个从院子里冲了出来。

"爹爹！"岳云大乐，高叫道，"爹爹！你回来了！娘！奶奶！爹回来了！"

刘氏挺着大肚子，从屋里激动地走出，看到岳飞大吃一惊，上前抱住他道："当家的，你怎么成这样了？"

岳飞苦笑道："打了败仗，告身又不见了。就只能回来了。"

母亲姚氏仔细打量着儿子，担心他有什么闪失。

岳飞哑声道："娘，我没事，真的没事。"说着身子一晃昏倒在家门前。

风起

第四章　靖康

一、投军

"大哥，金人如你我所料南下了。我原以为两边至少会太平个三年，这才两年还没到呢！"

"距离上次给你写信三个月了。我知道之前答应每月都给你写信，但大哥，战事吃紧！我们真定和太原都被金人的西路军包围，每天都有弟兄战死。我们原以为只有我们大宋儿郎不怕死，但金狗似乎也不怕死……不过大哥放心，真定在刘韐和刘子羽大人手中安如磐石。我们担心的是开封，听说金人的东路军已到了汴梁外围。薛鹤这两天老在嘟囔，那么长的黄河，金人又没有大船。就这么被他们过来了十多万人，这些守河的干什么吃的？到底会不会打仗！大哥，之后我每天都会给你写信，弟兄们都很想念你。对了，随信寄来的银两，请你帮忙带给我们各自的家人。这是昨日上头补发下的饷银，世事难料。"

"大哥，想必不用我说，你也知道了。老皇帝把位子传给小皇帝了。各地勤王军都去了开封。金人决定撤军了。这场仗打了半年，真累啊。我们这些敢战营的老弟兄，你还记得吗？我们从辽国回来时，当年的老弟兄现在只剩下十三个了。我、薛鹤、姚政都做了队长了。听说最近朝廷先是决定割让太原、中山、河间三镇，后来又意识到这么做不对，所以再次组织人马去救太原。那皇帝，每次都做前后矛盾的事！"

"大哥，我们跟随大军去救太原不成，但收复了五台。汤怀受了伤，所以我来给你写信。我们这群人都已遍体鳞伤了，除了姚胖子。他居然到现在为止都没碰破过皮。你说这是什么世道？大哥，每次我们部队陷入困难不能前进时，我们就想到你，算来守孝三年已过，你什么时候回来？我们大家都在等你。"

岳飞看着薛鹤落款的时间，这是三个月前的信了，如今正值八月，乡下的天气闷热难当。这封信已看过许多遍，他并非不想再去投军。事实上几个月前，当金兵急攻太原，相州附近所有的部队都发了紧急动员令。平定军冯家派人来请岳飞，前后三次，最后两位公子冯孝、冯坤一起登门拜访。希望岳飞加入平定军，参与救援太原的战斗。

岳飞实在无法拒绝，就作为"效用士"，加入了平定军的广锐骑。所谓"效用士"，最初是志愿当兵的意思，后来宋神宗皇帝时，对此有了具体定义，说是对那些富家子弟、官宦子弟、举人，以及有特殊才能的人，志愿从军可称为"效用士"。这些人当兵后不论是身份还是待遇都从优对待。

岳飞加入广锐骑后，担任一支踏白队的队长，带领小队人马深入金兵范围，在榆次遇到金兵后激战连场。还曾一度加入姚家军，血战寿阳城。但即便拥有杨可世、杨志等多员西军大将，寿阳仍旧难逃被攻破的命运。

大战过后，亲眼目睹众多袍泽战死的岳飞，因为没了证明自己军籍的告身，而无奈返乡。在那之后，他也再没收到张用和牛皋的消息。

生死不知，枉为兄弟。岳飞轻轻揉了揉心口。

"即便真是万人敌，也未必能挽狂澜于既倒。"深受挫折的岳飞真正明白了父亲当年说的话。

从并州回来没多久，刘氏生了次子岳雷，看着幼小的儿子，岳飞对生活重新燃起了希望。如今小儿子半岁未到。而刘氏自打他从广锐骑回来后，就坚决不支持他复出。如果现在去真定府，真不知如何开口。岳飞轻轻叹了口气，参加广锐骑真不是个好主意，冯氏兄弟答应的事无一兑现。

屋外有孩子的欢笑声传来，大儿子岳云背着襁褓中的岳雷笑盈盈道："爹，徐庆叔叔在酒馆等你。"

六岁的岳云长得虎头虎脑，小脸上还有些婴儿肥，那两道像极了岳飞的短而粗的浓眉已初露峥嵘。

岳飞摸了下儿子的脑袋，悄悄溜去村里酒馆。小朋友很懂事地提醒道："就快开饭了。爹你早点回来。大叔的事，我不会跟娘说的。"

酒馆不大，是村里人平日小憩休息的地方，一壶水酒一碟花生，就能消磨半日。天气闷热时，大家甚至不进酒铺，只在店外大树下摆几张桌子。

徐庆身边围坐一圈后生，正议论着县里哪些人已去投军，投军到底该去哪里，这时候走家里是否会同意，等等。许多人说县里的富户王贵、张显已在半个月前投军。对村里的青年来说，当过兵的岳飞、徐庆是他们的主心骨，他们很想知道眼下到底该怎么办。他们见到岳飞，纷纷起身打招呼，然后识趣地退到其他桌子。

徐庆蓄着大胡子，病愈后的他身躯更为雄壮。他取出一封书信道："大哥，真定又来信了。"

岳飞一把接过书信，极快地看了一遍，浓眉挤成了山字，这一次是刘子羽的来信，信上说二战太原的战局即将有变，五月时候对岳飞有恩的，西军老将种师中在支援太原途中战死，眼下太原城破在即。另一边金兵再次逼近开封，所以朝廷命枢密院的刘浩在相州招兵。

刘子羽给岳飞写了推荐信，并告之若想投军这是个好机会。

岳飞将内容给徐庆转述了一遍。徐庆道："金兵再次逼近开封，若我们现在不投军，只怕开封陷落后，只能去投草寇了。只是大哥，眼看伯母的身子一日老过一日，你家老二又么小。"

"我想过了，两日后你我前往相州投军。你也不用说我，你家里不也是一样？"岳飞喝了口水酒。

徐庆道："我家里我说了算，但你这里嫂子是不会答应的。"

岳飞道："国难当头，我岳飞岂能在家做田舍翁？你回家安顿一下，我们这一去，就真不知何时会再回来了。"他目光望向天上的云层，姚平雁的笑容一闪而过，心中默默一阵绞痛。

徐庆抓着胡子，又问："我们如果离开汤阴，一旦战火烧到这里，他们该怎么办？我们去投军后，手中也没调动兵马的权力，太原都守不住了……"

岳飞思索道："暂时不会有事，只要开封不陷落，金兵就没有兵力占领我们其他地方。金兵总共只有十五万人不到，他们攻下太原后东西夹击，开封危急。但在此之前，各地勤王军会集结在东京周围。种家、姚家、刘家、杨家、折家的军队都会勤王。再有刘韐大人像钉子一样扎在真定路，开封依然有救。"

徐庆用力点了点头，沉声道："既然如此，我听哥哥的。"

岳飞道："两日后出发。"

"我可不会让你再丢下我独自上路！"徐庆哈哈笑道。

岳飞将书信收起，这封信就仿佛命运的召唤，让他那颗沉寂许久的心，再次壮烈起来。

刘小娘子大岳飞三岁，岳飞十五岁时娶其入门。常言道：女大三抱金砖，岳飞的爹娘为其张罗这份亲事，即便不真的为了什么金砖，但希望她能开枝散叶则是一定的。刘氏也不辱使命，结婚一年儿子岳云出生，后一年生了女儿安娘。在今年，又生了二儿子岳雷。刘氏颇有几分姿色，在乡里曾小有名气，因此其父母本想将其嫁入富户。但女人一有了这种念头，往往就挑三拣四，一来二去地就错过了二八青春好年华。当轮到岳飞他们家去提亲时，刘氏已不算是最好的时候。在乡下，一个女孩十八岁如果还不能嫁人，之后就真的困难了，而岳飞的外公姚大翁请人合了八字，下了一份很重的聘礼，一举敲定了这份亲事。

刘氏嫁入岳家后，对岳飞非常满意，这个男人相貌堂堂，一点也没有乡里泥腿子那种磕巴的感觉。岳飞武艺出众，身体自然是非常强壮，而且还在远近知名的"昼锦堂"有一份体面的差事。有夫如此，妇复何求？刘氏是个很本分的乡下女子，她对自己的人生就两个愿望，一是衣食无忧，二是丈夫能够守在身旁。这在二人结婚的头几年都不是问题。所以她自然就甜蜜而幸福着。

三年前，当岳飞第一次从军时，刘氏未做阻挠。因为她对男人"从军"并没具体的概念，以为既然是在相州投军，那么可能和在"昼锦堂"当差一样，逢年过节还能回家，虽然不像在昼锦堂十天半个月就能回来一次，那也没有远到哪里。而且连爹娘都同意了，她一个妇道人家又能怎么样？

谁知岳飞一去就是一年，这一年里一次也没有回过家。在岳飞从军半年之后，她就乱了方寸。刘氏并不是一个可以独自挑起家庭重担的女人，并非她没有这种能力，而是她没有这种意愿……

她公公岳和死后，这个问题就更为明显，家里只有孤儿寡母，没有男人就没了主心骨。所以那封让岳飞赶快回家的家书，就是在她极力要求下发出的。当岳飞平安回家守孝，刘氏的心才安定下来。这三年的时间，她把岳飞照顾得无微不至，就是为了要男人断了再次离家从军的念想。那什么辽国金国的纠纷，与我们乡下人哪有半点关系呢？但她很清楚的是，当守孝期满，岳飞的心一天一天的不在家里了。

岳飞去广锐骑，她是答应的。一来，对方给了许多聘金，在荒年可不是小数目；二来，她原以为广锐军距离前线还远，一直把男人关在家里会关出病。男人像风筝，那根线不能一直收紧。可是岳飞上次去太原打仗，回来时不仅丢了大弓，整个人失魂落魄的只剩半条命，简直是戏文里说的九死一生……

不知他在并州到底遇到了什么，真是大灾大难，还是遇到了别的女人？刘氏轻轻叹了口气，即便新得个健壮的儿子，但岳飞的心真的不在家里了。

这只大鹏鸟是要飞啊……不管自己做什么都是留不住他的……刘氏看着日渐粗糙的双手，和逐渐爬上眼角和额头的皱纹，可是……我才三十还不到，就又要过独守空房，把女人当做男人用的日子了吗？凭什么？

夜晚，刘氏早早收拾了锅碗瓢盆，安顿好儿女，看到从婆婆姚氏房门走出的岳飞，就将其拉回房里。岳飞想要说些什么，却被刘氏阻止。岳飞能看出刘氏精心打扮过，尽管已生了两个孩子，那美丽的容颜和窈窕的身段都一如初嫁之时。刘氏腻着岳飞，慢慢来到榻上，两人呼吸逐渐急促。岳飞初时表示有话要说，但女人露出白生生的肌肤，虽不算是滑若凝脂，看在眼里也是惊心动魄的美好。他收回那些难以开口的说辞，略带迷恋的投入温柔乡中。

窗外月色秋意温婉，屋内一片春光。激烈的温柔之后，二人赤身相对躺在榻上。

刘氏忽然道："相公，不要走，行不行？"

岳飞垂首看着对方的美目，苦笑道："你已经知道了？"

刘氏低声道："云儿藏不住事，我知你又见过徐蛮牛。而你晚饭后就去了娘亲那边，出来时眼睛通红。若非为了再次投军怎会如此？"

岳飞深吸口气，慢慢道："此时不去从军，若金兵赢了，大宋就亡了。大宋若亡，黄河南北覆巢之下无完卵。"

刘氏不理解地皱眉道："即便你从军了，但你只是一个人，就算有再大本事，又能如何？"

岳飞低声道："并不是说有我在就能力挽狂澜。而是，若所有人都觉得凭借一己之力，对这个天下不能有任何帮助，若所有人都这么想，都不去从军。这个天下就完了。"

刘氏披上衣服，轻声道："可是你走了，这个家怎么办？以前你可以走，是因为爹爹在，家里至少有一个男人。这次你若再走，这兵荒马乱的，万一金人打到汤阴，我们怎么办？"

"若我不去从军，当金人拿下开封，席卷河南河北。就算有我在家，也一样做不了什么。"岳飞神情逐渐严肃，"何况家里还有岳翻。"

"你弟弟只有十三岁，他能做什么？"刘氏怒道："上次你去太原参战，最后又成了什么事？"

"这次是枢密院刘浩大人掌兵，和广锐军不同。而且这次我大宋是真无退路了！"岳飞停顿了一下，又道："我十二岁时就在乡里枪法第一了，岳翻他一定也可以。"

"都是大宋的兵，有什么不同？"刘氏怒道，"反正怎么打都打不过金兵。"

岳飞苦笑了下，低声道："如今是打不过也得打。"

"娘亲……答应了？"刘氏咬着嘴唇问。

岳飞点了点头，低声道："娘说，家里有她在，叫我不用担心。好男儿志在四方，我这样的身手，不该埋没在家乡。"

"我不让你走！"刘氏任性地按住岳飞的身子。

岳飞苦笑道："我还有两日时间，会帮家里准备好过冬的事。我知道苦了你，但是家国天下，我们不可能事事兼顾。"

"我不知道什么家国天下，我只知道我们这个家！我心里只有我们这个小家！"刘氏指甲都抠入了岳飞的大腿，血丝从指甲缝渗出。

岳飞爱怜地看着她，轻声道："照顾好孩子，我一旦有所成就，就派人来接你们。你放心，不会太久。"

刘氏眼中露出凄苦之色，她信自己男人的本事，但不信什么不会太久。她痛苦无奈地看着男人，流泪道："我一个人不行的，飞，不管你怎么说。我真的不行……"

岳飞不知该如何劝慰她，只得将其深拥入怀。女人从抽泣变为号啕大哭，可惜泪水是留不住那颗想飞之心的。

清晨，岳飞替昏睡的女人把被子盖好，小心地走出屋子。

院子里弟弟岳翻刚擦好兵器架，随后握起一条长枪舞了一遍。就岳飞的眼光看，弟弟习武天赋不高，但因从小有自己言传身教，所以在县里也算是好手。有时候看着岳翻他就会想到岳云，如有一天他发现岳云也没有习武的天赋，那时自己会不会失望？他随即摇了摇头，那小子不会让自己失望的，三岁时候就壮得像头小怪物。真要担心的是岳雷啊，他还那么小，而自己……

又照顾不到他。

岳飞看着自家这几间瓦房，刘氏说得没错，这里离不开男人。但当他目光投向远方微白的天空，炼狱般的沙场上更不能缺少为大宋抛头颅洒热血的男儿。

舞好一路大枪的岳翻，笑问："大哥如何？我觉得很有些长进了。"

"长进与否又不是你自己说了算的。"岳飞笑了笑，低声道："很久没有比脚力了，要不要试试？"

岳翻点了点头，二人从院子里慢慢跑出，向西跑向岳家村最高的麒麟坡。

一路上，岳飞脑海里先是恩师周侗当年在此传授武艺的场景，然后开始不断涌现出曾经的腥风血雨，信武仓、寿阳城、金军大营……

岳飞越跑越快，步伐如风直上山顶，将弟弟远远甩在身后……

岳翻不禁想起几个月前大哥从并州回来，原本就不健谈的大哥，变得越发沉默寡言。在头几个日大哥常在夜晚无故失踪。有一次岳翻悄悄跟着大哥来这麒麟坡，见到他独自对着大山怒吼咆哮痛哭失声。

那时候他不禁想，大哥到底在并州遇到了什么？能让打小就怀着远大抱负的大哥，变得如此痛苦，打仗一定是非常折磨人的事。

只是即便那么痛苦，仍旧还是要去吗？这又是为了什么？

"这仗可以不打吗？"岳翻问。

"不能。"岳飞眼中闪过那一片片破败的村落，那一个个逝去的人，"因为覆巢之下无完卵。"

看着大哥宽厚沉毅的背影，岳翻坚定地道："那就去吧。老大，家里有我呢！"

岳飞拍了拍他的脑袋，低声道："照顾好娘。"

就在岳飞告别家人的同时，徐庆也前往陈家武馆，向陈广告别。

陈广已露出老态，他这几日正命人收拾东西，准备让徐天把武馆搬去江南。但据徐天说，老爷子本人并不准备走。

"你这是唱得哪一出？把弟子都赶去南方，自己守在这里？别到最后连个送终的都没有！"徐庆有些纳闷地问。

"如果金兵打到这里，覆巢之下无有完卵。我那么多年就挣下这点基业。自然是不能让他们玉石俱焚。所以我让你哥带着徒子徒孙走啊。"陈广慢条斯理地喝了口酒，"但我老了。不想动了。"

徐庆道："师父，徒弟我又要去投军了。"

"去吧。这次别莫名其妙回老家了。"陈广笑道。

"上次也不是莫名其妙啊。"徐庆怒道，但想想老头子够可怜的，不禁又小声道："师父，您老人家还有什么要交代徒弟的吗？"

"前几天岳飞来看我时，也问了这句话。但我没什么好教他的了。"陈广看了看徐庆，慢慢道："蛮牛啊，你虽然没有岳飞本事大，却是我最喜欢的徒弟了。投军之后，万事要多一份小心。不仅要照顾好自己，也要照顾好岳飞。他是个能看到远处，但看不清身边的孩子。如果有人给他使绊子，你就负责让那个人去死。"

"我知道了，师父。"徐庆沉声道，心里忽然对师父非常佩服。

陈广沉默片刻，苦笑道："其实，我一点也不喜欢看你们上战场，因为他娘的战场真不是人该去的地方啊。"

这是漫长的两天，也是极为短促的两日。岳飞知道家里有许多事需要他做，但手里忙着各种琐事，其实他的心早已飞到遥远的战场。

出发的那天，母亲姚氏将岳飞叫到内堂，内堂里供奉着岳飞的父亲岳和，外公姚大翁，以及义父周侗的灵牌。

姚氏低声道："今日我儿将要出发，有些话若不对你讲，只怕再没机会。"

"娘……"岳飞低声唤道。

姚氏摆了摆手，慢慢道："你从军之事，你外公和我一直都是支持的。我儿天纵之才，若不能为国出力。实在是枉费你义父周侗、师父陈广，以及一干名宿多年的教诲。但你爹则一直不希望你从军，因为他觉得，这个天下如何与我等小民无关。"

"爹他……只是舍不得孩儿。"岳飞道。

姚氏道："你爹是个好人，是个大丈夫。只是如今已不是太平时节了。飞儿啊，乱世已经来了，而你就要出发。尽管你爹常说，世事艰难，即便有万人敌也未必能力挽狂澜，但你毕竟还是要投入这乱世烘炉。哪怕遍体鳞伤，哪怕最后血洒疆场。与你在外金戈铁马相比，我们在家吃苦受累，甚至颠沛流离都不值一提。家里为娘的会为你打理，你大可放心去你的天下。"

"娘！"

"我儿知道，为娘和你外公，一直希望你靠这身本领，建功立业出人头地。但当你从真定府回来时，为娘已不这么想了。那时候呀，你出去当兵一年，我的心就悬了一年。一直到我见你从院子外进来，那颗心才真正放下。所以你在家守孝三年，娘从不催促你重新上路，娘已经不求什么建功立业了，我只求你平安。但是这个世道，这个乱世，逼着你复出从军。这一次你去打仗，不是为了要成为什么王侯公卿！你去打仗……"姚氏哽咽道，"是因为我们大宋需要你去上战场！你不去，他不去，这个天下就完了！为娘很担心，真的很担心。我们是乡下人，一没靠山，二无财力。你一身武艺，性格耿直，在外头一定会被人排挤，遭人嫉恨，被人利用。但即便如此，我儿你仍然还是要出去。岳飞！我们自家心里要有根。我不求你做多大的官、聚多少财。我们心中有浩气，自不怕那些血腥风雨，自不怕那些敌人积毁销骨。"姚氏拿出一幅字和一枚银针，轻声道："林林总总，唠唠叨叨说了那么多。娘亲送你四个字，日后不论万水千山，天高水长，只要你心中有这四个字，就是我岳家之福，或许你也能成为我大宋之福。"

岳飞抬头看着"尽忠报国"四字，字迹古雅隽秀，正是母亲手书。他哽咽了一下，除下衣衫跪在地上。

姚氏手提银针，一笔一画将这"尽忠报国"刺在了岳飞背上。当最后一笔完成后，她长出一口气靠在椅子上，轻声道："该说的都说了，今日我不去送你。我儿保重，好自为之。"

"谢娘亲。"岳飞胸中涌出种种不舍，哭拜在地。

辰时，刘氏带着一家老小送岳飞到村口，她面色惨白话语不多，眼中隐有决绝之色。村外的大树下，徐庆准时在那等候，徐家的人同样哭得稀里哗啦。

岳飞背着宝剑"湛卢"，向刘氏深深一礼后："我把娘和儿女都交给你，我知道对不起你，可也只能如此。今生欠你的，来生相报。"刘氏并不回答，岳飞转而对岳云道："照顾好你娘和奶奶，照顾好弟弟妹妹！"

"爹爹放心。"岳云哭着大声回答。

岳飞又朝着家的方向磕了三个头。随后在儿女惨烈的哭号声中，义无反顾地提枪上马离开岳家村。

这样的场景于靖康元年，在中原大地的各乡各村频繁上演着。每个负剑出发的青年，都向往着保家卫国，建功立业，为天下力挽狂澜，但是这纷乱残忍的乱世只是刚刚开始而已。

之后十数年的戎马生涯，岳飞再没回过家乡。

时隔四年之后，岳飞再次回到了相州安阳大营。营门前的林荫依旧，营外挂的帅旗也仍是一个威武的"刘"字，实则却是物是人非。当年在此征兵的刘韐、刘子羽北调真定，正和金人血战连场，此刻相州大营的主管是来自汴梁枢密院的刘浩。岳飞上一次的汴梁之行见过刘浩一次，并无深刻印象。

征兵大旗下，仍旧是排开二十多张桌案。岳飞和徐庆赶到此地时，又是天近黄昏，二人回想起前次报名的经历，不由有些想念从前那班弟兄。此次并未发生上一次的波折，他们很简单的报上了名，被领入体检区测身高体重。边上有个断手的青年说自己是在汴梁退下来的老兵，因为和金人打仗断了条胳臂，所以无奈退伍，但他杀敌本领仍在，希望在此重新入伍。只是不论他如何苦苦哀求，终究还是被拒绝。

尽管对那人非常同情，但岳飞和徐庆也无法帮他。校军场上有许多队伍都在操练，然而从报名处到校军场都弥漫这一种压抑的气氛。一阵大风刮过，操场上尘土扬起，操练的队伍沉闷无比。

"觉得哪里不对劲啊……"徐庆扯着胡子展望四周。

岳飞道："是时局变了。"上一次他们参军是为了北伐燕云，而今敌人已祸乱中原。

"这里没怎么变。"徐庆看着新兵的大棚道。

岳飞小心将兵器收好，新兵营里是不能私藏武器的，沥泉枪和湛卢有些麻烦。

"大哥，你是不准备把刘子羽大人的信给这边的刘大人对吧？完全没这想法是吧？如果得到上头重视，这两把宝物就不是问题了。"徐庆将行李放下后，熟门熟路地前往新兵装备分发地。

岳飞笑了笑道："凭特权上去的家伙会被瞧不起。"

徐庆举手道："我不是怕死啊。但若我们又从新丁做起，难说会遇到什么废物将领，说不定还没遇到大战就死得稀里糊涂啊。"

"我知道。"岳飞并不多说。

装备分发地有许多新兵在排队，据说不只是相州，周围滑州、怀州都有人来此投军。这里年纪大的有胡须花白的中年人，而年纪小的看着才十四五岁。这些人里有的是庄稼汉，有的是教书先生，有的是从其他战线败退下来的老兵。长长的队伍里，人们有一搭没一搭地聊着天，从京城被围到太原血战，说到老将种师中为救太原战死，所有人心里都憋着一口气。而说到朝廷杀"六贼"，前宰相蔡京死于流放途中的事，众人又不约而同大声叫好。只是近来让人痛快的事太少了。

就快轮到岳飞领装备时，天色已然昏暗，周围竖起了火把。忽然远处传来迅疾的马蹄声！

八百里加急的文书不是每天都会有，所有人都知道有大事发生！忽然不知是谁得到了第一手的消息，人群里忽然有人号啕大哭。岳飞和徐庆面面相觑，不多时"太原沦陷"的消息在人群中传开。

九月初三，太原城在坚守二百五十余日后失陷，守城将领王禀身中数十枪，投汾河自尽。太原没了，西路的金军一旦南下，汴梁岌岌可危……

在场许多人懊丧的砸起装备，更有人放声痛哭。忽然在新兵集结地，有人站到桌子上大声道："够了！你们现在是什么模样？大宋还没有亡，这只是丢了太原，又不是汴梁！你们都忘记自己为何要来从军吗？"说话人身材高大，浓眉大眼脸膛泛红。

王贵？岳飞和徐庆都认识对方。王贵是汤阴县首富王家的长子，在县里嗜酒任侠，自恃勇力好打抱不平。但和岳飞不同的是，他从不用考虑生计的问题，所以身边聚集的多是游手好闲之辈。尽管到了大城市王贵也只是寒门子弟，不能算什么门阀豪强，但在县里的确是独霸一方的纨绔。王贵拜师的邹氏武馆和岳飞他们的陈家武馆向来不睦，一来二去，他们在县里算是两个"阵营"。

王贵早比他们入伍一个多月，已经当上头目，身着小队长的服饰。在县里就是他伙伴，同是富户出身的张显，一如既往地站在他身后。

"你我从军，就是为了将金狗赶出中原！太原丢了不要紧。我们守住汴梁，然后把我们的城池都夺回来！"王贵慷慨激昂地挥动拳头。

夺一城，要死多少人？守一城又要死多少人？岳飞心里闪过寿阳血战时，那些倒下的身影。他眼中没有对方的那种热情，但身边许多人都被这番话感染，纷纷高声叫好。

"我王贵为了保卫我们大宋不惜粉身碎骨！希望各位弟兄能和我一起奔赴汴梁勤王！"王贵的壮烈言语，再次引发一片应和声，徐庆挠了挠头，自语道："我有点饿了啊。"他向来看不起王贵，那么多年两边打了无数场架，那小子是个只会说漂亮话的脓包。

岳飞和他交换一眼神，领了装备回去新兵营。太原城丢了……汴梁还能守住吗？那巍峨的城墙和华丽的飞檐，百年金粉洗刷的繁华如今是什么样子？说来不到一年的时间，金人已是二围汴梁了。

岳飞离开没多久，就有几个身披甲胄的大汉来到分发处，询问他的踪迹。其中两人更是大喊岳飞的名字。这突如其来的几个人，打断了王贵营造起来的热烈气氛。

岳飞？王贵皱眉望向张显，那家伙也到了这里？

岳飞、徐庆回到新兵营地，他们那个大棚里其他新兵也陆续就位。岳飞很惊喜地发现，昼锦堂的老相识胡越也在这里，一起的还有几个昼锦堂的护院。并肩战过山贼的两人感慨地看着对方，互相抓住胳膊用力晃了晃！

"胡兄！你们都到这里应募，昼锦堂交给谁？"岳飞问。

胡越道："韩家兵分两路，一批由二公子带着迁往南方。一批老顽固选择留守。我嘛，孤家寡人的不想去南方，就带几个后生来投军了。大队长高龙是跟着去南方了。"

"韩家的做法，和我们陈家武馆是一个路子嘛。走走，去食堂吃饭，边吃边说。"徐庆笑嘻嘻地带路前往食堂。

胡越笑问："你怎么路那么熟啊？"

"我是老兵嘛，以前在这里待过。"徐庆一面走一面道，"不知烧菜的换人了嘛。希望换个会做饭的。"

新兵食堂是个临时搭建起来的巨大凉棚，足以容纳数百人就餐。但即便如此，新兵的数量还是远远超过了吃饭的位子。岳飞、徐庆轻车熟路地找了个角落蹲着吃，胡越依样画葫芦地照做，发现这地方还挺凉快，比坐里头更舒服。

忽然同棚的大个子迟永跑来道："岳飞，有几个军官来我们棚找你，一个个气势汹汹的，你不会第一天就得罪人了吧？我看他们奔着这里来了。你快避一避？"

"避什么？谁敢动我大哥？"徐庆浓眉一扬起身道。

岳飞笑了笑，怎么第一天就有人来找事，点头道："出去看看。"

徐庆放下饭碗挽起袖子朝外走，胡越并不怕事紧跟其后，来报信的迟永只好跟着。

徐庆撩起衣袖走在最前头，小臂上的肌肉像铁块一样，高声道："谁找岳飞？"

对面来了三个军官，冷笑道："我们找岳飞，你这狗熊出来做什么？"

"你说谁狗熊？"徐庆怒道。

"说的就是你！"走在最前头的那个胖子大大咧咧道。

徐庆大怒上去就是一拳，那胖子迎上前来硬受一拳，手掌拍在徐庆的脖子上。两人同时疼得一咧嘴，但毫不停顿的互捶了五六拳。

另一相貌堂堂的军官从后头过来给了徐庆一脚，徐庆被踢得一个趔趄，怒道："狗日的！你又来！"

那军官笑道："收拾的就是你。"

徐庆怒吼冲向对方，却被胖子抱住，三人扭打在一起。

胡越劝道："有话好好说，有什么事要打架啊？"但他皱起

357

眉头，这几个人打架的架势实在难看了点。

迟永二话不说上去帮徐庆，却被第三个军官拦住，此人留着小胡子，三角眼闪着狡猾的光芒。"你来管闲事？"对方笑道。

"我最讨厌人多欺负人少！"迟永怒道，但他在对方手里没走两个回合就被撂倒在地。随后，就变成三个军官按着徐庆在打，但徐庆的牛脾气上来，三个人也按他不住，边上围观的新兵老兵也越来越多。

岳飞摸了摸鼻子，分开人群上前道："好了！打够了没？打破相了就不好了！汤怀、姚政、薛鹤！都住手！徐庆！"

汤怀、姚政、薛鹤、徐庆喘着气站立开。

"大哥！""大哥！""大哥！"姚政和薛鹤、汤怀激动地纳头便拜。

岳飞心里暖流涌动，冲上去将三人牢牢抱住！徐庆见他们抱得那么激动，立即也挤进来，五人一起哭得稀里哗啦。一旁围观的人被他们弄得完全没了方向。

几人回到新兵大棚，围坐一圈。

岳飞问道："你们为何在此？刘子羽大人呢？"

汤怀道："增援太原失利后，刘韐大人调任京城任四壁守卫使，刘子羽大人也跟去了。他们带了五千弟兄去汴梁。留了大约一千人给刘浩大人。"

姚政道："刘浩大人原是刘韐大人好友，他虽然是枢密院的大员，但并没什么人马。朝廷派他来相州征兵，手里总不能一点基础也没有。所以我们这一千人就被拨给了他。"

"但你们这一千人，参加了一系列的恶战，算是老卒，刘子羽大人怎么舍得的？"岳飞问。

"我们这一千人算不上精锐。正因打了一系列的恶战，可谓身心俱疲。"薛鹤拉开衣襟，露出胸膛上触目惊心的几块伤疤，他指着周围的弟兄，"除了胖子，其他人都是遍体鳞伤，是真的需要退下来休整。"

"日，胖子，你肯定躲懒了！"徐庆怒道。

"哎！不受伤不是我的错啊。哪次打仗我躲后面了？"姚政摆手道："总之刘子羽大人留我们下来休整，也算是为相州军保留一点种子。"

汤怀道："我们原本想跟他们一起去汴梁。但刘子羽大人跟我们说，他给你写了书信，推荐你到刘浩大人处。若我们留在相州大营，弟兄们就能重聚。"

姚政笑道："所以我们就都留下了。不仅我们留下了，还带着各自的手下，算来我们三个手下有两百多弟兄。"

"你这算显摆吗？"徐庆鄙视道。

汤怀淡然道："反正你得从头做起。兵营分尊卑，汤大爷我真要叫你行礼，你还不得乖乖的？"

徐庆瞪起眼睛，但又无可奈何地挠了挠头。在兵营里，官阶就是一切。

岳飞道："你们既然来了相州大营，可有回家看看？"

姚政和汤怀相对苦笑，汤怀叹了口气道："我还真不敢回去，怕是真回去看看，就不舍得再出来了。"

姚政道："我们甚至在信里都没敢说回相州大营了。"

薛鹤道："大哥，你既然有推荐信，怎么还在这里？直接去找刘浩大人吧。"

"我不想用推荐信。"岳飞道。

"给钱！"汤怀立即将手伸向姚政和薛鹤。

那两人各掏了五十文钱出来交给汤怀。

"他娘的，你们还拿我这事儿打赌了啊？"岳飞没好气道。

"这俩货不信我的，我就说大哥有推荐信也不会用。"汤怀笑道。

岳飞问道："刘浩大人怎么样？"

薛鹤道："文官出身，在枢密院当了十年差，在朝里有些人脉。若在太平时期会是个好上级，但现在会打仗的才有前途，他就难说了。"

汤怀道："若大哥不想用推荐信，那还有一个出头的机会，过些日子会有新兵演武会。凭大哥的本事拿个头名不是问题。"

姚政摸着肚子道："拿了头名是被提拔去亲卫队，也不可能做到百夫长出来带兵，没啥意义。不过我觉得刘子羽大人既然给你写了信，凭他做事的仔细劲，一定也会给刘浩写信。只要你来了，他就一定知道。"

几个人又聊了一会儿，汤怀表示营里还有事，要早些回去。而新兵营夜晚也要点名训话，岳飞几人才依依不舍地告别。

胡越主动替岳飞收拾装备，胡越小声道："岳飞，你们刚才聊的那些打仗的事，我在来之前，真是完全无法想象。也许老天真的给了我一点运气，能够和你分在一队。"

迟永笑道："是的，我们只要跟着你定能建功立业！"

"少拍马屁，明日早课开始，就别偷懒。否则能不能活过第一场战役也两说。"徐庆好笑道。

"好好训练那是肯定的。"胡越抱拳道："不知真的提刀上阵是怎样的感觉，以后就请多指教了。还有，岳飞，能者为尊。以后我就跟着他们叫你一声大哥了！"

岳飞一笑回礼，低声道："同吃一锅饭，从此就是自家兄弟了。"

走出新兵营，姚政拍了汤怀一掌道："你有个屁事，那么早回去是要做什么？"

汤怀道："我要去见刘浩大人，岳飞大哥既然不用推荐信，就让我去举荐。"

"你算个球，你举荐有蛋用？"薛鹤好笑道。

汤怀瞪眼道："至少要让刘大人知道有岳飞这号人物。"

"我没记错的话，刘浩大人是亲眼见过大哥枪挑小梁王的，一定了解他的厉害。"薛鹤转了转眼睛，小声道："我们人微言轻，真要推荐也要动下脑筋。你说的没错，我们必须让他重用大哥。"

姚政道："你一肚子坏水，定有办法。"

"我们手下现在有点人，一个告诉十个。就会有几千人知道。"薛鹤笑着看了看月色。

姚政摸了摸鼻子，笑道："那我就去跑跑门路，申请管新兵营吧，距离大哥近一些总是好的。"

新兵营头目的训话很简短，很快岳飞就回到自家的新兵大棚。

岳飞目光望向新兵营西面那片训练场，那是几年前因为和薛鹤他们一场激斗，而被罚杂役去开垦的几亩荆棘地。物是人非，终究还是回到一切开始的地方。但我可曾变了？

岳飞深深吸了口气，能与兄弟相聚，仍能握剑杀敌，即便人漂泊了，心沧桑了，但这世界仍是美妙的啊。

之后的几天，兵营里忽然流传开了大军征辽的故事。信武仓的那场恶战，以及枢密院枪挑小梁王的事被口口相传，岳飞的名字一夜之间响遍大营。不论是操练还是走在路上，岳飞身后都会有人指指点点。王贵和张显虽然不服气，但也最多在岳飞徐庆等人的身后小声议论，兵营毕竟与地方不同，轻易都不敢惹事。

即便如此，大营的统帅刘浩并没有接见岳飞的意思，而前方发回的军报则一日急过一日。

姚政如愿调到新兵营，外出的新兵说周围有贼寇出没，那些贼寇不仅骚扰百姓，还阻止前来投军的青年。上头命姚政查探周围环境，于是姚政、岳飞、徐庆约好了分头打探，一日后在安阳北面的铁犁镇会合。

徐庆和姚政在铁犁镇的酒馆前碰面，笑道，"胖子。这兵荒马乱的，只给一日时间能探查到什么？"

姚政皱眉道："什么胖子，如今我好歹是你的头儿。"

"这里又没外人，你还想摆谱？"徐庆翻着眼睛道："这次的任务还是大哥分派的，也不是你做主。"

姚政摸摸肚子，笑道："倒不是摆谱，只不过觉得呢，当兵身边如果没几个你这样的朋友在，也挺寂寞的啊。"

"那是一定的！"徐庆咧嘴笑道。

酒馆内外都有不少人，二人在店外搭了张桌子坐下。除了来往的客商，更多的是南北逃难的百姓。太原城破后，周围的百姓纷纷向南。但南面金兵正疾奔汴梁，有不少汴梁周边的百姓不知该去哪里，纷纷逃来相州。店内投军的青年三三两两而坐，议论着相州大营的事，部分人是为了响应朝廷征兵的号召，另一部分是为了混口饭吃。在连续几年的战乱后，当兵吃粮再次成了一种选择。

店门口有一道士竖着杆大旗，说是为了拱卫京师，特此招募"天兵"，生辰八字符合"六丁六甲大阵"要求的青年，将入选"天兵大营"。不仅待遇远好过相州大营，一旦大战胜利人人都会是百夫长以上的军官。

"真不明白六丁六甲御敌，这种没影子的事会有那么多人信。"徐庆皱眉道。

"信的人可不少。咱们道君皇帝尤其信，上行下效，满朝文武少有不信的。"姚政苦笑道："一路过来，家家客栈酒馆前都有这样的征召站。"

徐庆笑道："但生辰八字这种东西，不是可以作假的吗？"

"对方似乎并不在意。"姚政看着那随便搜罗报名军士的道士，压低声音道："你查到些什么？不会一天时间都游山玩水了吧？"

徐庆道："大哥交代我去查探新人应募的事，你去查来往客商。他去查周围的匪患，我当然不可能耽误他的事。"

"话说，这里没别人，你能不能告诉我大哥在并州遇到了什么？"姚政压低声音道，"总觉得他好像变了不少。"

"什么叫变了不少？"徐庆问。

姚政道："他原本就很沉得住气，现今多了股气势。那种感觉我不知怎么形容，反正这次重逢，我觉得他有点历经生死的宿将的味道了。"

徐庆道："大哥为了不欠冯家人情，加入广锐军，去并州执行军务。正赶上第一次太原保卫战，加入了姚家军和金兵在寿阳大战一场。具体的他也不愿意多说，但应该是身边死了不少弟兄。打仗嘛，刀山火海多经历几次，人自然就不同了。"

"话是这么说，但我们几个也经历了好几场大战，却都没大哥那种感觉。"姚政正要具体说，就见岳飞从前面道路走来。

二人起身对岳飞见礼，岳飞看看四周，显然也见惯了"招天兵"的场面，大口喝下一口水酒，坐定道："这里真是鱼龙混杂。但为何会有那么多人？"

姚政道："部分难民和客商要去大名府，但那边聚集了不少山贼，他们不敢自己走官路，所以在这里结伴而行，一般要聚得百多人才会一起出发。另一边你也看到了，征召天兵，几乎断了我们相州大营征兵的兵源。"

"怕山贼？"岳飞扫视了一下酒馆里头，"这里也有不少山贼，怕他们要和山贼同路了。你二人都拿到需要的消息了吗？"

徐庆道："原本我们的消息有误，并非山贼阻拦各地青年来参军。当然道路堵塞的确有一定影响，但真正影响我们兵源的是所谓的征召天兵，六丁六甲大阵。他们不仅开出高军饷，更因为上头有人买卖兵源，所以还给来参军的青年应征费。我听说这事的始作俑者，的确是京城的大人物。他们动员外省州府一同征集六丁六甲生辰八字的人，按人头收钱。他们预支给应征者十文，到汴梁再给一百文。据说不少人为了应征，将生辰八字作假。准备到了汴梁拿了应征费就当逃兵。而负责挑选八字的道士，因为八字其实没法查对，为了领上头银子，也无所谓下面的人作假。甚至欺上瞒下都不需要。"

"看不出你个大大咧咧的蛮牛，事情倒是打听得挺清楚。"姚政诧异道。

徐庆笑道："大哥交代的事，怎么能不办好？"

姚政道："据我所知，金人已封锁汴梁的外围，大批客商在向南走。也有少部分去相州和大名府。由于各地都有匪寇出没，所以商人们损失惨重。我们刘浩大人若想低价收购这些人手中的粮食和货物，的确是个好时机。但前提是必须让人知道我们相州大营可以保证他们货物的安全。否则他们会优先选择宗泽大人的磁州，以及汴梁以外的第一重镇大名府。这里有一批火旗社的客商，领头的叫周乔，他们带有五十多匹战马和一批粮草，是要送去磁州给宗泽大人的。这火旗社听说和石鼓斋有点关系。"

"数十匹马，怎么会那么少？"徐庆问。

姚政道："听说是路上先遇金兵，后遇到匪徒。原本是战马三百匹，现在只有那么点了。"

"既是送去磁州营的东西，我们得保护他们周全才行。"岳飞看了眼酒馆边的战马，又看了看周围那些虎视眈眈的人，挪动着桌上的酒壶和杯子，低声道："这里是铁犁镇，边上有犁头山。镇北面是磁州，东面是大名府，来往客商颇多。据说以前山里就啸聚有数百的贼寇，每遇官兵剿匪，就化整为零弃了山寨。如今朝廷为了应付金兵无力顾及他们，山里的贼寇多达数千。但他们平日行动并无统一指挥，而是分了四五个山寨分头行动。"

"大哥，刚才你说这里也有山贼？"姚政问。

岳飞指了指酒家前大树下的两张桌子，轻声道："那拨贼人我半日前在西面官道见过。为首的叫吉青、曹亮，这两人手里掌握有数百山贼。我看他们就是来打这些战马主意的，姚政你去和周乔打打交道，给他点出此地的山贼，然后商讨个去磁州的方略。毕竟我们无法一路保他们去磁州。"

"是。"姚政点头起身，他那微微发福的身材，加上黑胖的脸盘还真像个久跑江湖的商人。

"蛮牛，你去看看周围大约有多少山贼。"岳飞吩咐道。

徐庆也点头离开。

不远处忽然有了争执的声音，一个衣着考究的书生，正大声斥责那征召"天兵"的道士。斥责其乱军、乱政，耽误国事，贻误军机。道士的法号叫冲灵，手里有朝廷的征兵文书，自然不把那书生放在眼里，身后负责招募的军士上前就要教训那书生。

"天兵天将纯属无稽之谈，金人暴虐在前，靠你们这群道士如何护卫京畿？"书生凛然不惧，反而迎上前两步。

岳飞注意到此人衣着尽管考究，但身上满是尘土，并无随从，显然一路颠沛流离。

冲灵道人眯起眼睛，淡淡道："公子爷，看你也不像吃军饭的。既然不会参军保家卫国，就不要干涉其他人为大宋出力。我们且不论天兵这事，是当今天子定下的。我们且不说，这六丁六甲大阵能否抵抗金人。但报名参加天兵的弟兄们，确实是要亲身上战场的。我们抛头颅洒热血的时候，你在何处？在这里说些没用的，又何必？"

"这些人若真是所谓天兵，那东京城里的皇帝小子就真是天子了。可惜他们都不是！所以大宋朝才变成眼下的样子。"大树下其中一大汉笑嘻嘻嚷嚷道。

周围的一些酒客纷纷附和，更有人大声痛斥宋廷的种种不是。

"你们……"书生先是面色铁青，但看看周围仍旧在报名的队伍，以及对朝廷的一切都很不满的百姓，不由露出黯然之色。他独自走到酒馆旁，犹豫了一下似乎囊中羞涩，这时被几个匪徒模样的人瞪了一眼，只能绕到一旁的大树下。

不多久，姚政回来道："这一打听，还真吓了一跳。"

岳飞道："怎么说？"

"吉青、曹亮那群山贼，并非如我们想的是在这里挑肥羊。而是一路跟着周老板的商队过来，并已挑明了要拿这些战马。他们告诉周乔，说这里据他们山寨只有五十里，听劝就一路把马匹送到他们山寨，他们会保证火旗社众人的安全，并且给盘缠送离铁犁山，保证两百里范围内不会有人再动他们商队。若是不听，出了镇子就会动手。"

岳飞问："那周老板怎么想？"

姚政挠头道："他正在犹豫，一方面是他一路过来损失很大，为了剩下的这些马匹不值得赔上弟兄们的性命。但同样因为他们一路上受了很多苦，所以眼看就要到磁州，这样放弃也有点不甘心。他们得知我们相州大营愿意对其进行保护，当然很乐意，但也担心我们人手不够。他们已在此停留了三个时辰，最晚明日一早要有个交代。"

岳飞眉头锁起，略作沉吟。这时徐庆转了圈回来，小声道："看着是山贼的有五六拨，总数不过四十来人。最大的那批就是大哥你先前提到的吉青。"

"如此，我们要在此解决掉铁犁山的贼寇。"岳飞道。

姚政道："在此地解决掉几个山贼并不难，但我们只有三人，不可能将对方全都肃清。一旦有山贼走脱，周老板上路后定会引来更多敌人。"

岳飞笑着起身道："我和你去见周乔。"

酒店中，岳飞见到周乔，开门见山道："岳飞，见过周老板。"

周乔一愣，随即还礼道："你叫岳飞？你曾经北伐征辽，也到过汴梁石鼓斋？"

“正是。”岳飞点头。

周乔道：“我哥哥给过你一把宝剑……可曾？”

岳飞肃然拉开背上包裹，露出湛卢剑漆黑的剑柄。

周乔眼中闪过狂喜之色，笑道：“我大哥周三畏多次跟我们提起你，没想到会在这里见面。原来你又回了相州大营。”

岳飞抱拳，轻声道，“此地山贼众多，我虽是宋军，但也不适合表露身份。所以我是以相州麒麟坡山贼的身份跟你说话。”

周乔眉头微皱，随即点了点头。

岳飞又道：“我可以替你驱散此地的山贼，帮你安全上路。但我军职在身，无法随你前往磁州，而铁犁山附近山贼多达数千，之后的路我帮不了你。所以有个不情之请。”

周乔眼睛斜瞄一眼外头的吉青，沉声道：“你说。”

岳飞道：“你不要去磁州了，来我们安阳大营。马匹我们刘浩大人会出资购买，我保你周全。当然，若你觉得转卖我相州大营，会有损你商社的信誉。我也理解，毕竟我们安阳大营不可能出什么高价。”

“不。我可以答应你。”周乔目光不离宝剑湛卢，抱拳道，“一是，岳飞兄弟，我信你。二，说实话我已别无选择。看看我周围的弟兄，他们一路过来心力交瘁……”

岳飞目光扫过商社的伙计，点头道：“如此，之后的事，就交在岳某身上。”

岳飞走出酒馆，目光望向大树边的吉青、曹亮，对方显然也注意到了他。经过之前那落魄书生身边时，他发现对方独坐与树下，眼中隐有泪花。岳飞从徐庆手中拿过酒壶，将它交在那书生手中，低声道："大宋尚可一战，未到最后，兄弟不可丧失希望。"

那人惊异地抬头看着岳飞接过酒壶。岳飞身后的徐庆又递给他一个馒头，姚政则是拍了拍他的肩膀。书生目光扫过姚政，见对方的手腕上纹有"真定"二字，其余则看不清楚。

岳飞淡然一笑大步走向山贼，吉青和曹亮也起身迎了上来。

"这批战马，我大哥要了。其他地界的兄弟退散。"徐庆傲然道。

"你大哥？他算什么东西？在我们铁犁山的地头抢吃的！"曹亮冷笑道。

"麒麟坡，岳飞。"徐庆举起大拳头，冷冷道。

"你奶奶的熊，麒麟坡距离这里几百里，你们来铁犁山抢货？"李森背后的喽啰们骂道。

"我们跟了一路，今天才到你们铁犁山，怎么？之前我们白跟了？"徐庆怒道。

这时，对面的头领吉青走到岳飞近前，笑道："我不和喽啰说话。是你要虎口夺食是吗？我只问一句，你凭什么？"

他们这边的争执很快吸引了周围酒客的关注，许多不知就里的人围拢了过来。徐庆瞥了眼远端，发现许多之前猜测是匪徒的人已占据了有利位置。他霸气地抱着胳臂，摆出司空见惯的架势，有恃无恐地看着对方。姚政觉得好笑，很有默契地对山贼们做了个挑衅的手势。但远端路上有更多人聚拢过来。

岳飞看着吉青，笑道："就凭这里没人是我的对手。如何？你说这批货是你的，我说我跟了这批货十天，若你是出来混的，有头有脸。拳脚上见输赢就是。还是以为可以人多欺负人少？那也行，我认得你是铁犁山的吉青……"他故意拉长了声调，"曹亮，你们属于铁犁山里混得很有名的瓢把子。真要以为地头蛇人多，就可以压我这过江龙。随便，就一起上吧。"

吉青目光收缩，他不知岳飞是何许人，麒麟坡距离这里有些路程，他也不清楚那边的情况。但这人有恃无恐的样子，叫他很不舒服。"你想怎么打？"他问。

岳飞笑道："客随主便，规矩你定，地头蛇总不会太欺负人。但是，如果你输了，这单货物莫再伸手。"

吉青道："铁犁山十三个寨门，我不伸手总会有人出手。"

"别人我不管，今天只做今天的事。"岳飞道。

吉青扭头看了曹亮一眼，曹亮笑了笑道："你确定比什么都行？我如果比绣花呢？"

岳飞哑然失笑道："若你觉得在这里比绣花胜过我后，还能在江湖上混下去。尽管比！"

曹亮哈哈大笑道："说得好。男人当然要比点男人的事。你们既然有三个人，我们就比三件事，我们铁犁山绝不欺负外地人。"

这番话引得周围人群一片叫好声。

姚政发现周围至少有五六十号山贼，而并非之前预估的四十多人。他问道："比三件事，那就是三局两胜？"

"不错。"曹亮微笑道,"我出三个题,你们可以选第一件先比什么。"

"可以。"岳飞回答,他心生警惕,对面给他一种仿佛薛鹤冒坏水的感觉。

曹亮眼珠微转,微笑道:"酒量、骰子、比武。每一件只能派一个代表。但若觉得自己很行,可以一个人比三样。"

"骰子?"岳飞一怔。

"酒色财气,男人比的就是这些。"曹亮理所当然道。

吉青笑道:"如何?是你自己说,随便比什么。人在江湖,比的就是运气。"

岳飞扭头对另二人道:"三样我都接下了。你二人注意场内外,小心他们变卦。"

姚政点了点头,高声道:"既然还要比这种模棱两可的东西,我们需要一个公证人。比骰子时,双方都要检查工具。"

"没问题。这里那么多人,你可以随便挑一个人来做公证人。"曹亮阴恻恻地看着四周,那些原本是中立的旁观者纷纷后退,而埋伏在四周的山贼都上前了几步。

岳飞眉头微皱,但又不好叫酒馆里的周乔,若让所谓"肥羊"来给两方山贼做公证,那实在是太奇怪了。

"选个公证人而已,有什么好考虑的?"吉青冷笑道,"难道你想要找个自己人?若我发现公证人之前和你有瓜葛,就别怪我们人多欺负人少了。"

岳飞正要抬手随便点一个,即便公证人是敌人,他也有把握凭实力胜出。

　　"我来做裁判。"先前那个斥责"招天兵"道士的落魄书生分开人群走了过来。

　　"你是什么……"曹亮瞪眼就要开骂，却被对方反瞪了一眼，气势为之一滞，转而道："你是谁？"

　　书生沉声道："我叫赵汴梁，准备回东京开封府路过此地。并不认识各位，能否做公证人？"

　　吉青、曹亮互望一眼，之前他们都曾注意到对方和道士打交道的举动。于是曹亮点头道："那就是你了。"他又上下打量了对方几眼，此人尽管看上去处境窘迫，然而一旦从人群走出，却有种卓尔不群的样子。这种气质可以说和在场所有人都不太一样。

二、对决

　　"这次比试，就由我来主持了。"赵汴梁看着众人，清了下
嗓子道，"首先决定第一场比试什么？岳飞，你们先选。"

　　"骰子，比大小。"岳飞淡然道。

　　吉青点头道："可以。至于骰子，在场诸位谁带了骰子的，
贡献一副出来？"周围围观的众人很快贡献出三四副骰子，并摆
好了一张桌子。"你挑一副。别说我欺负你。"吉青很大方地指
了指岳飞。

　　岳飞随手就选了一副，骰子在他手心转了一圈，递给了赵
汴梁。

　　"比大小，只需要一枚骰子。"赵汴梁道。

　　岳飞就又从两枚骰子里选了一枚。吉青心里松了口气，看对
方拿骰子的动作，就知是不懂赌博的生手。

　　赵汴梁道："骰子分一到六点。六点最大，掷出同样点数重
来。一局定输赢。岳飞，你们这里先开始。"

　　"为何是他先开始？"曹亮问。

　　赵汴梁笑道："骰子比大小，后掷的人占优势。你们既然让

他先选项目，比试自然要让你们半步。我是公证人，这么做你们有疑问？"

曹亮和吉青互换一眼，对方固然说的有道理，但这么"公正"的做法，反而让他们有些不舒服。

岳飞想也不想，随手掷出，他心里有数这样的力度可能会转出多大的点。但偏偏骰子在桌子上不规律地跳了几下，落在了四点上。轮到吉青时，他只轻轻一点骰子，就掷出一个五点。

第一局比试，就在不经意间结束。吉青和曹亮眼中露出喜色，周围围观的山贼也纷纷喝彩起哄。唯独岳飞三人面不改色。

岳飞抱拳道："第一局我输了，第二局比什么？"

"比喝酒。"曹亮高声道。他扫视徐庆、姚政，又看看看上去毫无压力的岳飞，心里嘀咕，难道他故意选了个最没把握的先比？那就是说，剩下两件他都极有胜算？

"喝什么酒？"赵汴梁问。

曹亮笑道："他娘的，我们就地取材。当然喝这家店的烧酒就好。小二！"同样在边上看热闹的小二忙凑近上前。"给我拿几坛土烧来。"

小二从店里搬出五六坛烧酒。曹亮指着岳飞道："你们三个谁来？话说前头，没有两坛的量就别出来丢脸了。"

岳飞拍胸脯道："喝酒这种事，舍我其谁？"

"公证人说，喝酒怎么比？"曹亮转问赵汴梁。

赵汴梁道："当然是比谁喝得多，一样多就看谁喝得快？输赢以一方倒下或弃权来定。不过别怪我没提醒各位，酒越好，就越不上头，后劲足那是后话。这种土烧……"他开坛尝了一口，"酒烈，刚猛。符合此地的民风，喝得越快倒得越快。"

曹亮不由对其刮目相看，笑道："赵先生，这就不用你担心了。"然后望向岳飞道，"如何？要不要挑一坛？还是你担心我会下毒？"

"铁犁山的人在江湖上以狠辣霸道著称，但下毒这种事和你们从不沾边，我不担心。"岳飞提起酒坛，望向赵汴梁，"赵先生，你说开始就开始。"

"你们若用酒坛直接喝，那就小心点别漏太多。我会看着的。"赵汴梁命酒馆里人取来一个日晟，一个沙漏。然后对双方道："开始！"

岳飞和曹亮二人隔着桌子，各提酒坛仰天倒下。酒水泛起微小的波澜倾泻入喉，两人都面不改色地灌下第一坛。边上观赛者喊声雷动！午后的阳光映照在酒水上，泛起彩色的光华。不多时，第一个酒坛就在岳飞手掌旋转滑落，第二个酒坛瞬间抓入掌心，不留神还以为是隔空抓入的一般。如此他比曹亮就领先了一步。

曹亮眼角余光看到这一情景，毫不示弱地加快了吞酒的节奏。也提起第二只酒坛。不论是过往客商还是本地的山贼都未曾见过这样的斗酒，激动之余，每看他们举起一个酒坛就大声跺脚齐声欢呼！一时间，酒馆门前的官道上挤满了人。

徐庆看着好笑，小声道："整个汤阴县就没人喝得过大哥，这鸟地方的杂碎也敢出来叫板。"

姚政道："但那厮也已是第三坛酒，一坛算两斤，这家伙至少有五斤以上的量。奇怪他们肚子怎么都不大？"

不远处的吉青也忍不住掺和进来道："肚子大不大，人胖不胖都要看老天。不过这都第四坛了，不说酒量，他们肚子怎么受得了？"

岳飞喝到第五坛子，他停手看了曹亮一眼。那大汉喝到第四坛酒，手腕已经发抖，许多酒水从嘴角溢出，面色涨成猪肝色，胡须都已湿透了。

"你可以认输，躺倒多难看？"岳飞笑道。

曹亮不曾遇到过这样的对手，他在山寨里不说酒量第一，排前三毫无问题。他喝完第四坛，伸手抓起第五个酒坛，眼前忽然一晃，他皱眉稳住脚步，嘴唇对上酒坛。却听到周围一片哄笑声……他摇了摇脑袋，眯起眼睛望向四周，身子忽然一轻。吉青扶着他道："这一轮算我们输了。"

曹亮嘴里有些咸味，他擦了擦，刚才那一跤已跌破了嘴唇。岳飞看着好笑，回身望向赵汴梁。

赵汴梁以看怪物的目光看着他，高声道："胜方是岳飞！当前比试，一比一。"

岳飞这才满意地转向那两个弟兄，微微打了个酒嗝。姚政、徐庆上前各给了他一拳，第三场是比武，在他们心中岳大哥是无敌战神，绝无失手的道理。

"第三场比试，比武！"赵汴梁高声道，"此局为决胜局。岳飞，你这边派谁出战？"

岳飞微笑道："依旧是我。"

周围一片哗然，任他武艺多高，喝了那么多酒还要出战，这是拿命在开耍吗？

赵汴梁皱眉道："我以公证人的身份提醒你，再输一局，你们就会输了本次赌局。而且，本次比武似乎是生死不论的。"

一旁吉青已然拿出他那柄狼牙棒，微笑道："大家既然都是山贼，为货物比武自然是生死不论。"

岳飞微笑道："我让你选比试的项目，原是给你一条生路，没想到你竟要比武。论武功，你和曹亮只在伯仲之间，凭什么与我一战？听说你铁犁山上猛将如云，何不再换个好手来？这比武可不是掷骰子。"

"你！"吉青瞪起眼睛。

岳飞上前一步，傲然道："我如何？"他手指微张目光转冷，随时准备拔剑斩杀对方。

吉青大怒道："我一定要杀了你。"

周围的山贼将比酒的桌子撤下，中间让开一片空地。吉青舞动狼牙棒，直指岳飞道："来！我让你口出狂言。我……"

他话说一半，忽然人群中有声音道："吉青，你给我滚远远的。就凭你那半瓶子醋的本事，给人提鞋都不配。"

吉青面色微变，望向声音来的方向道："杨杀神，你为何来此？"

一个身形高大，手脚颀长的汉子走出人群。此人一双眼睛精芒闪动，鼻子略带鹰钩，嘴角始终带着傲慢的微笑："我路过此地，对你这种小买卖没有兴趣。但这个岳飞绝非你能对付。你们铁犁山如今已加入曹成大哥麾下，我总不能看你去送死。"

吉青把紧绷的神经略微放松，最近两个月，铁犁山十三个寨门尽数归附江湖上的大贼枭曹成。吉青和曹成的胞弟曹亮做过几次买卖，彼此意气相投，所以他也答应归附。而这次和曹亮一起来铁犁山的，还有曹成身边的第一高手杨杀神，这个人他一直是有些害怕的。吉青小心问道："那你是要帮我上阵？"

杨杀神笑道："你照顾好曹亮。"吉青微微点头，小心地退到后方。

赵汴梁皱起眉头，但先前并未说好三项比试的具体人选，所以铁犁山要临阵换人并无不妥。

岳飞看着杨杀神，也不由微微吸了口气，此人不同寻常，而且看此人的身高臂长，绝对是用长兵的好手……但他向来无所畏惧，迎向对方道："换了你就能赢我？"

杨杀神笑道："不是赢你，是杀你。"随从里有人递上他的长枪，那是一条枪柄有鹅卵粗细的丈二长缨。

岳飞由于是出来打探消息，所以未带沥泉枪。杨杀神侧头扫了他一眼，低声道："要不要给你找条枪？"

"你看得出？"岳飞问。

杨杀神手指拨了下鼻尖，微笑道："若看不出，我又何必来找你比武。我平生最爱杀用枪的好手。"

岳飞仰天大笑，借着酒劲这一笑就停不下来。

杨杀神冷冷道："很好笑吗？"

"我想你这辈子，并未遇到什么用枪的高手。否则怎么会活那么久？"岳飞眼中亦露出一丝骄傲，"我不用枪也能赢你。"他取下背上长剑。

那取剑的动作令对方眼中闪过一丝诧异。"剑是好剑，人又如何？"杨杀神一挽长枪，枪缨妖娆一闪遥指长天。

岳飞注视着对方，湛卢剑缓缓出鞘……黑色的剑芒在夕阳下犹如一波秋水。

二人一拉开架势，周围围观的人没来由地觉得身上发冷，纷纷向后让出十丈左右的一片空地。

枪风破空而出，十步距离一晃而至。岳飞双臂若大鹏展翅，灵动跨入对方近身，一剑刺向对方面门。杨杀神眯着眼睛挥枪横扫，枪杆狠抽岳飞的胸膛，岳飞顺着对方的枪杆飞身而起，掠向杨杀神后方，剑锋取其后颈。杨杀神左手切向岳飞手腕，右臂旋动长枪当胸而刺。岳飞大喝一声，双手握剑劈向对方，枪剑一碰，人影分开……

杨杀神看着大枪斑驳的剑痕，露出心痛的表情。自己的枪柄不是寻常的腊杆，而是金属的，岳飞看了眼剑锋，湛卢剑毫发无损。

"你有宝剑，便又如何？"杨杀神深吸口气，枪尖向前身子微微探起，突然步伐打开，灿烂的枪影急风暴雨般洒向岳飞。

岳飞目光收缩，步伐不快，却能在枪影中来回穿梭，他绝不多余攻出一剑，但每出一剑都攻其必救。这如风的枪影剑芒，看得周围众人眼花缭乱。吉青不由头皮发麻，换了自己能接岳飞几剑？姚政皱起眉头，这个杨杀神居然如此棘手，在他们印象里除了当年的罗定山，还没人能和大哥正面交手那么久。而徐庆心中则浮现出另一个人影，那就是在沥泉山兵器墙前，遇到的少年天才高宠！

不知不觉五十招过去，两人可谓棋逢对手。此人不除日后定为后患……杨杀神眼中寒芒罩定岳飞，大喝一声，铁枪带起一抹金虹，枪势刚猛绝伦，周围的空气陡然一紧，长枪若灵蛇噬天，划出诡异而犀利的弧线，所有的力量都被聚在这七寸长的枪尖上。岳飞从未见过此种枪术，只感觉即便长剑能拦住对方枪锋，人也势必被其击退，之后将完全被对手压制。他闷哼一声，突然左手按向对方枪杆，脚步向前一滑，贴着枪锋侵入对方近身。

杨杀神冷笑提枪猛刺，他能感到枪锋已划开对方胸膛。但岳飞的速度超出他的想象，枪尖只是划过对方胸膛，并未刺入。湛卢宝剑的剑锋拦在枪杆上溅出点点火星，扫过对方十指，直取杨杀神的脖子。杨杀神双手一挫，枪杆如风旋转，人影斜掠三步，但岳飞的剑如影随形，杨杀神大枪陡然一立，湛卢剑正刺在枪头。

喀拉！剑锋刺断铁枪，稳稳停在杨杀神的脖子上。一阵寒风掠过，杨杀神面色一白，岳飞的手亦微微一紧。

岳飞深吸口气，缓缓撤剑，低声道："承让。"

不远处，吉青怒道："你这厮占了兵器的便宜！"

"去你的娘占了便宜，长兵斗不短兵，你还要意思说。若我大哥用枪，你家狗屁杀神能过得了十招？"徐庆当即吼了回去。

但四周山贼人多势众，他们听吉青找到借口，立时喝骂起来。

"都给我闭嘴！"杨杀神看着地上断了的枪尖，面色涨得通红。"输了就是输了。找什么借口！"他对岳飞一抱拳，问道："为何不杀我？"

岳飞道："你我虽为山贼，但如今我们共同的敌人在北面。"

"北面？若给我机会杀你，我不会手软。"杨杀神拱了拱手转身就走。

"杨杀神，你叫什么名字！"岳飞问。

"输了的人没脸留下名字。"那人并未转身，举起手臂喊道，"都跟我走，回山！"

岳飞摸了摸胸前的伤口，方才生死只在一线之间，山贼里竟有如此人物。四周的山贼纷纷离开，酒馆前冷清不少。

周乔出来问道："他们真的会放手？"

岳飞道："这很难说，毕竟铁犁山有十三个分寨，走了一批不一定别人不来打你主意。"

"那我们该怎么办？"周乔问。

"周先生，你挑一匹最快的马给我。"岳飞转而对姚政道，"你快马加鞭回安阳大营，给我找点救兵来。"周乔、姚政一同点头，岳飞继续道："此去安阳大约八十里，山贼若要堵截我们会在铁甲口附近埋伏，那边有两条官道交叉。姚政你提前出发一个时辰，周先生，我们则是连夜赶路。分头准备吧！"

这时，一直站在远处的赵汴梁靠近道："我听到你们是要去安阳，岳飞，我就知你不是山贼。"

岳飞点头道："我是安阳大营的军士，出营打探周边匪患消息的。"

赵汴梁微笑道："我能否和你们一起去安阳大营？"

岳飞和姚政交换一眼，姚政问道："您是？"

"我是从磁州宗泽那边过来的。"赵汴梁微笑道。

岳飞皱眉道："这批山贼未必会对周老板的战马死心，所以你跟着我们会有危险，还不如自己走。"

"我并不怕危险。"赵汴梁笑道。

姚政小声在岳飞耳边道："大哥，他会不会是山贼？"

"看来不像。但他一直在留心官道，说不定在被什么人追。"岳飞小声回答。

周乔道："你从宗泽大人处来定有急事。不如我多给你一匹马，你和姚政先回安阳报信？"

赵汴梁道："不用，我就和你们一起走。我若和姚壮士同行，骑术不如他，怕耽误他的行程。但我可以写一封信，由姚壮士带给刘浩大人。"

"行！"姚政很干脆地答应。

赵汴梁转过头，又看了岳飞几眼，奇道："你喝了那么多酒，真的没事？难道你作弊了，我没发现。"

岳飞抹了把额头的汗水，笑道："刚才恶斗一场，酒力都发散了。现在的确没事。"

"没事就好。"徐庆拿过酒壶，给众人一人满上一杯，"来，一人一口，袍泽同心。喝完出发！"

"一人一口，袍泽同心！"赵汴梁欣然将土烧酒一饮而尽。

三、勤王

火旗社的马队连夜离开铁犁镇，一路上快马加鞭，商社人手不多，加上岳飞、徐庆、赵汴梁也没满三十人。一路上众人话语不多，岳飞发现每个人的脸上都挂了丝郁结。

赵汴梁道："看来周老板这一路上吃了不少苦。"

"你呢？还不一样？"岳飞问。

"看得出？"赵汴梁笑了笑。

岳飞道："你应该是富贵出身，却没有带随从，身上盘缠也不多，甚至还受过点伤。磁州到这里并不远，你路上遇到了什么？"

"金人。"赵汴梁眼中闪现出恐惧和愤怒，沉声道："我刚离开磁州就遇到伏击，同伴都被杀了。"

伏击？岳飞心里泛起嘀咕，金人为何要伏击他？

"你身手很好，这身武艺跟谁学的？"赵汴梁对岳飞很感兴趣。

"我自小师从周侗和陈广两位师父学艺。"岳飞并不隐瞒。

"周侗？铁臂金刀周侗？怪不得你剑法通神。"赵汴梁眯起眼睛道："我看你一身武艺，且办事颇有条理，在军中身处何职？"

岳飞笑道："我才入军伍，尚无军职。"

赵汴梁怔道："这就奇了，我看你的弟兄都很服你。若无军职，姚政即便回去报信，又能调来多少人马？"

一旁的徐庆插嘴道："那个回去的姚政，是新兵营的队长。我大哥岳飞尽管无有军职，但他曾在辽国带领我们血战连场，这次他是二次入伍，我们所有人都死心塌地地跟着他。"

原来如此……赵汴梁思索片刻，展望黑暗的官道两边，问道："山贼真的会来？"

岳飞道："山贼已经来了，远远跟着我们至少有半个时辰了。"

"是吗？我什么都看不到……"赵汴梁再次看看队伍后的道路，夜色中哪能看到什么人影。

这时周乔过来道："后面有人。"

岳飞向对方要了两把弓弩。赵汴梁也要了一把，但那些弓弩都偏轻。"你能拉多少？"岳飞奇道。

"一石五。"赵汴梁笑了笑，"跟你一定不能比。"

岳飞没有回答，有些无语地看着周老板提供的弓弩，但"萧瑟飞舞"既然丢了，只能将就用了。

赵汴梁却不死心，追问道："你能开多少的弓？"

"你这厮，开一石五很强吗？我也可以。而我哥哥可开三石的。"徐庆忍不住道。

三……三石……赵汴梁张大了嘴。

徐庆看着夜色中的黑影，小声道："大哥，山贼是在等更多的同伙集合，我们则在等安阳的援兵。谁会先到？"

岳飞笑道："我们的援兵从安阳来，他们的人从铁犁山从发。理论上会比我们的援军先到。但早到多久则不好说。"

周乔急匆匆从前头回来道："开路的弟兄发现前头也有山贼。"

岳飞道："这里距离铁甲口还有六七里地，周先生，我们转向东南面的白狼坡。"

周乔皱眉道："一旦被人包围，而援兵没到……那可就危险了。而且我们说好的会合地点不是铁甲口吗？"

"打仗要随机应变。"岳飞看了看天色，低声道："援兵一定会来的。"

火旗社的人迅速转移到白狼坡，远处的山贼开始没明白他们要做什么，后来陆续将山坡包围。有几个山贼想趁黑摸上山，被岳飞射杀于坡下，之后就没人敢再上前。赵汴梁同时射了几箭，但没有一箭射中。这让岳飞有些意外，毕竟对方拿弓的样子像模像样，怎么实际效果没有？

徐庆下山转了一圈，回来道："有两三百人呢！吉青、曹亮又来了，不过没看到那杨杀神。"

岳飞低声道："杨杀神应该是个很要面子的人。白天输了，晚上不会来。"

"有两百人那么多？"赵汴梁小声问岳飞，"他们在等什么？"

岳飞道："他们怕死。铁犁山有十三个寨子，听说最近合成了一股，但派系林立是一定的。这两百人不是来自同一个寨子，所以经过刚才的试探，谁都不想做出头鸟。"

赵汴梁思索道："他们会在天亮时候进攻？"

岳飞道："如果有更多人加入，天亮时分就是他们发动进攻的时候。而那时……我们的援军也快来了。"

徐庆笑道："所以我们只要守住一到两轮攻击就行？"

赵汴梁皱眉道："你也太乐观了！三十个人，打两百人怎么打？"

"有大哥在，怕什么？"徐庆又道："不过在西北我发现一股奇怪的人马，人数不多但装备精良，不像山贼。夜里隔着远，我看不太清楚。"

"难道是山贼请了人来？这会是什么人？"岳飞发现赵汴梁面色不对，皱眉问道："赵兄，你知道？"

"对方是否都配有硬弓和长矛？战马都比普通的好？"赵汴梁问徐庆道。

"的确！"徐庆瞪眼道，"难道是你的敌人，那是哪来的贼寇？"

"是……"赵汴梁还没来得及说话，远方就有激烈的马蹄声传来。"是金人。"他眼中射出恐惧。

"什么金人，你说清楚追你的到底是谁？"岳飞大声喝问。

"金、金人铁卫，浦察永……明。"赵汴梁断断续续道。

岳飞奔向高处展望西北，夜风奔来一群黑衣骑士，他们经过山贼的包围圈毫不避让，有几个山贼出来喝问被他们直接砍死。那大约三十个黑衣骑士，战马比普通的高出半头，长矛向前直指夜空，远远透出一种肃杀。岳飞深吸口气，举起长弓对着头一个骑士就是一箭，那箭划破夜空直奔对方面门。

那骑士突然拔刀，一刀将箭矢斩落，目光罩向岳飞。岳飞毫不停顿地连珠射出第二第三箭。对方拨开第二箭，但第三箭终究射在战马上，那骑士飞身掠下战马，眼中射出愤怒之色。但也就在那么短的时间里，其他人已冲上山坡。这些人逢人便杀，但很明显是在找人。

"徐庆！带赵汴梁上坡。"岳飞吩咐一句拔剑向前，他不知对方为何杀赵汴梁，也不知浦察永明是什么人，但决不能让对方得手。

先前被他射杀战马的骑士，上了别人的战马，继续追向赵汴梁。三名黑衣骑士围向岳飞，其中一人向他投出一矛，长矛从十步外破空而至……岳飞冷笑着一剑将长矛斩断，三个黑衣骑士纵马向其冲来……

徐庆拉着赵汴梁奔向坡顶，金人头领浦察永明带着两个人紧随其后。坡上火旗社的镖师急忙过来帮忙，但浦察永明连续砍翻三人。

有镖师借着月色看清对方的兵器服饰，忽然惊恐大喊："是金兵！天啊！"他这一嗓子远远传出，好些个原本要过来的镖师竟然掉头就走。

这让徐庆吓了一跳，他本以为凭着局部的人多，可以挡住对方。现在却把所有人都带入了危机。"赵汴梁，你跟着镖师逃，我去挡他们一挡。"

"多谢！"赵汴梁毫不迟疑地向坡下跑，但他心里也极为混乱，再向前就是山贼的地盘了。

徐庆提长刀冲向黑衣人，最前方的骑士队长一刀扫来。两人刀锋相交，马上的金人力大无穷，将徐庆扫出五六步。徐庆咬牙，二次上前，对方侧头看了看他，舞动刀锋再次旋风般一刀劈出。当啷！这一次徐庆被劈出七八步，但对方的战马也后退了一步。

徐庆冷笑道："金狗，你就这点能耐？"

但对方只是远望了一眼赵汴梁离去的方向，用女真话吩咐了一句，身后的骑士留下两人对付徐庆，其余众人和他一起直追赵汴梁。

徐庆不禁纳闷，那厮逃得那么快绝不像英雄好汉，但这些金人为何把他当宝，把我徐大爷当草？生气之余，他只能把怒火发泄在面前那两金人身上。对面的金人并非弱者，见徐庆来势汹汹，一左一右各举长矛锁住他移动的路线。徐庆微微一笑，探手抓住一条长矛，将对方生生拽下马，扑上去就是一刀。另一金人见此场景不禁一呆，回过神时，徐庆已冲至近前。血淋淋的刀锋当头劈下，那人赶忙后退，刀锋劈在他的马头，鲜血飙起！金人被压在自己马下。一身是血的徐庆一刀劈下对方脑袋。但也就在片刻之前，他再回头去看赵汴梁，那家伙已跑出去很远了。

赵汴梁拼了命地朝坡下跑，周围一起逃命的还有六七个火旗社的镖师，身后不断有惨呼声传来。几乎所有前往拦截金人骑士的镖师，都被斩翻在地。他不由得想到这一路来的遭遇，离开宗泽大营不久就遇到金人突袭，前后两拨突袭，使得护卫和仆从全部被杀，只剩下他独自亡命。连续几天一顿饱饭没吃，一个完整觉也没睡。金人……真没人可以阻挡这些金人？连这个看上去很厉害的岳飞也不行？

突然前面的树林里出现了大批的山贼，为首的山贼吆喝了一句，几十个喽啰同时冲了上来。跑在最前头的镖师还没来得及解释，就被山贼杀死。赵汴梁身子发抖趴在原地，进退两难，而背后金人已越来越近！赵汴梁情急之下，大吼道："前面铁犁山的弟兄，我们火旗社不是来攻击你们的，这里有金兵！有金兵！"

山林里的吉青、曹亮皱眉望向远端，十多骑与众不同的黑衣骑士正风卷残云般杀来。

吉青盯着对方手里长矛，沉声道："的确是金兵……他们的长矛和我们的不同。一个两个三个……"

"这票买卖真是难做，先是遇到比杨杀神还厉害的家伙，如今又碰见金兵。"曹亮犹豫着看了看四周，小声道："我们快撤……"

"撤什么？才这点金狗，我们有五百人，会打不过他们？"吉青高声道："弟兄们，前头是金狗！报仇的时候到了！听我命令，给我放箭！"

箭矢飞舞，但山贼的箭术多不怎么样，所以几乎没碰到金人。

"你疯了！看着是人少，但谁知道大部队什么时候会到？你不把弟兄们的命当回事？"曹亮叫道。

吉青怒道："我吉青和金狗有不共戴天之仇。既然遇到了，断没逃跑的道理。"

"你……得！那我就陪你干这一次。"曹亮重新打量这个弟兄，深吸口气叫道，"来人，对方人少！给我冲锋。给金狗点颜色瞧瞧！"

数百拿着各色兵器的山贼从树林里涌出来，黑压压地冲向那些黑衣骑士。

浦察永明立起长刀，勒马望向众人，傲然面对数百人浑然不惧！他冷笑一声战马盘旋，身边那十多骑列好阵形，成梭形阵冲起，没一个山贼都拦住他们的马蹄。这十来个黑衣骑士只两个冲锋就杀伤了数十人，但一片混乱里他们也失去了赵汴梁的踪迹。

吉青挥舞着狼牙棒，冲向金人首领。两人兵刃交击数下，吉青凭借着一股怒火勉强抵挡了数刀，但对方招数变化莫测，手腕被刀锋划过，狼牙棒掉在地上慌忙后退。他身后的山贼蜂拥而上，但浦察永明的长刀凌厉无比，仿若魔神下凡，手底没有一合之将。

不多时这十多骑金人一骑未损，反而追着数百山贼杀去。这场面就如十多头野狼，追逐着羊群。

吉青边打边退，若说没受伤前，他还能应付些黑衣骑士，现在则被逼入了绝境。曹亮眼见情势不对，早已不知去向，吉青完全无法明白，自己的判断为何会错，几百人打几十个人为何会一败涂地？

面前那金人长矛凌厉，人和战马仿佛一体，不论吉青是躲入树丛还是奔向怪岩都无法摆脱。而他一不小心，被对方的矛杆一下扫倒。黑衣骑士举起长矛，矛头上鲜血滴落在吉青的脸上，对方狞笑着注视着吉青的眼睛。

老家村庄被屠的场景闪过心头，吉青两眼怒火，冲着对方一声怒吼，毫不畏惧地迎向落下的矛头。若一定要死，战死何妨！

突然一道人影飘忽于黑衣骑士身侧，漆黑剑锋扫入对方咽喉。骑士惨叫都没有发出，尸首就跌落尘埃。

吉青额头满是冷汗，沉声道："岳飞……"

"可有看到那落魄书生？"岳飞问，一面问他一面看着那金人马脖子上挂着的山贼人头。这些女真似乎都有杀人枭首的嗜好……

吉青遥指东面道："好像在那边……"

岳飞道："不要落单，组织弟兄们联手对抗敌人，他们人不多。"

话很简单，但吉青听来如同圣旨，重重点了点头。

赵汴梁痛苦看着眼前一切，嘴里念叨着各路神佛天尊，踉踉跄跄靠近树林。不远处一个黑衣骑士正向其靠近，对方的长矛上还穿着两颗人头。赵汴梁哆哆嗦嗦硬着头皮拔剑面对敌人。黑衣骑士猖狂大笑，但他笑到一半戛然而止。半截刀锋从他胸口冒出。

徐庆将其尸体踢下，夺了对方战马，皱眉道："赵汴梁，你还真是能跑。"

"不跑早死了。"赵汴梁惊悸未定地抹去额头上汗水。他注意到徐庆身上多了两三处伤口，周围的山贼正四散奔逃，至于火旗社的人更是不知去向。

忽然一支狼牙箭掠向他的后心，徐庆飞身将其扑倒就地一滚，箭头钉在一旁的树干上。赵汴梁和徐庆相互扶持着站起，周围有六七个黑衣骑士围拢上来。

"你跑了那么久，还是难逃一死。"为首的浦察永明微笑道。

徐庆冷笑道："你就这么几个人，等我大哥岳飞一到，死无葬身之地的是你。"

浦察永明眯起眼睛，他心里也有疑问，此行共有三十六骑，战斗开始遇到合围，照道理其他人都该过来会合，但他们人呢？
"岳飞？神仙也救不了你。"浦察永明纵马上前大刀猛劈赵汴梁，他心里依稀觉得这个名字哪里听到过。

徐庆拦在赵汴梁前面，尽管他已多处负伤，却一步不退。

浦察永明用生硬的汉语道："方才没有杀你，你还真以为自己是人物？"他长刀划出诡异的弧线，突然显出三道刀影。

徐庆举刀拦截，明明感觉挡住了刀锋，却肩头一寒。他在受伤之前，本能地感到危险身子一侧。肩头被刀锋扫过，若非他躲得及时，只怕整条膀子都被卸下，但饶是如此他握刀的右臂已无法抬起。浦察永明挑衅的对其摇了摇头，不理不顾地重新望向赵汴梁。

一直在疲于奔命的赵汴梁不知哪来的勇气，忽然拦在徐庆的身前，沉声道："徐大个子，他要杀的是我。你快走！"

徐庆刀交左手，怒道："老子讲义气！一死而已！"

"我成全你们！"浦察永明轻轻抖去刀锋上的鲜血，长刀直奔赵汴梁的脖颈。

突然箭矢的破空声带起一连串的惨呼，浦察永明停下动作，他周围那六个骑士倒地三人。

岳飞挽着夺自金人的强弓出现在远端，高声道："你不管其他部下了？"

浦察永明皱起眉头，带动缰绳慢慢迎向岳飞。

岳飞继续道："你们这队人马一共三十六骑，如今只剩下你和身边这三个。其余的，都已死在此地。你只知道追杀赵汴梁，却没发现局面已然逆转！"

浦察永明面色阴沉地望向四方，众多山贼出现在周围，以吉青为首那些人尽管多数负伤，但那仇恨女真和汉人间的仇恨，足以支持他重新将己方包围。他用生硬的汉语，冷笑道："若你真是百发百中，刚才就该先射我。"他注意到对方一身是血，但并未受伤。

"我要当着所有人面，一对一杀了你。你的死，会有想不到的好处。"岳飞脸上有着前所未有的冷酷。

"一对一？"浦察永明仰天狂笑，"就算你是宋猪里能打的，也不是我的对手！"他催动战马舞长刀冲向岳飞，马蹄踩着半枯的树叶，发出碎裂的脚步声。

此时天空微白，清冷的晨风带动周围的树林，发出沙沙的响声。

岳飞眯起眼睛，湛卢剑斜指地面，在连续斩杀十四个黑衣骑士后，他很确定这浦察永明将会是第十五人。金人和宋人从前有什么仇恨，他不知道。在几年前他才入伍时，宋人和金人还是盟友。

在几个月前，他在并州亲历了金人的暴虐，金人过一村，清一村，攻一城，空一城。金兵和宋军交锋，根本就是饿狼驱羊！

这种感觉让他觉得愤怒，让他屈辱！从并州原回乡后，他常在梦魇中惊醒！这是大宋的土地，这里有我们的国土，这些人是我们的兄弟乡亲！绝不可如此！我岳飞，绝不容许金人如此！

岳飞此时依然可以从周围那些人的眼中看到恐惧，赵汴梁也好，吉青也好，那些山贼也好、火旗社的伙计也罢。无不如此！同样的绝望，他在寿阳城看到过，在许多村庄看到过！宋人害怕对面敌人的武力，害怕对方的凶残，害怕那种没有还手之力的感觉！

不杀对面的金人，这种感觉就会根深蒂固地种在这些人心里，不杀面前这个金人，周围所有宋人的余生都要在噩梦里度过。岳飞忽然明白了，为何在寿阳杨可世要接受金人的比武挑战，必须正面击败金人！

不仅要杀……还要杀得干脆利落！

浦察永明的刀锋扫向岳飞的头颅，岳飞微微一晃，身形移到对方右侧。浦察永明未卜先知似的，忽然飞离马鞍，人在半空抖出数朵刀花。刀锋泛起幻影，层层叠叠斩向岳飞的胸膛。岳飞向左向右的任何移动都是死地！

岳飞眼中精芒闪动，衣袍为刀风惊起，他不动声色地跨前一步。剑锷挑开刀锋，直插对方心口。浦察永明倒吸一口冷气向后急退，他脚步诡异，身形划出一片残影……岳飞浓眉轻扬，人若大鸟掠起，长剑起枪势穿透层层残影刺入对方后颈。

这一系列动作实在太快，周围人看来仿佛是岳飞一剑同时拨开了对方十余刀，但对方如鬼魅般突然拉开了两丈多的距离。等他们再回过神来，那金人已被岳飞刺死。

浦察永明一死，仅剩下的三个黑衣骑士瑟缩发抖，却没有一人调转马头逃命。

"杀！"岳飞看着那三双恐惧而决然的眼睛，大喝道。

吉青大吼一声，指挥众多山贼一拥而上，将那几个金人乱刃分尸。赵汴梁皱眉看着那些山贼将金人砍得面目全非，跑到一边狂吐不止。岳飞则对着那些金人的尸骨微微出神，他们为何不逃，虽然逃也一定逃不了，但人的本能难道不该逃吗？

女真不满万，满万不可敌……那些金兵若人人都这样，这之后的仗可真是难打了。

吉青走来对岳飞道："那家伙分明像妖魔那么厉害，而你杀他却仿佛狮子搏兔。真是天神，我不信你是什么麒麟坡的山贼，你到底是什么人？"

岳飞道："我是相州安阳大营的军士。"

"军……军士？"吉青咂舌道："你不是什么将军？"

"我也是新近投军。"岳飞道。

"但我哥哥迟早会做大将军的！你怎么样？吉青，我看你也是热血男儿，此刻金人乱我河山，你不要再做山贼了。跟我们回兵营如何？"徐庆一面说着，一面扫荡着金人的尸体，从浦察的身上摘下了一柄赤色刀柄的短刀。"这金狗不是普通人啊。"他琢磨着。

"投军？"吉青望向人群里的曹亮略有迟疑。

岳飞道："如今中原大地狼烟四起，你也是大好男儿，何不投军建功立业？"

"若你继续做山贼，安阳大营迟早会派兵清剿，相州有岳飞这样的人物在，你还能占据铁犁山？"赵汴梁吐得面色惨白，但说话时义正词严。

吉青思索片刻，转而对曹亮道："阿亮，老吉我要去投军了，你也来吗？"

"你他娘的！"曹亮爆了句粗口，但他随即又皱眉道："是不是我不去，你也要去？"

吉青点头，沉声道："我不想做山贼了。我要杀金狗！"

曹亮苦笑道："罢了，你要去就去吧。我要回山向大哥交代，大哥绝不会为朝廷办事，我是他亲弟弟，当然不可能去投军。"

赵汴梁听到他这句话，不由皱起眉头，但终究忍住什么都没说。

周围山贼了解了岳飞的身份，并听到吉青要追随岳飞去相州投军，就表示也要投军。

吉青笑了笑，高声道："有要跟我一起去安阳的都站过来！

从今往后，我们跟着岳飞大哥去杀金狗。"

众山贼听得此言，纷纷向他这边走来，呼啦超一下子居然有三百多人……曹亮身边只剩下十来个亲信，面色变得极为难看。他拱手道："吉青大哥，你好自为之。"

吉青对其一揖到地，说道："曹亮兄弟，你我后会有期。"

岳飞看了赵汴梁一眼，他并没有问赵汴梁为何金人要追他，赵汴梁也没有解释。

这一役，岳飞不仅保住了火旗社的战马，还收纳了三百多山贼前往安阳。他们加上火旗社剩余的伙计，浩浩荡荡朝相州前进。走了没有几里，忽然前头尘埃涌起，隆隆的马蹄声轰鸣而至！

吉青和赵汴梁同时变色，难道又是金人？

岳飞笑了笑道："这里已过了铁甲口，南面就是安阳大营，这般规模的队伍，必是我们大宋军队。"

徐庆皱眉道："但……姚政怎么可能叫得动那么多人？看这架势，怕没有近千人？"

岳飞叫停己方队伍，下马牵住赵汴梁的缰绳。

赵汴梁笑道："岳飞大哥，你这是做什么？"

"原本不确定，但既然之前你给刘浩大人写了手书，而他派了那么多人接应。赵公子，你绝不是普通人，先前岳飞失敬了。"岳飞不卑不亢道。他并不爱拍马屁，但也不是不知天高地厚之辈，在这个时代人是分阶级和尊卑的。

不多久姚政那微胖的身影从远处奔来，岳飞看到姚政身后的安阳大营头号人物刘浩，以及相州知府汪伯彦。而这三人在距离他们百余步的地方就已下马……这赵汴梁到底是谁？岳飞嘴巴发干，心跳也加快了。

只见刘浩和汪伯彦来到赵汴梁近前，隔着十来步就跪倒在地，高声道："臣汪伯彦、刘浩，不知康王千岁驾临相州，接驾来迟。望千岁恕罪！"

康王……岳飞并不知道康王是谁，但对方既然是姓赵，难道是皇子？

赵汴梁拍了拍岳飞的肩膀，小声道："孤王赵构，道君皇帝第九子。岳飞，这一路上承蒙你照顾了。"他笑着抖了抖缰绳，向前两步对刘浩道："两位免礼。回安阳再叙！"

"臣遵旨。"汪伯彦和刘浩起身后，略有迟疑地望着赵构身后那些山贼。而那些山贼也对这突如其来的变化摸不着头脑。

姚政高声道："大宋康王殿下在此，尔等还不行礼！"

周围军士和所有的山贼顿时跪倒一片。

"这些义士都已决定从军报效朝廷，刘大人你要好生安排。"赵构指着众人微笑道。

岳飞摸着额头，这一瞬间让他非常恍惚，这赵构和赵汴梁是两个人？但分明是同一张脸，怎么前后气质会发生那么大的变化？这就是……传说中的皇家贵胄吗？

远处队伍里的王贵看着康王对岳飞的态度，脸上难掩吃惊和失落。出发时，他已得知是姚政来搬救兵，还以为是岳飞在外面搞砸了什么。但如今看来，岳飞定是立了大功！这个岳飞明明较我晚入伍，但为何仍能快我一步建功？难道真是我命中的克星？

"大哥……走了。"徐庆捅了捅岳飞的后背。

岳飞这才回神发现大队人马已继续前进。赵汴梁，不，康王赵构在刘浩等官员的簇拥下，上了车驾来到队伍的正中央。没人对他在铁犁镇和白狼坡的作为提一个字。

姚政小声道："我回去把信交给刘大人手里，他看后脸都绿了，不顾一切地朝这边赶。但饶是如此，大哥你这里早把问题解决了？"

"说来话长，中间波折不小。"岳飞苦笑。

姚政看着吉青，小声道："打劫的，你也跟着大哥混了？有带见面礼吗？"

吉青微笑道："我带了三百人来，这个见面礼够大了吧？"

"三百人，又不是给大哥用的。算什么见面礼……"姚政鄙视道。

岳飞忽然道："康王这一路上的事，谁都不许再说。知道吗？"

弟兄几个一脸莫名，但不管是否理解，都低头领命。

徐庆嘀咕了一句："那他娘的回营后，还能说什么？"

四、王贵

当今太上皇赵佶，他相信自己是天上神仙转世，故自称"教主道君皇帝"。此人琴棋书画无所不能，那一手"瘦金体"，能与其比肩的人少之又少。这种人若非做了皇帝，说不定会是古往今来的一个风流人物。但他偏偏生在帝王家，偏偏还继承了大统。于是在赵佶在位的二十五年里，繁花锦绣的大宋朝被其折腾得千疮百孔。

赵佶共有三十二个儿子，太子为长子赵桓，康王赵构排行第九。赵构，博学强记，更天生一副好臂力，能开一石五的硬弓，射术相当不错，这在诸多王子中属于异类。只可惜，仅凭这个并不能让其多受道君皇帝的宠爱。

宣和七年金人初次进逼汴梁之时，赵佶无奈传位给太子赵桓，也就是当今圣上。赵构曾经前往金营充当人质，后来因为表现过于得体，被金人认为是假皇族，所以要求朝廷换人为质。于是朝廷用老五赵枢将老九赵构换了回来。

赵构死里逃生没多久，前些时又被朝廷命令出使金国。赵构明知此去凶多吉少，但也不敢抗旨。一路行到磁州，被磁州知府宗泽拦下，宗泽给他配了一百名护卫，以及诸多随从，保护其回汴梁。赵构离开磁州的府衙，既不敢北上去金国，也不敢抗旨回汴梁。犹豫耽搁了好久，终于在路上遇到了金兵。

那些金兵是斡离不手下的铁卫，是专门南下催促宋国使节上路的。他们发现赵构抗旨拒绝北上，索性决定强掳这个皇子。赵构颠沛流离一路向南，那带队的浦察永明则因一路上从未吃过败仗，带了小队人马孤军深入紧追不舍。

这些是薛鹤、汤怀用了几天时间打探到的消息。若非薛鹤与相州府衙里的几个幕僚相熟，他们这些底层小卒，可搞不清皇帝老子有多少个儿子，每个儿子又是谁。

岳飞这边立功后，尽管上头还无委任，但新兵大营的军士大多都为他马首是瞻。而花了家里百两银子，才弄到新兵营第三大队队长位置的王贵，对此表现出强烈不满。出身富户的他，平日里自有一批人是依附在周围的，第三大队和岳飞周围的军士的矛盾日益显现。在食堂和操练时，打了不止一两架。

"那王贵以为这里汤阴县？让我给他点颜色看看。"徐庆好气又好笑。

岳飞却摆手制止徐庆，更要求姚政他们约束士兵不要惹事。"汤怀，你也是汤阴人，你去找王贵谈一谈。"他吩咐道。

康王赵构来到安阳后，并未深居简出，而是在相州坊间访察民情，岳飞作为贴身侍从护卫左右。这个王爷平易近人，在人前不摆架子。甚至私下摆了酒席宴请岳飞、徐庆、姚政，以感谢他们在铁犁镇一路的护卫。

徐庆等人从未受过如此礼遇，相继都有了醉意。赵构把他们安排在卫士房休息，单独叫了岳飞到后院。这个王爷的酒量竟然比徐庆姚政还好，但岳飞已不再惊讶，这几日的相处，他已感受到太多惊奇的事。皇家贵胄，不是他们普通人能够揣摩的。

赵构走到书房门前，忽然停步回望空中的明月。"岳飞，我在汴京时，王府比此地大上十多倍，却从未欣赏过如此平静的月色。"他招了招手，让岳飞和他一起坐到石阶来，"今天我能请你们几个来此，就不准备把自己当王爷，你放松些就是。"

岳飞恭敬一礼，小心地坐在赵构身边。

"我仍记得我们初次见面时你说的话，大宋尚可一战，未到最后不可丧失希望。"赵构低声道："我从磁州一路过来，很清楚各地百姓都渴求一战。但金人声势浩大，此次在白狼坡，你也看到，三十骑金兵就杀散了我们五百人。"

"这是山贼未受训练，若是受过历练，战局定会不同。"岳飞小声反驳，"就那吉青带来的三百人，在安阳大营给我半年时间，就能让他们脱胎换骨。"

"但时不我待，我们哪里来时间训练新兵？"赵构反问。

岳飞无言以对，这是句实话，几年前他从新兵营奔赴辽国，只用了不到三个月。而今，若真要前往汴梁勤王，新征召的军士又有多少时间训练？

赵构道："若我折寿十年，可让我军中多出十个岳飞，那是天佑我大宋。只可惜，这是不可能的。"

岳飞赶紧起身道："殿下……岳飞惶恐。"

"坐。"赵构指了指台阶，慢慢道，"这几日，我打听了你一下。你虽没有什么军职，但已是老兵。几年前在燕云就立下战功，在枢密院杀死小梁王柴桂。此次更在国家危难之时，毅然携剑从戎。像你这样的人我要重用。眼下有两条路，一我给你个军职，你在中军作为我的护卫统领。在我手边打仗机会不多，但日后在这个天下，我能发挥多大力量，都有你一席之地。"岳飞浓眉一扬，赵构又道："或是，我让你随刘浩军前听用。但你在军中并无资历，最多只能让你带个百八十人。战事激烈，之前连种师中、王禀、杨可世这般的宿将尚且战死于军中，你千万要小心。"

若为中军护卫，打仗机会不多？岳飞有些不明白，难道中军就不打仗了？我们就这么点人，还要分散兵力吗？

"这几日，大名府、信德的兵马都会在我们安阳大营聚集，随后将有很多事发生。"赵构见岳飞低头不语，微笑道，"你是想领兵打仗，对吧？"

"殿下你是了解我的。飞，行伍贱吏出身，为了清除金狗，才离乡从军。若能让我上第一线，我不在乎带多少兵。而且……"岳飞略作停顿，仰起头道："只要我能打胜仗，能带的兵一定会越来越多！"

"这是老实话。"赵构微笑道："如此，我明日就命刘浩让你带兵。但是岳飞……没你在身边，孤王会不习惯啊。"他眼中射出一些感激之情，毕竟在离开汴梁后，有岳飞在身边的日子，是他感到最安全也是最平静的几天。

岳飞并没察觉出对方自称的变化，诚恳地说道："岳飞愿为殿下肝脑涂地。"他重重磕了三个响头。

赵构拍了拍岳飞的肩膀，低声道："天下重任在肩。"

次日，军中公布消息，康王赵构被朝廷任命为兵马大元帅，在安阳建元帅府。相州知府汪伯彦，河间知府黄潜善、磁州知府宗泽皆入幕府。赵构传令安阳大军即日向大名府开拔，并要求各州县的兵马，在十二月十七之后，次年正月三十之前，到大名府与其会合。各路人马组成五军，安阳大营的刘浩被任命为前军统制，岳飞被安排为前军踏白使，指挥一支踏白队。

刘浩告知岳飞可以组织旧部建立踏白队，但人数不能超过两百。而赵构补足了他一百匹战马，这样岳飞的踏白队就成了一支骑兵队。

岳飞将包裹里一副白色战袍的铁甲取出，郑重地穿戴整齐。汤怀发现这套袍甲不仅有多处血污，还有好几处处补丁，但不敢发问。

"这是一位故人相赠，我想是时候建功立业了！"岳飞对他们解释道。

踏白使，负责前方战事侦查，其主要工作包括地形勘察、军情搜集、战报传递。他们活跃于军队先锋之前，是最靠近第一线的人。但岳飞不明白的是，大军为何要前往东面的大名府，要解汴梁之围明明该南下才对。徐庆、汤怀等人虽都心存疑惑，但弟兄几个只要能聚在岳飞身边就够，并不考虑更多的事。

岳飞有在并州前线踏白的经验，给弟兄制定了一套，非常有专业的训练。小到情报收集、陷阱布置，大到地形勘测、战局观察。他甚至找高手来给弟兄们补习了女真话。

"所谓踏白，语言、地形、天时、军情、大势、任务，六点缺一不可。而军情，又分编制、敌酋、装备、粮草、目的，五大要点。"岳飞坐于诸弟兄前，将自己摸索的套路一一开讲，"兵书说，知己知彼百战百胜。要做到知彼，必得通过踏白队。"

这日，在食堂用餐时，汤怀带着王贵和张显来找岳飞。

徐庆头一个瞪起眼睛："老汤，你这是什么意思？"

"大家都是汤阴人。"汤怀道："我当然知道大家之前有过节。但那都是小时候的事了，王贵你自己说。"

王贵对岳飞躬身一礼，诚恳道："岳飞大哥，我想到大哥身边效力。我知道，从前在汤阴时得罪过你。但那时候都是小孩子不懂事，如今我和张显，也是受你之前投军应募的鼓舞，来到相州大营。放眼整个兵营，我们最服气的是你，最相信的也是你。汤阴人要团结，我们想要跟你。"

"最服气，最相信？"薛鹤坏笑起来，"兄弟你嘴真甜，但之前第三队一直在找事，真不是你授的意？"

王贵道："第三队不少人都是汤阴地面上的子弟，大家的过节由来已久。但我这次是真心实意想解决问题。所以岳大哥一让汤怀来找我说和，我就答应了。"

岳飞看了看汤怀，汤怀沉声道："确实如此。王贵很有诚意。"

"他有诚意个屁，这厮现在是来抱大腿的！"徐庆怒道："什么小孩子不懂事，当年因为你那点坏水，我们汤阴打了多少场架？伤了多少弟兄？现在跟我说团结？"

"蛮牛，好了！"岳飞喝止了徐庆，看着王贵和张显道，"打架的事，都是小时候的事了。王贵和张显手下有硬功夫，要加入踏白队，我同意。"

"大哥！"徐庆怔道。

"但在加入踏白队前，有些事必须解决。"岳飞指了指徐庆，"蛮牛和王贵，你们在县里时就是一对冤家。那么多年，其实那股怨气都不曾了结。今天我给你们个机会。"

王贵和张显同时扬了扬眉，他们忽然意识到岳飞想要做什么。

果然岳飞道："就在这里，你们和徐庆打一架。不论输赢，你们以后都是我踏白队的弟兄。而这一架打好后，你们之间的怨气必须给我放下了！"

"这个办法好！王家少爷！来，让你徐大爷揍一顿！"徐庆捋起袖子道。

王贵面颊微微抽动，他目光在岳飞身边众人身上扫过，连汤怀在内，并没有人对此提出异议。但是，真是打一架就行了吗？他忽然想到很多年前，因为自己要对付岳飞，结果错失了拜周侗为师的机会。他更想到，几年前张显让他追赶岳飞的脚步投军。而他在得知岳飞为了守孝退伍回乡时，是如何长出一口气的感觉。原本拉开的差距，还是有机会拉回来的，他一度对自己这么说。

可是，如果今天和蛮牛打上这么一架，先不说输赢，那我在岳飞眼中，在他身边众人眼里又是什么地位？

王贵嘴角扬起骄傲的微笑，慢慢道："岳大哥，有一件事你搞错了。"

"哪里错了？"岳飞问。

王贵道："那么多年，我和蛮牛之间，其实没有矛盾，没有怨气。我的怨气，来自于你。"

"我？"岳飞淡淡一笑。

王贵道："从你夺得县长兵对决的那一天开始，我作为邹氏武馆的人，就把你当做目标。虽然处理的方式幼稚了点，但不管是阴你也好，打架也好，造谣也好。我王贵的目标一直是你。待到你认了周侗老爷子为义父，我就更对你充满怨气。因为我一直觉得，拜入周师父门下的人本该是我。"

岳飞浓眉微扬，但王贵不容他说话，而是飞快继续道："我知你想说，周前辈并没有收我的意思。但在我看来，事情就是如此。那一年，我爹给周师父写了信，你师父陈广也给周师父写了信。周老师最后选了你。而我当时也只有十二三岁，那次的挫折，是我这辈子最大的挫折。之后，我一路看着你入昼锦堂，看着你从军征辽，看着你去并州！我心里想的是，我能否比岳飞做得更好？也许我做不到更好，但我一直在追赶你！所以岳大哥，我对徐庆没有怨气，我的怨气只对你。所以，我有个不情之请。今日，我不想和徐庆比武，我王贵只想和你一战。"

"你滚蛋吧！你会是我大哥对手？"徐庆怒道。

"我知道我不是对手。"王贵高声道,"我只求岳大哥给我一个机会!让我多年的怨气有个去处,日后才能踏踏实实在岳大哥手下当兵!如何?"他说到最后两个字,两眼深深望着岳飞,将身子站得笔直。

岳飞看着对方,脑海中同样闪过那么多年的人和事,他起身抱拳道:"好!如你所愿。"

汤怀和薛鹤同时皱起眉头,但都没有说什么,姚政更拉住了想发飙的徐庆。

岳飞来到空地上,伸手道:"不用比兵器了。王贵,你尽管出手。张显,你若想帮忙,也可上前。"

"今天是我一个人的事。"王贵大步走入场中。

岳飞不丁不八地站在那里,微微点了点头。尽管他刻意收敛,王贵仍旧感受到一种特殊的压迫力。岳飞手里并无兵器,但整个人就好比一柄藏于鞘中的宝剑,即便未曾出鞘,仍旧杀气凛然。

王贵沉下身子,默默蓄力,脸上浮起凝重之色,再无半分傲意。他聚气片刻,陡然冲了过去!岳飞看着王贵的拳头,手掌轻叩对方手腕。两人拳掌相交,王贵侧身飞起就是两脚。岳飞身子并不转动,仿若站桩一般,腾出另一只手挡下两腿。左臂一挥扣住对方脚踝,将凌空的王贵摔在地上。

嘭!王贵摔得灰头土脸,但他毫不停顿地翻身而起,深吸口气又冲上前去。

两个照面后,岳飞一掌打在王贵面门,将其扫出六七步,摔了个趔趄。但王贵嘴角溢血，仍挣扎着站起，不管不顾地再次摆开架势。如此，一连四五次。

"王贵，你适可而止点！有这么死缠烂打吗？"徐庆怒道。

王贵不理他的冷嘲热讽，他何尝不知打不过岳飞，但即便打不过，也要打！否则即便投入对方麾下，又怎么会被看得起？他还记得那一年，没能成功拜师。父亲王明提出让他出去走镖，照顾家里生意，另外在汴京给他找了个老师。之后他武艺进步了很大一块，但他仍然感觉每一天的日子都很难受。一是听不得周侗和岳飞的消息，二是根本看不上那些败在自家手里的弱者。

打败再多人，但赢不了岳飞又有什么用？王贵不顾剧痛的身板，大吼着再次冲向岳飞。这世上蝼蚁太多，值得追赶的人只有一个！

岳飞面无表情的让开一步，连拆数招，一个背摔将对方抛出。

王贵全身都像散架了一般，但他仍旧挣扎爬起，并慢慢端起架势。我距离他到底有多远？我一直以为只是那有一点的差距……

原本抱着看戏心态的众人，脸上都显出困惑和凝重。这家伙能拼到什么时候？

我原本以为他是个奸猾之徒，却能有这样的一面。岳飞抓了抓胡楂，认认真真地摆开起手式。

鼻青脸肿，满身尘土的王贵喘着粗气，心里道："老子，还没到头呢！"他咆哮着，再度冲向岳飞。

　　岳飞这次毫不留情的上前一步，一拳击中他的左肩。王贵平平飞出一丈多远，重重摔在空地上。但他用力甩开上前搀扶的张显，再次蹒跚着站起。这一次，连徐庆都不再骂他了。所有人都在想，岳飞是否还会出手？王贵又能坚持到什么时候？

　　王贵脸上不知是汗水还是泪水，他打这么一场，原本的目的是借着比武，把自己的地位提升到和徐庆他们一样的位置。若不和岳飞打，直接输给徐庆，那可就真的一辈子也抬不了头了。但此刻他看着前方岳飞模糊的身影，想的却是，那么好的功夫，本来我也有机会学到，可是却错过了啊。他不甘心，不服气的，大吼一声，跌跌撞撞地冲向岳飞！

　　而他的脑袋再次受到重击，眼前一黑，整个人平飞而起……这个差距，原来有那么大？是不是已不重要了……

　　岳飞看着失去意识的王贵，低声对张显道：“好好照顾他。你们从今起就是踏白队的人了。”张显抱拳施礼，岳飞转而对徐庆等人道：“汤阴人要团结，大宋人更要团结。从前的事不用再提。蛮牛，你记住了？”

　　徐庆低头道：“我听大哥的。”

　　张显将王贵弄醒后，把他扛在肩上道：“打一场也就罢了，你又何苦如此？”

　　王贵道：“以后我们至少不落人后了。我们在汤阴不落人后，在军队里更不可以！”

　　“你这小心思，岳飞都看得懂。”张显小心回望了一眼后方。

　　王贵咳嗽了两下，轻声道：“若他是傻子，我又何苦如此。

岳飞是棵大树，日后我们要全力帮他，帮他就是帮我们自己。就是帮大宋！"

由于王贵和张显被接纳入踏白队，相州大营其他有本事的人纷至沓来，岳飞的踏白队膨胀到一百五十人。没过多久，元帅府的大军就抵达大名府，很快以磁州宗泽和信德梁扬祖为首的各地勤王军，以及太原、河间战败的残军都来到此地会合。赵构麾下兵马数量迅速超过了三万。

有那么多人了……该南下了吧？岳飞望着帅府的飞檐心里嘀咕着。这一大早，那些高官名将们就聚集在元帅府议事，如今已过晌午，怎么还没结果？他作为刘浩麾下的军官，在外等待消息，身边聚集的将领个个都器宇轩昂，随便哪个官阶都压他好几级。

统兵官折彦质、张俊、苗阜、杨沂中、杜充……个个都是独当一面的将领。岳飞和汤怀站在台阶下，看着这些高高在上的武将，这里很多名字从前都听刘子羽提过。杨家、折家，并州四大家已经没有姚家和种家了。岳飞心里一阵凄凉。

汤怀小声道："大哥你拒绝了康王调往中军的意思后，那个杨沂中成了他的护卫统领。"

岳飞微微打量了一下对方，杨沂中是个颇为高大威严的武官，"据说他是杨家的后人？"

"如今姓杨的都说自己是杨业的后人，不足信。"汤怀鄙视道。

岳飞笑了笑，记得刘子羽说到这事也是这么个看法，说来刘辖大人被调去守卫汴梁后一直没有消息，不知老少两位大人怎么样了。

汤怀道："我家里来信，说金兵到了汤阴。元帅军走后，当地守军都不战而退，逼得很多乡亲都离开老家了。"

"我家媳妇也来了信，她说全家临时去山里避难。"岳飞苦笑道："其实现在哪里都不安全。好在我认为金兵不会一直待在汤阴，只算是路过那边。"

大约又过了半个时辰，议事厅里的大人们才纷纷走出，走在最前头的是六十多岁的老宗泽，向来儒雅的他一面走，一面嘴里骂骂咧咧。

跟在后头的是刘浩，他面色无奈而阴沉，对外面候着部下道："叫弟兄们打点行装，我们南下！岳飞，你跟我来。"

岳飞大喜，却没明白为何刘浩这种表情，据他所知刘浩一直都是想要回汴梁勤王的。"将军，这是……"他小声问了一句。

刘浩叹气道："最终决议，只让我们和宗泽大人南下。其他兵马将移师东平府。汪伯彦、黄潜善这两个狗日的，死命劝谏大元帅谨慎用兵。若非宗老大人据理力争，只怕全军都要留在此地待命。"他拉着岳飞的胳臂，将其带到宗泽的面前。对宗泽道，"老大人，这就是岳飞，武艺很好，为人机警。定能完成任务。"

岳飞躬身施礼，早在刘韐大人身边时，刘大人就不止一次提过宗泽的名字，这位老将和刘韐大人一样，曾上书反对朝廷联金抗辽而被贬官。

宗泽打量了一下岳飞，沉声道："我知你是踏白使，所以你

会在大军最前方。"

"是的大人。"岳飞点头。

宗泽道："如今有件事让你办，大帅征召李纲大人前来大名府，他距离此地甚远，赶不及元帅府成立。但他举荐了一个叫赵九龄的谋士来大名府。而今河东河西一片纷乱，到处都是金兵。赵九龄一介书生，又如何穿越这些地区？我要你在前锋探查此人行踪，寻得他，并将其带给刘浩。"

岳飞道："大人可有此人画像？"

"没有。"宗泽回答。

"可知此人大概位置？"岳飞又问。

宗泽道："几日前，听说他受困于滑州，后来从金人重围中逃出。目前只知道这些。如何？"

"岳飞领命。"岳飞抱拳回答。

岳飞退下后，刘浩小声道："大人也知道岳飞？怎么想亲自见他。"

宗泽笑道："几个月前，我曾率军援救真定府，见到刘家父子。他们跟我提起过一个叫岳飞的军士，说此人为将才，可惜回家种田了。今日你跟我说岳飞是你的踏白使，我想就不妨见一下。"

"是，此人的确先前曾在刘韐大人的军中。"刘浩笑道："刘子羽也曾为其给我写举荐信。而当年在枢密院，他曾为相州军在燕云的军功，枪挑小梁王。当时我在场。"

"是了，我也听说过此事。这样你还只用他做踏白使？"宗泽笑问。

刘浩道："白丁出生的士卒，要提拔也无从提起。大人觉得此人如何？"

宗泽轻抚胡须，低声道："此子有武勇，举止果敢。当为可用之才，你好生留意着。若真是人才就要破格使用！"

岳飞不知上头曾有过这样的对话。回大营后，迅速带领弟兄们先一步南下。他们离开大营时，看到杨沂中带着大帅亲军准备向东开拔，岳飞在心里轻轻叹了口气。这一百多踏白军，以他第一次投军的旧部为班底，补充有相州大营的精锐新丁，比如王贵、张显、胡越、迟永等人，由大名府南下奔向滑州。

踏白主要的任务为侦查，而不是杀敌。一百个军人在前方打听来的消息，有时会有一百个版本。作为踏白使，岳飞必须将所有版本分析、归纳、核实，并在第一时间上报给他们身后的先锋营，这并非容易的事，而更不容易的是寻找赵九龄。

岳飞在出发前找了许多人，询问赵九龄其人。大多数人都表示没有见过，只知道他是个颇有声望的文士，在汴梁保卫战中曾经发挥不小作用。最后是找到了一个赵九龄的同乡，根据描述画了幅肖像。踏白队五人一组，分头行动一路向南，避过多路金兵，在黄河渡口李固渡北面汇合，等了半日大约有八十多人按时抵达。

薛鹤道："大批的难民从汴梁方向过来，都说汴梁是肯定守不住了。"

汤怀道："我这边的消息是汴梁已然失守，但还没证实。"

姚政皱眉道："此地距离汴梁只有四日路程，但我们的大军距离汴梁实际还有很多路，我们踏白军已走得过快。如果他们真要救援东京，这种态度怎么行？"

"可有赵九龄的消息？"岳飞问，大军是否提速南下并非他能过问的。

他那一干老兄弟纷纷摇头，这时站在外围的王贵抱拳道："我在难民里打听到了一些消息，前些天李固渡的金兵抓了一批京城过来的官员，其中可能就有赵九龄。这批人要从李固渡坐船运去北面。"

"确定是赵九龄？"岳飞问。

王贵道："只知道有个官员姓赵，长相和画像有几分相似。而我们打听多日，这是唯一线索。"

岳飞皱眉道："金人何时发船？"

王贵道："就是这两日。我还打听到这批大宋的俘虏，被关在码头南仓的西区。问题是李固渡有近两千的金兵，我们就算全力杀进去，也没有胜算。"

"两千人？是哪路人马？"岳飞微做沉吟问道。

王贵道："领兵的是个叫都烈布罗的千户，属于斡离不部。这两千人并不擅长水战，只是临时驻扎在渡口。"

"我们不用正面对抗金兵，只去救人。"岳飞注视着王贵道，"关键是消息是否准确。"

王贵沉声道："我问了十来批难民，其中有三拨人提到了赵姓官员，且都确认了相貌。"

岳飞望向众人道："还有别的消息吗？"

徐庆道："有传言，最近会有大队金兵路过李固渡，但时间不详。"

"多大队？"岳飞皱眉问。

徐庆道："至少得有几千人。"

"两千也是几千，九千也是几千。"薛鹤没好气道。

徐庆瞪眼道："我只会几句最简单的女真话，就算抓了舌头也问不出什么。你要我怎么办？"

岳飞微微点头，高声对众人道："李固渡码头谁熟悉？"

张显道："我外公家就是这儿的，去年还来过这儿，我熟！"

岳飞想了想，指着众人道："徐庆、姚政、王贵、张显、胡越、迟永，你们跟我夜探李固渡。"

汤怀、薛鹤和吉青同时一皱眉，岳飞道："你们带我们踏白的主力在外头接应，一旦看到码头起火，汤怀你带队佯攻西面，薛鹤和吉青来东面接应我们。汤怀你记得多打旗帜。老薛，我们沿着河道向东撤退，你和吉青要在很长的一条路线上找我们，要灵活用兵。"

薛鹤和吉青同时抱拳道："放心吧！大哥！"

"这个……如果我们等一晚上这火没烧起来怎么办？"汤怀问。

岳飞笑了笑道："那外头弟兄们的性命就都交给你了，别继续送人头给金狗。"

"快吐口水，乌鸦嘴！"薛鹤怒道。

王贵道："我打听到这批官员有十余人之多，我们救了赵大人，然后呢？那么多人怎么一起带出来。"

岳飞沉声道："此次行动只为找赵九龄，张显你准备一张李固渡的地图。其他人我们能救则救，见机行事。"

汤怀小声在岳飞耳边道："王贵、张显、胡越、迟永平日操练是不错，但他们初上战场，临阵变数极多。大哥是否该多带老兵去？外头交给薛鹤和吉青足矣。"

"谁不是从新兵过来的，有我、徐庆、姚政三个老兵带着，刀山火海里滚三滚，也就是老兵了。"岳飞抬眼看了看天空，轻声道："打仗死新兵，但不打仗永远都是新兵。"

五、李固渡

李固渡作为最靠近汴梁的一个黄河渡口，四面八方的难民蜂拥而至。岳飞他们七个人换上平民服饰，两三人一组，长枪大刀一概不带，轻装简行地进入李固渡。金人说是拥有渡口的控制权，但实际上金兵主要控制着河道，并不多在市集逗留。北面的河道上只有极少数的民用渡船，据说两日后所有的渡船都将停运。

市集上的所有供应都已中断，唯一还在运营的一家酒楼只供应粗粮和茶水，酒肉是完全不用想了。各地的消息不断在此集散，真真假假叫人难以辨识。有人说被围半年的汴梁已放弃防御，天子赵桓随时都会宣布投降，也有人说大宋天子誓与汴梁共存亡，将血祭江山社稷。还有人说，道士郭京带领"六丁六甲"的天兵天将拱卫京师！但不管是什么消息，都已无法叫周围的百姓动容。

投降？皇帝绝不会投降的……若是投降了，我们这些参军的又算什么？岳飞看着周围的百姓，那些人的脸上已说不出是焦虑还是痛苦，更多的是一种绝望的麻木。而岳飞知道，自己并不能改变什么……他此行的目的，只是为了寻找赵九龄。

在码头上转了一圈，岳飞发现北码头的地面上有不少血腥味。听说这两日金兵曾在码头清场杀人。他回到镇上，前往张显外公的家，说是外公家，其实只是一个习惯上的称呼，张显的外公五年前就病逝了。这里是他舅舅当家，当然那两个舅舅早就逃去外地，眼下此地只有一个留守的老仆。

踏白军的众人陆续进到屋内，张显询问了一下老仆，老头子告诉了他们码头的情况，南码头是金人的地盘，北码头允许大宋难民使用，但到了晚上整个码头都实行宵禁。

姚政道："我先前去码头打探到的情况也是如此。白天的码头有些混乱，所以我花钱弄了条小船藏在了放杂物的地方。"

王贵道："有几万人挤在码头吧，岂是他们说禁就能禁？"

老仆看了他一眼，低声道："不听话就杀人。第一日杀了八九百，第二日杀了五六百。第三晚就没人犯禁了。"

徐庆道："白天码头上的防卫不算太紧，但南码头有一半地方是军营。而北码头……如老爷子说的，很多地方的血水都还没洗干净。"

众人倒吸口冷气，岳飞冷笑道："此地归斡离不管辖，据说他还是金人里对我大宋采取和缓手段的将领。"

张显问老仆道："我那两个舅舅都不要这宅子了，你还留在这里做甚？"

老仆笑了笑："我在这里干活四十年，临老了还能去哪里？如果宅子不在了，那我也就不在了。显少爷，我给你们准备点吃的。”

岳飞抬手道：“老人家，不用麻烦了，我们带着军粮。”

王贵道：“有好吃的，干吗……”

徐庆瞪了他一眼，“你自己看看周围，这里弄顿好吃的很容易吗？”

姚政笑道：“凑合一顿便是，又不是来吃喝玩乐的。”

张显皱了下眉，但他看胡越、迟永已在准备干粮，也就不再多说。

老仆有些诧异地看了岳飞一眼，低声道：“那若有其他我能帮忙的，尽管说。”

“有落脚的地儿已很不错了。老人家，今夜你最好避到镇外去。”岳飞说完点了点徐庆，令其在院墙上放哨。

张显看着院子里的大树，瞬间神游到小时候和弟兄们攀爬采摘果子的日子，另一边的厨房时常有饭菜香飘出，而他还曾从大树上跌下摔折了胳臂。所有美好的，痛苦的经历都将消逝，这里已然没有熟悉的气息了。

国难当头，好男儿当保家卫国，这是从军前父亲告诉他的话，但直到来此之前，他其实并没什么概念。

姚政过来拍了下他肩膀，低声道：“开饭了，兄弟。”

张显扭过头，见不远处弟兄几个，准备好了吃喝在等他。“大哥呢？”张显见岳飞不在。

“他在里屋研究晚上的方略。我们先吃。”姚政回答。

“说起来，姚大哥，你是和金人打过仗的，金人到底怎么个厉害法？"王贵小声问。因为徐庆在外头放哨，他就显得放松许多。这里几个人不说年纪，除了姚政都是新兵，纷纷等着姚政的答案。

姚政沉默了一下，慢慢道："我第一次遇到金兵是在真定府，数万金兵来夺真定城。我们真定军有不少都去过辽国，尤其是我们敢战营，由刘子羽大人亲自统帅，一开始真是自信满满。而刘铪大人定下方略，就是坚守不出。刘帅认定虽然我们兵少，但只要避开对方骑兵的锋芒，我们就能守住。"

"真定府确实是守住了。"王贵道。

"但是，我们死了好多弟兄。"姚政看着远方，面容抽搐道："从单兵战力而言，一个金兵，可以单挑我们三个宋兵。"

"普通金兵？有没有那么夸张！"胡越吃惊道。

"毫不夸张。"姚政并不多做解释，而是默然咬了口馒头，"当时没人理解是为什么。但第一场仗打下来，我们敢战营就损失了一半。"

"女真不满万，满万不可敌吗？"王贵问道。

姚政道："就是这句话。我们后来在支援太原的路上，还曾和金兵野战。金国骑兵的弓箭奇准，行动如风神出鬼没。你别看汤怀箭术好，在金兵里射术高的人很多。他们只需不多的骑兵，就能日夜骚扰我们驰援的宋军，直打得我们各部之间失联崩溃。那时我才明白，为何金兵能在短短几年就灭了辽国。"

"姚胖子，你不要灭自家威风。我们晚上还要做事的！"远处墙上的徐庆冷冷说道。

"但只要方略得当，并非完全不能打。"姚政摸摸鼻子，苦笑着补充了句，"那时真定府，我们是成功守住了。太原城，我们也守了很久。"

迟永一面啃着馒头，一面嘟囔道："一挑三。那得多恐怖！"

胡越微笑道："那自然得分和谁打。他们如果遇到岳大哥，那就是被大哥一挑三了。"

"这是自然。"姚政叮嘱道："今晚行动，你们几个千万要注意金兵的冷箭。"

这时，岳飞拿着地图走出屋子道："我已有方略，我们来过一遍救人计划……金人不善水战，所以水路是他们防御最薄弱的地方。"他说到这里，忽然抬头看着众人道："战争会改变一个人，会改变一群人。我们和金人最初交锋或许落在下风，但打仗不是一两年的事，我们会越来越强。因为我们在自家的国土上战斗！"

他说话时，眼中带着熊熊战意和寒冰般的杀气。这身肃杀的感觉，让周围的同伴都感到了一些不适。

夜，亥时方过。岳飞的小队即将整装出发。

老仆吃力的扛来一把兵器交给张显，那是一柄粗大的黄铜钩镰枪。"这家伙留在库房多日，你那没用的舅舅逃难时也没带走。这是祖传之物，该是好东西，凡事都有定数，果然老天是给你留着的！"他微笑道。

张显接过大枪挥舞了两下，兵器出乎意料地称手。他曾来过外公家多次，从不知家里有这件兵器。

"替我多杀几个金狗！"老人忽然恨声道。

张显抱枪对其一拜，转身追上同伴。他和这个老头从前并无多少接触，此刻却有种特别的羁绊萦绕心头。

岳飞他们一路避开巡街的金人士兵，辗转许多路，用了一个时辰到达了南码头。岳飞看了眼最近的瞭望塔，上头有金兵守卫，但仓库这里的火把并不多，所以可以判断上头的视野并不好。只要小心行事，就能避开那边的眼线。

"比预期要快了半个时辰，张显你的地图做得很好。"岳飞随后布置道，"徐庆、王贵，你们两个跟我下南仓。张显，你带胡越、迟永布置好火种，盯着东面兵营的动静。姚政，你将白天藏起来的船放到预定位置。我们出来后必须看到船。一旦遭遇敌人，切记不要恋战。"

众人同时允诺一声，立即分开行动。张显三人迅速找好藏身之处，保持视野扫视周围。岳飞三人疾步冲入仓库大门，库房值班室只有两个金兵，岳飞他们不费力就将其制服，但没人能听懂对方在说什么。如徐庆之前说的，他们都只会几句简单的女真话，真要交流则绝不可能。他们当机立断将金兵杀死朝里闯。里头还有个小间，住的是在码头工作的杂役，三个杂役都是宋人。

岳飞问："最近被送到此地的大宋官员在哪里？"

"西区……西区丁甲。"一个杂役结结巴巴回答。

岳飞三人朝里飞奔，偌大的仓库由长条的木棚组成。西区丁甲，岳飞一脚踹开舱门，里面同样只有两个金兵把守，徐庆一把就将敌人喉管捏碎，另一金兵则被王贵砍下头颅。但紧接着他们都为之一怔，这不算大的木棚里，黑压压关着近百人。那些囚徒一个个睡眼蒙眬，最靠近牢门的见到这一幕，纷纷将木栅栏拍得噼啪作响。

"谁是开封来的赵大人！"岳飞提气大声连喊两遍，那嗓门将所有人叫醒，也把一切嘈杂的声音都压了下去。

"我是。"过了一会儿，在所有人面面相觑时，一个声音回答，声音同样洪亮，但略带沙哑。人群左右一分，一个身材高大，相貌堂堂的文士出现在众人面前。

的确和画像有五六分像，岳飞打量了一下对方，躬身道："大元帅府前军统制刘浩麾下，岳飞，前来接大人回营。"他拔出湛卢剑将牢门上鹅卵般粗细的铁链一剑劈断。徐庆、王贵拉开牢门。那些囚徒顿时不管什么赵大人，同时推搡向前。这是岳飞来之前没想过的场景，他以为可能是有许多牢房，局面可以掌控，但现在回头想一下，码头的仓库只是临时牢房，怎么可能有正规的牢狱。他挤开众人来到文士近前，将对方向外拉。

兵营的道路上有马蹄声响起。张显以为是布置火种惊动了兵营，但远看过去并非如此，而是大批金兵打着高昂的旗帜从码头外回营。胡越、迟永同时露出紧张之色，这毕竟是他们经历的第一场战阵，握弓的手微微发颤。

"在这么晚还有部队行军，那么巧？"张显皱起眉头。

突然仓库方向响起喧闹的脚步声，一大批囚徒半疯狂地冲出库门。

王贵和徐庆一左一右护着赵九龄奔到丁甲仓门口，他们都神情紧张地看着仓外的夜色。那么多人一下子冲出去，不惊动金人才怪。

果然瞭望塔上的金兵敲响铜锣，一个大火把在夜空中大力挥舞。张显于屋顶张弓搭箭，两箭将那金兵射翻。但外头的金营已被惊动，很快有一队金兵迅速奔向南货仓。

张显、胡越、迟永三人迅速前移，隐蔽在建筑的暗影中射出数箭，跑在最前方的金兵纷纷倒地。但那些金兵训练有素，发现有冷箭立即分散开来，在小队长的招呼下分几个方向包围向他们三人。更有人吹起号角，远处更多的金人奔向此地。

岳飞目光迅速扫向河道，水面上依旧平静。他远远发出一声呼哨，让徐庆和王贵带赵九龄去水边。他自己朝着金兵方向疾奔几步，挽起大弓一箭射出！弓箭化作一道白虹穿过奔跑的金兵，正中尚在大喊的金兵队长眉心，箭头直接将其颅骨击碎，附近的金兵顿时惊呼不止。这是张两石半的强弓，也是安阳大营最好的一张弓。

张显三人见岳飞前来接应，立即转身撤退。但他们退得太快，竟都忘了点火。胡越一皱眉，取下仓库走廊的火把，奔向布置好的火种。

突然，从金兵方向飞来一支狼牙金箭，贯穿胡越前心。一个身披红色斗篷的铁甲大将，带着许多金兵头领向这边扑来。

胡越咬牙将火把丢向火种，嘭的一声，火苗汹涌窜起！他亦倒在火里。

张显、迟永想要回头，被岳飞大声喝止。岳飞凝视着火堆后的金人，点起数支火箭，射向预设好的火种，码头上顿时燃起几片大火。火焰迅速蔓延开来，不仅阻挡了金兵，一些慌不择路的囚徒也身陷火海。

三人疾步奔向河岸，有几个女真骑兵越过火海猛赶上来。

张显钩镰枪斜拖于地凝神转身，岳飞和迟永也同时止步。张显舞动大枪扫向马腿，第一个女真骑士跃马飞出，避过了长枪，第二个则没有看清前面的情况，被钩镰枪的刀刃割断了马腿，一头撞在地上。张显大枪舞动，攻向第三个骑士，那人刚冲过火焰，视线还一片模糊就被他一枪挑落。

那第一个骑士手提一柄金色大斧，正是射杀胡越的红袍金将，他调转马头回身一斧，劈在钩镰枪上，张显连人带枪被震飞出十多步，摔了个四脚朝天。

此时，大火那边紧随金将跟来了二十多骑金国骑兵，火光下能看到那金将红脸膛，浓眉豹眼，桀骜刚毅。

"带张显走。"岳飞吩咐迟永，自己向前两步，扬眉出剑，湛卢剑划破夜幕刺向金将。

金将大斧一立，天地苍茫，金色斧刃于火光中如凤凰展翅迎向湛卢。

二人一个照面就交换了二十余招，剑斧并举激起满天星光。岳飞发现剑锋划过对方大斧，却占不到任何便宜，对方的兵器绝非凡品。

金将大吼一声，大斧激荡起十余道斧影。

岳飞余光见张显被迟永扶走，而周围金兵正在逼近，遂长啸一声，剑锋浩荡展开，人借斧风飘落七尺，剑锋扫向四周，利剑斩杀两名金兵。

金将大怒，战马向前大斧化洒开一片流光溢彩，直取岳飞后背。不料岳飞突然一个转身，不仅让过了马头，更转到了他的斜后方，长剑无声无息地切向金将的左肋。金将的大斧回转要拦截剑锋已是晚了，他急忙一闪，湛卢扫过他的袍甲带起一片血雾！金将闷哼一声，一掌拍在岳飞左肩，岳飞吃痛身子一歪，金将同时翻身落马。岳飞深吸口气，上前两步长剑斩向对方咽喉……

忽然更数点羽箭奔向他后心，岳飞长剑舞动向后飞退，金人羽箭尽数落空。

周围不知何时冒出了百多个金兵，各个奋不顾身地将那落马金将护住，其中几个手持奇门兵器，一看就知不是弱者。

岳飞目光收缩，心里忖道："有那么多高手护卫，红袍人必是金国要人……"

"大哥！"远处徐庆高喊道。

岳飞指尖拂过湛卢的剑锋，猛冲金兵的阵列，迎面拦截的三个金兵被他撞开。那红袍金将趁着岳飞身形未稳，舞动大斧地猛劈岳飞，剑锋和斧刃相交再次迸发出火星。森冷的剑气逼得金将身子一歪，再次一个趔趄，岳飞则被开山破海般的大斧震退一步。

金将和岳飞四目对视，眸中皆是火光涌动。金将用生硬的汉语说道："阁下武艺高强，当非无名之辈。能否报上姓名？"

周围烈火焚烧烟雾缭绕，金兵护卫再次围拢上来……

"大哥！"河岸那边徐庆和姚政都跳下小船上前几步。

岳飞见赵九龄和自家弟兄都安全上船，再看看周围越来越多的金兵，冷笑一声并不作答，跨上那金将的战马飞奔向河岸。而另一边更多金兵追赶上来，其中一个身着重甲，手提三股托天叉的金将看到岳飞，一怔道："紫严山恶魔！"

没想到会被人认出，岳飞的战马提速，几步就将对方甩在身后，气得那些金兵对着他的背影一通放箭。

徐庆等人松了口气，调整船头等候岳飞归来。距离河道十余步时，岳飞飞身掠起，人在半空两个起落，跃上小船的船尾。姚政一甩竹篙，将小船拨离河岸，数点羽箭落入水中。

船上众人一起划桨，小船顿时在黄河的水流里乘风破浪起来。

岳飞上船后立即问道："大家如何？有没有受伤？"

"没有打伤，哥几个最多擦破点皮。"徐庆回答。

"张显？"岳飞问。

"我没事，之前只是岔气了。那金狗力量好大！"张显表示无碍。

看着夜幕下黑沉的河水，再望了眼火光逐渐暗淡的码头上，金兵跋扈的军旗，岳飞颇为不甘心地摇了摇头，乱成一片的局面，胡越的尸体也没抢出来。他脑海中回想起，和胡越重逢见面的一些片段……

"也许老天真的给了我一点运气，能够和你这样的英雄分在一队。""不知真的提刀上阵是怎样的感觉，以后就请多指教。

岳飞，能者为尊。以后我就跟着他们叫你一声大哥了！"

老天曾给过谁运气呢？岳飞面无表情地瞪着天空，黑沉的夜幕一如既往的寂静无声。

码头上，红袍金将按着伤口重新站直，边上有护卫赶忙上前包扎，他寒着脸将士卒们推开，冷冷注视前方河道，问道："这些人来此何为？"

"他们烧了码头南仓。放走了一大批囚徒，但那些囚徒多数都死于大火和乱军中。"有一副将上前禀告。

金将微微皱眉，低声道："那他们不是为了我们来此？"

他刚说了这句话，忽然李固渡远端响起战马的嘶鸣声，有小卒急匆匆奔来道："禀告四殿下，李固渡西面有大批宋兵出没！"

"哈迷蚩，你怎么看？"金将问一个白色羊皮袄的谋士。

哈迷蚩笑道："回禀四太子。宋廷在滑州没有主力，方才那批人沿着河道向东走。而陆上有人在西面进攻，这是很传统的声东击西。"

金将微微皱眉："难道码头上关了什么我们并不知晓的重要人物？"

哈迷蚩笑道："这却未必，宋廷除了一个九王子赵构不在汴梁，其他稍微像样的官员全都在那里。外头再无重要人物。"

"那你说……"金将皱眉问哈迷蚩。

哈迷蚩小声进言道："负责驻守此地的都烈布罗带人追下去了，这等小事不劳殿下挂心。殿下，您要保重身体，咱们回京禀报宋廷投降之事，是天大的喜事，这才是重中之重。"

金将想了想，吩咐道："韩常，你带人去西面看看。至于都烈布罗……"都烈布罗也算是金营有名的战将，但他想到那道绝命的剑光，总觉得有些不放心。

忽然有个声音在旁出现，"四太子，若不放心，我去看看如何？"

"狼月，你去我便放心了。"金将欣然道。

说话人躬身一礼，遂消失在烟火缭绕的李固渡。

这个被称为四太子的金将，就是完颜阿骨打的第四子，也就是被宋朝以及后世称为金兀术的完颜宗弼。金兀术此行是由汴梁北上回金国，向金主禀告宋廷皇帝投降的事宜。之前徐庆打听到的，所谓有大队金兵会路过李固渡，就是指的他的人马。他日夜兼程一路向北，却碰巧在此遇到了岳飞的踏白军。

这是岳飞和金兀术的第一次相遇，在这个时间点上，二人都不知对方为何许人。若是知道，可能都不会轻易罢手。于是，宋金的历史也因此纠结了很多年。

小船顺流而下，金国追兵的马蹄声始终在河岸边回荡，而且听声音追兵的数量越来越多。

不大的一条船坐了七个人，速度自然起不来，周围又时不时有冷箭擦过船舷。忽然前头河道出现分叉，情急之时没人知道该走哪条路。

赵九龄道："走南面河道有树林可以上岸，从树林上山可以避开骑兵。走北面的河道虽然绕路，但可以找到较窄的河道直接过河去北岸。"

"若去北岸，我们就不能和薛鹤、汤怀会合了。"王贵皱眉道。

"走南面的水路。"岳飞下令，姚政立刻将船拐向南面。

徐庆道："赵九龄大人，你对河道也那么熟悉，果然是李纲和宗泽大人都看好的人才！"

"赵……九龄？"那人愣了一下，深深吸口气。

看他那态度，岳飞也怔了一下。

"本官赵鼎，为开封士曹，平日就是负责河道勘察之类的事。金人围困汴梁，不幸被俘。"赵鼎拱了拱手，"各位军爷，是否救错人了？"

"你！"徐庆大怒，"你刚才怎么不说？"

"他说什么？他的确是赵大人。只不过不叫赵九龄。"王贵苦笑道。

徐庆的船桨用力拍在水面上，瞪着王贵道："是你说那里有赵九龄，我们才去李固渡的。你他娘的还敢开口！"

"我！"王贵脸涨得通红，但又无法反驳。

迟永眼中噙着泪花，低声道："只是可惜了胡越大哥。"

"都别吵！"岳飞大声呵斥，转身对赵鼎抱拳道："那请问赵大人，码头上是否关有叫赵九龄的人？"

赵鼎道："本官所在的地方只有我这一个当官的姓赵，因此你们说找赵大人时，我才会第一时间答应。至于赵九龄这个名字，我没有听说过，但码头上还有人关在其他地方。你们为我牺牲了弟兄，我也很遗憾。"

"是打仗就会死人。我们会送赵大人到安全的地方，然后再想办法找赵九龄。"岳飞冷静说道，但在其内心深处，当真是觉得这是场彻头彻尾失败的行动。

赵鼎看着对方的表情，当然猜到这些当兵的在想什么，但当时他的确也没有多想，被金人掳走的这十几日，他几乎已彻底绝望。而当岳飞喊出寻找赵大人时，他完全是不假思索就起身答应的。而且……而且他们一路上都没问他的名字，这不能怪我吧？

"等一等……"岳飞忽然面色很难看地问道，"你是开封士曹，被金人掳走……是因为，难道……"

赵鼎道："从上个月月末，京城就岌岌可危，金人数次突破汴梁的防线。本月，郭京率领的六丁六甲在宣化门战败后，汴京实际已经沦陷。"

王贵道："那有传言说，皇帝投降了，是不是真的？"

"我被俘之前，听说皇帝派出使臣请降，最近听说……听金人说皇帝已经投降……"赵鼎说到这里，猛抬头道："但我不信！我堂堂大宋怎么可能屈膝降金！"

前方河道一变，南岸出现一片浅滩树林，冬十二月的河道已然冰封，但树林不知是什么树种，林叶依旧颇为茂盛。

岳飞扫了眼后头的金兵，下令道："上岸。"

这里是冰封的浅滩，几骑金兵匆忙踏冰而至，相继落入冰窟，那些金兵只能绕路而行。

王贵小声问道："大哥，我们走这条路，薛鹤他们能及时接应到吗？"

"尽管地形比预想的复杂，但仍旧在接应的路线上。此林在地图上叫东林。要相信薛鹤他们定会前来。"岳飞跳上浅滩，脚踩着冰渣子，吩咐道："迟永你背着赵鼎大人，和姚政先一步越过树林寻找薛鹤吉青。王贵、徐庆、张显，你三人和我一起阻击金兵，金人入林定叫他们有来无回！"

"把你们的弓箭留下。"徐庆拍了下迟永的脑袋。

迟永哭丧着脸，解下箭壶，低声道："大哥！保重！蛮牛，保重！王贵保重！"

"亏你个子那么大，像个婆娘似的，快走。"徐庆没好气道。

姚政交出弓箭道："我们去去就回，你小心跟着大哥。王贵、张显，是龙是虫就看今天了！"

王贵点了点头，说实话他非常紧张，这时候难道不该拼命逃吗？留下断后是必死的啊！但他在岳飞脸上完全看不到绝望的意思，同样徐庆也是一副毫不担心的架势，他们到底是怎么回事？

岳飞拍了他一掌，笑道："在林子里打，金狗不行。"

徐庆则搭着张显的肩膀道："打过猎吧？知道怎么布置陷阱吗？"

张显笑道："挖坑我拿手的。"

都烈布罗带着最快的一队骑兵，绕路追到小船靠岸的地方。金兵们纷纷下马，检查浅滩上的脚印。

小校禀告道："只有七人。"

都烈布罗皱眉望着那茂密的山林，进山追击不仅会失去骑兵的速度，更难说对方会不会有埋伏。但这次的突发事件必须有个结果，要不然四太子遇袭的事，将来定会要他承担责任。都烈布罗心里叹了口气，四太子兼程到此本是为暂时歇脚，谁知道会遇到这么一场突袭。而这场突袭看来并非针对四太子，但由于殿下当时距离事发地点较近，又自恃天生武勇，才会孤身闯入战局。

这一连串的巧合，最后成就了他这趟莫名其妙的差事。而更让他头疼的是，敌人居然是之前在并州屠戮数百金兵的"紫严山恶魔"。

都烈布罗轻轻吸了口气，那家伙不仅在紫严山和白马河多次杀伤金兵，跟在寿阳城下一个回合斩杀了大将龙器。换做自己，是绝对做不到的。而更叫人恐怖的传说，是那个叫岳飞的恶魔在朝寿阳东南突围时，在绝地杀死了两百多追赶他的金兵。

不知是真是假，砍杀两百多人，还是人吗？

都烈布罗点了个百夫长，命他带三十个人进树林，然后叫人拿来一张地图，研究这片叫"东林"的地方会通到哪条大路。但没过多久，山林中就传出惨叫声……弓弦声，箭矢破空声，钢刀入肉的声音，树木倒下的声音，飞鸟振翅的声音，此起彼伏，而惨呼声全都是来自女真人。

恶魔……都烈布罗拿地图的手一沉，等待了片刻，却没有一个女真战士离开山林。这时去另一路的探马来报说树林另一边并没有伏兵。

都烈布罗从辽国一路打到中原，曾经打败过许多敌人，心中自有其骄傲。他看了看身后越来越多的骑兵，沉声道："两百人绕路去树林南面的大路。其他人跟我入林。"

湛卢剑锋上血犹未干，树林前方凌乱倒着数十具金人尸体，岳飞面色冰冷地望着再次入林的金人，想到之前赵鼎的话："最近听说……听金人说大宋已经投降……但我不信！我堂堂大宋怎么可能屈膝降金！"

我堂堂大宋怎么可能投降金狗？皇家自然会有皇家该有的气度。大宋一百六十多年的气运，绝不会到此为止！岳飞默默告诉自己，但另一方面，他又想到大元帅赵构的兵分两路，若事有可为，他怎会不星夜驰援东京汴梁？绝不会到此为止，我才从军抗金，一场大仗未打，我大宋怎么就会亡了？

"大哥……大哥……"徐庆在另一边的树上连叫几声，才把岳飞叫回过神。"金狗足够近了。"

岳飞握紧剑柄，低声道："我上前去杀金狗，你们就开弓放箭，他们人多你们放松射箭便可。我若后退，你们就同时后撤。我们绝不硬拼，也绝不轻易后退一次。注意节约弓箭，必要时徐庆你负责去取金狗的箭壶。王贵，你们后退时注意路线，不可退到林边，那是死路。"

徐庆、王贵、张显同时领命。之前那轮战斗，岳飞亲手屠了十三个入林的金兵，在他们心里建立起不可战胜的形象。

王贵忽然想到出发前岳飞说的话，"战争会改变一人。"

汤阴县的那个少年岳飞，也许早就不存在了。那个并不高大的少年身影，和眼前的辣手兵王完全无法重合。

都烈布罗提着三股托天叉，带着金兵慢慢步入树林，三百多人以二十人一组成扇面散开，金兵们神情严肃，但并不慌乱，这些人一路从北杀到中原，征途何止千里，都是身经百战。盾牌手将盾牌护胸短刀指地，弓弩手平端硬弓时刻准备射箭。

此刻天光微亮，晨曦透过树杈映射入树林，都烈布罗目光扫过前头那些手下支离破碎的尸体，胸口感到莫名的压抑，这一刻他一点也没有追击者的感觉，那压抑的气氛更像是走入陷阱的野兽。

突然，一道诡异的黑影从天而降，都烈布罗喝道："放箭！"

金国弓弩手第一时间击发，但岳飞身形快如闪电，湛卢荡起重重剑影，一个起落就削去两个人头，他冲入草堆疾步奔走，极短的时间换了多个位置。在金兵努力寻找他时，远处的徐庆、王贵、张显同时放箭，顿时又有多个金兵倒下。

都烈布罗扫了眼神出鬼没的岳飞，沉声道："敌人不多！前排军士快速向前，去对付那些弓箭手。"

岳飞连续斩杀多个金兵，他见金人反应极为迅速的前扑，立即发出呼哨，让徐庆等人后退。而他自己隐入黑暗，寻找金兵头目的位置。徐庆等人向后飞奔，背后金人的狼牙箭从后呼啸而来，但林里树木众多，大多数箭矢都钉在树上无疾而终。岳飞目光落在都烈布罗的身上，若杀了这个千夫长，这里有再多的金兵也无不怕了。他收敛身形通过树木的阴影，悄悄移向敌人……

距离都烈布罗十步，他身边只有十个金兵。都烈布罗并不知死神正向己靠近，正大声呵斥前头的小校。岳飞借着树枝一荡，长剑做刀状猛劈对方的头颅。都烈布罗临危不惧，骤然转身，三股托天叉呼啸架出。湛卢剑削去钢叉的一股，剑锋直奔对方耳门。都烈布罗侧头避让，剑锋扫过他的头盔，将带着狐狸尾的铜盔击落，都烈布罗立即转身就逃。岳飞剑势一变，刺向他后背，都烈布罗就地一滚，背后袍甲被划开一道大口子。

竟然没死……那家伙战袍里衬有软甲，岳飞皱起浓眉，也就在短短瞬间金兵就疯了般围拢过来。入林的三百多金兵，几乎同时奔向都烈布罗。岳飞冷哼一声，再次消失于林野间。此后都烈布罗就躲在众多士兵之间再不敢露头，身边时刻围拢有五十多个士兵。

不知不觉踏白军众人已退到树林的边缘。姚政他们找到薛鹤的援兵了吗？离开树林他们这点人就在明处了，尽管金人减员不少，但人数依然优势。岳飞准备对金人发动最后一击，他拨开树叶，望着即将发白的天空深吸了口气。阴冷的晨风，让他精神一振。那带队的金狗，既然知道我是紫严山恶魔，那一定是去过寿阳城。去过寿阳的必须死！

林外远端传来马蹄声，徐庆吃惊地看到姚政、迟永和赵鼎狼狈地跑回树林。姚政喘着粗气，叫道："外头有大队金兵！"

都烈布罗脸上露出喜色，他先前布置的那部伏兵终于起到作用，这样宋人定然无处可逃！他握着三股托天叉，吼道："冲锋！杀！杀光他们！"

尽管之前弟兄几个表现得游刃有余，但岳飞知道只要陷入胶着，己方就输定了。岳飞看着周身是血的迟永，以及步履蹒跚的赵鼎，不能再有兄弟死了！在金人全体出击的同时，藏身于树梢的岳飞大喝一声，手中大弓连续射出五箭，箭破空时，他亦拔剑从天而降！湛卢剑漆黑的剑锋直取都烈布罗。

有亲卫用身体替都烈布罗挡住了箭矢，而他也紧咬牙关一步不退，任由岳飞长剑刺来，全神贯注的将钢叉横于胸前，只要挡住一击，周围的军士就能杀了他！

万军丛中取上将首级，如探囊取物……岳飞从小听故事，最爱这句话，在喝酒时他也曾自诩为万人敌。但真要做到这点，哪怕对方身边只有数十人，要想一击必杀又谈何容易？这决定成败的原因，并非是他和对方敌将的战力，而是对方身边到底有多少不怕死的兵。而女真人……似乎个个都不怕死。

远处本已靠近树林边缘的徐庆、王贵，看出岳飞有死战之意，也大吼着反冲向金兵，朝岳飞靠拢。

岳飞长剑化出千百点寒芒，浩荡剑气纵横四方，连斩十余名金兵，如天神下凡般靠近都烈布罗。

都烈布罗面色铁青，耳朵里灌满湛卢的剑鸣声，握兵器的手不住颤抖，但他知道若是后退了，身边有再多人这一战也是输定了。他大吼一声，不退反进！那断了一截的大叉呼啸着砸向岳飞。

岳飞腾身而起，湛卢带起的剑气破开了对方的铠甲，都烈布罗仗着内有软甲想要用三股托天叉锁住剑锋。岳飞剑芒暴长，三股托天叉断为两截！剑锋突入都烈布罗心口。

眼看都烈布罗就要做剑下亡魂，突然金兵中闪出一道鬼魅般的身影，那人只一个跳跃就拉近了两丈的距离，刀锋猛劈岳飞的后背。岳飞若要避开这一刀，就要放弃杀死都烈布罗的机会。岳飞浓眉一立，眼中闪过决绝之色，脚步加快一分，剑锋穿透都烈布罗的心脏，而后剑锋翻转，迎向背后那必杀一刀。

嗙！血光飞起！徐庆突然拦在岳飞和那灰袍人之间，他右手握刀迎向刀锋。

两根手指和短刀一同落入尘埃。那灰袍人微微一怔，刀锋一转再次劈向岳飞。哨嘟！刀剑碰撞带起巨大的撞击声！二人各自后退一步。

岳飞面色微变，沉声道："狼月？"

狼月目光却落在徐庆的短刀上，他用流利的汉语喝问，"你是谁？怎会有这把刀？"

那把刀是徐庆在白狼坡，从浦察永明身上捡来的。徐庆手指被削去，正疼得浑身哆嗦，哪能回答对方。

狼月眼中杀机涌动，追问道："我师弟浦察永明，是你们杀的？"

岳飞昂然道，"那便如何？许金人杀宋人，不许我们杀你们？"

这时，两边的金兵会师于林边，但因为都烈布罗战死，众多金兵仿如没头苍蝇不知是该战该逃。只有少部分人向着岳飞他们围拢，外围负责堵截的骑兵不明战况，更不知是否应该入林。

"我们师兄弟一路南来，还真没遇到什么对手。他能死在你的湛卢剑下，也算死得其所。"狼月也不约束队伍，高声道："我想战你很久了，岳飞！"

岳飞瞪视着对方，"彼此彼此，我定要替杨志大人和我的弟兄报仇！"

狼月亮出一长一短两柄佩刀，慢慢道："杨志？我一路过来，杀掉的宋国名将何止他一个？你姚家军的姚平冠、姚平仲都是死在我的刀下。"

"姚平冠大人！"岳飞恨声道。

"斩杀名将，是我最大的爱好。"狼月嘴角邪气地画出一道弧线，抬手一指岳飞道："请。"

周围有不少金兵重新聚拢过来，姚政和赵鼎一起替徐庆包扎伤口，张显、王贵、迟永紧张地看着四周，但目光深处并无恐惧。

必须速战速决！

凛冽的剑气从湛卢昂扬而发，岳飞似箭般冲了上去！狼月长刀斜指，画出一道浑圆的刀芒，刀剑一碰，就发出清脆的金属碰撞声。短刀借机切入岳飞近身，岳飞剑锋一立，将短刀封出。

二人于林间，你来我往翻翻滚滚，眨眼间就激斗了十多招。周围金兵也是一拥而上，林间混战再起！

这对双刀是自己遇到过的最强敌人，岳飞用尽平生所学，于林间上下翻飞却无法占据一点上风，而激斗一晚上带来的疲惫感则逐渐增强。

狼月看出了这一点，并不着急抢攻，而是刀锋一分一分的加力，慢慢耗尽对方最后那点力量。

忽然，林中传来一声惨呼，迟永被金兵一矛刺入后背痛苦的倒在地上。岳飞心头一颤，长剑微微一偏。狼月目光如电，长刀迅速切入空当，直奔岳飞胸口。岳飞匆忙躲过一击，但背靠大树已无路可退。狼月长啸一声，双刀凌空劈下！

眼看刀锋要砍入脖项，岳飞忽然左手一拉背后的大弓，弓脊和弓弦一下绞住刀锋。岳飞右手一抬，湛卢直刺对方心口。

狼月一扬眉，奋力拽动长刀，但刀锋被大弓卡住，竟然无法拔出。刀锋在岳飞的肩头扭转，带起大块的血肉，岳飞毫不动容跨前一步，剑锋刺入敌人心口。

狼月大骇双肩一耸，向后飞退，发出震天长啸！

喀拉！弓弦折断，刀锋脱出了束缚，但胸口已见血。狼月长刀转动，刀锋横起贴着长剑斩向岳飞。

突然！林外一点寒芒直奔狼月的后心。那一箭，从极远的地方划空而来，奇迹般的没有碰到任何一棵大树，仿若天外流星！战场的局面极为混乱，直到极近的距离狼月才反应过来，他闷哼一声，身子微微一偏，箭矢穿过了肩头，但刀势不减依旧劈向岳飞。岳飞不及多想，也是一剑刺出，拼个玉石俱焚！

两人擦身而过，各中一刀一剑。

林外有宋兵的鼓声响起，有金兵大声叫着："宋兵的埋伏，大批的骑兵！"林内的金兵顿时茫然失措四散奔逃。

"岳飞！你我来日方长！"狼月按着肩头的箭疮，纵身跃入树林。

"哪里走！"岳飞不顾一切地追入树林。

突然，狼月借着大树，鬼魅般地旋动转身，两把刀锋仿如转动的车轮，切向岳飞的胸口和脖子。

岳飞对敌人的转身毫不意外，他大吼一声，双手握剑，剑做枪式向外扫出，剑锋仿佛九天神龙昂扬长吟。

狼月心头一颤，原本是诱敌的他，却一头撞入了对方的阻击？他闷哼一声，双刀全力劈下！

岳飞心中闪过《枪谱》上那最后一招残式，剑锋灿烂如沥泉山上的那道飞瀑，一瞬间湛卢化作沥泉神枪！浩荡的剑气不仅接下了敌人的刀锋，更将那一对双刀绞断！狼月无论如何移动，都难逃这一剑，他难以置信地看着横扫千军的一剑，贯入自己身体。

血花四溅！湛卢将狼月一剑斩为两段！岳飞心里同时掠起杨可世被完颜明玉一刀削三首的景象，他的剑锋去势未尽，连着把周围的大树一起劈开。

"大哥大哥！"远处汤怀、薛鹤，吉青朝此地奔来。

"汤怀！你射的好箭！"岳飞远远喊了一声！也不知那边听到没有。

汤怀兴高采烈地对其挥了挥长枪，却被边上的金兵砍了一刀。幸亏有吉青一狼牙棒将对方砸倒。

岳飞带着王贵、张显等人奋勇杀出，终于和薛鹤那一百骑兵会合在一处。对溃败的金兵，他们并不追赶，不多时战事就告结束。

汤怀、薛鹤兴冲冲地对赵鼎行礼，说道："见过赵九龄大人！"

赵鼎有些无可奈何地回答道："我是赵鼎，不是赵九龄。"

汤怀、薛鹤面面相觑，岳飞苦笑道："说来话长，我们先到安全的地方再说。"

众兄弟相互扶持着离开了"东林"，向来性格开朗的徐庆因为丢了两根手指，变得沉默寡言。迟永则死里逃生，身中三矛仍旧性命无忧。离开树林时，所有人都有种劫后余生的感觉。这算是打赢了？岳飞又想到了胡越，不说输赢这真是艰苦……他轻轻收起湛卢剑，走到徐庆身边，重重揽住徐蛮牛的肩膀。

"大哥，我没事。"徐庆哑着嗓子道，"我只是……"他半边身子已经疼到发木。

岳飞强忍住泪水，慢慢道："我知道，蛮牛。我知道。"

战场上大风呼啸而过，沾染鲜血的树叶散落一地。岳飞心里一阵酸楚，眼泪终于断线般落下，若是皇帝真的投降了，我们拼了命地打仗还有意义吗？

尾声一

"那是什么声音？"赵桓隐约听到有一阵阵潮水般的雷声传来，但这四月的天空怎么会有雷？

"是，是哭声。陛下。"身边的老太监小声回答。

赵桓嘴角抽动了一下，低声道："不，是雷声。"

大宋皇帝赵桓走在玉石铺就的御街上，努力想保持自己最后的尊严。边上名叫斡离不的金国将领，一身大红的袍甲，器宇轩昂威风凛凛。就是这个人，在数月间就夺走了大宋的锦绣河山。

一旁有金兵好奇地用兵器敲打着地面，他们弄不明白这么光洁华美的地面到底是什么。还有些金兵看着皇帝身后的深宫美眷垂涎欲滴。

赵桓将头微微扬起，避开对方隔老远就传来的羊骚味。从大殿到金人规定的集结地并不很远，他却走了很久，天空仿佛知道他的心境，已多日不见日光。他尽力拖延了很多天，但勤王军并无踪影。

老九……你到底来不来？赵桓很矛盾，他也不知道自己是不是期待赵构的军队。大局已定，就凭那些临时拼凑的兵马，是不可能打得

445

过金人的。若老九能平安活下来，赵宋就算留了点种子在吧。

前头已有大批的官吏大臣等在集结地，那如雷的哭声并非来自此地，似乎是来自更远的地方。有人远远看到皇帝的身影，忍不住号啕大哭。赵桓听到哭声眼眶一红，但他深吸口气忍住了泪水。我是大宋的皇帝，不可在金人面前落泪。他在心里默默又补了一句，虽然只坐了一年的皇位。

等候了片刻，御街上有另一队尊贵落寞的队伍缓缓靠近。大金的大王子粘罕在前开路，后面是大批宋室的贵族。赵桓默然看着队伍正中的老人，自己的父亲，大宋的太上皇赵佶。就是这个人把自己推上了万劫不复的位置，就是这个人把大宋推到了当前的境地。自己什么都没做，却落得和他一样的命运。凭什么？

赵佶淡然看了儿子一眼，仿佛非常了解对方的心境。你可不是什么都没做，那个玩六丁六甲守城的郭京，是你自己找的。老头子目光跳过赵桓，慢慢扫过周围已跪倒一片的大臣们。这里仍旧有许多熟悉的人，但是如果童贯、蔡京他们还在这里，那也许更有趣吧。

"皇上，金国人来问，是不是可以走了。"老太监小声道。

赵桓看了眼太上皇赵佶，冷冷道："你去问太上皇。"

老太监望向赵佶的位置，那边的太监对他微微点了点头。他才道："奴才去看看，大臣们是否到齐了。"老太监溜出去看了眼王公大臣。在这边聚集的都是金国点名要的人，大到王公贵族，小到像秦桧这样的御史。

秦桧也不明白金人为何点名要自己北上，他调任汴京不过是三年的样子，亲眼目睹了大宋的崩塌。一来感叹自己没有赶上好时候，心中多是气闷；二来，他由于多次在廷议的时候，主张抗金，拒绝割地，在朝廷里也赢得了不小的声誉。他曾有好几个机会，能够悄悄离开京城，但犹豫了几次终究没有鼓起勇气。再守一守，万一像上次那样赢了呢？留下就有极大地声誉，更高的职位等着他。而真要走了，之前的努力就都白费了！

如今再想走，是肯定走不掉了。前些时日，金人准备让奸相张邦昌取代赵宋进位为帝，做金国在中原的代理人。他们找到秦桧，让他在张邦昌的《劝进书》上署名。这一要求被秦桧断然拒绝，之后他就被金人严加看管，再没有逃离的机会。

不远处忽然传来惊呼声，前来勤王被委以重任的张叔夜，在一片叫骂声拔剑自刎！这个张叔夜之前同样拒绝了在《劝进书》上署名。紧随张叔夜之后，一大批守城武将不堪受辱，同时拔剑自刎！要知道张老大人固然在守卫汴京的事情上建树不多，但这是因为皇帝根本不放权给守城的将领，致使他们能做的极为有限。张叔夜在汴京保卫战中多次负伤，而任用压倒王朝的最后一根稻草"郭京"，更不是守城武将做的决定。

一时间，哭声和叫声此起彼伏。秦桧看着满地的尸体，被血腥味刺激得恶心连连，忍不住跑到御河边，大口大口地呕吐起来。他的夫人王氏，一刻不敢离开他，死命抓住他的袍袖。

扑通扑通！忽然有不少女子跳河，秦桧抹去眼角泪水，聚拢模糊的目光，发现原来是皇城大队开始动了。那些平日里神圣不可侵犯的深宫粉黛，不知突然受了什么刺激，一个接一个地跳河自尽。但许多女人在靠近御河前，就被金兵截住，几乎在原地就被施加暴行。

"这时候才跳河，在宫里时就该决断了啊。"秦桧忽然毫无同情心地嘟囔了一句。

"老爷，老爷，你千万不能自寻短见。"王氏没听清他说什么，只听到决断两个字。

秦桧用力握住夫人的手，沉声道："如今骑虎难下，但我绝不会寻短见。夫人，即便要去北国，我们也一定要绝处逢生！"他目光搜寻太上皇赵佶的龙辇，拉着夫人紧追几步跟上队伍。

赵佶面无表情地看着前方，对周围的一切充耳不闻。大厦倾覆，覆巢之下无完卵。忽然路边出现熊熊的火光，那几个大火堆里赫然有不少宫内珍藏的奇珍字画。赵佶一贯冷漠的眼睛，少见的露出痛惜之色，低声骂了一句：："蛮夷。"他抬头望了望天空，心里道："天若在看，就将这一切尽快结束，让朕回归天庭吧。数十年的荣华富贵，朕已享受够了！这繁华过后，就只剩下心酸而已。"

夏四月庚申朔，大风吹石折木。金人以帝及皇后、皇太子北归。凡法驾、卤簿，皇后以下车辂、卤簿，冠服、礼器、法物，大乐、教坊乐器，祭器、八宝、九鼎、圭璧，浑天仪、铜人、刻漏、古器、景灵宫供器，太清楼秘阁三馆书、天下州府图及官吏、内人、内侍、技艺、工匠、娼优，府库蓄积，为之一空。辛酉，北风大起，苦寒。【《宋史》卷二十三 本纪第二十三】

尾声二

李固渡之役，岳飞以实际牺牲二十骑的代价，击破都烈布罗近五百人的队伍。但他并没有太多的喜悦。不仅仅是因为他带去李固渡的六个弟兄，死一人，残一人，重伤多人，还因为他实际要执行的任务并未完成。他们救出的赵鼎，并非赵九龄。这让参与此次任务的所有人都觉得很郁闷。

赵鼎对这些军士非常感激，也对岳飞的能力相当欣赏，但他明白自己留在队伍里并无助益。因此早早告辞，在前军联络官的陪同下，前往东平府的大元帅府听用。

断指之后的徐庆尽管强颜欢笑，但谁都知道受了这样的伤，更难愈合的地方在心里。汤怀安慰他说，好在只是左手，他平日握刀的右手并没有事。这算是不幸中的万幸，否则所有武艺都要从头练起。徐庆用了几日时间来消化这句话，终于在第七日头上，重新出现在操练的队列里，和他一起归队的还有大个子迟永。迟永受伤达到十一处，恢复的速度则更让人乍舌。

几日来，越来越多的消息汇总到踏白军的手里，皇帝赵桓宣布投降，汴梁失守的消息被证实。

　　宗泽帅兵来到开封前线，和金兵多次交战，各有胜负。岳飞作为先锋踏白，活跃在战线最前方，因功升为从七品的"武翼郎"。在作战中，他继续打听赵九龄的消息，越来越多的线索显示，赵九龄是一个足智多谋的人，如今正是奔走于各地号召军队勤王，所以并不用为他的安全操心。

　　正当战局逐渐稳定之时，怪异的是，没过多久刘浩的前军被要求回归大元帅府，岳飞的踏白队一同被调离了宗泽的部队。

　　紧接着，金兵册封张邦昌为儿皇帝，建立大楚。张邦昌尽管贪生怕死，但并不敢觊觎皇位，他在应天府将皇位归还给了赵构。赵构宣布称帝，改元建炎，为南宋历史上的第一个皇帝宋高宗。

　　赵构登基让岳飞非常高兴，他认为赵构见事明白体恤部下，会是一个好皇帝。但出乎意料的是，赵构做了皇帝后，并不积极组织兵马抗金，而是带领本部禁军一路向南。岳飞一心想要抗击金兵，这种说好听是移驾南方，实际就是逃跑的行为，让他非常愤怒。这时，一个噩耗传来，刘韐大人在汴京被围期间，代表朝廷出使金营，被金人胁迫。老爷子忠毅不屈，在金营自尽而死。

　　从相州大营出身的军士个个悲痛欲绝，他们自发为刘韐办了个灵堂祭奠。在祭拜刘韐的时候，岳飞思前想后，觉得朝廷向南避战是不对的，而皇帝不该是这样的人，这一切都是汪伯彦、黄潜善、李纲等宰辅的责任。岳飞决定上书言事！

　　奏折里提醒皇帝，作为大宋皇帝振臂一呼天下应和，军队也与之前不可同日而语。只要皇帝亲率六军，迤逦北渡，则天威所临，将帅一心，士卒作气，中原之地，指期可复。他还说，不要让汪伯彦、黄潜善、李纲之流蒙蔽视听，这些人没有远大目光，不足以承受恢复中原的重任。

奏折辗转了许多级，落到了汪伯彦的手里，他有些好笑地看着奏折，笑意里略带杀意。

黄潜善奇道："什么事那么有趣？"

汪伯彦将奏折转交给对方，黄潜善眉毛挤成山字，问道："岳飞是什么人？"

汪伯彦道："一个不识时务的相州小卒。"

"竟然如此放肆！"黄潜善怒道。

"潜善兄以为如何？"汪伯彦笑道。

"你难道不生气？"黄潜善问。

"和这种小卒有什么好计较的？而我只知岳飞打仗不错，没想到还能写两笔字。"汪伯彦笑着将另一封奏折递给对方，"麻烦的是这个人。"

"岳飞与陈东自然不能比。"黄潜善想了想，点头道："伯彦兄言之有理，但这个当兵的也不能不作处理。万一人人仿效，定会坏了风气。"

汪伯彦皱眉道："你要如何？"

黄潜善道："贬为庶民。他不是要恢复中原吗？让他自己打去。"

汪伯彦笑道："甚好。"等黄潜善离开，他眉头微皱看了眼对方的背影，自语道："上到李纲，下到小卒，谁都容不下。对他

要小心一些了。"

很快,岳飞就收到了开除军籍,贬为庶民的处分。

"大哥,怎么办?"徐庆问道。

岳飞道:"我有心理准备,会被杀头。却没想到他们开了我军籍。"话虽如此,他毕竟有些心灰意冷。

王贵、迟永、薛鹤等人听到这个消息,也一个个垂头丧气。岳飞上书前并未和他们商量,当然即便商量了,他们也说不出个所以然。

薛鹤、汤怀背着岳飞召集踏白营的小头目开了个会。汤怀先是简单说了一下岳飞被贬为平民的事。

然后薛鹤道:"我们几个相州敢战营出身的老兵,决定追随岳大哥。不知你们其他人如何?"

"不知大哥下一步要去哪里?"张显问道。

汤怀道:"具体还没定,但不管去哪里,我们都跟着。"

王贵慢慢道:"这是要成立岳家军?"

徐庆瞪眼道:"正是岳家军,你不想跟着,可以滚。"

王贵笑道:"踏白队只有一个大哥,自然是他想去哪里,我们都跟着。蛮牛,大家吃一锅饭那么久了,你能不那么冲动吗?"

薛鹤道:"那就开始投票,愿意跟着大哥的举手。不愿意的不吭气就行,不做勉强。徐庆,你别瞪眼睛。咱们不勉强人。大哥的脾气,你比我了解。"

"举手,举手。"徐庆道,"跟着大哥,打仗过瘾,但肯定是要受苦的。怕吃苦的就别来了！"

姚政、迟永等人笑了笑，相继举起手来。

薛鹤认真算了人数，点头道："你们各自回去跟弟兄们了解下情况，看看最后一共多少人。"

结果居然有一百多人。这一百多人若同时离开，不亚于一场小的哗变。他们向岳飞禀报了情况，岳飞命薛鹤和王贵去代为处理善后的事。

之后一连几天，岳飞他们几个在应天府无所事事，情绪上多少有些波动。

忽一日，汤怀来道："大哥，外头有个文士要见你。"

文士？岳飞来到院子里，见到一个身材比他高大，面目俊秀，留着三绺短须的青年文士。

"赵九龄？"岳飞心中灵光一闪。

"岳队长，久仰大名。"赵九龄微笑拱手。

双方入座，寒暄几句后，赵九龄笑道："听闻岳飞你身陷困境，特来指一明路。以报你在李固渡试图援手之恩。"

岳飞问道："什么困境？"

赵九龄道："越级上书，真不能随便做啊。"

对方如何会那么快就知道？岳飞笑道："的确不能乱做。但岳飞并不后悔。"

"你准备去哪里？"赵九龄问。

岳飞思索了一下道："各地都在招兵，凭我这几年的资历，想多去几个地方看看。"

"大名府。"赵九龄微笑道："在下推荐你去河北西路招抚使张所大人处。"

岳飞道："大名府有两个河北西路招抚司和北京留守司两大兵营，为何推荐张所大人？"

"你身在军伍，对张所大人和杜充的口碑当有所了解。北京留守司的杜充主和，而张所大人主战。"赵九龄微笑道，"你岳飞一心抗金。这难道不是最简单的道理？"

岳飞深吸口气，上下打量赵九龄。

文士微笑道："你也不用猜测，赵某是张所大人的好友，常年在外奔波。若你愿意去招抚司，我可以推荐。我也知道以你的性格，希望凭本事办事。但你身边那么多弟兄，若是跟着你从头干起，这一路上诸多艰险，岂不是无谓牺牲。好钢用在刀刃，你历练多年该直接带兵了。"

对方每一句话都落到他心里，岳飞望向身边诸人，问道："你们认为如何？"

汤怀、薛鹤同时道："我们都听大哥的。"

岳飞对赵九龄深深一礼道："岳飞谢过先生。"

赵九龄道："如此，我与你修书一封。"

看着对方写信，岳飞不由羡慕起赵九龄的书法，赞叹之余，问道："赵先生此次到应天府是为了？"

"一方面为了看看岳飞到底是何许人物，不料正好遇到你越级上书。"赵九龄眼中闪过一丝忧虑，"另一方面，我为的是老友陈东。"

"陈东？就是上书杀六贼的太学生领袖陈东？"岳飞赶紧道，"若有困难，岳飞定当相助。"

赵九龄慢慢道："他和你做了一样的傻事，不赞成皇帝去建康。只不过你人微言轻，所以没啥大不了的事。但他就危险了。"说到这里，他忽然和颜悦色道："你一介武夫，敢于上书言事，实在叫人刮目相看！"

岳飞并不因此有何喜悦，而是认真道："那我们能为陈先生做点什么？"

"若要保命，大可一走了之。"赵九龄轻轻叹了口气，"但在书生眼中，生有轻如鸿毛，死有重于泰山。他是不听劝的。"

岳飞只能沉默，书生的世界他不懂。

赵九龄将书信递给岳飞，低声道："大军用人之时，望你即日启程。我会多留应天府几日，很快会到大名府与你会合。"

"多谢先生。"岳飞感激道。

赵九龄起身告辞，岳飞一路送他出院子。赵九龄想了想，又道："刚极易折，岳飞，尽管你做事无私心，但日后你带的兵会越来越多，毕竟还是要小心一些。为了你的岳家军，莫要冲动行事。"

岳飞抱拳道："岳飞受教。"

岳飞目送对方远去，拍了拍怀里那封推荐信，转过身看到得知消息的弟兄纷纷聚在门前。

清风云淡下，赫然是一张张质朴热血的脸庞。这就是我的岳家军！岳飞扬起浓眉，微笑道："我们去大名府，投奔张所大人！河北西路招抚司，听说是个不错的地方！"

好！以徐庆、汤怀为首的弟兄们答应一声！

岳飞笑道："临走前，我们大喝一场，告别应天！"

好！这一次答应的人更多了！

后　记

——每个人的山丘

2013 年的某一天，忽然接到通知，上海作协通过了我对"岳家军"这个项目的签约申请。

在两年后的这个夏天回想那一刻，将我那时的心情，与今年牛市股票的涨停板和跌停板作比较，我能明白"岳家军"才是真正的喜悦。我还清楚地记得当时那种欢欣鼓舞的壮烈感觉。那一天，我在回家的路上，一路听着李宗盛的《山丘》，一路回想着我的创作生涯，忽然感到非常幸运。我终于开始翻越那道山丘了。

很多人问我，为什么要创作《岳家军》，少说也是八十万字的大部头小说，写得累，收益少，获利慢，而且不是网络时代的大众口味。因为在当今这个浮躁的世界，人们看惯了动辄数百万字的注水网文，看惯了脑洞大开的小白文，但当你真正去描述一段历史，去写一部正儿八经的历史小说，不投机取巧，不用穿越，不用神魔附体，那会是一件艰难吃力且不讨好的事。

而另一方面，作为一个在过去八年里，写惯了悬疑小说，对情节的推进有着严重强迫症的作者，我要适应的是一个完全不同的战场。

但我的回答很简单，岳飞和他的岳家军，是我童年的一部分。用自己的视角重塑岳家军，是我走上创作这条路后，一直梦想做的事。在我的创作清单上，头两个目录分别是"三国兵器谱"和"华夏神器谱"，而"华夏神器谱"里最后几个目录是"项羽的乌骓"、"岳云的锤"、"杨再兴的枪"，以及"岳家军"。

这是我十多年前就定下的目标，是我在走上创作这条路的最初，就仰望的那座山丘。

现在，我觉得是时候，有这个笔力，有这个信念，能去翻越它了。而在我感觉到自己有能力写《岳家军》时，蓦然回首，刚走上创作道路时，同时期的作者仍旧在创作的，已越来越少；仍在创作大部头小说的，更是寥寥无几。我是幸运的，所以更要努力，毕竟时不我待。

说完创作心绪，我们来谈一下《岳家军》这部书。既然是岳家军，自然是一个群像，而不只是写岳飞一个人。我个人以为，之前所有相关的故事里，钱彩的《说岳全传》是最出色，也是影响力最大的。但这之后，很长时间里岳家军的相关作品是一个空白。

作为一个从小将岳云作为偶像来崇拜，把《说岳》当成经典来追随的孩子，创作一部《岳家军》是我的梦想。

梦想和现实当然是有距离的，当我正式开始创作《岳家军》时，问题陆陆续续地冒出来，而且越写困难越大。比如，对岳飞武艺的定位，本领到底有多大，因为他有多大的本领并不只是他一个人的事，而是会涉及之后将出现的一系列的武将。又比如，岳飞前后四次投军，去燕云、战并州、入元帅府、投张所，是否要每一次都写，笔墨又如何分配？第三个问题，历史人物和评书里的传奇人物，该如何运用？高宠、陆文龙等人要不要出场？牛皋的戏份是否要如正史那样，到很后头才有？如何把《水浒》里的名宿加入到那段神奇的历史里？如何将众所周知的桥段，做出新的演绎？如何给熟悉的故事制造出惊喜？真实和虚幻之间的平衡在哪里？

这些困惑，有一个不解决，就写不好这本书。《岳家军》的第一部，主要写的是岳飞早年的生命轨迹，拜师学艺、北伐燕云、乱战并州、入元帅府、最后投奔张所。而我的初稿是从燕云开始写的，也就是十九岁的岳飞。

原因是燕云的岳飞很少有人写，而从这里入手，会更快地进入"岳家军"的状态。但是这样的选择，错过了岳飞少年时期的成长，使得小说人物性格不完整。于是我在第二稿的时候，增加了他少年学艺，和王贵打架，以及获得沥泉枪的故事。然后，当我继续向下写，似乎就变得容易了。

后来，我犹豫再三，又在小说里增加了"并州战役"。原本我不准备写岳飞的并州之行。理由有两个，一是因为在邓广铭先生的《岳飞传》里，对他的太原之行的真实性表示了怀疑。而我个人以为，作为小说写他多次投军，会有种重复的感觉，会破坏故事的节奏。就是那种，一口气换好了，忽然又要换一口气的感觉。

　　然而，在我创作完第三稿后，回头审视岳飞这个人，终于还是觉得，必须补出并州的经历，才能将他的性格建立完整。既然历史上岳飞的这段经历不详，我作为小说家，当然可以发挥得更自由一些，写出一个更好的故事。于是，有了牛皋戏份的增加，以及有了并州女军姚平雁这个角色。这个角色日后还会发挥作用。这是后话。

　　我个人觉得，并州战役是发挥得最好的一个段落。

　　岳家军并不好写，岳飞很不好写。从历史原型看，岳飞性格沉毅，并不是一个锋芒毕露的人；他也没有什么花边，不存在这个那个的女人。这部小说，我力争不会像连续剧那样做的狗血，给他增加太多的红颜。也不想如古典评书那样，给岳家军单边摇旗呐喊，又或者说去神化这些人物。

　　在小说里，我不止一次提到"即便是万人敌也不能力挽狂澜"，"打仗是为了保家卫国"。而随着故事的推进，对战争，对人生，岳飞和他身边的兄弟，会有着更多的成长和新的理解。我希望这部小说能做到有血有肉，慷慨激昂，热血悲壮。能描绘出一个完整的岳飞的背影。

　　创作，从来都不是简单的事。越想做好，就越复杂。于是，我亲爱的读者朋友们，你们最终看到的稿子是第六稿，我觉得这是一本好书。如果你是从头看完这本书，并且在认真阅读后记，我相信你会同意我的说法。

　　而在创作《岳家军》的期间，我还完成了青少年历史知识读本《不败战神岳飞》的创作，为青少年阅读尽了一份力。

我想，《岳家军》是我生命中一座重要的山丘，我不知当我最终完成它时，这部小说以及我个人会是什么样子。也许就如歌里说的"越过山丘，虽然已白了头，喋喋不休，时不我与的哀愁。还未如愿见着不朽，就把自己先搞丢"，又也许是"对命运的左右，不自量力地还手，直至死方休"。

我要感谢，所有对此书创作提供过帮助的编辑和老师。当然最重要的是我的家人，我的老婆和儿子，没有你们的鼓励和支持，我就不可能继续走在创作的路上。

其实这部作品的全称应该是《华夏神器谱之岳家军》，还是那句老话：华夏五千年，看我为你数遍英雄。

君天 2015 年 7 月 31 日深夜